KB116032

틀뢴의 기둥

조강석 비평집

틀뢴의 기둥

펴낸날　　2021년 2월 16일

지은이　　조강석
펴낸이　　이광호
주간　　　이근혜
편집　　　조은혜 최지인 이민희 박선우 방원경
펴낸곳　　㈜**문학과지성사**
등록번호　제1993-000098호
주소　　　04034 서울 마포구 잔다리로7길 18(서교동 377-20)
전화　　　02) 338-7224
팩스　　　02) 323-4180(편집) 02) 338-7221(영업)
전자우편　moonji@moonji.com
홈페이지　www.moonji.com

© 조강석, 2021. Printed in Seoul, Korea
ISBN 978-89-320-3821-6 03800

조강석 비평집

문학과지성사

틀뢴의 기둥

책머리에

문학이 가상이라는 것은 하나의 입장이 아니라 일종의 토톨로지tau-tology다. 중요한 것은 저 가상의 영역의 기둥을 묵묵히 밀고 가는 것이다. 움직이는 변경이 문학의 역설적인 경계이기 때문이다. 현실 밖이 아니라 안에, 아래에, 기저에, 구조 속에 존재하되 가시적 영역의 질서와는 다른 방식으로 존재하는 비가시적 실재, 그것의 미래에 대한 시간착오적 향수가 문학이다. 그것은 유토피아나 디스토피아의 거울이 되는 것이 아니라 '유토피아적 충동'을 보유함으로써 세계를 기울인다. 오늘의 세계를 구성하는 바로 그 질료들로 저본(底本)이면서 동시에 이본(異本)인 세계를 내밀어놓는 것이 문학이다.

평론집 원고를 묶고 두세 번의 교정지가 오가는 동안, 이본을 축조하며 변경의 기둥을 옮겨가는 문학의 자취를 헤는 세 가지 의지를 확인할 수 있었다. 문학의 실효성, 이미지 사유, 모티폴로지motiphology가 이 운동을 요약하는 말들일 것이다. 본문에서 거듭 확인되는 이 푯말들의 의미를 새삼 여기서 다시 풀어낼 필요는 없을 것이다. 그러나 이것들이 공히 저 '유토피아적 충동'에 연루된 것임은 일러두고 싶다. 때로는 주머니 속에서 굴려보기도 하고 때로는 별자리(술자리?)에 던져보기도 하던 저 돌들이 결국 아직은 없는 세계의 지도를 마름하는 기둥들로 자라날지도 모른다고 믿으며 문학을 읽어왔다.

7년 동안 많은 것이 바뀌어 있다. 문학을 붙들고 있다는 말의 함의가 극적으로 몸을 뒤집는 동안 나는 전신하는 바로 그 몸 안에 살고 있었다. 언제나 아름다운 것에 이끌리는 머리, 구조를 지어주고 싶은 입맛, 감탄을 기다리는 눈, 그 모든 것과 더불어 분주한 손이 두루 여기에 관여되어 있을 터이다. 『빌헬름 마이스터의 수업시대』의 한 대목이

5

떠오른다. 청년 빌헬름은 예술을 향수하는 이들을, 눈앞에 무언가 벌어지기만 해도 즐거워하는 사람, 가슴으로 예술을 느끼는 감상자, 작품의 깊은 의미를 파악하고 되새길 줄 아는 분석가로 구분한 바 있다. 감상자와 분석가의 비교 우위에 대한 오랜 논쟁을 예고하는 대목이다. 비평의 위상이 사뭇 달라진 지금 평론집 서문을 쓰면서 이 대목이 문득 떠오른 것은 우연이 아닐 것이다. 패러프레이즈와 어깨 걸기가 비평가의 소임의 전부는 아닐 것이다. '내부로부터 외부로의 전개develop from within'를 비평의 주요 업무라고 믿고 방법을 구하고자 노력한 경과가 이 책에 고스란히 담겨 있다. 경과가 고스란히 공과가 된대도 조금 더 가보는 수밖에 없다.

문가에 오래 새겨진 키높이 눈금을 뒤로 하고 훈이와 진이는 이제 청년의 사업에 골몰하고 나는 여전히 '그분'의 응시 안에 기꺼이 있다.

2021년 벽두에 열을 재는 외솔관에서……

차례

1부
헤라클레스의 기둥과 '예술 의지'

동시대 시문학의 세 가지 '예술 의지'

1

　2000년대 중반 이후 우리 시단은 이례적인 격동을 거쳐왔는데, 그 격동을 추동한 것은 상반된 벡터를 지닌 두 개의 '시적 의지'[1]였다. 우선 첫번째 것은 우리의 현대시가 가보지 않은 모든 곳을 다녀보고자 하는 의지로 팽배한 것이었으며, 그와 반대되는 벡터로 진행된 두번째 것은 시라는 지붕 아래에, 이전이라면 소위 '비시적(非詩的)'이라고 간주되던 발성법과 문법 들을 모두 초대하려는 열정을 통해 발현되었다. 만약 굳이 순서를 따지고자 한다면 후자가 먼저 도래했고, 그에 대한 반성으로 전자가 요청되었다고 할 수 있다.

1　이 표현은 알로이스 리글Alois Riegl이 주창하고 빌헬름 보링거Wilhelm Worringer에 의해 공교화된 '예술 의지' 개념을 변용한 것이다. '예술 의지'는 "예술을 창조하는 생각" "미학적 충동" 등의 의미로 사용되다가 보링거에 이르러 "내적 요구"로서 모든 예술 창조 행위의 1차적 동인을 의미하게 되었다. 보다 구체적 논의가 필요하지만 일반적으로 이 개념은 예술 창조에 있어 능력보다 의지를 우선시하는 태도와 관계 깊다. 이렇게 될 경우 이상화된 고전적 기준에 따르면 수준이 낮거나 예술적 가치가 떨어져 보이는 작품도 세계에 대한 경험의 특별한 형식으로 간주될 수 있다. 조금 더 부연하자면 보링거 이후 이 개념은 주로 세계에 대한 불안을 수습하려는 추상충동과 관련되어, 고전적 기준에 맞지 않는 어떤 방식의 예술도 시대의 표현으로 간주될 수 있다는 함의와 결부되곤 한다. 이에 대해서는 볼프강 울리히, 「예술 의지」, 『예술이란 무엇인가』, 조이한·김정근 옮김, 휴머니스트, 2013 참조.

2

소위 '미래파'의 도래는, 20세기 예술사와의 관련 속에서 유비적으로 말하자면 레디메이드의 도입과 시적 평면성의 확장이라는 말로 평가 해볼 수 있겠다. 어떤 시인들을 미래파로 한정할 것인가, 또 그것이 유 파로서의 고유한 이념을 지닌 운동이었는가를 두고 많은 논란거리가 있음은 주지의 사실이다. 그러나 이름을 지목하고 스스로 내세우지 않 은 미적·사회적 이념을 공통의 특성을 통해 추상하는 것에는 실익이 별로 없어 보인다. 하지만 분명한 것은 '미래파'라는 말이 이제 2000 년대 중후반 이후의 일정한 시적 흐름을 지시하는 말로 엄연히 그 실 효를 발휘하면서 통용되고 있다는 사실이다. 아마도 합의가 가능한 최 소한의 실정성을 이 현상에 부여하자면, 결과적으로 소위 '전통 서정시' 를 규정하는 두 가지 중요한 요소와 분기하는 명료한 지점들을 지정해 볼 수 있을 것이다. 즉, 시적 발화의 주인공으로서의 서정적 자아나 그 의 페르소나로서의 시적 화자의 목소리를 지정하는 것과는 다른 방식 으로 발성되는 다중적 목소리들이 시에 도입되었다는 것과, 타자 — 많 은 경우 자연 — 에게 심회를 토로하고 위안을 구하는 '극적 구조'에 별 반 관심을 기울이지 않는 태도들과, 이에 따라 각자의 사정에 맞게 구 체적으로 결맞은 목소리와 문법을 지닌 시들이 특정한 기간 동안 대거 등장했다는 것을 꼽을 수 있겠다.

예컨대, 황병승이 시에 소위 '하위문화'의 문법을 도입하면서 단일 텍스트 내에서 다성적 주체의 목소리를 개진하는 것, 김경주가 시에 연극성을 도입하여 사태를 입체적으로 부감하려고 시도했던 것, 장석 원이 각주의 형태를 빌려 사태를 다각적으로 바라보는 목소리를 공간 적으로 벌여놓으려 했던 것, 강성은이 동화적 장치를 통해 시의 내적 실재 안에서 사태의 전말을 창조하고 태도를 발생시키며 독자에게 상황에 따른 가치판단을 인계했던 것 등은 이와 같은 맥락에서 충분히 설명될 수 있다.

적극적으로 해석하자면 이들의 '시적 의지'는 기존의 서정시의 이상과 자신들의 작품을 차별화하는 데 있는 것이 아니라 각자가 그 안에서 가장 익숙하게 발화할 수 있는 발성법과 통사 구조를 시의 지붕 밑으로 가져옴으로써 자신만의 방식으로 세계를 표현하는 작품을 만드는 데 있는 것으로 보인다. 이것의 긍정적 효과는 시의 지붕 아래 섭렵되는 대상을 넓혔다는 점이다. 시 외부에서 기인한 내면의 방랑과 내면과 결부된 외적 모순 들이 궁극적으로는 천편일률적으로 자연에의 회귀로 귀결되는 구조나, 토로와 고백 끝에 도달하는 성찰과 평온의 평정심에 기대면서 '서정적 자아의 엿듣는 고백'과 같은 방식의 정태적 정의에 국한되지 않는 발성법으로 발화하려는 '시적 의지'를 좇아 이들은 우선적으로, 통상적으로 시의 지붕이 드리워지지 않았던 소위 '하위문화'나 규범적으로는 '전통 서정시'의 문법과는 다른 방식으로 세계를 표상하던 인접 장르의 양식을 시의 지붕 밑으로 끌어들였다. 물론 1930년대나 1950년대의 우리 시단에 시적 형식과 시를 대하는 태도의 전변을 꾀한 시도들이 없었던 것은 아니나, 그 시도들은 지향해야 할 시적 '이념'에 대한 테제나 선언 들과 함께 도래했다는 점에서 전형적인 모더니즘의 일환이라고 할 수 있다. 무엇보다도 이는 이념이 구체적 실천보다 승했거나 혹은 이념에 맞추어 시적 실천을 동시대에 통용되는 규범적 양식과는 다른 방식으로 규격화했다는 점에서 지금 여기서 논하는 변화의 맥락과는 궤를 달리한다.[2] 무엇보다도 지금 논의되고 있는, 최근 10년 동안 활발히 시작 활동을 하고 있는 시인들에게

2　엘렌 디사나야케, 「미학적 인간의 귀환」, 『미학적 인간─호모 에스테티쿠스』, 김한영 옮김, 예담, 2009 참조. 여기서 엘렌 디사나야케는 모더니즘을 "이념으로서의 예술"로 포스트모더니즘을 "해석으로서의 예술"로 규정하고 있다.

는 선언이나 '이념'이 없고, 설령 있다 하더라도 대개 그것은 작품을 통한 실천 이후 사후적으로, 그리고 보충적으로만 언급될 뿐이다. 이들은 작품을 통해 자신들에게 익숙한, 기존에 정태적으로 규정되고 생산되어온 시의 '외부'에 놓인 것으로 간주된 인접 장르의 렉시컨lexicon과 통사 구조를 시에 도입함으로써 시의 지붕 아래에서 자연스럽게 발성법과 문법의 개변을 꾀한 시인들이다. 한 논자의 말을 빌려 표현하자면 이를 "레디메이드의 민주화"[3]라고 말할 수 있을 것이며, 이에 힘입어 비유적으로 말해보자면 이들은 강령과 과정에 대한 목적론적 자각 없이 각자의 '혁명'을 수행하고 있었다고 할 수 있다. 그리고 우리가 목도해온 것처럼 그 여파는 결코 가벼운 것이 아니었다.

3

'하위문화'의 태도나 인접 장르의 문법을 도입하는 것과는 다른 방식으로 기존의 시를 넘어서고자 하는 시도들도 있다. 말하자면 서정적 자아가 타자에게 토로하고 위안받음으로써 생산자와 수용자의 공명을 통해 확보되는 내면의 깊이를, 다양한 취향과 미적 선택의 양상 들이 열거되고 '접합articulation'되는 평면상의 문제로 치환하는 것이 이들의 관심사였다. 아마도 이런 맥락에서 이장욱, 김행숙, 하재연, 이근화 등의 시가 언급될 수 있을 것이다.

최근 한 논자는 이들의 시를 감정 귀족주의자의 시로 규정한 바 있다. 또한 이들에 대해 "아름다움에 예민하지만 결코 격정적으로 과장하지 않으며 기품과 절제된 스타일, 자기 자신이 스스로에게 강제한

3   이브 미쇼, 『기체 상태의 예술——미학의 승리에 관한 에세이』, 이종혁 옮김, 아트북스, 2005, p. 50.

내적 규율을 수행하면서 신체와 행동을 이분하여 유려하게 제어할 줄 알고, 주술 호응을 비틀어 비문에 가까운 새로운 문장을 구사하여 이상한 감각을 만들어내는 일군의 시인들. 나르시시즘과 우아함을 추구하며 경제적이고 실용적인 삶을 추구하는 대중과 거리를 두었던 사람들"[4]이라고 평하면서 이들의 시가 대체로 윤리적이라기보다는 미적이고 도시의 자유주의적 개인주의자로서의 라이프 스타일을 반영하고 있다고 규정했다.[5]

그런데 스타일의 문제를 분석하는 데 있어서 그의 말은 비교적 폭넓게 동의를 구할 수 있지만 이들의 스타일을 '상승하는 중간계급'의 미적 감각과 결부시켜 검토하는 것은 다소 공소해 보인다. '상승하는 중간계급'이라는 규정은 작품 자체보다 시인들의 개인적 상황에 집중된 것이며, 설령 이들이 하나의 계급적 분류에 함께 묶일 수 있다 하더라도 계급과 미적 감각 사이에는 유의미한 상관관계를 지시하는 지표로 계량할 수 없는 변수들이 많기 때문이다. 스타일의 공통점을 추상하는 것은 작품을 통해서 귀납 가능한 것이지만 그 스타일에 반영된, 혹은 투사된 공통의 계급적 입장을 전제하는 것은 스타일을 추출하는 귀납적 태도와는 전연 상반되는 선험적 결론에 이르게 할 위험이 크기 때문이다. 오히려 그의 섬세한 미감에 포착된 스타일의 문제 안에서 풀릴 수 있는 것들이 조금 더 남아 있는 것으로 보인다.

(1)
오늘도 누군가의 기일이며
전쟁이 있었던 날.

4   박상수, 「기대가 사라져버린 세대의 무기력과 희미한 전능감에 관하여——2010년대 시인들의 무기력 혹은 무능감 2」, 『문학동네』 2015년 여름호, p. 352.

5   박상수, 같은 글, p. 355.

창밖의 구름은 지난해의 농담을 닮았고
농담에는 피가 부족하다.

어제까지 어머니였던 이가
오늘은 생물이라고 할 수 없고
아이는 하루종일 거짓말에만 흥미를 느끼고
식물들의 인내심은 놀라워.
　　　　　　　　　　　　　──「기념일」 부분

(2)
죽은 사람의 과거가 빈방에서 깊어가고
소년들은 캄캄한 글씨를 연습하느라 손가락만 자라고
늙은 개의 이빨은 우우 짖을 때마다
설탕처럼 녹아가는데
　　　　　　　　　　　　　──「밤의 연약한 재료들」 부분

인용한 시는 모두 이장욱의 시집 『생년월일』(창비, 2011)에서 발췌
한 것이다. 앞서 언급한 시인들의 스타일 문제를 살펴보기 위한 대표
단수로서 그의 시가 불시에 소환된 셈인데, 이 두 시는 필자가 일전에
'평면파'[6]로 칭해본 적 있는 일군의 시인들의 작품의 특징을 고스란히
보여준다. 엄살이나 과장이 일절 없이 절제된 문장으로 이루어진 이들
의 시에 나타나는 일종의 '시간 착오'와 '공간 착오'는 시에 있어서 주체
의 정체성의 문제와 직결된다. 다시 말해 시적 발화에서 목소리의 주

6　조강석, 「평면의 음운론과 태도의 아이러니」, 『경험주의자의 시계』, 문학동네, 2010 참조. '평면
　파'의 맥락에서 이근화의 시를 살펴본 것으로는 조강석, 「일상의 표면, 취미taste의 심연」, 『이
　미지 모티폴로지』, 문학과지성사, 2014 참조.

인공의 문제와 직결된다는 것이다. 이들의 미적 감수성이 귀속되는 계급이 무엇인지에 대해 선험적으로 환원하기보다는 이들의 태도가 기존의 시로부터 무엇을 '구제'하고자 하는지를 살펴보는 것이 우선적으로 중요하다는 것이 필자의 견해이다. 이들의 시에 나타나는 평면성과 관련하여 다음의 언급을 참조해보면 어떨까 한다.

> 정체성의 정치에 대한 그들의 이해는 정체성이 인간의 본질의 깊이로부터 출현한다기보다 공존하는 주체의 입장이 이루는 차별적 경제로부터 생긴다는 점에서 측면적이다. 이처럼 내면성에서 발견되는 주체성의 모델로부터 자아가 표면의 유희를 통해 구성되는 모델로 전환하는 것이 바로 내가 심리학적 평면성이라 부른 것이다.[7]

인용에 등장하는 "그들"은 에르네스토 라클라우Ernesto Laclau와 샹탈 무페Chantal Mouffe인데, 여기서 데이비드 조슬릿David Joselit은 모더니즘 이후 영향력을 발휘하고 있는 현대미술의 평면성 개념을 주체의 정체성의 문제와 결합시켜 설명하기 위해 라클라우와 무페의 '접합articulation' 개념을 적극적으로 활용하고 있다. 주지하듯 포스트모더니티와 헤게모니의 문제에 대한 사유를 일찍부터 전개한 바 있는 라클라우와 무페는 후기자본주의 사회 속에서 정치적 행위의 가능성을 탐색하면서 "접합"이라는 용어를 중요한 개념으로 사용한 바 있다. 이들은 계급투쟁의 단순한 대립이 남녀·인종·성·종교·국적 등 다양한 속성들을 통해 표현되는 다중적 주체의 문제로 인해 해소되면서, 후기

---

7 데이비드 조슬릿, 「표면에 대한 소고── 평면성의 계보를 지향하여」, 『1985년 이후의 현대미술 이론』, 조야 코커·사이먼 릉 엮음, 서지원 옮김, 두산동아, 2010, p. 307.

8 에르네스토 라클라우·샹탈 무페, 『헤게모니와 사회주의 전략── 급진 민주주의 정치를 향하여』, 이승원 옮김, 후마니타스, 2012 참조.

자본주의 사회에서 정치적 행위는 이제 새로운 정체성들의 생산과 접합의 문제가 된다고 표명한다.[8] 조슬릿은 이와 관련하여, 이들이 새로운 민주적 요구에 부합하는 정체성을 강조할 때 급진적으로 반본질적인 주체성 모델을 가정하는 것이라고 해석한다. 그리고 이때의 정체성이란 "차별적이며 오로지 접합의 순간에만 이루어지는 것"[9]이라고 설명하며 앞에 인용된 주장을 전개한다. 이때 대립되는 개념은 "내면성에서 발견되는 주체성의 모델"과 주도권적 관계들이 교차하면서 출현하는 양상을 복합적으로 담지하는 "심리학적 평면성"이다. 다시 말하자면 단일한 의미로 성립되는 주체의 내면이 문제가 아니라, 다양한 정체성들이 접합되는 표면이 현대미술에서는 더 중요한 양상을 띠게 되었다는 것이다. 여기서 조슬릿이 시도하는 것은 겉으로 보기에 정치와 크게 상관없어 보이는 현대예술의 실천이 그 양식에 있어 어떤 방식으로 정치성을 획득하느냐를 스타일의 차원에서 설명해내는 것이다.

시로 돌아오자. 인접 장르의 '레디메이드'를 도입하는 것과는 다른 양상으로, 시적 발화의 주인공으로서의 서정적 자아나 그의 페르소나로서의 시적 화자의 목소리와는 다른 방식으로 발화자의 단일성으로부터 이탈하는 다중적 목소리들을 시에 도입한 것이 '미래파' 현상의 두번째 차원이라고 서두에 언급한 바 있다. 앞에 인용된 이장욱의 시에는 비록 다성적 주체가 출현하지는 않지만 이 시들은 '시간 착오'와 '공간 착오'를 통해서 다채로운 평면들이 '접합'되는 양상을 단적으로 보여준다. 이것을 단지 문장을 세련되게 구사하는 스타일의 문제로만 볼 필요는 없다. 아마도 이들에게 중요했던 '시적 의지'는 그간 서정시에서 치세를 누려온, 서정적 자아나 극적 화자의 목소리의 정체성 즉 '인간 본질의 깊이'가 발원하는 내면으로부터 길어 올린 단일한 주체의

---

9 데이비드 조슬릿, 같은 글, p. 306.

목소리를 넘어서, '주도권적 관계'의 목소리들이 출현하는 다양한 표면을 벼리고 확장하는 쪽으로 향해 있는 것이다. 이를 복잡다단한 관계망과 정체성 들이 미분과 삼투를 거듭하는 현대사회에서 문장을 통해 이루어지는 스타일의 정치라고 말한다면 과장일까?[10] 혹여 여전히 그렇게 느껴진다면, 이런 문제의식을 가장 극적으로 확장시켜온 한 시인의 다음과 같은 물음을 상기해보자. "이미 사라진 주어를 어떻게 찾을까?"[11]

4

어쩌면 그것은 '보는 것에 대한 아는 것의 우위'를 중단하는 시적 특권에 의해서 가능할 것이다. 그러나 그것은 이미 사라진 주어를 찾는 것이 아니라 다시금 접합에 의해 주어를 매번 새로 새움으로써만 가능할 것이다. '평면파'의 상속자이자 파괴자인 김언은 평면을 일으켜 세움으로써 한층 더 '정동affect'적으로 스타일의 정치에 가까워진다.

> 미안하지만 우리는 점이고 부피를 가진 존재다.
> 우리는 구이고 한 점으로부터 일정한 거리에
> 있지 않다. 우리는 서로에게 멀어지면서 사라지고
> 사라지면서 변함없는 크기를 가진다. 우리는 자연스럽게
> 대칭을 이루고 양쪽의 얼굴이 서로 다른 인격을 좋아한다.
> 피부가 만들어내는 대지는 넓고 멀고 알 수 없는

---

10 데이비드 조슬릿은 "심리학적·시각적·정치적인 것이 평면성과 깊이 속에 긴밀히 서로 얽혀 있음"을 주장한다. 데이비드 조슬릿, 같은 글, p. 308.

11 김언의 시집 『모두가 움직인다』(문학과지성사, 2013)에 실린 시의 제목이다.

담배 연기에 휘둘린다. 감각만큼 미지의 세계도 없지만
삼차원만큼 명확한 근육도 없다. 우리는 객관적인 세계와
명백하게 다른 객관적인 세계를 보고 듣고 만지는 공간으로
서로를 구별한다. 성장하는 별과 사라지는 먼지를
똑같이 애석해하고 창조한다. 우리는 자연으로부터 나왔지만
우리가 만들어낸 자연을 부정하지 않는다. 아메바처럼
우리는 우리의 반성하는 본능을 반성하지 않는다.
우리는 완결된 집이며 구멍이 숭숭 뚫려 있다.
우리는 주변 세계와 내부 세계를 한꺼번에 보면서 작도한다.
우리의 지구가 어디에 있는지 모른 채 고향에 있는
내 방을 한 치의 오차도 없이 찾아간다. 거기
누가 있는 것처럼 방문을 열고 들어가서 한 점을 찾는다.
　　─ 김언, 「기하학적인 삶」 전문[12]

　　앞서 살펴본 것처럼 일군의 시인들이 단일한 목소리를 전제하는 기성의 관념과, 결국 내면을 돌아보는 반성적 성찰로 환원되는 상식의 베일보다 우선하는 감각적 사실관계를 통해, 평면에서 세계의 맨얼굴을 보다 효과적으로 드러내고자 했음을 생각해보자. 김언은 단일한 깊이를 지닌 내면이 아니라 깊이들을 지닌 평면들의 교섭을 중재하기 위하여 평면에 '삼차원의 근육'을 부여하여 일으켜 세웠다. "우리는 객관적인 세계와/명백하게 다른 객관적인 세계를 보고 듣고 만지는 공간으로/서로를 구별한다" "우리는 완결된 집이며 구멍이 숭숭 뚫려 있다./우리는 주변 세계와 내부 세계를 한꺼번에 보면서 작도한다"와 같은 구절은 평면들의 접합을 통해 세계의 객관성을 다각적으로 탐문하고자

12　김언, 『모두가 움직인다』, 문학과지성사, 2013.

하는 시의 새로운 사명을 명기하고 있다. 즉 이것은 익숙하여 잊혀진 얼굴의 낯선 실루엣과 다시 조우하기 위해 고유하게 감행된 모험이다.

본래 기하학은 추상의 극한이며 추상은 불안의 정념을 다스리기 위한 '예술 의지'의 일환으로 종종 설명되어왔다.[13] 그러니 기하학적 삶은 '모든 것이 움직이는'[14] 세계에서의 삶에 내재된 '예술 의지'를 배태하기 마련이다. 따라서 이때 기하학적 모험에 가담하는 이의 관심은 이제 기성의 것에 대한 부정이나 단절, 차별화에 있는 것이 아니라, 선험적으로 가정된 본질로서의 삶을 일체의 무위로 돌리고 일체 유동인 세계에서의 좌표를 평면들의 접합에서 시시각각 구하는 것일 따름이다. 이런 작품이 개시하는 것은 미래를 과거에 돌려주고 그렇게 돌아간 과거를 현재에 되받는 일이다. 바로 그런 방식으로 김언의 시는 말과 더불어 새로운 세계가 매번 거듭 탄생함을 웅변한다. 바로 이런 '정동적 효과'[15] 속에서 '평면파'의 가장 적극적인 정치적 효과가 승계되는 것이다.

5

물론 '접합'을 조금 더 실천적 맥락에서 검토하는 논의도 있다.

텍스트들 간의 얽힘과 직조를 만들어 내는 것은 문학 텍스트와 다른 사회적 텍스트의 끊임없는 접합이다. 이 이질적 접합의 지속

---

13 앞서 언급했듯이 빌헬름 보링거는 추상충동이 변화무쌍한 세계에서 불안을 느끼는 주체가 보편성을 향수할 때 나타나는 현상으로 설명한다.

14 이 시가 실린 시집 제목이 "모두가 움직인다"가 아닌가?

15 이에 대해서는 뒤에 다시 설명할 것이다.

적 가능성을 **예술가가 자신의 삶 속에** 마련해 두지 않는 한, 문학적 발명이 충분히 새로워질 수 없다는 것은 분명하다. 치안 질서 내에서는 설명되지 않는 자들, 보이지 않고 들리지 않는 자들과 직접 조우하는 것, 의회민주주의의 형식으로부터 무질서하게 빠져나오는 정치적 열정의 공간에서 함께 어울리며 엉뚱하고 **다채로운 상상력을 발동시켜 보는 것.** 예술 활동의 모든 시간이 이것들로 환원되는 것은 아니지만, **이것들 없이는** 의미작용을 하는 **감성적 조직을 교란시키는 계기를 포착하기 힘들다**는 점을 기억하라는 것이 랑시에르의 전언이다. 삶과 정치가 실험되지 않는 한 문학은 실험될 수 없다.[16] (강조는 인용자; 이하 동일)

인용된 글과 관계된 맥락을 상세히 검토하기 위해서는 '미래파' 논쟁 이후 전개된 문학과 정치 논의를 되짚어야 할 것이다. 그러나 그것은 별도의 지면을 요하기도 하거니와 이 글의 본격적인 관심사는 아니다.[17] 다만, 인용된 부분의 맥락은 정돈될 필요가 있겠다. 진은영의 주장을 요약하자면 이런 내용이 될 것이다. 1)중요한 것은 문학 텍스트와 사회적 텍스트의 끊임없는 접합이다. 텍스트 자체가 이미 얽힘과 직조의 산물이니, 여기서 진은영이 꾀하는 접합은 결국 각기 다른 두 개의 텍스트가 기계적으로 통합되는 것이 아니라 재차 풀림과 얽힘을 반복하면서 다시 하나의 새로운 전체로서의 텍스트로 거듭 탄생하게 하는 것이 된다. 2)그렇기 때문에 문학의 갱신은 문학 텍스트 자체의

---

16 진은영, 『문학의 아토포스』, 그린비, 2014, p. 34.

17 진은영의 논의를 자크 랑시에르Jacques Rancière의 원전에서 그 맥락을 살피면서 검토한 최근의 논의로 정의진의 논문을 참조할 수 있을 것이다. 정의진, 「자크 랑시에르의 '문학의 정치'의 재맥락화──진은영의 문제제기를 중심으로」, 『Comparative Korean Studies』, 제23권 2호, 2015.

갱신만으로는 불가능하고 사회적 텍스트망에 연루된 예술가의 삶 안에서 가능해야 한다. 3)예술 활동의 모든 부면과 관련되지는 않지만 랑시에르적 의미의 치안 질서와 의회민주주의의 바깥에 열리는 정치적 열정의 공간에서 다채로운 상상력을 발동시켜보는 것이야말로 감성적 조직을 교란시키는 계기를 제공하는 활동이 될 수 있다. 이와 관련하여 3)을 부연한 것으로 간주될 만한 다른 글에서 진은영은 "재건축 철거에 맞서 투쟁 중인 건물에서 아방가르드 시인들의 작품을 낭송하기, 학습지 노동자들이 농성 중인 광장을 향해 떠오르는 달을 보면서 왕유와 소동파를 베껴 쓰기, 투쟁 기금으로 마련한 백설기를 먹으며 카프카의 소설들과 말레비치의 「검은 사각형」과 만난 첫인상에 대해 쓰기"[18] 등을 예로 들고 있다.

여기서 이런 활동이 구체적으로 감성적 조직을 교란시키는 계기가 되는지 아닌지, 또 그것이 기성의 감성적 조직에 얼마만큼의 교란 효과를 수행하는지를 따져 묻는 것은 논의의 방향을 호도할뿐더러 구체적 실익도 없다고 하겠다. 더욱이 필자는 리처드 로티Richard Rorty의 아이러니 개념을 원용하여 삶의 공적 영역과 사적 영역 사이의 아이러니가 오히려 중요함을 주장한 바 있다.[19] 이때 강조하고자 했던 것은 전자와 후자 사이의 필연적 일의성을 부여하려는 태도가 자칫 환원주의적 미학과 실천 우위의 문학론으로 다시 기울 수 있다는 것이었다. 물론 그렇다고 해서 그것이 앞에서 진은영이 예로 든 활동의 의의를 부정하려는 것도 아니다. 오히려 그 논의는 그 활동들이 나름대로 중요한 의미를 지닌다는 것을 인정하는 데 가깝다. 그런데 눈에 띄어 간과하기 어려운 것은 앞의 인용에서 강조 표시된 부분에 담긴 함의들

18 진은영, 같은 책, p. 203.

19 조강석, 「경험주의자의 시계」, 『경험주의자의 시계』, 문학동네, 2010 참조.

이다. 인용된 부분의 핵심적 의미는 강조 표시된 부분에 담겨 있는 것으로 보인다. 예술가의 삶 속에서 다채로운 상상력을 발동시켜 실제로 삶의 현장에서 행하는 예술 활동 없이는 감성적 조직의 교란이나 문학 텍스트와 사회적 텍스트의 접합의 계기를 마련하기 어렵다는 것이 이 글의 핵심이 아닐까? 이 대목에서 요제프 보이스Joseph Beuys의 '확장된 예술 개념'을 떠올리는 것은 바로 그 때문이다.

요제프 보이스는 예술 개념을 폭파시키고 확장시킬 것을 제안했다.[20] 그는 모든 사람은 예술가이며 예술을 통한 실천 자체가 곧 일종의 '사회적 조형물'이라고 주장했다. 볼프강 울리히는 보이스의 이 개념이 '예술을 위한 예술'과 대척점에 있는 것으로 해석했다. 그리고 이런 맥락에서 그는 "보이스는 인간과 인간의 사회적 결합과 연관된 모든 활동이 예술로 인정받고, 그래서 좀더 많은 관심을 받을 경우에만 사회가 개선될 가능성이 있다고 보았다"라고 해석했다.[21] 따라서 울리히가 보기에 보이스에게 중요한 것은 "상호 침투, 개방, 융합"[22]이었는데, 이것은 앞서 살펴본 진은영의 글에 제시된 문학적 텍스트와 사회적 텍스트 간의 얽힘과 이를 통한 재직조와 의미상 그리 멀지 않아 보인다. 구체적 실천에 있어서도 보이스 사후에 독일에서 조직된 '직접 민주주의를 위한 이동 버스'나 빈에서 창설된 '주말 시험WochenKlausur' 집단의 활동 역시 예술에 사용되는 창조적 능력이 사회의 모든 분야에서도 사용될 수 있다는 신념에 기초하고 있다고 울리히는 설명한다.[23] 그런데 보이스의 '확장된 예술 개념'에 대한 그의 다음과 같은 평

---

20 이와 관련하여 볼프강 울리히는 폭파와 확장이 양립하기에는 상호 모순된 개념임을 지적한 바 있다. 볼프강 울리히, 「확장된 예술 개념」, 같은 책, pp. 297~98 참조.

21 같은 글, p. 299.

22 같은 글, p. 303.

23 같은 글, p. 317 참조.

가 역시 귀담아들을 만하다.

(1)

예술 개념을 확장하려는 사람은 한 발로는 예술의 기존 영토를, 다른 한 발로는 목표로 삼은 새로운 땅을 딛고 있어야만 한다. **그런 목표를 이루기 위해서는 무엇보다도 이 새로운 땅이 매력적일 뿐만 아니라 이미 존재하는 것과도 부합할 수 있다는 점을 가능하면 되도록 많은 사람이 확신할 수 있도록 만들어야 한다.** 처음에는 기이하게 비칠 수도 있겠지만, 자신의 작품과 행위가 그 자체로서 예술로 인정받을 경우에만 확장을 요구하는 것이 단순한 요구에 그치지 않고 성공할 수 있게 되는 것이다.

보이스는 실제로 수십 년에 걸쳐서 기존의 예술 장소나 관습과는 전혀 다른, 그때까지 예술로 여기지 않았던 형식의 표현과 행위 사이를 능숙하게 움직이는 법을 알고 있었다. 그는 자신의 예술 개념 확장을 적절하게 배합해서 그 개념이 희석되지 않도록 했다.[24]

(2)

예술의 힘을 인식한 사람이 무엇 때문에 그것의 이용을 포기해야 할까? **'확장된 예술 개념'이라는 의미에서 이루어진 계획이 중요한 것인지, 아니면 오히려 빈틈없이 이루어진 사회사업이 중요한지를 판단하기에는 기준이 아주 불분명하다.** '주말 시험'의 경우 실제로 양자 사이에 결정을 내리는 일은 아주 어렵다. 왜냐하면 개별 계획의 창조성이 강조된다고 해도, 다른 한편에서 보자면 보이스의 경우와는 대조적으로 출현하고 행동함으로써 사회적 참여 너머에

24　같은 글, p. 296.

있는 예술적 요구를 내세우고 '예술'이라는 신화에 자양분을 공급하는 열정이 부족하다.[25]

　울리히는 예술 개념을 확장하려는 시도가 성공하기 위해서는 사회적 관계망과 접속하려는 노력뿐만이 아니라 상호 접속과 재직조의 또 다른 주체인 예술 자체가 여전히 자양분을 공급받고 충분히 계발되어야 한다고 지적한다. 진은영이 전제로 내건 세 가지 조건을 상기해보자.

　문학 텍스트와 사회적 텍스트의 접합이 첫번째 전제이다. 전자가 무력화되거나 접합의 다른 쌍으로서의 매력을 보유하지 못하면 이 접합은 감성적 조직을 교란시키는 계기가 되지 못하고 "빈틈없이 이루어진 사회사업"에 그치게 된다. 리처드 로티의 말을 빌리자면, 그것은 결국 공적 영역에 미적 영역을 포함한 사적 영역이 흡수 통합되는 '비극적 사태'를 의미한다. 그것은 본질주의자의 형이상학과는 달리 '마지막 어휘'와 형이상학적 종착점을 지니지 않고 언제나 새로운 경험과 모색을 감행하는 시적 아이러니스트로서의 삶이 '자기 확장'과 '자기 창조'의 계기를 놓아버림을 의미한다.

　두번째 전제 조건, 접합의 계기를 예술가가 자신의 삶 속에 마련해야 한다는 것은 일종의 동어반복적 요구가 될 수도 있다. 예술가가 자신의 삶 속에 두 텍스트의 접합을 통해 감성적 교란의 근거를 마련하려면 우선 그는 예술가여야 한다. 이 역시 계속해서 '예술의 영역'에 자양분을 공급하는 열정을 요구하는 것이다. 예술에서 사회적 관계망이 완전히 배제될 수 없는 것과 마찬가지로 예술의 영역은—물론 지금까지와는 다른 방식으로—'드높여져야' 한다. 울리히는 "예술 개념의 확장이 지속적으로 예술을 성스럽게 하고, 그럼으로써 배타적인 특성을

25　같은 글, p. 318.

키우는 결과로 이끄는 작품 형식과 결합하지 못하면 보이스가 자신을 내맡겼던 역설은 해체되어 사라지게 된다"[26]라고 적실하게 지적한다.

그리고 세번째 조건, 예술 활동의 모든 시간이 결부될 필요는 없겠지만 이것들이 없이는 감성 교란의 계기가 확보될 수 없다는 조건은 진은영 시인이 스스로 인상적으로 강조한 바 있는 예술의 '정동적 효과'의 의미를 지나치게 축소 해석한 것은 아닐까? 이와 관련하여 마수미Brian Massumi의 흥미로운 언급을 떠올려볼 수 있다. 브라이언 마수미는 정동과 이미지의 관계에 대해 "이미지 수용에 있어 정동이 가장 우선한다"[27]라고 단언한다. 또한 그는 이를 부연하며 "의지와 의식은 감산적subtractive이고, 한정적limitative이며, 파생적인 기능들derived functions"[28]이라고 설명한다. 이를 요약하자면, 현실화된 의지이전에 수많은 반응의 세계가 이미 놓여 있다는 것인데 바로 그 잠재적인 세계를 마수미는 가상계the virtual라고 정의한다. 이런 맥락에서 마수미는 논리적 설득과 합의가 아니라 "정동적 동요affective fluctuations"[29]가 수용자에게 더 큰 설득적 효과를 발휘한다고 그의 저서에서 풍부한 예를 통해 설명한다. 그런 의미에서 보자면 이미지의 가상계에서 일어나는 정동적 동요야말로 문학의 중요한 기능과 관계 깊다고 말할 수 있을 것이다. 각별히 시와 관련하여 이야기하자면 '정동적 동요'를 가져오는 시적 이미지가 이미 사회적 관계의 텍스트망 안에서 성립된다는 것을 언급해둘 필요가 있겠다. W. J. T. 미첼W. J. T. Michelle 은 "이미지의 삶은 사적인 것 혹은 개인적인 것이 아니다. 그것은 사회

---

26 같은 글, pp. 318~19.

27 브라이언 마수미, 『가상계─운동, 정동, 감각의 아쌍블라주』, 조성훈 옮김, 갈무리, 2011, p. 48.

28 같은 책, p. 57.

29 같은 책, p. 85.

적인 삶이다"[30]라고 문학 텍스트와 사회적 관계의 텍스트의 얽힘에 대한 단서를 제공한 바 있다. 미첼이 이 명제를 부연하며 언급한 철학자 넬슨 굿맨의 표현에 따르자면, 이미지가 세상에 대한 새로운 배치와 지각을 만들어내는 "세상을 만드는 방식"이기 때문이다.[31] 그렇기 때문에 만약 우리의 상상하는 방식 속에 정치하는 방식이 놓여 있다고 한다면,[32] 접합은 예술가가 사회적 활동을 포함한 자신의 삶 속에서 상상력을 발휘하는 구체적 실천이라는 계기에서만이 아니라 문학 텍스트 생산이라는 활동 속에서, 이미 정동적 동요의 차원을 포함한 사회적 실천이 근본적으로 담보되어 있는 바로 그 텍스트 생산의 차원에서 성립 가능한 것이라고 할 수 있다. 그리고 무엇보다도 그런 맥락에서 정동적 동요를 생산하는 이미지들을 풍부하게 품은 텍스트들을 생산하는 시인이야말로 진은영 시인이 아니겠는가?

6

지금까지 2000년대 중반 이후 시단의 움직임을 세 가지 '시적 의지'의 차원에서 살펴보았다. 시에서 인접 장르의 발성법과 문법을 시의 지붕 아래에 모아 시의 내부를 재편하려는 시도와 시를 외부로 확장하는 방식의 '접합'을 시도한 평면의 미학 그리고 예술 개념의 확장 혹은 전변을 통해 감성적 조직의 교란을 꾀하려는 시도들이 그것이다. 이들은 공히 기존의 정태적 시 개념을 장르적 차원에서뿐만이 아니라 시의

30 W. J. T. 미첼, 『그림은 무엇을 원하는가——이미지의 삶과 사랑』, 김전유경 옮김, 그린비, 2010, p. 141.

31 W. J. T. 미첼, 같은 곳.

32 조르주 디디-위베르만, 『반딧불의 잔존——이미지의 정치학』, 김홍기 옮김, 길, 2012, p. 60 참조.

사회적 연관 관계의 차원에서도 넘어서고자 하는 의지를 보였고 작품을 통해, 의도했건 의도에 반하건, 소기의 목적을 달성했다. 그런데 우선적으로 눈에 띄는 것은 역시, 울리히의 비유를 다시 사용하자면,[33] 시의 지붕 아래에 계속해서 추가적인 것을 수집해서 모으려는 태도나 어떤 것도 더 이상 시의 외부에 있을 필요가 없게 될 때까지 시의 지붕을 확장하려는 태도가 공히 아직은—그리고 어쩌면 영원히—시라는 지붕을 필요로 하고 있다는 사실이다. "비시(非詩)의 무화(無化)"를 성급히 선언했던 한 논자의 어리석음을 뒤늦게 깨달으면서, 추후 이 글에서 언급된 사건들 이후의 사태를 조감하기 위해 다시 한번 시의 지붕을 가늠해본다.

[『쓺—문학의 이름으로』, 2015]

---

33 이하의 비유는 볼프강 울리히, 같은 글, p. 316 참조.

헤라클레스의 기둥과 두 개의 환원

1. 모더니티와 전위

앙투안 콩파뇽은 단언한다. 보들레르는 전위가 아니었다. 콩파뇽의 이 발언은 모더니티와 전위를 가름하는 그의 논법에 합당한 결론이다.

(1)

그것은(— 보들레르의 모더니티) 또한 곧이어 득세할 개혁의 미학과 단절의 맹신과 분명하게 구별되어야 한다. 현재를 인식하는 데 있어서 과거가 적합하지 않다는 점을 강조한 보들레르가 "새것에 대한 종교"의 전도사 중 하나였지만 그에게 이런 종교의 어떤 흔적도, 변화를 위한 변화나 눈에 보이는 변화, 혹은 발레리가 명명한 "새것 자체"를 위한 변화의 미학에 경도된 흔적은 없다.[1]

(2)

한마디로 말해 초기의 모더니스트들은 자신들이 전위주의자들을 대표한다고 생각하지 않았다. 그럼에도 불구하고 사람들은 전위

---

1 앙투안 콩파뇽, 『모더니티의 다섯 개 역설』, 이재룡 옮김, 현대문학, 2008, p. 49.

와 모더니티를 너무도 자주 혼동했다. 필경 둘 모두 역설적 성격을 지니고 있지만 동일한 딜레마에 부딪치는 것은 아니다. 전위가 단지 보다 급진적이며 교조적인 모더니티만은 아니다. **모더니티가 현재에 대한 열정과 동의어라면, 전위는 미래에 대한 역사적 의식과 시대를 앞서가려는 의지를 상정한다.**[2] (강조는 인용자)

콩파뇽에 의하면 '전위'라는 용어는 대규모의 병력과 주력부대보다 앞에서 행군하는 군대의 한 부분을 지시하는 군사용어였는데 이후 정치적 진보와 결부되고 나아가 미학적 의미로 은유적으로 전유된 용어이다. 그는 19세기를 지나면서 신인상주의 이후 전위가 명백하게 미학적 형식주의로 변모했다는 진단을 내린다. 그렇다면 보들레르의 모더니티와 전위가 달라지는 지점은 어디일까? 인용에서 보듯 콩파뇽은 보들레르에게 전통과의 단절은 문제적이지만, 그것이 단절의 전통이라는 전위 특유의 새것 숭배와는 전연 다른 것이라고 판단한다. 다시 말해 보들레르가 회복기의 환자를 예로 들어 모든 진부한 것들조차 새로움 속에서 보는 아이와 같은 상태를 강조한 것은 사실이지만, 그것이 새것 자체를 위한 미학과는 다르다는 것이 콩파뇽의 판단이다. 저 유명한 보들레르의 구절을 상기해보라. "현대성이란 일시적인 것, 사라지는 것, 우연한 것이다. 그것은 예술의 반(半)이다. 나머지 반은 영원한 것, 불변의 것이다"[3]라고 말할 때 그가 현재에 대한 열정을 가감 없이 드러내고 있는 것은 사실이지만 그것이 모든 전통의 부정을 의미하는 것은 아니었다. 당대의 "특수한 아름다움" "상황의 아름다움"에 대한 열정을 통해 그는 모든 전통을 부정하는 대신 스스로 새로운 전통

---

2   앙투안 콩파뇽, 같은 책, pp. 68~69.

3   샤를 보들레르, 「현대 생활의 화가」, 『화장 예찬』, 도윤정 옮김, 평사리, 2014, p. 40.

의 토대가 되었을 따름이다.

단절의 전통이 아니라 현재에 대한 열정과 관련하여 보들레르가 삽화가 콩스탕탱 기Constantin Guys에 대해 쓴 글들을 참조할 수 있을 것이다. 보들레르는 "각 시대는 그 시대의 자세, 시선, 몸짓이 있다"[4]라고 말한다. 조금 길지만 주목에 값하는 피터 게이의 설명을 참조해보자.

> 1863년 말 보들레르는 뛰어난 프랑스 삽화가 콩스탕탱 기에게 헌사한 일련의 글에서 그의 "대단한 독창성"을 칭찬하였고 자신이 쓴 인상적인 구절 "현대의 영웅성"에 대해 설명했다. 보들레르는 콩스탕탱 기가 당대의 아름다움을 추구했기 때문에 특별하다고 생각했다. 그는 전통을 중시하는 예술가들이 먼 과거에 머물러 있어서 "보편적인 아름다움"만을 좋아하며 **"특수한 아름다움"**, **"상황의 아름다움"**을 무시했다고 썼다. 보들레르가 옹호했던 아름다움은 화려한 정치와 전쟁에서가 아니라 "사교계 생활의 볼거리", 고상한 마차, 말쑥한 마부, 민첩한 하인, 사랑스러운 여인, 잘 차려입은 예쁜 아이들에게서 발견되는 것이었다. 앞에서 지적했듯 모더니즘이 대도시에서 주로 번성했던 이유가 바로 그것이다.
>
> 보들레르의 모더니즘은 주로 "덧없는 것, 변하기 쉬운 것, 우연적인 것"을 담고 있는데 대도시의 붐비는 거리를 거닐고 있을 때야말로 이런 것들을 가장 쉽게 볼 수 있었다. 눈을 크게 뜨고 살피는 한량, **"혼잡한 거리 한복판에 죽치고 있는 열의에 찬 관찰자"**만이 제대로 관찰할 수 있다. 파리가 런던처럼 "거대한 화랑"이었으니, 현대의 예술가, 즉 현대에 속한 예술가들은 그곳에서 **"현대적 삶의 거대한 사전"**을 제대로 읽을 수 있었을 것이다.[5] (강조는 인용자)

---

4   샤를 보들레르, 같은 책, p. 42.

현재에 대한 열정에 사로잡힌, 당대적 삶에 대한 열의에 찬 관찰자로서 보들레르는 미래의 가치가 아니라 새로움의 가치에 예술적 성패를 걸었다. 콩파뇽이 보들레르는 전위가 아니었다[6]고 말한 것은 정확히 이런 의미였다. 그리고 그것은 '미학적 투쟁주의'와는 성격을 달리하는 것이다.

2. 헤라클레스의 기둥

후고 프리드리히는 『현대시의 구조』에서 보들레르, 랭보, 말라르메의 시를 "존재론적 시"로 가는 세 단계로 설명한 바 있다. 이 과정을 거치면서 현대시가 "종래 의미의 인간성, 체험, 가상, 그리고 심지어 시인의 개인적 자아마저도 도외시해버린다"[7]라고 그는 설명한다.

> 현대미술에서 독자성을 확보한 색채구성과 형식구성이 그 자신만으로 충족되기 위해서 모든 구상성을 떨쳐버리거나 완전히 배제해버리는 것과 같이, 시에서는 언어의 자율적인 운동체, 의미에 의해 구속되지 않는 음향의 연속과 강렬한 음향의 운동곡선에 대한 요구 때문에 시는 이제 더 이상 그 진술 내용에 의해서는 이해될 수 없게 된다. 왜냐하면 시의 본래적인 내용은 외적인 그리고 **내적인 형성력의 표출**에 있기 때문이다. 그러한 시는 구체적인 전달 내

---

5   피터 게이, 『모더니즘』, 정주연 옮김, 민음사, 2015, pp. 73~74.

6   콩파뇽은 보들레르뿐만이 아니라 마네 역시 이런 맥락에서 결코 전위는 아니었으며 미래가 아니라 새로움을 택한 화가라고 설명한다.

7   후고 프리드리히, 『현대시의 구조』, 장희창 옮김, 한길사, 1996, p. 30.

용이 없긴 하나 어쨌든 언어이기 때문에 그것을 대하는 사람을 매혹시키면서도 혼란스럽게 만드는 **불협화음적인 결과**를 가져온다.[8] (강조는 인용자)

예컨대 프리드리히는 말라르메의 시에서 대상들이, 그 대상의 성질이 사라진 결과 지적인 알레고리를 위해 희생되었다고 주장했다. 콩파뇽은 프리드리히의 주장을 폴 드 만의 논의를 소개하며 반박하고 있는데, 2000년대 이후 우리 현대시를 이해하는 데 있어서도 중요한 단서를 제공해주는 다음과 같은 대목은 눈여겨볼 만하다.

> 이 비물질적 장례 애도가
> 첫날밤 이부자리의 무수한 주름살로
> 내일의 별을 짓누른다.

라는 시에서 단어들은 여전히 재현적이며 상징적인 상태의 의미 수준, 달리 말하면 기존의 의미에 속한다고 드 망은 주장했다. 말라르메의 시는 모두 무엇인가를 말하고자 한다. 어떤 면에서는 그의 시는 가장 난해한 시까지 포함해서 모두 번역 가능하다.

> 줄무늬 마노를 아주 높게 헌정한 그의 순수한 손톱

〔……〕 한마디로 말해서 말라르메의 시가 실로 보들레르의 그것보다 덜 재현적이지 않고 그 의미에 있어서도 더 비결정적이거나 더 비확정적이지 않다. **모호성과 현대성, 난해성과 사실성의 부재**

---

8   후고 프리드리히, 같은 책, p. 31.

를 혼동하지 말아야 한다.[9] (강조는 인용자)

레나토 포지올리는 정치적 전위와 예술적 전위라는 개념을 사용하여 두 개의 아방가르드라는 설명을 제시한 바 있다. 그는 전자가 세상을 바꾸기 위해 예술을 이용하는 것이라면 후자는 세상은 예술을 뒤따라올 것이라는 믿음과 관계된다고 설명한다.[10] 다시 말해 형식적 실험을 통해 사회적 관계 등에 혁신적 변화를 추동할 수 있다는 것이다. 포지올리의 맥락에서 예술적 아방가르드는, 프리드리히가 보들레르 이후의 현대시를 발생론적 역사주의에 입각해 설명하면서 지시한 바로서의 '불협화음'을 낳기 마련이다. 더욱이 모든 전통을 부정하면서 현재에 대한 열정보다는 미래에 대한 신념에 기반하고 있는 전위 운동에서는 이 불협화음과 난해성이 종종 수반되기 마련이다. 콩파뇽이 든 비유에서처럼 이런 의미의 미학적 아방가르드는 단절 그 자체를 전통으로 삼으면서 헤라클레스의 기둥을 계속해서 뒤로 밀고 가는 것과 같다. 그렇다면 최상의 경우 예술의 방법론적 혁신을 통해 사회를 변화시키는 데 기여할 미학적 아방가르드는, 페터 뷔르거의 설명처럼 "예술과 삶의 화해"라는 20세기 초반의 '역사적 아방가르드'의 목적을 달성할 수도 있었을 것이다.

뷔르거는 20세기 초반의 아방가르드와 20세기 중반 이후의 아방가르드를 역사적 아방가르드와 네오 아방가르드로 구분하고, 전자는 18세기 이후 사회와 분리되기 시작해 자율성을 강화해온 예술이 다시 삶과의 화해와 통합을 모색하려는 시도로 긍정적으로 평가한다.[11] 그는

---

9 앙투안 콩파뇽, 같은 책, p. 86.

10 레나토 포지올리, 『아방가르드 예술론』, 박상진 옮김, 문예출판사, 1996, pp. 27~32 참조.

11 페터 뷔르거, 『아방가르드의 이론』(최성만 옮김, 지식을만드는지식, 2013) 2장 「시민사회에서 예술의 자율성 문제에 대하여」 참조.

"유럽의 아방가르드 운동들은 시민사회에서 예술의 상태에 대한 공격으로 규정지을 수 있다"[12]고 단언한다. 다시 말해, 20세기 초반의 (역사적) 아방가르드 운동은 "인간의 실생활에서 유리된 것으로서의 예술제도[13]를 부정하는 운동이라는 것이다. 반면 네오 아방가르드는 다시 "아방가르드를 예술로서 제도화함으로써 진정으로 아방가르드적인 의도들을 부정하게 된다"[14]고 비판한다. 다시 콩파뇽의 표현을 빌리자면, 이들은 삶과 예술의 화해와 통합을 이루기는커녕 단절 자체를 전통으로 만들면서 '새로운 순응주의'로 귀결된다는 것이다. 그렇다면 관건이 되는 것은, 폴 드 만의 표현을 다시 인용하자면, "모호성과 현대성, 난해성과 사실성의 부재를 혼동하지 말아야 한다"는 것이다. 삶과의 통합을 강조하면서 시작되었지만 자족적 유폐 체계를 작동시키는 것으로 귀결되는 예술에서 가장 문제가 되는 것은, 모호성과 사실성의 부재를 현대성과 난해성의 문제로 포장하는 데 열중하다가 스스로 헤라클레스의 기둥을 밀고 가는 행위를 기계적 자동성에 의탁하게 되는 현상이다. 기둥을 밀고 가는 행위의 목적은 기둥 자체에 있는 것은 아니다. 삶과의 통합이 새로운 방식의 자율성의 신성화로 귀결되고, 더욱이 아도르노의 지적처럼 끊임없이 새로움을 전시하는 시장의 논리에 결과적으로 자신도 모르는 새에 포섭당해서야 헤라클레스의 체면이 말이 아니다.

---

12 같은 책, p. 120.

13 같은 곳.

14 같은 책, p. 144.

3. 실패의 크로키

　단절을 전통으로 삼는 것이 아니라 새로운 전통의 토대를 이룬 시인이 있다. 보편적인 아름다움이 아니라 특수한 아름다움, 당대적 상황에서의 아름다움에 주목하고 "혼잡한 거리 한복판에 죽치고 있는 열의에 찬 관찰자"로 단연 황병승을 꼽지 않을 수 없다. 『여장남자 시코쿠』(랜덤하우스코리아, 2005)가 문제적인 것은, 하위문화적 코드의 도입이라든가 재래의 서정성을 시적 환영주의로 고발하는 대담한 화법 때문이기도 하지만, 무엇보다도 이 시집이 "현재에 대한 열정"으로 가득한 "현대적 삶의 거대한 사전"에 비견되기 때문이다. 황병승은 스스로 단절의 전통을 선포한 시인은 결코 아니다. 그의 작품에서 두드러지는 것은 모든 전통에 대한 부정에 있는 것이 아니라 당대의 삶의 복잡성을 그것이 적실하게 요구하는 형식에 의해 발화하고자 하는 불가피한 열정이다. 그런 의미에서 볼 때 미래의 가치보다 당대적 새로움의 가치 쪽으로 수렴되는 황병승의 시세계 역시 전위적이라기보다는 현대적 전통의 창출에 가깝다고 할 수 있다.

　　나는 보여주고자 하였지요, 다양한 각도에서의 실패를. 독자들은 보았을까, 내가 보여주고자 한 실패. 보지 못했지…… 나는 결국 실패를 보여주는 데 실패하고 말았다! 쓸모없는 독자들이여, 당신들은 어디에 있었는가. 불빛 속에서, 아름답게 흐르는 강물을, 다리 위에서, 보고 있었지. 어둠 속에서, 나는 밤낮으로 출렁거리며, 다리 아래서, 보여주고자 하였는데, 괴로워…… 그러게 말입니다.

　　실패한 자로서, 실패의 고통을 안겨주는 이 페이지에서, 당신들이 수시로 드나들 이 페이지에서, 페이지가 너덜거리도록 당신들과

만나는 고통 속에서,

　　"나는 실패를 보여주고자 하였으나 보기 좋게 실패하고 말았네.
이거 이거, 실패를 보여주기에는 역시 역부족이란 말인가. 괴롭습
니다, 괴로워요⋯⋯"라고 말이지요
　　―「내일은 프로」부분

　　"내일은 프로"라는 제목은 언뜻 보기에 황병승이 미래를 위한 기투
에 건 시인인 것처럼 보이게 하나, 실상 그것은 '미래에 대한 기여'를
위해 지금까지의 예술의 역사를 모두 부정하려는 쪽이 아니라 현재를
집요하게 응시하는 작업의 난망함, 실패를 거듭할 수밖에 없으므로 현
재에 붙들릴 수밖에 없는 시인의 숙명을 지시한다. 황현산의 설명처
럼, 첫 시집 『여장남자 시코쿠』에서 하위문화의 거칠고 생생한 에너지
를 선보이고 두번째 시집 『트랙과 들판의 별』(문학과지성사, 2007)에
서 "문화라고 이름 붙은 것들의 토대"의 취약성을 고발한[15] 황병승은
세번째 시집 『육체쇼와 전집』(문학과지성사, 2013)의 「시인의 말」에서
"연필의 검은 심을 모질게 깎고" "서로의 얼굴을 백지 위에 갉작 갉작
그려 넣으며" "납득이 가지 않는 페이지는 찢었다"라고 말한다. 그는
표제작 「육체쇼와 전집」에서 "어린 시절의 향과 단물이 그리워지는 시
간" "어린 시절의 숲과 야만이 그리워지는 시간"이라고 썼다. 회복기
의 환자처럼, 모든 진부한 것들을 새롭게 발견하는 아이의 눈으로 행
하는 '풍속의 크로키'(보들레르)는 거듭되는 실패의 운명에 자신을 내
맡기는 열정과 관계 깊다. 같은 열정에 자신을 내맡겼던 이는 "예술적

15　황현산, 황병승 시집 『육체쇼와 전집』(문학과지성사, 2013)의 해설 「실패의 성자」 참조.

재능이란 의식적으로 **되찾아진 어린아이**에 다름 아니다"[16]라고 말한 바 있다. "저는 생각이 없어요 전집이 없습니다"라고 말하는 이의 육체쇼란, 참조할 역사보다는 현재에 집중된 실패의 크로키, 납득이 가지 않는 페이지를 거듭 찢어가며 실은 스스로를 필연의 자리에 새겨 넣을 시 쓰기가 아닐 수 없다.[17]

4. 두 개의 환원

아마도 헤라클레스의 기둥을 밀고 가는 시인으로 '조연호'와 '이준규'를 꼽을 수 있을 것이다. 이 둘에게는 공모의 흔적은 없지만 고유의 형식적 실천을 감행하면 세상이 예술을 뒤따라올 것이라는 호기에 있어서는 호각세를 보인다고 말할 수 있겠다. 명백히 단절의 전통과 미래에의 기투 의지를 드러내는 두 시인이 공히 감행하는 것은 기성의 서정시에 만연한 정서적 환영주의를 거부하고 시를 언어의 편에 다시 인계하는 작업이다.

『천문』(창비, 2010), 『농경시』(문예중앙, 2010), 『암흑향』(민음사, 2014) 3부작에서 조연호는 일종의 언어적 광학주의를 실험한다. 여기에는 세 단계가 결부되어 있다. 세계의 음사(音寫), 혹은 경험의 음역(音譯), 언어와 의미의 산개 및 재배열 혹은 재분배가 그것이다.

하늘의 문자에서는 분무 살충제를 뒤집어쓴 벌레처럼 소름끼칠 정도로 아름다운 소리가 들려왔다

16 샤를 보들레르, 같은 책, p. 31.

17 황병승은 『육체쇼와 전집』 앞머리에 놓인 「시인의 말」에 "이 고독한 밤을 바꿀 수만 있다면"이라는 바람을 반복해서 적어 넣었다.

고전주의자로서의 나는 별의 운동을 스스로 지켜볼 수 있기 때
문에 별과 나 사이가 투명하지 않다고 여긴다
　전달에 대한 의문은 거기서부터 시작해서
　성난 가족의 얼굴을 보는 것만으로도 분노에서는 평화로운 멜로
디가 떠올랐다
　　　―「천문」 부분

　　조연호는 "우주가 음사(音寫)된 우리의 세계"(「아르카디아의 광견」)
라고 썼거니와, 그의 문장은 생의 음역(音譯)을, 음성을 분절하는 음운
론적 규칙phonological rule으로 삼는 세계의 천문이 된다. 다시 말하
자면, 조연호의 시편들은 언어와 의미의 산개 및 재배열을 통해 자체
의 어휘목록lexicon을 지니며, 바로 그런 방식으로 그의 문장들은 무궁
하게 변형생성된다.[18] 인용된 「천문」에서도 그 양상은 명료하게 드러
난다. 한 가지 놓치지 말아야 할 조언은 말라르메에게서도 고유의 생
생함과 구상성을 발견한 폴 드 만의 것이다. 우리는 "모호성과 현대성,
난해성과 사실성의 부재를 혼동하지 말아야 한다".
　　「천문」을 보자.[19] 별을 "하늘의 문자"로 읽는 것은 익숙한 방식이지
만 거기서 "소름끼칠 정도로 아름다운 소리가 들려왔다"는 것은 또 다
른 차원의 전진이다. 경험의 음역(音譯)이 아니고 무엇이겠는가? 별의
반짝임이 "살충제를 뒤집어쓴 벌레"의 필사적인 꿈틀거림으로 변환되
었다가 이내 소름 돋게 "아름다운 소리"로 몸을 뒤집는다. 짧은 문장
에 담긴 이 운동은 충분히 눈여겨볼 만하다. 별빛이 고통의 단말마로
표현되는 낯선 사태를 살갗의 실감으로 제시하는 표현 자체도 우리 시

18　필자는 그 자세한 양상을 조연호 시집 『천문』(창비, 2010)의 해설에서 설명한 바 있다.

19　「천문」에 대한 설명은 시집 『천문』의 해설에 이미 제시한 바 있다.

사에는 드문 상상력이지만, 그것을 다시 한 문장 안에서 실존의 새로운 방식과 바로 결부시키는 것도 충격적이다. 이 문장은 서정과 탈서정의 이항대립을 따돌리면서 이미 고유의 모험을 감행하고 있다. 이 문장은 그 자체로 여러 겹이다. 아니, 조연호식으로 말하자면 여러 '격'을 지닌다. 우선 보는 자의 격이 있다. 별은 보는 자의 망막에 반짝이는 대상이다. 그것이 상기시키는 것은 그 반짝임을 바라보는 위치에 있는 이의 낮음과 매여 있음이다. 만약 여기서 그치면 조연호는 상징주의자가 될 것이다. 그러나 조연호는 그것을 아름다운 소리로 다시 한번 변환한다. 조연호 시의 모든 사태는 바로 여기서 비롯된다. 격을 달리하는 것들인 가시성과 고통의 마주 섬, 그리고 양자가 동시에 음역(音譯)됨으로써 인식과 윤리를 끌어안고 미적인 것에 투신하는 언어의 운동이 이 한 문장 안에 있다. 검산이 필요한가? 동일한 운동이 같은 연의 나머지 행에서 반복됨을 확인하는 것은 어렵지 않다. 별빛이 단말마적 떨림이었던 것과 거의 같은 맥락에서 시각 우위의 "고전주의자"에게 다시 한번 "성난 가족의 얼굴"이 스쳐 간다. 그렇다면 다음 운동은? 충분히 예측 가능하다. 그것은 다시 "평화로운 멜로디"로 음역된다.

다시 그의 최근 3부작의 제목을 상기해보자. "천문" "농경시" "암흑향"은 하늘과 땅의 모든 사건들의 기원을 산개되고 재배열된 언어로 고쳐 쓰고자 하는 의지를 반영한 것이 아니고 무엇이겠는가? 틀림없이 그는 헤라클레스의 기둥을 밀고 가는 시인이다.

다른 쪽에서 기둥을 밀고 가는 시인이 있다. "나는 세상의 모든 시를 시작하리라"(이준규, 「이글거리는」, 『흑백』, 문학과지성사, 2006)라는 선언이 단절을 전시하고 미래에의 기투를 감행하고자 하는 것이 아니라면 무엇이겠는가? 2014년에 출간된 이준규의 시집 『반복』(문학동네)에 실린 작품의 제목만 일별해도 그가 고집스럽게 이 단절과 환원

작업을 '반복'하고 있음을 알 수 있다. 관념, 나는, 나는, 겨울, 나, 나는 너의 일곱 시다, 나는, 나는 언덕을 오르는 나였다, 그것, 너는 나다, 너는 조금 읽는다, 너는 비스듬하다…… 꽃, 그것, 붉다, 둥글다…… 등이 이 시집에 실린 작품의 제목들이다. 이로부터도 충분히 암시가 되어 있기는 하나, 그가 어떤 반복을 행하고 있는지 구체적으로 살펴보기 위해 2011년 발표한 작품과 시집 『반복』에 실린 작품을 나란히 놓아보자.

(1)

복도는 복도다, 복도에는 어떤 것들이 흐른다, 나는 복도에서 무언가 망설였다, 창을 열면서, 너를 사랑했다, 창을 닫으면서, 너를 사랑했다, 복도는 망설이는 곳이다, 우주처럼, 복도는 우선 복도다, 복도는 하나의 지평을 가지며, 복도는 두 개의 지평을 가지며, 복도는 세 개의 지평을 가진다, 복도 말고는 아무것도 없다, 복도에 신문이 떨어질 때, 복도에 아이들이 뛰어갈 때, 복도에 세탁부가 지나갈 때, 복도에 손님이 지나갈 때, 복도는 여전히 복도다, 복도는 우울하다, 복도는 조금 휘어 있다, 복도는 정확한 직선이 아니다, 복도는 조금 미쳐 있다, 조금 미치고 있는 내가 바라보는 복도는 조금 미친 복도다, 복도는 깨끗하지 않다, 복도에서 벗어나야 한다, 복도에서 벗어나 문을 열고 마루로 진입해야 한다, 나는 복도에 문득 서 있었다, 복도의 다른 끝에 당신이 있었다, 내가 있었다, 복도는 너를 사랑한다, 사랑하는 복도, 우리의 시.

　　──「복도」부분[20]

20　이준규, 「복도」, 『문학동네』 2011년 봄호.

(2)

딸기가 그릇에 담겨 있다. 딸기는 하얀 바탕에 노란 꽃무늬가 있
는 손바닥 크기의 그릇에 담겨 있다. 딸기는 별로 크지 않은데, 반
으로 잘려 있다. 절단된 딸기 무더기. 딸기는 작은 꽃무늬가 있는
하얀 그릇에 담겨 있다. 나는 그것을 하나 둘 먹기 시작한다. 딸기
를 먹으니 기분이 좋고 딸기를 먹으니 가슴의 통증이 있고 그렇게
딸기를 계속 먹으니 가슴의 통증은 사라진다. 나는 홍차를 마셔도
가슴의 통증을 느끼는데 그 이유는 알 수 없다. 아무튼 나는 딸기
를 다 먹고 노란 꽃무늬가 있는 하얀 그릇을 본다. 전등 불빛에 반
짝이는. 딸기가 사라진. 딸기가 있었다.

　　—「딸기」 전문[21]

　　조연호가 세계의 음역을 위해 언어와 의미를 산개하고 그것을 재조
합하는 언어의 광학적 환원을 감행한다면, 이준규는 현상학적 환원에
기초한 시계(視界)의 세공(細工) 작업을 통해 의미를 누적해간다. "나는
세상의 모든 시를 시작하리라"는 선언은 "세상은 나의 모든 시를 시작
하리라"는 선언과 다름없다는 것이 후속 작업들을 통해 판명된다.

　　인용한 시를 풀기보다는 두 작품에서 시계의 움직임에 주목하는 것
이 좋겠다. 이준규는 시적인 것의 편재성을 소재나 형식의 차원이 아
니라 시계(視界) 차원의 문제로 변경함으로써 모든 장소와 사건이 언어
적 시계의 적용에 따라 시의 처소가 될 수 있음을 시연해 보이고 있다.
다른 지면에서 사용한 말을 활용한다면 비유컨대, 거리와 술집이 아
방가르드의 일원이 되기 위해 필요로 하는 것은 벤치와 변기 같은 오
브제들이지만, 예컨대 드가의 「콩코르드 광장」(1875)이나 마네의 「폴

21　이준규, 「딸기」, 『반복』, 문학동네, 2014.

리 베르제르의 술집」(1882)에서처럼 미적인 것의 처소가 되기 위해서
는 바로 시계가 필요하다. 시계는 '시적인 것은 어디에나 있다'는 르포
르타주의 렌즈로 기능하기 때문이다. 시계의 세공을 통해, 세계의 모든
것이 시가 된다는 환영을 반복하는 것이 아니라 세계가 시적으로 누적
된다. 이준규의 반복에 주목한다.

5. 두 개의 기미

　최근에 눈에 띄는 두 개의 운동에 대해서 부기함으로써 글을 맺고자
한다.

　　　(1)
　　　혁명은 부러졌다
　　　총체적으로 분열하는 각론들
　　　설익은 혁명의 거친 낱낱이
　　　계단을 뒹군다
　　　〔……〕

　　　기침을 참는 혁명의 고요
　　　서울의 겨울 숲
　　　눈이 비로 변한다
　　　죽은 나무들의 언 뿌리가 흙 속의 적막을 흐느낀다

　　　죽은 나무들의 숲에서
　　　겨울비 내리는 숲에서

한 방울 두 방울 얼어붙는
뼛속까지 파고드는 침묵, 침묵들
이 혁명에는 소리도 물결도 없다

수염이 얼고
수염이 삐걱이고
살얼음 같은 익명이 스며들어
우리를 호명할 수 없게 한다
같이 혁명할 수 없어서
같은 혁명을 할 수 없어서
데크레셴도 데크레셴도
여리고 사소하게 밭은기침들
—김성대, 「우리의 회색 겨울 서울」 부분[22]

(2)
여름내 자신의 꼬리를 물고 잠든 개에게서
독신(獨身)이라는 말을 배웠다

하나의 원을 그리기 위해 필요한 건 편파적인 생애

[……]

객사한 직계의 시신을 대문 앞에 두는 풍습을
원근(遠近)이 어긋난 삶에 대한 예의라고 생각했으나

---

22 김성대, 「우리의 회색 겨울 서울」, 『舒—문학의 이름으로』 2015년 하반기호.

서로를 침범하지 않을 만큼만 나이테를 늘려 가면
익숙한 곳에서부터 길을 잃곤 했다

보름달이 뜨는 날마다
한평생 대문을 열고 잔 노모(老母)가 사방을 걸어 잠근 채
동공 속에 떨어진 연필심을 털어 낸다고

되돌아온 손을 잡으면 중력이 없는 슬픔에도 눈물이 고였다

서로 다른 윤곽으로 맴도는 우주의 한 이름, 미아
일생에 두 번 타인의 원주를 지나야만 한다
──기혁, 「미아에게」부분[23]

　　김성대는 두번째 시집 『사막 식당』(창비, 2013)에 실린 한 작품에서
"언어는 뻘어버렸습니다 녹신녹신 욱신욱신/입구를 모르는데 뜻이라
뇨"(「바나나와 그리고」)라고 너스레를 떤 일이 있다. 그러나 그의 시는
모호성과 사실성의 부재 쪽으로 기우는 것이 아니라 언어의 탄성으로
장전된다. 이 시집에서 "구름을 보면 몸 안의 잠이 먼 곳을 돌아오는
거 같아"(「목신의 오수」)와 같은 수일한 구절을 선보이고, 「9월의 미발
(未發)」「페페 2」「31일, 2분 9초」「∞의 이데아 2」「염전」과 같은 작품
들을 통해 입구를 모르는 언어가 오히려 어떻게 더 사물에 즉(則)할 수
있는지를 보여준 그는 단절의 전통에 대한 의식적 경주 없이도 우리
시의 새로운 활로를 열어가고 있다. 인용된 시에서 그는 "각론들로 분
열하는 혁명"에 낙담하지 않고 "죽은 나무들의 숲"에서 "뼛속까지 파

23　기혁, 「미아에게」, 『모스크바 예술극장의 기립박수』, 2014, 민음사.

고드는 침묵"을 혁명의 새로운 기미로 간파한다. 어쩌면 이 시는 김수영의 「사랑의 변주곡」의 변주일까? 복사씨와 살구씨로부터 미래의 운동을 간취한 김수영의 얼굴이 "여리고 사소하게 밭은기침들"에서조차 '혁명의 숨결'을 정련하는 한 젊은 시인의 눈빛에 스쳐 간다. 동시에, 고유한 형식적 실천을 통해 삶의 사회적 구성물을 재편하겠다는 아방가르드의 실패한 이상이 거기 잠깐 머물다 간다.

기혁은 조연호의 문법에 익숙하지만 조연호보다 구상적이다. 인용된 시에서 그는 이미 궤도와 주기가 달라진 각자의 삶이 외접하거나 내접하는 양상을 언어와 의미의 산개와 재배열을 통해, 그리고 그 결과 이미지의 적실한 연쇄를 통해 구상적으로 제시한다. 이 방향에서 그의 시적 의지가 현재에 대한 열정과 충실하게 접속할 때 우리 시의 또 다른 향배가 불거질 것이다.

[『쓺—문학의 이름으로』, 2016]

'현재에 대한 열정'의 결여와 평온한 상대주의

1. 탈현실화·탈개성화와 난해성의 문제

19세기 중엽 이후의 서구 현대시 전개 양상에 대해 후고 프리드리히와 폴 드 만은 견해를 달리한다. 후고 프리드리히는 『현대시의 구조』에서 보들레르, 랭보, 말라르메에 이르는 일련의 흐름을 '존재론적 시'로 진행하는 과정이라고 설명한다. 그가 이를 증명하기 위해 내민 개념이 바로 '탈현실화'와 '탈개성화'이다. 이때 탈현실화는 시의 재현 기능이 점차 약화되고, 아서 단토의 용어를 차용해 설명하자면, "물리적 상대역physical counterpart"으로부터 자유로워지면서 현실과 무관한 자율적 놀이가 되는 과정을 설명하는 개념이다. 그리고 탈현실화에 수반되는 탈개성화는 시에서 1인칭이 점차 삭제되면서 결과적으로 서정적 자아의 정서를 표현하는 대신 비개성적이며 절대적인 세계를 추구하는 경향을 의미한다. 이처럼 탈현실화와 탈개성화라는 개념을 통해 프리드리히는 보들레르 이후 말라르메에 이르기까지의 과정을 재래의 시가 해체되고 심지어는 작품이 스스로를 파괴하는 단계에 이르는 과정으로 설명한다. 그 결과 보들레르 이후의 현대시가 "종래 의미의 인간성, 체험, 가상, 그리고 심지어 시인의 개인적 자아마저도 도외시해버린다"[1]라고 그는 말한다. **현대시의 전개를 단계론적으로 파악하고 있는**

프리드리히에게 20세기의 모든 시는 이런 과정을 반복해서 되풀이하는 것에 지나지 않는다.

한편 폴 드 만은 말라르메의 시가 보들레르의 시보다 덜 재현적이지 않다는 것을 구체적 작품 분석을 통해 제시함으로써 결과적으로 후고 프리드리히의 주장을 반박한다. 그는 말라르메의 시에서 대상들이 순수하게 형식적 논리를 위해 소집된 것이 아니라 여전히 상징적인 의미를 지니고 있다고 설명하면서 말라르메의 가장 난해한 시조차 모두 해석 · 번역이 가능하다고 주장한다.[2] 다시 말해, 난해한 것과 모호한 것은 엄격하게 다른 의미론적 질서에 속한다는 것이다.

서두가 길어졌지만 보들레르 이후 현대시의 전개 과정에 대한 후고 프리드리히와 폴 드 만의 상이한 관점을 소개한 것은 관점의 우열을 판별하기 위함이 아니다. 단도직입적으로 말하자면 그것은 탈현실화, 탈개성화와 난해성의 문제가 단순한 관계를 지닌다기보다는 상당히 미묘한 관계 양상을 띨 수밖에 없다는 것을 논의의 출발점으로 삼기 위함이다.

2. 난해성이냐 사실성의 부재냐

2000년대 이후 한국시를 설명하는 키워드로 감각, 환상, 익명성, 난

---

1   후고 프리드리히, 『현대시의 구조』, 장희창 옮김, 한길사, 1996, p. 30.

2   보들레르 이후 현대시의 전개에 관한 폴 드 만의 설명에 대해서는 Paul De Man, "Lyric and Modernity", *Blindness and Insight*, Minneapolis: University of Minnesota Press, 1983; "What is Modern?", *Critical Writings(1953~1978)*, Minneapolis: University of Minnesota Press, 1989 참조.

해성 등이 빈번하게 사용되어왔다는 것은 주지의 사실이다.[3] 그리고 이 키워드들이 방증하고 있듯이 소위 '미래파' 논쟁 이후 동시대의 시에 대해 비난과 찬사가 엇갈리게 되는 것 역시 시의 탈현실화, 탈개성화 문제를 바라보는 태도, 그리고 가중되고 있는 난해성 문제에 대한 판단이 될 것이라 해도 과언은 아니다. 몇 가지 질문을 던져보자. 2000년대 이후 한국시가 '물리적 상대역'으로부터 자유로워지는 경로를 밟아왔는가? 또한 2000년대 이후 한국시는 서정적 자아나 극적 화자의 내면 표현이라는 재래의 규정을 벗어나 다성적 목소리를 분출하는 방향으로 진행되어왔는가? 많은 이들이 호소하고 있는 최근 한국시의 난해성은 무엇에서 기인하는가? 그것은 한국시의 탈현실화, 탈개성화 경향의 증대나 감소와 밀접한 관련이 있는가?

이런 질문들에 답하기 위해 우선 후고 프리드리히와 폴 드 만의 견해차를 설명하며 앙투안 콩파뇽이 슬쩍 부기한 다음과 같은 곁말에 주목할 필요가 있다는 점을 강조하고자 한다.

> 모호성과 현대성, 난해성과 사실성의 부재를 혼동하지 말아야 한다.[4]

콩파뇽은 모호함을 현대성으로, 사실성의 부재를 난해함으로 착각해서는 안 된다고 말하고 있다. 원래 이 말은 콩파뇽이 앞서 언급한 사안과 관련하여 드 만의 손을 들어주며 덧붙인 것이다.[5] 그런데 이 말은

3 셀 수 없이 많은 논의를 열거할 수 있겠으나 필자 역시 각각의 문제에 대해 다른 지면에서 여러 차례 논의한 바 있으니, 선이해를 전제하고 이 문제들에 대한 논의를 여기서 다시 소개하지는 않겠다.

4 앙투안 콩파뇽, 『모더니티의 다섯 개 역설』, 이재룡 옮김, 현대문학, 2008, p. 86.

5 이에 대한 자세한 설명은 『쓺—문학의 이름으로』 2016년 상반기호에 실린 조강석, 「말하라,

비단 현대시가 "존재론적 시"로 가는 길을 '정주행'하고 있다는 프리드리히의 견해를 반박하는 차원에서뿐만이 아니라 2000년대 이후 우리 시의 전개 양상에 대해 다시 한번 살펴보려는 국면에서도 중요한 단서를 제공한다.[6]

주지하듯, 형식주의적 관점에서는 시적 모호함ambiguity이 의미의 다중성과 관련될 때 시의 필수적 구성 요소로서 그 가치가 높이 평가되곤 했다. 윌리엄 엠프슨이 『모호성의 일곱 가지 유형*Seven Types of Ambiguity*』에서 설명한 것처럼, 해석의 다양성과 결부된 모호함은 시 언어와 그것의 지시대상 혹은 물리적 상대역의 관계가 단순히 일의적인 것만이 아님을 효과적으로 보여주는 중요한 시적 구성 요소가 된다. 이때 중요한 것은 지시대상과의 관계의 명료함이라기보다는 시의 내부에서 성립되는 시적 논리의 명료함이다. 만해의 「알 수 없어요」가 모호하다고 말할 수는 있지만 여기에 시의 내적 논리가 결여되어 있다고 말할 수는 없을 것이다. 이와 똑같은 이유로 진은영의 「있다」(『훔쳐가는 노래』, 창비, 2012)[7]는 모호하지만 명료한 내적 논리 구조를 지니고 있다고 말할 수 있다.

그대들이 본 것이 무엇인가를(3)──21세기 한국 시의 어떤 전위성」에서 제시한 바 있다.

6 이는 2000년대 우리 시가 보들레르 이후 서구 현대시의 경로를 답습했다는 전제와 무관하다. 개체발생이 계통발생을 반복하기도 하지만 어떤 돌연변이들은 역사를 지님과 동시에 역사를 개시하기도 하게 마련이다. 어떤 방향에서건.

7 창백한 달빛에 네가 너의 여윈 팔과 다리를 만져보고 있다/밤이 목초 향기의 커튼을 살짝 들치고 엿보고 있다/달빛 아래 추수하는 사람들이 있다//빨간 손전등 두개의 빛이/가위처럼 회청색 하늘을 자르고 있다//창 전면에 롤스크린이 쳐진 정오의 방처럼/책의 몇 줄이 환해질 때가 있다/창밖을 지나가는 알 수 없는 사람들이 있다/있다고, 말할 수 있을 뿐인 때가 있다/여기에 네가 있다 어린 시절의 작은 알코올램프가 있다/늪 위로 쏟아지는 버드나무 노란 꽃가루가 있다/죽은 가지 위에 밤새 우는 것들이 있다/그 울음이 비에 젖은 속옷처럼 온몸에 달라붙을 때가 있다//확인할 수 없는 존재가 있다/깨진 나팔의 비명처럼/물결 위를 떠도는 낙하산처럼/투신한 여자의 얼굴 위로 펼쳐진 넓은 치마처럼/집 둘레에 노래가 있다──진은영, 「있다」 전문

그런데 최근 한국시의 어떤 모호함은 다의성이 아니라 내적 논리의 결여에서 기인하기도 한다. 그리고 그것은 현대적 삶의 다면성에 대한 직관과 사유의 부족을 의미한다. 이 경우 모호함은 다면적이고 입체적인 현상을 직시하려는 의지로부터 도피처가 된다. 수사의 화려함이 사유 부족을 가리는 **엄폐물이** 될 수 없으며, 시의 내적 논리를 갖추지 못한 모호함은 좋은 시에 필수적으로 요청되는 내적 논리와 구조의 문제에 있어서의 실패를 의미할 뿐이다. 과정은 사라지고 원인과 결과만 남은 모호성을 해석의 차원에 인계하면서 그것을 현대성이라고 강변할 수는 없는 것이다. 동시대의 소재를 취해 다양한 이미지들을 열거하는 것만으로 현대성을 획득했다고 말할 수 없을 것이며, 내적 논리를 갖추지 못한 채 다의성에 대한 탐사를 해석자의 손에 떠맡기는 것이 예술의 현대적 양태로 옹호될 수도 없는 노릇이다. 콩파뇽의 말마따나 예술에서 현대성은 단절과 혁신의 의지 자체가 아니라 '현재에 대한 열정'으로부터 비롯되기 때문이다.

　　이는 난해성 문제에 대해서도 마찬가지이다. 난해성은 사실성의 부재와 동의어가 아니다. 이상의 「오감도」 연작은 난해하기로 정평이 나 있다. 그러나 지면을 통해 발표된 15편의 작품은 '무책임한' 모호함에 기대거나, 대상으로부터 물러서서 형식 자체의 개변에 골몰한 결과라기보다는 새롭게 육박하는 근대적 삶의 양식에 대한 직관에 부합하면서 당대의 삶에 대한 사유를 가장 효과적으로 개진할 수 있는 스타일을 창조해낸 결과로 간주될 수 있을 것이다.[8] 비슷한 예를 1980년대 황지우의 시에서도 찾아볼 수 있다. 신문 기사나 부고란, 혹은 네 컷짜리 만화 등 일종의 '레디메이드'를 시에 도입하거나 「묵념, 5분 27초」(『새들도 세상을 뜨는구나』, 문학과지성사, 1983)에서 침묵의 공간을 백

8　그 양상에 대해서는 여러 필자가 「오감도」 연작 15편만을 대상으로 상세하게 분석한 것을 모은 김인환·황현산 외, 『13인의 아해가 도로로 질주하오』, 수류산방, 2013 참조.

지 위에 마련한 것은 단절과 혁신의 미학에 기초했다기보다는 '현재에 대한 열정'에 기인한다고 말할 수 있을 것이다. "일그러진 형식은 일그러진 현실에서 온다"라는 황지우의 설명은 이를 뒷받침한다. 콩파뇽의 구분에 다시 의존하자면, 이 경우 황지우는 단절의 열망과 의지로 충만한 아방가르드적 경향에 속한다기보다는 현재에 대한 열정에 사로잡힌 '모더니스트'로서의 성격이 더 강하다고 하겠다. 전위주의자냐 모더니스트냐가 그 자체로 여기서 중요한 것은 아니다. 중요한 것은 난해성과 사실성의 부재가 혼동되어서는 안 된다는 것이다. 이상과 황지우의 시는 더러 난해하지만 그렇다고 해서 현재를 직시하려는 열망을 덜어낸 형식 의지만을 담고 있는 것은 아니다. 그것은 비록 태도를 형식으로 삼고는 있지만, 따라서 도달한 문장 대신 요청된 해석이 전면에 대두되는 것이긴[9] 하지만 의미 있는 난해함을 지니고 있다. 그것은 풀자면 풀리는 난해함이고 그런 구조가 아니고서는 다른 방식으로 축조될 수 없는 난해함이다. 이 난해성을 구축하는 것은 형식 의지 그 자체라기보다는 현재에 대한 열정과 사실성이 될 것이다.[10]

아마도 이 같은 맥락에서 황병승의 『여장남자 시코쿠』(랜덤하우스코리아, 2005)의 파격적 형식 실험과 조연호의 『천문』(창비, 2010)의 난해성은 해명될 수 있을 것이다. 전자가 현실의 복잡성과 입체성을 포착하는 다중 주체의 목소리에 걸맞은 다양한 형식을 필요로 하는 것이었다면, 후자는 현실에 부재하는 조화와 총체성을 가상으로 꾸며내는 방식의 화해를 거부하고 부조화와 모순을 수용하면서 모순의 파편들을 재료 삼아 그것을 시의 내적 논리에 의해 재배열하려는 알레고리

---

9   이와 관련된 문제는 뒤에서 살펴볼 것이다.

10   물론 이때의 사실성은 재현 관계에서처럼 지시대상의 성질과 관련되기만 하는 것은 아니다. 예컨대 시에서의 사실성에는 시의 내적 논리에 따른 사실관계와 '감각적 사실관계'가 포함될 것이기 때문이다.

적 열망과 관계 깊다고 하겠다. 또한 이준규가 시계(視界)에 기반한 시적 묘사를 통해 거꾸로 모든 시계가 시계(詩界)가 될 수 있음을 고스란히 실연해 보인 것 역시 이와 같은 맥락에서 그 의의를 설명할 수 있다. 그야말로 사실성으로 충만한 난해성이 아니겠는가?

3. '태도가 형식이 될 때'

그러나 안타깝게도 이것은 더러 관행이 된다. 현재에 대한 열정이 없는 모호함이 스타일이 되고 사실성의 부재가 난해함으로 간주되는 많은 사례들이 그 뒤를 이었음은 참으로 아쉬운 일이다. 현재에 대한 열망으로부터 필연적으로 비롯된 난해함이 그 의도와 상관없이 결과적으로 우리 시단의 활력을 제공했다고 한다면, 현재의 **인력을** 잃고 해석에 전적으로 내맡겨지는 모호함과 사실성의 결여를 형식 의지로 꾸미는 방만함은 일종의 '평준화'를 낳고 있다. 물리적 상대역으로부터의 자유가 사실성의 부재에 따른 모호함으로 귀결될 때 과정은 사라지고 원인과 결과만 남은 채 시는 설명에 전적으로 내맡겨진다. 이렇게 되면 태도와 해석이 관건이 된다. 그리고 "태도가 형식이 되었을 때" 새로운 사태가 발생한다. 이를 설명하기 위해 하나의 우회로를 거쳐보자.[11]

티에리 드뒤브Thierry de Duve는 19세기 이래 미술 교육의 역사적 단계를 세 가지 모델로 정리한 바 있다. 그는 전통적 모델(아카데미 모

---

11 '태도가 형식이 되었을 때When Attitudes Become Form' 전시회와 관련된 티에리 드뒤브의 논의에 대해서는 조강석, 「'태도가 형식이 되었을 때' 이후의 시」(『이미지 모티폴로지』, 문학과지성사, 2014)에서 이미 설명한 바 있다. 다소 중복되지만 논의의 맥락상 이를 조금 더 부연해 본다.

델), 근대적 모델(바우하우스 모델), 현대적 모델로 분류하면서 각각의
모델에 맞는 핵심 개념을 제시한다. 우선 전통적 모델에서 강조되는 것
은 '재능-메티에르métier-모방'이다. 전통적 아카데미 모델에서는 재능
이 불평등하게 분배되었다는 것을 인정하는 가운데, 예술 생산에 필요
한 기술을 훈련하고 이를 통해 외부의 사물과 사태를 모방 혹은 재현
하는 것을 강조한다. 그런데 20세기 들어 산업화, 과학의 진보, 이념의
변화 등에 따라 예술의 환경이 전면적으로 바뀌었으며 새로운 형태의
예술 모델이 대두되었다고 그는 설명한다. 그가 '바우하우스 모델'이라
는 별칭을 붙인 이 예술 모델에서 중요한 것은 '창조creation-매체-창
안(invention, 생산)'이다. 드뒤브의 설명에 조금만 귀를 기울여보자.

> 이제 회화와 조각은 외부의 모델을 관찰하고 모방하던 과거의
> 인습에서 벗어나 점차 **내면을 향했고**, 그들의 표현의 **수단 자체를
> 관찰하고 모방**하기 시작했다. 모더니즘 예술가들은 상대적으로 고
> 정된 관습 안에서 재능을 발휘하는 대신에 그 **관습들 자체를 미적
> 인 실험대상으로** 삼았으며, 더 이상 구속될 필요가 없다고 느끼는
> **관습을 하나씩 폐기**해 나갔다.[12] (강조는 인용자)

이런 관점에 의하면 재능은 불평등하게 주어지지만 창조성은 누구
에게나 분배된 것이며, 모방이 대상을 재현하는 것이라면 창안은 대상
을 생산하는 것이다. 티에리 드뒤브는 모방은 재생산인 반면 창안은
생산이며 모방은 동일성을, 창안은 차이를 낳는다고 설명한다.[13] 이제
중요한 것은 오랜 숙련 기간이나 전문화된 기술이 아니라 자유로운 창

---

12 티에리 드뒤브, 「형식이 태도가 되었을 때──그리고 그 너머」, 『1985년 이후의 현대미술 이
    론』, 조야 코커·사이먼 릉 엮음, 서지원 옮김, 두산동아, 2010, p. 24.

13 티에리 드뒤브, 같은 글, p. 31.

조가 된다. 또한 예술가들은 숙련과 관행에 기반한 메티에르를 행하는 것이 아니라 예술의 매개 자체에 주목함으로써, 물리적 상대역이 아니라 표현 수단 자체에 관심을 기울이면서 예술적 관습들 자체를 미적 실험 대상으로 삼기 시작한다. 이처럼 재현이 아니라 생산과 창조를 강조하고, 지시대상이 아니라 예술적 매개 자체에 주목하며 관습들을 예술의 주요 대상으로 삼는 방법론이 본격적으로 대두되는 것이 근대 예술의 일반 풍경이라고 그는 설명한다. 그 자체로, 2000년대 이후 한 국시의 전개와 관련하여 흥미로운 준거들을 떠올려볼 수 있게 하는 논의가 아닐 수 없으나, 일단 그의 논의를 조금만 더 따라가보자.

티에리 드뒤브는 바우하우스 모델 이후 예술의 전개에 대해 다시 주목한다. 그가 근대 모델을 넘어서 새로운 예술의 이상이 대두되는 결정적 계기로 꼽는 것은 1969년 스위스 베른의 쿤스트할레Kunsthalle에서 기획된 '태도가 형식이 되었을 때' 전시회이다.[14] 68혁명 정신의 표현과 개념 미술의 시효라는 상징성이 미묘하게 맞물려 있는 이 전시회는, 전통적 대상에 대한 모방과 기술적 재현이나 매체에 대한 메타적 재고를 통한 창조적 생산이 아니라 '태도'를 '실천적'으로 개진하는 전시회였는데, 이 '사건event'의 영향력은 상당했다. 이때 태도는 '비판적 태도critical attitude'와 '미적 태도aesthetic attitude'를 아우르는 것이다. 이제 중요한 것은 전문적 기술이나 매체의 성질 같은 것이 아니라 '태도의 실천'이 된다. 티에리 드뒤브는 이 전시회 이후 예술은 '재능-메티에르-모방'(전통 모델) 단계와 '창조-매체-창안'(근대 모델) 단계를 넘어서 '태도-실천-해체'(현대 모델) 단계로 접어들었다고 설명한다.

---

14 이 전시회는 한편으로는 유럽 68혁명 정신을 예술적으로 표현한 것으로 여겨지기도 하며, 동시에 개념 미술이 본격적으로 개시되는 계기로 간주되기도 한다.

티에리 드뒤브의 정식화는 흥미롭지만 이를 동시대 한국시의 상황과 관련하여 참조하기 위해서는 유보 조항 혹은 전제가 하나 필요하다. 재능-메티에르-모방/창조-매체-창안/태도-실천-해체 모델이 비가역적인 것이 아니라 오히려 공간적 동시성을 지닐 수 있다는 것이다. 2016년 8월에 발간된 한 계간지에 묶인 시인들의 시론은 이를 증명한다.[15] 우선 이수명과 정재학의 경우를 보자.

(1)
표현하는 것이 아니라 근접한다. 언어는 사물을 표현하지 않는다. 사물을 이해하지도 사물을 덮을 수도 없다. 언어는 권능적이지 않으며 반대로 흠이 많고 구멍이 숭숭 뚫려 있어서 무언가를 잘 포괄하지 못한다. 사물을 조이거나 건져 내지 못한다. 언어의 부실함과 미숙함은 사물과 결합하지 못하게 하고, 사물에 한없이 다가서도록 만들 뿐이다. 그리하여 언어가 사물을 표현하는 것이 아니라 사물에 근접해 가는 것이라 해야 한다. 이 과정에서 사물이 언어에 어른거린다.
— 이수명, 「그러나 시를 쓴다는 것」

(2)
시 속에서 환상은 하나의 질료일 뿐이며, 초현실은 꿈이나 비현실이 아니라 현실을 넘어선 현실이다. 〔……〕 누군가 자신이 초현실주의 시인이라 생각한다 하더라도 그의 시가 현실을 완전히 벗

15 계간 『파란』 2016년 여름호는, 동시대 다양한 연배의 시인들에게 시론을 청탁하고 이를 책 한 권 분량의 특집으로 편집하여 출간했다. 여기 실린 시론들은 동시대 한국시의 시에 대한 사유의 편폭을 보여준다는 점에서 의미가 있다고 하겠다. 이하 이 글에서 인용한 시론들은 여기에 실려 있는 글들이다.

어날 수는 없다. 무의식조차도 결국 체험에 뿌리를 두고 있으며 어떠한 방식으로든 세계에 대한 인식은 남기 때문이다. 시가 직접적인 현실을 드러내야 한다는 데에 나는 동의하기 힘들다. 어쩌면 시는 늘 실패하면서도 현실을 넘어서고자 하는 유일하고 내밀한 문학 형태이기 때문이다.

　　―정재학, 「파편의 일부」

　　인용한 시론들은 동시대 한국시를 가늠하는 흥미로운 키워드들을 제공한다. 이수명과 정재학의 시론에 의하면 시는 직접적인 현실을 드러내거나 혹은 사물을 표현하는 것이 아니다. 다시 말하자면 이들은 시를 재현과 모방의 패러다임 속에서 사유하지 않는다. 그렇다고 해서 이들이 동일성이 아니라 차이에 기초한 새로움을 의도적으로 추구하는 것은 아니다. "사물"이나 "현실"과 동떨어진 형식 실험 자체에 몰두하는 것은 아니라는 말이다. 물론 이들은 메티에르보다는 매체 자체에 더 많은 관심을 보인다. 그러나 그것은 어디까지나 사물과 현실의 인력 안에서의 관심이다. 이수명은 "언어가 사물을 표현하는 것이 아니라 사물에 근접해 가는 것"이라고 말하고 있다. 재현이나 표현 대신 '근접'이라는 말을 사용함으로써 그는 실제론 쪽으로 기운다. 다시 말해 매체에 대한 지대한 관심 속에서 그의 시론은 바우하우스 모델과 관계 깊지만, 여전히 실재에의 열망에 사로잡힌 언어를 추구한다는 점에서는 아카데미 모델의 가장 급진적인 위치를 점유한다. 이것은 그의 시가 표현을 통해 정서적 깊이를 만들어내는 '심리학적 환영주의'를 피하고 '심리학적 평면성'을 고수하고 있는 까닭을 잘 설명하고 있다. 심리적 환영 대신 언어들의 수평적 긴장을 통해 사물에 근접하려는 것이 그의 시이기 때문이다. 바로 그런 의미에서 여전히 근저에서 그의 시

를 지탱시키고 있는 것은 실재에의 열망과 현재에 대한 열정이다.[16]

　종종 초현실주의자라는 평을 들어야 했던 정재학의 경우에도 '현실'은 여전히 최종심급으로 작동한다. 그는 스스로 '리얼리스트'를 자처한다.[17] 그 역시 메티에르보다 매체에 관심을 기울이지만 그렇다고 해서 관습들 자체를 미적인 실험 대상으로 삼지는 않는다. 비록 시가 직접적인 현실을 드러내야 한다는 데 동의하지 않지만 "시가 현실을 완전히 벗어날 수는 없"고 "어떤 방식으로든 세계에 대한 인식은 남"는다는 것을 그는 인정한다. 이수명이 실재에의 인력 안에서 언어의 긴장을 유지하려는 쪽이라면, 정재학은 실재의 파편들로 그 실재를 넘어설 방법을 '창안'하고자 한다. 그는 근접하는 것이 아니라 넘어서려 하는데, 이는 현실로부터 벗어나는 방식으로 현실을 초월하고자 하는 것이 아니라 언어에 남겨진 실재의 파편들을 재배열하고 재조립하여 현실을 넘어서고자 하는 열망 쪽에 가깝다. 발터 벤야민의 설명을 참조하자면 이것은 전형적인 알레고리적 열정이다.[18] 정재학 역시 현재에의 열정에 이끌리는 시인이라는 것이다.

　또 다른 시인들의 시론을 살펴보자. 이준규와 김언의 글은 이와는 다른 방식의 문제를 제기한다.

　　　　　(1)
　어떤 것도 시가 될 수 있다는 생각은 실험과는 사실 별 상관이

16　가령 이수명, 「녹지 않는 사람」(『물류창고』, 문학과지성사, 2018) 같은 작품을 예로 들 수 있겠다.

17　정재학, 「파편의 일부」, 『파란』 2016년 여름호, p. 187 참조.

18　그런 면에서 정재학과 조연호의 시는 언뜻 보아서는 멀어 보이지만 그 기저 동기에 있어서 함께 조망될 수 있는 여지가 있다.

없다. 실험은 사유의 차원에서 이루어진다. 정신의 실험이 부재하는 문장의 실험은 아이들 낙서에 가깝다.

〔……〕

나는 작품을 만드는 자가 아니라 시에 이르려고 하는 자이다. 그것은 조롱받을 만한 짓이다. 나에게 백지와 글자로 가득한 책은 본질적으로 같다. 나는 시인이라기보다는 화가에 가까운 기질을 가지고 있다. 하지만 나는 이제 시에서 벗어날 수 없다. 아니, 나는 이제 텍스트에서 벗어날 수가 없다.

— 이준규, 「어느 날의 시론」

(2)

우리에게 도착하는 것은 어차피 문장이다. 사람이 아니다. 사람의 마음도 아니다. 체취도 아니다. 사람의 마음이나 체취가 담긴 것이라고 생각하는 문장이다. 거기서 짐작되는 그의 기질이나 세계관도 결국엔 문장의 형식으로 온다. 문장으로 온다. 우리에게 도착하는 것은 매정하게도 언제나 문장이다. 사람은 거기 없다. 있다고 생각될 뿐이다. 있기를 바라는 생각 말이다.

— 김언, 「그 여름에서 여름까지 짧은 기록 몇 개 5」

다소 고약한 배치겠지만 이준규와 김언의 글은 서로 대화하듯 마주 서 있는 것처럼 보인다. 이준규는 실험이 문장 이전의 사유의 차원에서 이루어지는 것이며 스스로를 작품을 만드는 자가 아니라 시에 이르려는 자라고 선언한다. 바꿔 말하자면 그에게 중요한 것은 우리에게 도달한 작품 이전에 존재하는 "정신의 실험"이다. 그가 모든 시계(視界)를 시계(詩界)로 벼리는 작품들을 써오고 있었던 것은 그런 태도의 소산일 것이다.[19] 만약 여기에 '태도가 형식이 될 때'라는 명제를 부여할 수 있다면 뒤에 인용한 김언의 시론은 '형식이 태도가 될 때'로 정식화될 수 있을 것이다. 여기서 김언은 우리에게 어차피 도착하는 것은 정신이 아니라 문장이라고 간명하게 말하고 있다. 나아가 기질이나 세계관조차 결국에 문장의 형식으로 온다고 부연한다. 태도가 형식이 될 때와 형식이 태도가 될 때의 시차는 정확히 이준규와 김언의 시세계가 변별되는 지점을 보여준다. 이준규에게 문장 이전에 사유 실험 차원에 이미 시가 있다면, 김언은 새로운 미학을 선언하는 시 「기하학적인 삶」[20]에서조차 문장 간의 간격을 조절하는 데 집중하고 있다. 그리고 이 시차는 소위 '미래파' 논쟁 이후 한국시의 전개에 대해 생각해볼 단서들을 제공한다.

4. 평온한 상대주의

세계는 숙련된 기술을 통해 정서적으로 혹은 감각적으로 재현되고 모방되는 것이 아니라 환기되거나 혹은 시 속에서 거듭 발생하는 것이며 그렇기 때문에 시의 매체인 언어와 그것을 통해 세계가 축성되는 형식 자체에 더 많은 관심을 집중할 것을 호소하는 계기가 된 것이 소위 '미래파' 논쟁이었다. 긍정적 방향에서 그것은 현재에 대한 열정을 가장 적실하게 형식화할 고유한 스타일들을 모색하는 열기를 낳았다. 그러나 부정적인 방향에서는 형식이 필연성을 획득하기보다는 방법과 매개 자체가 고집스럽게 전경화되는 시들의 양산으로 이어졌다. 후자의 경우 '미학적 태도'가 과정과 결과를 대신한다. 이수명과 정재학의

---

19   그 자세한 양상에 대해서는 다음 글에서 설명한 바 있다. 조강석, 「생성변형문법으로부터 시계 세공으로──이준규의 시세계」, 『이미지 모티폴로지』, 문학과지성사, 2014.

20   이 시에 대한 설명은 앞에 실린 「동시대 시문학의 세 가지 '예술 의지'」에서 개진한 바 있다.

성취에서 '현재에 대한 열정'을 감산할 경우 치명적 오류를 품은 상속자들을 낳기 마련이다. 매체(언어) 자체에 대한 관심은 본래 시문학 특유의 것이지만 현재를 놓치면 방법 그 자체만 매번 생경하게 불거지기 마련이다. 안타깝게도 최근 들어 현재를 차단하고 방법 자체를 전시하는 데 몰두하는 작품들을 발견하는 것은 그리 어려운 일이 아니다. 더욱이 현재에 대한 열정이 아니라 스타일 그 자체가 목적이 되는 경우도 쉽게 눈에 띈다. 공들여 마련한 다채로운 방법론들이 여러 지면에서 다양하게 개진되고는 있지만 그 에너지가 세계가 아니라 자아 탐색에 집중되는 경우, 즉 복잡다단한 현실과 적실하게 맞물리는 스타일을 모색한다기보다는 고전적 형태의 낭만적 감정 토로를 번잡한 방법론들을 통해서 반복하고 있는 경우라면 '문갑의 뚜껑이 들어맞는'(김수영) '딸깍' 하는 소리를 듣는 일은 요원하다. 전통적 메티에르를 고집할 필요는 없다. 매개에 대한 관심, 방법과 스타일에 대한 모색은 언제나 격려되어도 좋은 것이다. 그러나 언제까지나 방법이 그 자체로 전경화되고 목적이 되는 작품들에 머물러도 좋은 것은 아닐 것이다. 더욱이 탐색의 열정이 수수께끼와 같은 자아에 고착된 리비도로 환원될 경우 그것은 난해함이 아니라 사실성의 결여로 귀결되기 마련이다. 그리고 이는 해석의 곤경이 아니라 곤혹을 낳는다.

이는 '태도-형식'과 '형식-태도'의 문제와도 결부된다. 이준규는 그래도 태도를 전시하는 편이다. 예컨대, 시계를 분절하여 시로 취하던 이준규가 최근작들에서, 이를테면 「겨울」과 같은 작품에서 "나의 시는 어디로도 가지 못한다. 그래서 나의 시는 어디로든 간다. 나는 나의 문학에 확신한다. 나는 나의 중얼거림이 이제 바른 길로 들어섰다고 생각한다"라는 문장을 거침없이 개진하면서 사유의 뼈대를 고스란히 드러내는 것은 틀림없이 '태도가 형식이 될 때' 전개되는 사태지만 해석의 곤혹을 낳지는 않는다. 방법 자체가 극단적으로 전경화된다는 점에서 아쉬움이 남지만 작업실을 이처럼 열심히 개방하는 시는 해석에 의존하지 않는다. 그러나 애써 현란한 방법의 숲을 정돈하고 마주치게 되는 것이 서정적 자아의 어지러운 심사인 경우라면 그것은 시를 문장이 아니라 해석에 인계하는 사태다. 아서 단토의 예술존재론[21]에서처럼 시를 전적으로 '해석의 함수'에 인계하는 것이 온당한 것일까? 난해함과 사실성의 부재는 다른 것이다. 그리고 앞서 인용한 김언의 시론이 말하고 있는 것처럼 우리에게 도달하는 것은 결국 문장이다. 전경화된 많은 스타일들이 있다. 그러나 때로 우리 시는 다양성이란 길을 통해 '평온한 상대주의'[22]에 도달한 것으로 보인다. 풀면 풀리지만 풀고 나면 아무것도 없는 것이 '현대의' 시는 아닐 것이다.

[『쓺―문학의 이름으로』, 2016]

---

21 w=o(I), 아서 단토의 이 공식은 대상이(o) 해석(I)에 의해 비로소 예술(w)로 승인됨을 의미한다.

22 이 표현은 이브 미쇼가 동시대의 예술을 평가하면서 사용한 것을 차용한 것이다. 이에 대해서는 이브 미쇼, 『기체 상태의 예술』, 이종혁 옮김, 아트북스, 2005 참조.

우리는 결코 미래인이었던 적이 없다[1]

1

브뤼노 라투르는 『우리는 결코 근대인이었던 적이 없다』라는 흥미로운 책에서 근대와 관련해 다음과 같은 진단을 내린 바 있다.

과거를 보존하려고 하든, 혹은 폐지하려고 하든 간에 두 경우 모두에서 특히 혁명적 관념, 즉 혁명이 가능하다는 생각은 존속한다. 오늘날 그런 생각 자체가 우리에게는 과장된 것이라는 인상을 주는데, 혁명은 역사들에서의 여러 다른 것들 중에서 단지 하나의 자원이며 이들은 역사에 대해 전혀 혁명적이지도 않고 비가역적이지도 않기 때문이다. 근대 세계는 '그 가능성에 있어서는' 과거와 단절하는 총체적이고 비가역적 발명품이다. 마치 프랑스 혁명과 볼셰비키 혁명이 '그 가능성에 있어서는' 탄생하는 새로운 세계의 산파였던 것처럼. 그러나 연결망으로서 볼 때에 근대 세계는 혁명처럼

---

1 이 제목은 브뤼노 라투르의 저서 『우리는 결코 근대인이었던 적이 없다』를 원용한 것이다. 본문에서 이야기하겠지만 여기서 제목의 구문만 취하고 있는 것은 아니다. 브뤼노 라투르의 근대에 대한 사유는 소위 '미래파 현상'을 바라보는 필자의 태도를 다시 한번 강화해주었고 이를 재정돈하는 데 많은 것을 시사해주었다.

64

실천들의 작은 연장, 지식의 순환에 있어서의 약간의 가속, 사회들의 조그만 확장, 행위자들의 수의 미미한 증가, 과거의 믿음에 대한 약간의 변경 이상의 어떤 것도 거의 허용하지 않는다.[2]

다소 길지만 주목에 값하는 발언이어서 인용했다. 이원적 대립항들에 의해 종종 설명되곤 하는 근대라는 대상이 그 가능성에 있어서는 비가역적 발명품이지만 "연결망으로서"는 비가역적일 수 없으며, 브뤼노 라투르가 이 책의 다른 대목에서 반복적으로 강조하는 개념을 사용하자면, 근대와 비근대가 공히 일체의 "하이브리드"적 현상의 다른 국면이라는 설명은 대단히 흥미롭다. 어쩌면 혁명은 비가역적 현상이 아니라 연결망 안에서의 '오래된 과거'의 확장이며 쇄신과 단절을 추동하는 것이 아니라 하이브리드의 또 다른 단면의 전면화라는 발상, 즉 근대의 실제는 이론적으로 공표되거나 정돈된바 그대로의 모습인 적이 없었다는 생각은 근대 자체가 '언행불일치'의 소산이라는, 그리고 그런 의미에서 "우리는 결코 근대인이었던 적이 없다"는 것이다. 이는 2000년대 중반 이후 우리 시단을 떠들썩하게 했던 하나의 현상에 대해 사유할 때에도 시사하는 바가 적지 않다. 다만, 기억할 것은 브뤼노 라투르의 의도가 반근대로의 회귀나 탈근대적 해체가 아니라 근대와 비근대, 양자의 매개를 활용하여 연속성을 사유하자는 취지의 주장이었다는 사실이다.

---

2   브뤼노 라투르, 『우리는 결코 근대인이었던 적이 없다』, 홍철기 옮김, 갈무리, 2009, pp. 130~31.

예술이 더 이상 진정한 예술가들의 자양분이 될 수 없었던 뒤부터, 예술가들은 자기 재능을 자신의 환상이 만들어 내는 온갖 변화와 기분을 위해 사용했다. 지적 야바위꾼들에게는 온갖 가능성이 열려 있었으니까.

대중들은 예술 속에서 더 이상 위안도, 즐거움도 찾지 못했다. 그러나 세련된 사람들, 부자들, 무위도식자, 인기를 좇는 사람들은 예술 속에서 기발함과 독창성, 과장과 충격을 추구했다. 나는 내게 떠오른 수많은 익살과 기지로 비평가들을 만족시켰다. 그들이 나의 익살과 기지에 경탄을 보내면 보낼수록, 그들은 점점 더 나의 익살과 기지를 이해하지 못했다.

나는 오늘날 명성뿐만 아니라 부(富)도 획득하게 되었다. 그러나 홀로 있을 때면, 나는 나 스스로를 진정한 의미에서의 예술가로 생각하지 않는다. 위대한 화가는 조토와 티치안, 렘브란트와 고야 같은 화가들이다. 나는 단지 나의 시대를 이해하고, 동시대의 사람들이 지닌 허영과 어리석음, 욕망으로부터 모든 것을 끄집어낸 한낱 어릿광대일 뿐이다.[3]

인용한 것은 20세기를 풍미한 한 화가가 남긴 유언의 일부이다. 누구의 것이겠는가? 바로 파블로 피카소의 유언이다. 피카소가 죽기 한참 전에 매체를 통해 공개된 것이지만 피카소는 죽기 전까지 이 유언에 대해서는 어떤 부가 설명도 하지 않았다. 이 유언은 취중 진담과 같은 것일까, 혹은 정력적이고 유쾌한 피카소의 또 하나의 유머일 뿐인

---

3   여기서는 에프라임 키숀, 『피카소의 달콤한 복수』, 반성완 옮김, 마음산책, 2007, p. 40에서 재인용.

가? 적어도 이 유언 자체가 피카소적이라는 사실은 확실한 것 같다.

이 유언을 현대예술의 중요한 자기반성으로 받아들인 키숀은 "이해할 수 없는 것이 지적, 예술적인 우월성의 표지가 되어버리고, 추한 것은 꼭 그래야만 하는 일종의 의무가 되어버렸다"[4]라고 현대예술의 스캔들에 대해 설명하고 있다. 에프라임 키숀은 조금 지독한 독설가인데, 예컨대 현대예술이 지나치게 비평과 이론에 힘입는 것에 대해 다음과 같이 신랄하게 풍자를 하기도 했다.[5]

전문 용어	예술 대상
자기도취적으로 끓어오르는 힘의 유희가 만들어낸 팽창하는 부드러운 구조	왼쪽 모서리에 있는 갈색의 얼룩
리듬을 넣은 선의 아폴론적 완성	두 개의 테두리 줄
시대를 초월한 변용으로 인해 우주적으로 상승하는 세포	무(無)
멜로디의 과잉에 대한 시각적 거리 두기로서의 미리 구상한 진(眞) 테제	뒷면에 작가의 사인이 있는 텅 빈 캔버스
원형적인 비의(秘義)와 키메라적인 비의의 나선적이고 유동적인 대립	다섯 개의 녹색 사각형
태아에 근접하는 파괴 계수의 폭발을 예고하는 기하학적이고 몽유병자적인 의식의 형태	부풀어 오른 콘돔

일단 크게 한번 웃고 난 뒤에 갑자기 소름이 돋는 풍자가 아닐 수 없다. 어떤 예술적 '혁명'은 때로 비평가나 이론가의 전면 지원을 필요로 하기도 하는 법인데, 비평과 이론이 예술과 예술 제도 자체의 존립 근

---

4   에프라임 키숀, 같은 책, p. 83.

5   표는 같은 책, p. 80에서 인용.

거가 되는 사태에까지 이르면 이 같은 촌극을 초래하기도 한다. 피카소의 유언은 바로 그런 사태들에 대한 풍자의 알리바이로 종종 인용된다. 그러나 피카소의 유언이 품은 아이러니에 대해 조금 더 고려할 여지는 없을까? 조토가 아닌 피카소, 렘브란트나 고야와는 다른 피카소를 판단과 비평의 종착지로 삼는 대신 피카소 안에서 한 살림씩 살던 조토와 티치안, 그리고 반대로 피카소의 알라존Alazon이기도 했던 렘브란트와 고야에 대해 생각해볼 수는 없을까? 혁명 자체가 비약의 계기인 것은 틀림없지만 그것이 단절의 기원이기 때문이 아니라 그 자체로 하이브리드이기 때문은 아닐까?

3

단절로서의 혁신을 광고함으로써 얻는 것은 주목이고 잃는 것은 작품에 대한 구심적 경의이다. 소위 '미래파' 논쟁과 관련하여 새삼스럽게 중요한 것은 설명의 논리도 논리거니와 구체적 작품들이 그런 주목을 받을 만한가 하는 것이다. 난해성은 새로움과 본연적으로 맞물리는 개념이 아니다. 새로운 것이 종종 이해되기 어려운 것일 수 있지만 난해하다고 새로운 것은 아니다. 더욱이 새로운 것은 종종 난해하다기보다 너무나 명료하기도 하다. 그것이 명료한 까닭은 우리가 '미래인'이었던 적이 없기 때문이다. 예술에 대한 사유의 연결망 어딘가에 미필적으로 '은닉'해두었던 '반미래'나 '전미래' 혹은 '비미래'적 계기들이 고스란히 하이브리드로 존재해왔기 때문이다. 소위 '미래파' 현상이 우리에게 적시한 것은 미래가 과거의 단절이 아니라 하이브리드의 또 다른 단면이라는 것이다. 미래가 도달한 것이 아니라 과거의 미래 부면이 오늘의 독자 쪽으로 얼굴을 내밀었다는 것이다. 마찬가지로 미래의 과거 부면의 얼굴 역시 똑같은 의미에서 '미래파'가 된다. '포스트미래파'니 '미래파 이후'니 하는 말들이 저 키숀의 표에서 왼쪽 범주에 들어도 전혀 이상할 까닭이 없는 것도 바로 그 때문이다.

4

E. H. 곰브리치의 저 유명한 『서양미술사』 서문이 "엄밀히 말하면 미술은 존재하지 않는다. 다만 미술가들이 존재할 뿐이다"라는 말로 시작된다는 것을 한번 상기할 필요가 있겠다. 이 말은 무엇보다도 작가의 생에 집중하라는 것이 아니라 예술에 대한 소문들보다 예술 작품 자체에 집중하는 것이 감상에 도움이 된다는 당연한 사실을 환기시킨다. 어쩌면 이 자명한 사실을 우리가 오래 잊고 있었는지도 모른다. 연역적 시대정신보다 경험주의자의 시계가 조금 더 긴요한 까닭은 그 때문이다. 예컨대 진은영과 김언이라는 이름을 기억하는 것보다는 「있다」와 「기하학적인 삶」이라는 텍스트의 풍요로움을 직접 체험하는 것이, 즉 '아는 것에 대한 보는 것의 우위'(다니엘 아라스)의 관점에서 구석구석 음미하는 것이 요긴하다.[6] 필자는 진은영의 「있다」에 대해서 이미 정동과 이미지의 맥락에서 살펴본 바 있다.[7] 여기서는 이 시가 '비미래'의 연결망의 기저에서 필요할 때마다 소환되어 한판 논쟁을 벌이고 잠복하기를 반복해온 '몰리뉴 문제Molyneux's problem'를 시의 층위에서 새롭게 생각해보게 하는 예로 다시 언급했다. 좋은 시는 여러 번 읽어도 해지지 않는 법이다.

---

6   두 작품에 대한 자세한 검토는 이 책에 실린 다른 글에서 행한 바 있으므로 여기서는 생략한다.

7   조강석, 「이미지-사건과 문학의 정치」, 『문예중앙』 2013년 여름호.

우리는 결코 미래인이었던 적이 없다   69

몰리뉴 문제란 '순수한 눈'의 가능성에 대한 것으로 애초 윌리엄 몰리뉴가 제기하고 존 로크가 『인간오성론*An Essay Concerning Human Understanding*』에서 주목하면서 유명해진 사고실험이다. 장님으로 태어나 단지 촉각으로만 정육면체와 구(球)를 분별할 수 있었던 사람이 어른이 되어 갑자기 눈을 뜨게 되었을 때 시각에 의해 정육면체와 구를 구분할 수 있겠는가 하는 사고실험이 바로 몰리뉴의 문제 제기다. 존 러스킨 이래 예술에서 이 문제는 '순수한 눈'의 가능성에 대한 문제로 변환되어 탐구되어왔다. 만약 2000년대 이후 젊은 시인들이 감각과 실재에 대해 탐구한 결과를 말하고자 한다면 '순수한 눈'의 문제를 다시 참조할 수 있을 것이다. 기성의 관념과 상식의 베일보다 우선하는 '순수한 눈'에 의한 감각적 사실관계가 세계의 맨얼굴을 보다 효과적으로 드러낼 수 있음을 일군의 시가 '보여주기' 때문이다. 진은영의 「있다」에서도, 병치되고 각기 스스로 자기전개를 거듭하는 이미지들이 '있음'의 밀도와 의미를 감각의 편에서 계량해 보인다. 그런 의미에서 이 이미지들의 병존과 운동은 독자로 하여금 세계를 지금과는 다른 방식으로 재탐문하기를 종용하는 일종의 이미지-사건이라고 할 수 있다. 그러니 이 시를 기억하는 것이 과거와 미래 등의 시간적 계기로 시적 경향을 대별하는 것보다 훨씬 요긴한 일이다.

그런가 하면 김언은, 어떻게 시를 통해서 정서의 표현뿐만이 아니라 세계에 대한 사유를 포괄할 수 있는가 하는 질문을 거듭하며 시적 모험을 감행해왔다. 김언의 「기하학적인 삶」은 바로 그 형용모순적 질문의 고유성을 공표한 것이다. "우리는 객관적인 세계와/명백하게 다른 객관적인 세계를 보고 듣고 만지는 공간으로/서로를 구별한다" "우리는 완결된 집이며 구멍이 숭숭 뚫려 있다./우리는 주변 세계와 내부 세계를 한꺼번에 보면서 작도한다" 같은 구절은 촉지되는 바대로 인지하는 '순수한 눈'으로 작도하는 세계의 객관성을 탐문하는 시의 새로운 사명을 명시하고 있다. 이것은 '미래'처럼 새롭고 낯선 것이라기보다는, 또 그래서 난해한 것이라기보다는 과거의 얼굴이 미래를 통해 현재에 다시 나타남으로써 고유해진 부면이다. 즉 이것은 낯선 얼굴과의 조우가 아니라 익숙해진 얼굴의 낯선 실루엣과 다시 익숙해지기 위해 고유해진 모험이다. 이 모험에 가담하는 이들의 관심은 부정과 단절과 차별화에 있는 것이 아니라 시에서 그간 잊힌 문제적 부면의 고유성을 새삼 드러내는 것이다. 그들이 개시하는 것은 미래를 과거에 돌려주고 그렇게 돌아간 과거를 현재에 되받는 일이다. 그러기 위해서는 구체적 이름과 구체적 텍스트를 통해 '아는 것에 대한 보는 것의 우위'를 확인하는 것이 우선 필요하다. 2000년대 이후 시에 대한 일반론보다, 논쟁이나 현상보다 구체적 이름들이 더 중요한 까닭이 그것이다. 문학사가 유파와 지향과 이론은 잘 알지만 작품은 잘 알지 못한다는 고백의 나열이 되는 그 흔한 경우를 동시대 문학에 반복하지 않기 위해서도 역시 아는 것에 대한 보는 것의 치세가 한동안 필요할 것이다. 우리는 결코 미래인이었던 적이 없다.

5

사실 백번 양보해서, 본인들의 동의 여부와는 상관없이 미래파로 묶일 수 있는 일군의 시인들이 있었다 하더라도 이 시인들이 이후의 작업에서 특정한 공통의 경향을 담지하리라는 것은 순진한 가상에 불과하다. 본격적인 시작 활동 초입에 들어선 시인들의 작품에서 선배 세대와는 다른 방식의 글쓰기라는 기준에 따라, 즉 이전 세대와의 차이점을 중심으로 시의 새로운 경향을 판별해내는 것은, 물론 이 역시 쉽지 않은 작업이긴 하지만, 여하튼 불가능한 일은 아니다. 그러나 이들이 이후에도 함께 운위될 수 있는 특정한 경향을 띤다는 것은 불가능한 가정에서 기인한 연역적 사고의 소출일 따름이다. 또한 설령 그렇더라도 혹시 그런 일이 실재한다면 그것은 우리 시단의 불행이 되는 것이지 바람직한 일은 아닐 것이다. 그렇다면 불행을 순진하게 가정하는 글쓰기가 무엇에 소용 있겠는가? 미래파라는 용어로 총칭될 수 있는 시인들이 있다는 가정을 채택하기는 어렵다. 그렇기 때문에 이들의 이후 진로나 경향에 대한 지형도를 그릴 수 있다는 가정 역시 채택하기 어렵다. 다만, 어떤 의미와 맥락에서라도 결국 이후 시단의 중요한 의제가 되었다는 것을 인정할 수밖에 없는 '미래파 논의' 이후 당대의 '야심 찬' 젊은 시인들의 앞에 놓여 있던 안개가 무엇이었을까를 헤아려보는 일은 나름의 의의를 지닐 수 있다.

6

벌써 오래전에, 소위 미래파 현상이 대두된 이후 젊은 시인들이 가닿은 우리 시의 새로운 지평을 설명하고 또한 거기서 파생되는 새로운 의제들을 정리해본 적이 있다. 여기서 필자는 가장 눈에 띄는 것으로 "비시(非詩)의 무화(無化)"를 꼽고, 고진감래 끝에 자치지구를 얻어내는 데 성공한 이들이 자치지구에 고립될 것인가, 혹은 대등한 외교를 통해 기성과 교섭하고 시의 외연을 확장해나갈 것인가의 기로에 서 있다고 정리하면서 이를 또한 일종의 "유명론nominalism의 시학"으로 규정한 바 있다.[8] '비시의 무화'란 표현은, 이제 기성의 시를 비판하면서 비시를 주장하는 것조차 한가로운 것이 되었으며 이에 따라 기성의

---

8 이에 대해서는 조강석, 「말하라 그대들이 본 것이 무엇인가를!」, 『경험주의자의 시계』, 문학동네, 2010 참조.

72

시를 무화시키려는 의지가 아니라 오히려 비시를 무화시키는 쪽으로 발생한 시의 새로운 경향이 비판과 파격을 넘어서 어떻게 새로운 실정성을 확보해나갈 수 있겠는가를 묻기 위한 것이었다. 또한 자치지구의 문제는 미학적 자율성의 문제가 아니라 새로운 방식으로 현실과 교섭할 권한을 스스로 부여받은 이들의 활로는 무엇인가를 물은 것이었으며, 그렇기 때문에 이들에게 보편으로서의 시학이 주어지지 않고 단지 모든 실천이 스스로 보편이 되는 특수자의 길을 열 수 있는 환경이 조성되었음을 말하기 위해 "유명론의 시학"이라는 표현을 사용했다. 필자는 여전히 이 관점이 당시의 현상을 기술하는 데 유효하다고 믿는다. 그리고 이 기술에 비추어 당시 시인들에게 무엇이 요청되었는가를 살펴보기 위해, 아니 그것이 너무 거창하다면, 틀림없이 새로운 환경에 놓이게 된 시인들의 눈앞에 드리운 안개가 무엇인지만이라도 어림잡아보기 위해 한스 제들마이어의 언급을 인용하고자 한다.

> 이 혁명의 진정한 본성은 앞 장에서 드러났듯이 예술이 예술 외적 힘을 표준으로 삼거나 스스로 자율화하면서 그 자율화의 마지막 단계에 이르러서는 비예술적인 것으로 해체되어버린 데 있다. [……] 예술 외적인 것이란 위장한 채 나타나는 과학적 또는 비판적 정신일 수도 있고, 기하학이나 기술일 수도 있으며, 우연(다다이즘처럼)일 수도 있고, 무의식 또는 미쳐버린 외부세계(초현실주의처럼)의 혼란한 세계일 수도 있다.[9]

제들마이어는 20세기 초중반에 이루어진 '현대예술 혁명'의 본성이 "예술 외적 힘을 표준으로 삼는" 경우—— 예컨대 뒤샹의 「샘」—— 와 "자

---

9   한스 제들마이어, 『현대예술의 혁명』, 남상식 옮김, 한길사, 2004, p. 188.

율화의 마지막 단계"를 경계로 삼다가 훌쩍 그 경계를 넘어서 "비예술적인 것으로 해체되어버"리는 경우—예컨대 말레비치의 '사각형'—로 대별될 수 있다고 진단한다. 이는 다분히 비판적 관점을 담은 것인데, 말하자면 '혁명'으로 치달은 것으로 회자되는 '현대예술'의 행보가 실은 예술 외적인 것으로 여겨지던 오브제의 힘에 이끌리거나 기하학적인 순수 형식을 통해 존재의 질서와 가치의 질서로부터 독립의 쾌적함을 맘껏 구가하면서 기꺼이 자신이 아닌 것들 속으로 해소되었다는 것이 그의 진단이기 때문이다.

제들마이어는 현대예술의 근원 현상으로 순수성 추구, 기술주의, 광기, 근원 탐색을 꼽은 바 있다. 당대 예술의 근원 정신을 규정하는 데 관심이 있었던 그의 논의를 결론까지 모두 따라갈 필요는 없지만 '혁명'을 한 예술이 성가를 구가하면서 자진의 길로 들어가고야 말았다는 진단에서는 일종의 섬뜩함마저 느낄 수 있다. 어쩌면, 안개의 본질이 여기에 있는지도 모른다. 그리고 미래파를 이야기하지 않고 시인의 안개에 대해 이야기해야 하는 이유 역시 여기에 있는지 모른다. 유파의 일원이 되기를 존재의 궁극적 이유로 삼는 시인이 어디에 있겠는가? 담론과 의제의 주기와는 별개로 이들 개개인에게는 자신 앞의 안개만이 절망이자 의지의 기원이 될 따름이 아니었겠는가? 안개 속에 세 가지 요청이 지뢰처럼 놓여 있다.

첫째, 단지 새로운 인정 투쟁에 나선 세대의 일원으로 기술되고 마는 것에 그치지 않기 위해 이들은 미래파든 혁명파든 아랑곳하지 않고 실정적으로 자기 세계를 개진해야만 하는 의무 앞에 서게 된다. 한번은 동료와 어깨를 맞대고 과거에 등을 돌리는 결단의 매력에 눈길을 줄 수도 있다. 그러나 '결과적으로' 그런 일을 도모한 세대의 문학 중 소분파로만 기억되는 것은 미래의 아무런 기억에도 작용하지 않는 것임을 생래적으로 알고 있는 이들이 시인들이다. '혁명'이 시적 문법 밖에 놓여 있던 것으로 여겨지던 언어와 이미지와 화법과 문화적 소양을 시 속에 안장하는 데 그치거나, 순수 형식에 이끌려 독립과 동시에 소멸하는 운명을 맞을 일을 자처한다면 거기에 어떤 '미래'가 있겠는가? 담론과 의제가 미래를 보장하는 것이 아님은 주지의 사실이다. 예측하거나 대응하는 것은 기실 문학사가들의 소일거리는 될지언정 이미 스스로 길을 내고 있는 시인 자신의 몫은 아니다. 또 '미래파'라는 행방과 성원이 묘연한, 동인의 자발적 결사로 출발한 것조차 아닌 유파를 비판을 위해 혹은 열광을 위해 상상적으로 설정하는 것은 좌담에 올릴 만한 화제는 될지언정, 시인 개개인의 눈앞에 놓인 안개를 헤치는 것과는 아무 상관이 없는 일이다. 세대를 짊어지거나 미학을 짊어질 책임은 이들에게 없다. 오로지 풍문의 인력에 몸을 맡기는 대신 자신의 세계를 묵묵히 밀고 나가야 할 책임만이 있을 뿐이다.

7

화제의 현장을 목격하고 2010년 이후 두번째 혹은 세번째 시집을 내는 시인들이 '미래파'라는 말을 귀속적으로 염두에 두고 있었을 리는 없다. 그러나 '스스로의 길'이라는 말을 떠올리지 않을 수도 없었을 것이다. 대개 예술 혁명의 상속자들은 혁명의 당사자 세대가 아니라 다음 세대인 경우가 많다. 파괴의 에너지를 창조의 정수박이에 들이붓기 위해서는 절대 시간이 필요하기 때문이다. 단적인 예로 다다이즘을 보라. 다다이즘의 반역은 기성 예술에 대한 철저한 부정에서 출발한 것이었다. 이 운동으로 그때까지의 예술관과 '예술적 가치'는 부정과 무화의 대상이 되었다.[10] 미술사가 다카시나 슈지의 말을 빌리자면, 다다이즘의 유산을 사용할 수 있었던 것은 적자이든 서자이든 다다이즘의 자식들이었지

우리는 결코 미래인이었던 적이 없다　　　　75

다다이스트들이 아니었다. 그의 말마따나 마르셀 뒤샹이 40년 동안 침묵을 지킨 것은 결코 우연이 아니라고 할 수 있다. 파괴와 부정의 에너지를 창조의 원천으로 바꾸는 일은 대개 다음 세대의 몫이다.

그렇다면 미래파 현상을 경과한 시인들에게 주어진 두번째 요청과 관련된 문제는 '40년 동안' 침묵할 것인가, 아니면 스스로 '유산 상속인'이 될 것인가 하는 것이다. 미래파 논의 중에 이름이 거명된 시인들의 두번째 시집에서 공통적으로 읽히는 것은 피로감과 소외의 토로이다. 구체적인 이름을 거론할 필요도 없이 새로운 세대의 총아로 거명되었던 시인들은 그 직후 발표된 시집에서 피로를 넘어 소외감을 토로했다. 주목할 것은 피로가 아니라 '소외감'이다. 화제의 한가운데서 소외감이라니? 그것이 소위 상상의 미래파에 대해 실재의 엄습이 남긴 흔적이라고 말한다면 과할 것인가? 그렇다면 소외 때문에 40년을 침묵할 것인가? 그러나 절대 시간을 기다려주지 않는 풍토를 탓할 겨를도 이들에게 없다. '40년 동안' 침묵할 것인가, 아니면 스스로 '유산 상속인'이 될 것인가는 비평가와 호사가가 부여한 질문이 아니라 시인들 자신의 눈앞에 놓인 안개에 대한 질문이기 때문이다.

8

"내가 뱉어내는 것은 모두 예술이다. 왜냐하면 나는 예술가이기 때문이다"라고 쿠르트 슈비터스Kurt Schwitters는 말했다. 다카시나 슈지는 이 말이 호기에서 비롯된 것이 아니라 존재증명의 의지로부터 비롯된 것이라고 흥미로운 주장을 한다. 그에 의하면 슈비터스는 '생활

---

10 이에 대해서는 다카시나 슈지, 『최초의 현대 화가들』, 권영주 옮김, 아트북스, 2005, pp. 148~50 참조.

그 자체를 예술화하려는' 모더니즘 일반의 의지로부터 출발해 '레디메이드'를 활용하는 데 그치지 않고, 혹은 지나친 기하학적 추상에 몸을 모두 내어주는 방식으로 예술과 몸을 모두 버리지 않고 그 모두를 실천 속으로 통합한 스스로의 '유산 상속인'이었다. 슈비터스의 예술을 논하고자 하는 것이 아니다. 안개 앞에 서게 된 시인들이 공통적으로 소외감을 토로하는 단계를 넘어서 자신의 세계에 다시 몰두하면서 새로운 세계를 개진해나가고 있다는 것을 말하기 위해 슈비터스의 입을 빌렸을 뿐이다.

함성과 흔적 혹은 소란만을 남기고 40년 침묵하는 대신 스스로 유산 상속자가 되기 위해 시인들이 얻어야 하는 것은 몸이다. 기왕 다카시나 슈지를 참조했으니 그가 소개하는 말라르메와 드가의 일화를 인용해보자.

언젠가 드가가 말라르메에게 "좋은 아이디어가 있어서 소네트를 지으려고 했는데 아무래도 잘 되지 않았다"라고 말하자, 말라르메가 "이보게, 소네트는 아이디어로 만드는 것이 아니라 단어로 만드는 것이네"라고 답했다고 한다. 또 베르그송의 제자임을 자처한 알랭Alain은 같은 사실을 "화가는 붓을 손으로 여기지 않으면 화가라고 할 수 없다"라는 말로 언급한다.[11]

다카시나는 이 일화에 대한 소개 바로 위에 베르그송의 저서 『사유와 운동』에 실린 「의식과 혁명」이라는 글의 한 대목을 인용하는데 이도 함께 옮겨본다.

11　다카시나 슈지, 『미의 사색가들』, 김영순 옮김, 학고재, 2005, pp. 284~85.

그저 떠올랐을 뿐인 아이디어, 구상만 하고 있는 예술 작품, 꿈꾸고 있는 시는 아직 아무런 정신적 노력을 요구하지 않는다. 진정한 노력이 필요한 것은 시를 언어로 실현하고, 예술적 아이디어를 조각상으로, 회화로, 실현하는 물질적 실현과정이다.[12]

앞서 '비시의 무화'라는 표현을 언급했다. 설명이 필요하겠으나 2005년 이후 시라는 품이 허용할 수 있는 소산들이 풍부해지고, 시와 비시가 교섭할 수 있는 공간이 폭넓게 확보되었다고 할 수 있다. 각별히 형식의 차원에서 볼 때, 그동안 좀처럼 시에 허용되지 않았던 스타일들이 과감하게 개진되며 스스로 존재증명의 목소리를 낼 수 있었다고 할 수 있다. 바로 이 지점에서 세번째 요청이 발생한다. 새로운 스타일들이 약진하면서 발성이 다채로워졌지만 한편으로는 시 속에서 스타일들이 불거지는 현상을 남기기도 했다. 이례적으로 동시에 개진되는 열기 속에서 다양한 스타일들이 제 목소리를 내는 공간적 장엄함이 우리 현대시사에서 드물게 펼쳐졌다는 것은 충분히 강조될 필요가 있을 것이다. 그런데 그 스타일들이 성인의 삶을 살기 위해서는 또 하나의 안개를 헤쳐야 한다. 도드라지고 불거짐 없이 태연히 자신을 개진해야 하는 숙명이 그것이다. 형식과 뼈대가 기듭 불거지면서 시선을 붙드는 것을 넘어 성체가 되는 과정이 이들 앞에 놓여 있던 깊은 안개 속에서 어룽대는 길이다.

세대론적 인정 투쟁의 일원으로 기억되는 것을 거부하고 스스로 유산의 상속자가 되어 넓어진 공간에서 자기만의 몸을 이루는 시…… 어쩌면 지난한, 어쩌면 숙명과도 같은 안개를 이들은 눈앞에 두고 있었다.

---

12 다카시나 슈지, 같은 책, p. 284에서 재인용.

9

많은 시인들이 그 길 위에 있다. 아마도 각각의 시인에 대해 각각의 시론이 언급되어야 할 것이다. 그렇기 때문에 이 시점에서 지형도를 그리는 것은 큰 의미가 없다. 스스로 유산의 상속자가 되기를 자처한 이들이 몸을 만들고 있는 과정에 대해 스케치를 한다 한들 낮 한때의 그림자와도 같은 것일 뿐이기 때문이다. 지금으로서는 각론들로 충분하다고 변명을 해보는 수밖에 없겠다. 필자 역시 이미 여러 개의 각론을 제출해오고 있으므로 이를 반복하는 것도 별 재미와 실익이 없는 일일 것이다. 이 글은 '그날 이후'의 지형도를 그리려는 데 거듭 실패할 수밖에 없는 한계를 지니고 있다. 다만, 시인들 앞에 놓여 있던 안개와 그 안개의 본질을 이루는 세 가지 요청 앞에 그들이 서 있음을 밝히는 것으로 만족할 수밖에 없다. 앞서 언급했듯이, 스스로 자신이 남긴 유산의 상속자가 되기 위해, 스타일이 스타일로 불거지는 한때를 지나 전체로 육박하는 시를 위해 계속해서 몸을 만들고 있는 시인들의 움직임을 단지 스틸 사진 한 장으로 남기는 것은 별반 실익이 없기 때문이다. 그러나 운동을 스케치하는 대신 운동의 배경인 시간을 환기시키는 것은 가능하겠다. 자신의 유산을 상속하고자 하는 이만이 품는 양가적 "희원과 체념"이 있다. 잃어버린 길이 곧 '잃어진 길'이며 멀리 도달할수록 멀어져야 하는 관성이 자신의 유산을 자발적으로 상속하려는 자의 것이다. 죽음과 꿈, 두려움과 희망이 병발하는 세계는 어떤 식으로도 일단락되지 않는다. 밀어온 세계는 밀고 갈 수밖에 없다. 숲이 점이 되고 점이 다시 숲이 되는 비밀의 기원은 상속하는 것을 상속받는 이 자신에게 있다. 한 생을 덮었던 미래의 기억을 다 토하고 시간의 허기가 다시 숲과 점의 순환을 부추기는 것, 그것이 피상속인이 상속자와 시의 몸을 두고 벌이는 쌍수호박의 난전이다. 그러니 풍문과 미래는 다 내려두고, 다만 말하라 그대들이 본 것이 무엇인가를!

[『발견』, 2014]

시적 디테일과 두 개의 내밀성

1

2013년부터 2년 가까이 한 잡지에 시 계간평을 써왔다. 그러기 위해 그 계절에 발표되는 모든 시를 읽었다고 말할 수는 없지만 손에 닿는 잡지들에 실린 시들을 최대한 읽어야 했다. 몇 가지 사실을 확인할 수 있었는데, 그중 가장 눈에 띄는 것 두 가지를 이야기하자면, 일각에서 꾸준히 검토되어온 '문학과 정치' 논의와는 별개로 시의 정치성—그 것을 미학적 정치성이라고 하든, 미학적 체제에서의 정치성이라고 하든, 미와 정치성이라고 하든 혹은 X적 정치성이라고 하든—은 꾸준히 확장되는 방향으로 진행되고 있다는 것과, 그런 흐름과 배리되지 않고 오히려 거의 같은 속도로 시의 내밀성이 심화되는 방향의 흐름이 감지된다는 것을 말해볼 수 있겠다. 시의 정치성이 확장되는 방향은 일의적으로 언급될 수 없다. 이때, 염두에 두고 있는 것은 우리의 상상하는 방식 속에 정치하는 방식의 근본 조건이 놓여 있다는 조르주 디디-위베르만의 말과 같은 것인데, 이 말은 가장 폭넓게 적용될 필요가 있기 때문이다.

더러 눈에 띄는 것은, 시 내부의 필요를 위해 여유와 자신감을 건사하던 2000년대 후반까지의 흐름과는 확연히 구별되는 급박함과 조급

함이다. 삶의 리듬 자체가 급박해지고 톤이 높아질 수밖에 없는 수상한 시절이기 때문이겠지만 정서적 즉물성을 연상시키는 방식으로 시가 독자에게 호소하는 경우들이 많아졌다고 할 수 있다. 어떤 시에서는, 채 풀리지도 않은 말들이 하나의 정서-덩어리로 대번 육박해온다는 것이다. 묘하게도 근래의 시는 회화로부터 음악으로의 변모를 다시 거듭하고 있다. 시의 음악성이 더 높아졌다는 말이 아니라 몬드리안보다 마크 로스코가 더 음악적인, 꼭 그 방향에서 2010년대의 시도 더 음악적이 되고 있다는 것이다.

2

시에서 효과와 작용을 강조하는 것은 때로 불가피한 측면이 있다. 그렇지만 내밀함을 잃고는 몸을 잃는다. 예컨대, '시로 읽는 21세기'와 같은 종류의 기획을 접하고 우선 드는 생각은 그런 것이었다. 구태여 고전적 의제를 다시 환기시킬 필요는 없지만 이것은 반영이나 재현의 문제가 아니라 내밀성의 문제라고 할 수 있다. 다시 말하지만, 언제든 시에서 즉각적 작용과 효과가 중요해지는 국면은 틀림없이 있기 마련이다. 그리고 그런 흐름은 최근 일련의 소설에서도 감지되는 바이다. 그러나 몸을 잃으면 모든 것을 잃는다. 언어라는 물질의 생리가 한정하는 몸피가 있기 마련이다. 그 한계 지점을 무한히 밀고 가는 동력이 바로 내밀성이다. 두 개의 내밀성이 있다. 다니엘 아라스에게서 이 관점을 옮겨 심는다.

　　한마디로 불확실성이 디테일의 의미를 만들어내며 이미지 속에서 디테일에 기능을 부여하기 때문에, 이 불확실성은 간직해야만

하는 것이다. 일의적인 해독이 불가능하다는 사실은 이미지가 가진 능력에서 기인하는데, 이미지는 가능한 한 다양한 의미를 발전시키고 제공할 수 있으며 개념적으로나 언어적으로나 내용을 명료하게 드러내지 않을 수 있고, 이처럼 명시적인 메시지 안에서도 잠재적 내용이 존재하게 하는 능력이 있다. 그런데 이 다성적 능력 때문에 회화의 이미지는 또 다른 내밀성을 담지할 수 있다. 이것은 더 이상 재현 과정의 내밀성이 아니라, 화가 자신의 내밀성이다. 즉 화가는 은밀하게 만들어낸 하나 혹은 다수의 도상적 디테일을 이용해 그림 내부에 자신의 존재를 드러낸다.[1]

인용한 부분의 의미가 명료하므로 길게 풀 필요는 없겠다. 벤베누토 다 가로팔로의 「무임수태」의 한 디테일인 볼록거울 앞에서 아라스는 재현적 내밀성과 명시적 메시지 안에서 잠재적으로 존재하는 작가의 내밀성이 포개어지는 장소를 주목했다. 만약, 다시 한번 우리가 상상하는 방식 속에 정치하는 방식의 조건이 놓여 있다고 말할 수 있다면, 그것은 이 두 내밀성이 포개어지는 장소를 통해서이지 전언의 정당성과 무게 때문은 아닐 것이다. 아라스가 회화적 내밀성과 화가의 내밀성이라고 표현한 것을 시의 내밀성과 시적 주체의 내밀성으로 옮겨 심을 때의 실익이 여기에 있다. 시 텍스트의 내부와 외부를 연결하는 '이상한 고리'[2] 중 하나가 바로 '내밀성'이다. 텍스트 자체를 촘촘하게 짜놓는 방식의 내밀성과 "명시적인 메시지 안에서도 잠재적 내용이 존재하게 하는 능력"으로서의 내밀성이 포개어지는 장소가, 문갑이 들어맞으

---

1   다니엘 아라스, 『디테일—가까이에서 본 미술사를 위하여』, 이윤영 옮김, 숲, 2007, p. 318.

2   이 표현은 더글러스 호프스태터가 사용한 것으로 뫼비우스의 띠처럼 예술 작품의 안과 밖을 이어주는 장치에 대한 비유로 사용하였다. '이상한 고리'에 대해서는 더글러스 호프스태터, 『괴델, 에셔, 바흐』, 박여성 옮김, 까치, 1999 참조.

며 소리를 내는 바로 거기이다. 모든 언어는 사회를 지닌다. 시는 21세기뿐만이 아니라 기원전과 '지구 이후'까지 지닐 수 있다. 아나크로니즘은 시적 언어의 기본 조건 중 하나이다. 그런데 좋은 시에서라면 그것은 전언이나 양식의 문제가 아니라 그것들이 포개어지는 내밀성의 차원에서 사회를 지닌다.

3

좋은 시가 지니는 내밀성에는 두 가지 양태가 있다. 기왕 다니엘 아라스의 용어를 옮겨 심기로 했으니 한 번 더 손을 벌리자면, '내적인, 사적인, 공적인' 방식으로 작동하는 내밀성이 있고 '공적인, 내적인, 사적인' 방식으로 작동하는 내밀성이 있을 수 있다.[3] 조연호와 진은영을 떠올린다.

조연호의 시는 두터운 표면을 지닌다. 전거의 내용이 아니라 형식을 취한 의고적(擬古的) 덧칠은 첫눈에는 내밀성의 벽을 강화하는 가장 내적인 독백의 형식으로 보인다. 트릴로지 비극을 연상시키는 『천문』(창비, 2010), 『농경시』(문예중앙, 2010), 『암흑향』(민음사, 2014) 3부작은 멀리서 보면, 고전의 전거들과 낯설어진 한자들로 무장한 내면의 성으로 보인다. 그러나 한 발만 다가서도 그것이 내적인 관념의 집적물이 아니라 사적인 체험의 크리스털[4]임을 알 수 있다. 말하자면 조연호의 3부작

---

3   다니엘 아라스, 「디테일을 보는 법」, 『서양미술사의 재발견』, 류재화 옮김, 마로니에북스, 2008 참조. 아라스는 여기서 층위를 염두에 두고 한 표현이지만 시에서의 논의를 위해 벡터를 더해 옮겨보고자 한다.

4   이 표현은 질 들뢰즈가 『시네마 II─시간-이미지』에서 끝없이 진행되는 "내재적인 거울화 작용"의 결과로 "현실태와 잠재태라는 서로 명확히 구별되는 두 이미지의 식별 불가능성의 지점"을 설명하기 위해 사용한 표현이다. 질 들뢰즈, 『시네마 II─시간-이미지』, 이정하 옮김, 시각

에 한 발 더 가까이 다가갈 때 보이는 것은 관념의 개진이 아니라 사적 체험으로부터 발아해서 "끝없이 새로운 분열의 무한한 재발진"[5]을 거듭하는 이미지라고 할 수 있다. 특히 『천문』은 그 가운데에서도, 복제가 아닌 난반사로 사적 체험이 어떻게 시적 결정체가 되는지를 여실히 보여주는 시집이라고 할 수 있다.[6] 그리고 난반사의 절정으로 새로운 시적 전형을 낳는 기묘한 과정을 보여준 『농경시』를 거쳐 『암흑향』에 이르러, 조연호는 가장 내밀하고 공적인 세계를 스스로 구성해내었다.

제갑전몰지(第甲戰歿地)에서 어린 거울은 깨진 어른을 안고 주저앉았다

제을전몰지(第乙戰歿地)에서 그러나 뜻밖에도 수새처럼 지치고 싶었다

가족에게 침을 발사한 가련한 아홉 살

철로목지기에게는 '역사(轢死)하라!'는 말이 들려왔다

방상시(方相氏) 가면을 쓰고 중자(衆子)의 먹이가 된 어버이의 분비물도

자기 영토에서는 전속력으로 식은 태양을 빼앗겼다

—「잡종지(雜種地)에서」 부분

내밀해 보이나 사적인 시를 앞에 두고 있다. 『암흑향』에 실린 이 시

과언어, 2005, pp. 160~68 참조.

5   이것은 들뢰즈가 장 리카르두의 표현을 인용해서 사용한 표현이다. 질 들뢰즈, 같은 책, p. 166 참조.

6   필자는 이런 의견을 『천문』 해설에서 개진한 바 있다.

의 인용을 위해 한자를 하나씩 확인해야 하는 번거로움은 관념을 추출하기 위함이 아니라 사적 체험의 난반사에서 빛의 각도를 피해가며 근접해가기 위한 수고가 된다. "깨진 어른"과 윤화(輪禍)를 의미하는 "역사(轢死)"가 반사하면서 상황이 드러나고, 둘째 아들을 뜻하는 "중자(衆子)"와 "어버이의 분비물"이 반사하면서, 마치 가로팔로의 볼록거울에 비친 얼굴처럼 시적 주체의 내밀성이 내비친다. "수새처럼 지치고 싶었다"라는 고백이 "자기 영토에서는 전속력으로 식은 태양을 빼앗겼다"라는 서술에 반사됨으로써 역사 이후 중자의 삶의 내력이 엿보이고, "제갑전몰지"와 "제을전몰지"가 반사하며 세대 전승이 전몰지들 사이의 이행이라는 인식도 드러난다. 두 개의 내밀성이 있다. 난반사하는 이미지들이 시로 구성되면서 빛을 발하는 내밀성과, 이미지들의 틈새로 얼굴을 내미는 시적 주체의 내밀성이 있다. 이것이 직접 체험인가 아닌가를 말하고 있는 것이 아니다. 시의 몸은 이미 모두 직접 체험된 몸이다.

> 헤엄을 멈추면 숨을 멎는 회유어(回遊漁)처럼
> 밥상 앞에서 괜히 먹고 있는 사람처럼
> 시는
> 애교가 없어 불행하다
>
> 〔……〕
> 인간의 생각 위를 잘못 내려앉아 부러지는 다리가
> 철학의 일부일 뿐이라고 착각하며 시는
>
> 다급한 변의(便意) 속에
> 신이 되려는 매일의 나를

물과 함께 내려 버렸다

〔……〕

밤을 우려낸 이 침실을

밀밭의 가라지로 덮으며

맞은편 물이 짐승의 발을 좇아 깨끗케 됨을 보고

가로되 이는 피라, 자신에게 길고 긴 어버이를 꽂았던 것처럼 시는

나 역시 눌러 어둠을 터뜨릴 것이다

타인의 결심에 칼을 꽂아 달라던

그날의 박력 있던 병명(病名)도

이제 다시 묵도(黙禱)로 돌아가고자 한다

——「시」 부분

　조연호의 시를 부분만 인용하는 것은 '죄'에 가깝다. 난반사에서 빛
의 줄거리를 잃는 일이기 때문이다. 그러나 다른 지면에서 이 시의 전
문을 다루었으므로[7] 난반사의 전모를 더듬는 황홀은 독자에게 인계하
고 지금 맥락에서의 요지만 간추리자면, 이 난반사의 제왕은 "밀밭의
가라지"이다. "자신에게 길고 긴 어버이를 꽂았던 것처럼 시는//나 역
시 눌러 어둠을 터뜨릴 것이다"라는 구절이 내적인 것과 사적인 것의
경계를 가름한다면, "밀밭의 가라지"는 시적 공의(公議)의 경계이다.
이미지들의 난반사에 시의 회화적 내밀성이 걸려 있다. 그리고 그중에
서 어떤 이미지는 시적 주체의 내밀성과 결부된다. 독백과 다짐과 가

7　조강석, 「아는 것에 대한 보는 것의 승리, 혹은 시적 디테일의 문제」, 『이미지 모티폴로지』, 문
　학과지성사, 2014 참조.

리개를 보라. 사물과 사태에 육박하여 대상에 즉하는바 이상의 애교가 없고, 제작자-신으로 고양되려는 시인에게 베풀 자비가 없으며, 자꾸만 가라지 사이로 얼굴을 내밀려고 하는 목소리의 주인공을 눌러 비가 시의 영역으로 되돌려 보내는 것이 바로 '시'이다. 시에서 공적인 것은 바로 이 과정에서 태어난다. 밀밭의 가라지를 헤치고 맨몸을 고스란히 드러내는 것은 애교도 자비도 없는 외설이다. 저 가라지 안으로 어버이들의 내력을 밀어 넣으면서 밀어 넣는 손을 감추지 못하는 것, 그것이 시적 공의의 뒤태이다. '천문'과 '농경' 다음에 '인문(人文)'이 아니라 '암흑'을 더듬는 21세기의 테이레시아스의 눈이 어둠만을 되비춤으로써 얻게 되는 것은 '예지'이다. 이 3부작 안에서 한 시대가 기우뚱 회전한다. 그의 시가 '내적인, 사적인, 공적인' 방식으로 작동하고 있다.

4

내밀성의 두 양태 중 반대 벡터를 지닌 시를 생각할 때마다 떠오르는 것은 진은영의 시이다.

> 홍대 앞보다 마레 지구가 좋았다
> 내 동생 희영이보다 앨리스가 좋았다
> 철수보다 폴이 좋았다
> 국어사전보다 세계대백과가 좋다
> 아가씨들의 향수보다 당나라 벼루에 갈린 먹 냄새가 좋다
> 과학자의 천왕성보다 시인들의 달이 좋다
>
> 멀리 있으니까 여기에서

김 뿌린 센베이 과자보다 노란 마카롱이 좋았다
더 멀리 있으니까
가족에게서, 어린 날 저녁 매질에서

엘뤼아르보다 박노해가 좋았다
더 멀리 있으니까
나의 상처들에서

연필보다 망치가 좋다, 지우개보다 십자나사못
성경보다 불경이 좋다
소녀들이 노인보다 좋다

더 멀리 있으니까

나의 책상에서
분노에게서
나에게서

너의 노래가 좋았다
멀리 있으니까

　기쁨에서, 침묵에서, 노래에게서

혁명이, 철학이 좋았다
멀리 있으니까

집에서, 깃털 구름에게서, 심장 속 검은 돌에게서

　　　　　　　　　　　　　　　—「그 머나먼」 전문[8]

　이 시를 읽다가 무게중심이 기우는 부분들이 있다면, 그중 한 번은 반드시 "혁명"과 "철학"이라는 말에서일 것이다. 이를테면 이 어휘들은 이 시의 외심(外心)이 된다. 시의 제목 자체가 "그 머나먼"이기도 하려니와 가장 먼 쪽에서 텍스트를 견인하는 것이 바로 이 어휘들이다. 그런데 이 시의 비밀은 이 외심의 부면을 접어 다른 쪽에 대면 정확히 유구하고 내밀한 '취미의 역사'와 포개어진다는 것에 있다. 그리고 나아가 그것은 예컨대 "심장 속 검은 돌" 같은 표현에서 짐작되는 '사적인 것'과도 포개어진다. 외심을 한사코 파고들면 정확히 사적이고 내밀한 내심(內心)에 이르게 하는 이 '이상한 고리'를 시라고 할 수밖에…… 공적인, 내적인, 사적인 내밀성이 포개어져 혁명도 취미도 외압의 고리를 끊는다.

　　　　　내 죄를 대신 저지르는 사람들에 대해
　　　　　내 병을 대신 앓고 있는 병자들에 대해
　　　　　한없이 맑은 날 나 대신 창문에서 뛰어내리거나
　　　　　알약 한 통을 모두 삼켜버린 이들에 대해

　　　　　나의 가득한 입맞춤을 대신하는 가을 벤치의 연인들
　　　　　나 대신 식물원 화단의 빨간 석류를
　　　　　따고 있는 아이의 불안한 기쁨과

8　진은영, 『훔쳐가는 노래』, 창비, 2012. 이하 이 글에 인용한 진은영의 시들은 모두 이 시집에서 가져왔다.

나 대신 구불구불한 동물 내장을 가르는 칼처럼 강, 거리, 언덕을

불어가는 핏빛 바람에 대해
할 말이 있다

달콤한 술 향기의 전언을
빈틈없이 틀어막는 코르크 마개의 단호함과 확신에 대해
수음처럼 또다시 은밀해지려는 나의 슬픔에 대해
수음처럼 할 말이

나 대신 이 세계에 대해 더 많은 것을 희망하는 이들과
나 대신 어두워지려는 저녁 하늘
들판에 우두커니 서 있는 검은 묘비들
나 대신 울고 있는 한 여자에 대하여
──「고백」 전문

　창밖의 울음소리가 모두 자신의 죄로부터 비롯된 비극만 같은 날이
있다. 가장 단적으로, 공적인 것이 내적인 것으로, 다시 사적인 것으로
인계되는 '극적인 날'이라고 하겠는데, 그러니 이 고해성사야말로 두
개의 내밀성이 시적으로 만나는 처소에서야 비로소 가능하다. 자기동
일성이라는 시의 '원죄'는 두 내밀성이 포개어지는 장소에서의 고해성
사를 가능하게 하기도 한다. '나'의 정서로 세상에 베일을 드리우는 것
대신 목소리 없는 것들에게 목소리를 내어주는 것으로, 정서에 의해
사물을 합병하는 대신 세상의 슬픔을 대속(代贖)하는 것으로 시는 바깥
을 안으로 접고 다시 바깥에 곁을 준다. 진은영의 시가 어떤 경우에도
두 번 내밀한 까닭은 그 때문이다. 그리고 만약 누군가가 구태여 '시로

21세기를 읽고자' 한다면 내밀성에 대해 이야기해야 하는 까닭도 그 때문이다.

[『시인수첩』, 2015]

2부
문학의 실효성에 대하여

메시지의 전경화와 소설의 '실효성'
─ 정치적·윤리적 올바름과 문학의 관계에 대한 단상

1

1-1

장 바티스트 그뢰즈(Jean Baptiste Greuze, 1725~1805)는 고전주의자 디드로가 좋아했던 화가 중 한 명이다. 그는 어떤 극적인 장면을 설정하고 이를 사실적으로 묘사해 심리적 효과를 극대화하는 데 탁월했고, 관객들은 그의 그림을 보면서 스스로 그런 상황에 처했을 경우 어떻게 행동할 것인지 명료하게 판단할 수 있었다. 예컨대, 「벌 받는 아들Le Fils puni」(1778)[QR 01] 같은 그림은 윤리적 올바름에 대한 화가의 의지와 태도가 어떤 식으로 감상자에게 인계될 수 있는지를 충분히 짐작할 수 있게 한다. 젊은 날의 방탕에 대한 대가는 크고 후회는 언제나 너무 늦게 찾아온다는 메시지가 일종의 상황극과 같은 생생한 재현적 그림을 통해 동시대 감상자들에게 자연스럽게 전달될 수 있었을 것이다.

그런데 흥미롭게도 디드로는 그뢰즈의 그림이 지니는 교훈적 효과를 강조하면서도 이 그림에서 어머니와 부인이 취하는 지나치게 과장된 몸짓이 그림의 전언을 전달하는 데 오히려 방해가 될 수도 있음을 지적한 바 있다.[1] 만약 츠베탄 토도로프의 표현을 빌려 이를 패러프레이즈해본다면 아마도 테마적 중심과 회화적 중심의 불일치가 양자 모두를 곤경에 빠트릴 수도 있음을, 그 결과 감상자에 대한 작용과 효과의 측면에서도 비효율적 오류를 범할 수 있음을 생각해보게 한다.[2]

1-2

매튜 키이란은 예술과 도덕의 관계에 대해 논하면서 도덕적 선의 때문에 작품의 가치가 낮아지는 경우와 작품의 비도덕적 특성이 오히려 작품의 가치를 높이게 된 경우에 대해 각기 예를 들고 있다. 이를 통해 예술과 '도덕적 올바름'의 태도가 지니는 관계에서 나타나는 역설을 설명하고 있는데 눈여겨볼 만하다.[3] 그가 전자의 예로 들고 있는 것은 1930년대 미국 화가로서 당대에 유명세를 탔던 노먼 록웰Norman Rockwell의 〈네 가지 자유〉[QR 02]이다. 이 연작은 1941년 프랭클린 루스벨트의 연설에 감동을 받은 록웰이 인간이라면 누구나 누려야 할 기본적 자유를 형상화하여 표현한 것으로, 각기 「발언(언론)의 자유Freedom of Speech」 「종교의 자유Freedom of Worship」 「결핍으로부터의 자유Freedom from Want」 「공포로부터의 자유Freedom from Fear」라는 그림들로 구성돼 있다.

QR 02

예컨대, 키이란은 자고 있는 아이들의 이불을 덮어주는 아내와, 아이들을 바라보고 있는 남편의 모습을 그린 「공포로부터의 자유」에 대

---

1   이에 대해서는 볼프강 울리히, 「즐거움과 유익함」, 『예술이란 무엇인가?』, 조이한·김정근 옮김, 휴머니스트, 2013, pp. 150~58 참조.

2   테마적 중심과 회화적 중심에 대해서는 츠베탄 토도로프, 『일상 예찬』, 이은진 옮김, 뿌리와이파리, 2003 참조.

3   매튜 키이란, 「예술과 도덕」, 『예술과 그 가치』, 이해완 옮김, 북코리아, 2010 참조.

해 "물론 우리는 우리의 아이들이 안전하기를 바랄 것이고 전쟁의 파괴적이고 맹목적인 난폭함에 노출되지 않기를 원할 것이다. 하지만 이런 종류의 도덕적으로 건전한 그림을 봄으로써 우리가 얻거나 배울 수 있는 어떠한 흥미로운 점도 없다. 이 작품의 도덕적인 성격은 바람직한 것일지는 모르나 그것은 예술로서의 가치를 높이기보다는 깎아내린다"[4]라고 평가한다. 〈네 가지 자유〉는 당대의 '정치적 올바름'이라는 테마적 가치를 상당히 극적으로 표현하고 있지만 회화적 가치에 있어서 그에 상응하는 가치를 지닌다고 말하기 어렵다는 것이다.

프랜시스 베이컨의 「십자가 책형 습작Three Studies for Figures at the Base of a Crucifixion」(1944)[QR 03]은 이와 정반대되는 사례로 꼽힌다.

이 작품이 격렬한 찬반 논쟁을 낳았으리라는 것은 짐작하기 어렵지 않다. 그림에 있는 피조물들은 기형적인 형상으로 자신이 처한 상황에서의 고통을 극한에 가깝게 표현하고 있다. 키이란은 이 그림이 인간은 고차적 정서나 절제된 감정 등과는 거리가 멀

QR 03

고 오히려 분노와 고통에 의해 움직이는 부패한 고깃덩어리에 불과하다는 것을 보여주고 있다고 설명한다. 나아가 그는 메시지의 차원에서 베이컨의 인간성에 대한 인식을 우리가 고스란히 받아들여서는 안 된다고 전제한다.

조금 다른 각도에서 들뢰즈는 감각의 논리로 베이컨의 그림에 대해 설명한 바도 있지만,[5] 키이란은 도덕적 전언의 가치와 예술 작품의 가치를 중심으로 이렇게 말한다. "인간의 모습은 아름다울 수도 있지만 우리는 또한 그것을 인간적인 의지가 결핍된 채 충동과 욕망에 의해서

---

4   매튜 키이란, 같은 책, p. 227.

5   이에 대해서는 질 들뢰즈, 『감각의 논리』, 하태환 옮김, 민음사, 1995(개정판 2008) 참조.

움직이는 고깃덩어리로 또는 흉하게 변형된 살로 볼 수도 있을 것이다. 인간성에 대한 일반적인 생각으로서 이것은 단지 거짓일 뿐만 아니라 도덕적으로 유해한 것이다. 그러나 이 점 때문에 베이컨의 작품에 우리가 깨달아야 될 우리 자신에 대한 중요한 어떤 사실이 있다는 점을 간과해서는 안 된다. 또한 우리가 베이컨의 작품이 원하는 대로 반응할 수도 있고 또 그래야 한다는 사실을 부정해서도 안 된다. 왜냐하면 그 작품이 주는 영상의 강렬함과 진정함, 그리고 작품이 불러일으키는 독특한 효과의 원인인 완전히 숙달된 물감 다루는 솜씨 등은 이 작품을 정말로 훌륭한 예술로 만들기 때문이다."[6]

즉 키이란에 의하면 베이컨 그림의 '실효성'은 '재현적 전언-전언의 가치-기술적 숙련도-미학적 가치' 순으로 정렬되는 것이 아니라 거꾸로 미학적 숙련과 정동적 강도가 결과적으로 전언을 생성하는 방식으로 발휘된다는 것이다.

1-3

자크 랑시에르는 「정치적 예술의 역설」에서 "모더니즘 패러다임에 대한 고발과 예술의 전복적 힘에 관한 지배적 회의주의의 시대가 가고, 예술이 경제적·국가적·이데올로기적 지배 형태에 답해야 한다는 사명이 곳곳에서 다시 주장되고 있다"[7]라고 동시대 예술의 경향에 대해 진단한 바 있다. 이 같은 경향은 2010년대 한국 문단에서도 두드러지고 있다. 여기에는 악화일로인 삶의 조건과 시민의 일원인 작가 개인의 사회적 실존의 양태, '나쁜 신체 변용'(스피노자)에 지속적으로 노출됨으로써 끊임없이 일련의 '정동적 동요affectual fluctuations'에 휩싸

---

6   매튜 키이란, 같은 책, p. 237.

7   자크 랑시에르, 「정치적 예술의 역설」, 『해방된 관객』, 양창렬 옮김, 현실문화, 2016, p. 73.

이게 만드는 정치적 상황, 그리고 경제적인 관점에서나 젠더적 관점에서 최근 다양한 맥락에서 대두되는, 타자에 대한 폭력성 등이 모두 결부되어 있다. 달리 말하면 최근 한국문학은 다시 '정치적 올바름'과 '윤리적 올바름'이라는 당위의 문학적 수용이라는 강력한 요청에 직면해 있다고 할 수 있겠다. 이 요청은 삶 자체의 지속이 끊임없이 위협받고 계속해서 부정적인 물리적·심리적 자극에 노출될 수밖에 없는 '제반 환경Umbelt'에서 기인한 것이며, 그렇기 때문에 충분하고 타당한 이유가 있는 것이다. 이러한 필연성과 타당성에도 불구하고 이 요청은 문학의 오래된 아포리아를 다시금 떠올리게 할 수밖에 없다. 특정한 국면에 강하게 결박된 당위와 요청은 어느 국면에서는 그 구체적 양상보다는 크기와 방향으로만 가늠되려는 경향이 있다. 그리고 이때 '정치적 올바름'이나 '윤리적 올바름'은 의지의 차원에서는 보편적 당위의 차원과 자발적 검열의 무의식을 넘나들고, 미적 실효성의 차원에서는 재현적 논리와 윤리적 논리 그리고 미학적 논리 사이의 장벽을 강화하는 동시에 이를 동일한 논리로 통합시키는 역설의 토대를 제공한다. 이와 관련하여 다시 랑시에르의 말에 귀를 기울여보자. 이해를 위해 조금 길게 인용한다.

(1)
'예술의 정치'는 세 가지 논리—미학적 경험 형태의 논리, 허구 작업의 논리, 메타정치적 전략의 논리—의 교착으로 이루어진다. 이 교착은 또한 내가 정의하려고 시도했던 세 가지 실효성의 형태—재현을 통해 효과를 산출하길 바라는 재현적 논리, 재현적 목적을 중지시킴으로써 효과를 산출하는 미학적 논리, 예술의 형태와 정치의 형태가 서로 직접 동일시되길 바라는 윤리적 논리—사이의 독특하고 모순적인 엮임을 함축한다.

비판적 예술의 전통은 이 세 논리를 하나의 동일한 정식으로 절합하길 원했다. 그 전통은 미학적 거리의 효과를 재현적 관계의 연속성 안에 가둠으로써 에너지들을 동원하는 윤리적 효과를 보장하려고 시도했다.[8]

(2)

예술과 정치는 불일치의 형태로, 감각적인 것의 공통 경험을 재편성하는 조작으로 서로 맞붙어 있다. 〔……〕 말을 유통하고 가시적인 것을 전시하며 정서를 생산하는 새로운 형태들이 이전 가능태의 짜임새와 단절하고 새로운 능력을 규정한다는 의미에서 미학의 정치가 존재한다. 그리하여 예술가들의 정치에 선행하는 예술의 정치가 존재한다. 예술의 정치란 이런저런 대의에 봉사하려는 예술가들의 소망과 무관하게, 그 자체로 작동하는 공통 경험의 대상들에 대한 독특한 마름질이다. 미술관, 책, 극장의 효과는 이런저런 작품의 내용에 기인하기에 앞서 그것들(미술관, 극장, 책)이 수립하는 시공간의 나눔과 감각적 제시 방식에 기인한다. 그러나 이 효과는 예술 자체의 정치적 전략을 정의하지도 않고 예술이 정치적 행위에 계산 가능하게 기여하는 것을 정의하지도 않는다.[9]

랑시에르는 바로 이런 맥락에서 예술의 실효성을 "불일치의 실효성"[10]으로 설명한다. 이는 재현적 매개를 통한 교육적 실효성이나, '삶

8   같은 책, p. 98.

9   같은 책, p. 91.

10 같은 책, p. 84.

과 예술의 화해와 통합'이라는 아방가르드적 명분이 결국 예술의 소멸이나 무매개적 실천으로 귀결되는 "윤리적 무매개의 교육법"[11]과는 다른 방식으로 예술의 실효성이 작동함을 의미한다. 그렇게 보자면, 어쩌면 결국 이 문제는 다시 시민적 윤리와 미적 자율성의 문제라는 오래된 아포리아를 소환하는 것일 수도 있다. 물론 랑시에르라면 미적 자율성이라는 표현을 거부하고 미학적 체제의 문제로 풀어가겠지만, 최근의 한국문학과 관련해서 아직 미학적 체제의 관점에서 이를 설명하기에는 연역의 위험을 무마할 예시적 사건들이 충분하지 않다. 그럼에도 불구하고 최근 정치적 올바름과 윤리적 올바름 테제를 통해 "예술을 재정치화하려는 의지"[12]가 드높아지는 문단 안팎의 상황에서 랑시에르가 언급한 예술적 실효성의 세 형태를 새삼 상기하는 것에 실익이 없지는 않을 것이다. 기우일지 모르나 한마디 덧붙이자면, 이는 성과를 폄하하거나 재현적 실효성을 비난하기 위해서가 아니라 다시금 문제를 정식화하기 위해서이다.

2

2-1

조남주의 소설 『82년생 김지영』(민음사, 2016)의 미덕에 대해 충분히 설명할 수 있을 것이다. 의도적으로 르포르타주에 가까운 양식으로 전개되는 이 소설은 인식의 지형 전체를 흔드는 결정적 디테일을 활용하면서, 우리가 익숙하게 알고 있다고 여기며 묵과한 문제들을 환기시

---

11 같은 책, p. 80.

12 같은 책, p. 74.

키는 데 성공한다. 1982년생 여성이 출생과 성장 과정에서, 그리고 대학생활과 사회생활을 하면서 겪게 되는 '자연화된' 차별과 그로부터 기인한 사태의 불합리한 귀결에 대한 생생한 보고는 우리가 '아는 것'으로 간주하고 기지(旣知)의 영역에 무의식적으로 이송해놓은 문제를 다시 정면으로 마주하게 만든다. 다시 말해 이 소설은 '아는 것'으로부터 '보는 것'으로의 전환[13]을 도모하고, 나아가 의지의 가시적 외화와 실천을 촉구하는 작품이다. 특히 대표단수 격인 한 평범한 여성의 삶에서 끊임없이 나타나는 차별과 불합리를 상징적으로 보여주는 '치명적 디테일'들은 작품의 메시지 전달을 더욱 효과적으로 만든다. 예컨대, 초등학교 시절 김지영 씨를 짓궂게 괴롭히는 남학생에 대해 담임 선생님이 "남자애들은 원래 좋아하는 여자한테 더 못되게 굴고, 괴롭히고 그래. 선생님이 잘 얘기할 테니까 이렇게 오해한 채로 짝 바꾸지 말고, 이번 기회에 둘이 더 친해지면 좋겠는데"라고 말하는 장면이나 대학 시절, 복학한 남학생들에게만 취업 관련 추천이 집중되는 상황의 문제점을 지적하는 김지영 씨에게 학과장이 "여자가 너무 똑똑하면 회사에서도 부담스러워해. 지금도 봐, 학생이 얼마나 부담스러운 줄 알아" 하고 되묻는 장면은 적실한 디테일이 전언의 차원에서 얼마나 효율적으로 작동할 수 있는지를 단적으로 보여준다. 그리고 이 소설에는 이런 디테일들이 풍부하다. 따라서 이 디테일들은 전체적으로 단조롭거나 생경해질 수도 있는 이 소설의 메시지를 가장 효과적으로 부감시키는 중요한 장치라고 할 수 있다. 그런 의미에서 볼 때, 이 소설은 디테일의 풍부함을 통해 '사실의 힘'을 발휘하는 작품이라고 할 수 있다. 그리고 그 사실의 힘은 묵중하다.

---

13 이 표현은 미술사가 다니엘 아라스가 그림에 대해 사용한 것이다. 이에 대해서는 다니엘 아라스, 『디테일──가까이에서 본 미술사를 위하여』, 이윤영 옮김, 숲, 2007 참조.

이처럼 『82년생 김지영』에서 발휘되고 있는 '사실의 힘'은 예술의 실효성 차원에서 볼 때 재현적 논리에 상당 부분 귀속된다고 할 수 있을 것이다. 그리고 전언의 층위에서 그 효율과 성취는 여러 번 높이 평가되어도 좋을 것이다. 그런데 '사실의 힘'에 기반한 소설의 성취는 아쉽게도 그 '사실의 힘'이, 전언이, 재현적 논리가 때때로 예기치 않게 불거지고 전경화되면서 약화된다. 차별과 불합리성으로 점철된 타자와의 관계라는 문제틀problematic을 기지의 무의식에서 미지의 의식의 수면 위로 길어 올린 디테일의 힘은 그 디테일의 과함 때문에 소설의 성취를 약화시킨다. 디테일 덕분에 독자들로 하여금 쉽게 묘사된 정황에 심리적으로 결부되고 전언에 어렵지 않게 동의하게 만들었던 그 '사실의 힘'은 '더 많은 디테일'에 의해 잠식된다. 예컨대 이런 대목의 실효성이 그렇다.

어느 날 문득 사무실을 둘러보았는데 부장급 이상으로는 여자가 거의 없더란다. 구내식당에서 점심을 먹다가 임신부가 보이기에 이 회사는 육아휴직이 몇 년이냐고 물었더니 같은 테이블에서 밥을 먹던 과장부터 사원까지 다섯 명 모두 본 적이 없어서 모르겠다고 대답했단다. 10년 후 자신의 모습이 그려지지 않았고, 고민 끝에 사직서를 냈고, 이래서 여자는 안 된다는 비아냥이 돌아왔다. 선배는 여자를 자꾸 안 되게 만드니까 이러는 거라고 대답했다.

출산한 여성 근로자가 육아휴직을 사용하는 비율은 2003년에 20퍼센트를, 2009년에야 절반을 넘었고, 여전히 열 명 중 네 명은 육아휴직 없이 일하고 있다. 물론 그 이전, 결혼과 임신과 출산 과정에서 이미 직장을 그만두어 육아휴직 통계 표본에도 들어가지 못한 여성들도 많다. 또 2006년에 10.22퍼센트던 여성 관리자의 비율은 꾸준히 그러나 근소하게 증가해 2014년에 18.37퍼센트가 되었다. 아직 열 명 중 두 명도 되지 않는다.

"그래서 그 선배 지금은 뭐해?"

"작년에 사시 패스했어. 몇 년 만에 사시 합격자 나왔다고 난리였잖아. 현수막도 붙었는데, 봤어?"[14]

인용한 대목에 세 가지 스타일이 뒤섞여 있음을 확인하는 것은 어렵지 않다. 상황을 개괄하는 관점이 부여된 스타일, 이 상황을 해석하는 통계의 스타일—이 대목들에는 통계자료의 출처가 명시된 각주가 달려 있다—그리고 다시 상황을 재연하는 스타일이 그것이다. 세 가지 스타일의 병치가 전체적으로 이 소설의 메시지 전달에 기여함은 물론이다. 그러나 플롯의 논리 차원에서 이 병치는 오히려 치명적인 것으로 보인다. 어떻게 관찰자의 스타일과 해석의 스타일과 재연의 스타일이 매개 없이 병치될 수 있을까? 이에 대해서는 두 가지 대답이 가능할 것이다. 첫째, 전언과 사실 자체의 묵중함이 플롯보다 갈급하다. 둘째, 플롯의 측면에서도 안전장치가 없는 것은 아니다. 다시 말해, 해석의 스타일은 이 소설 전체가 실은 김지영 씨의 정신과 상담을 담당한 의사의 보고서 형식을 취하고 있다는 점에서 정당화될 여지가 없는 것은 아니다. 그러나 그렇다고 해도 의사가 통계자료를 보충해서 기입할 까닭까지 납득하기는 어렵다. 대번 그뢰즈의 그림에 대한 디드로의 조언이 떠오른다. 메시지에 집중된 예술 의지가 오히려 전언의 효율성을 저해한다는 것이다. 이 점은 '정치적 올바름'에 대한 요청을 잠시 보류할 때의 심리적 부담과 더불어 이 소설의 플롯에 의문을 제기하게 만든다. 『82년생 김지영』은 디테일과 사실의 힘을 통해 르포르타주 같

14 조남주, 『82년생 김지영』, 민음사, 2016, pp. 97~98.

은 강도의 전언을 독자의 편에 비교적 용이하게 인계하는 소설이지만 르포르타주의 플롯을 취하지는 않는다. 이를 방증하는 두 가지 소설적 장치에 대해 말해보자.

우선 마지막 장에서, 소설 전체가 김지영 씨의 정신과 상담을 담당한 의사의 기록임을 밝히는 것과 마지막 장면에서 이 의사 역시 전언 전달의 맥락에 어긋나지 않는 모순된 행동을 보이게 된다는 사실에 주목해보자. 디테일을 강화하기 위해 사용된, 각주가 달린 통계는 앞에서 살펴본 것처럼 소설 전개의 맥락에서 생경하게 도입된다. 만약 이것이 작가 자신의 개입이라면 이 소설은 포스트모던해지거나 프리모던premodern해진다. 물론 이때에도 브레히트나 우디 앨런의 시도처럼 작품 자체와의 거리를 갑자기 부각시키는 방식으로 독자나 관객을 놀래키고 다시 사실의 세계에 집중할 것을 요청하는 것으로 해석할 여지가 없는 것은 아니다. 하지만 이 소설 전체의 플롯을 눈여겨볼 때 이는 과도한 정당화가 될 것이다. 그러니 마지막 장에서 소설 전체가 김지영 씨의 정신과 상담을 맡은 의사의 기록이었음을 밝히는 것은 근대소설의 해체를 방지하기 위한 장치로 볼 수도 있을 것이다. 그러나 이때에도 스타일의 무매개적 혼합과 병치는 플롯의 논리를 위배하면서 오히려 전언 전달의 실효성을 약화시키기는 마찬가지다. 전언이 전경화됨으로써 플롯이 약화되는 이 아이러니한 상황은 전언 전달의 효율성을 오히려 저해한다. 더욱이 마지막 장면으로, 플롯의 자연스러운 논리에 따르자면, 김지영 씨를 이해하기 위해 피상담자가 겪은 일들이나 상황과 관련된 통계자료들을 찾아 기입하는 공을 들인 의사가 사직한 동료의 후임자를 채용할 때 육아 문제가 해결되지 않은 여직원은 곤란하겠다고 생각하는 에피소드를 넣은 것은 이미 여러 방식으로 전경화된 전언을 아이러니를 통해 더욱 강화시키기 위한 것이었겠으나 그뢰즈의 경우에서처럼 과한 몸짓과 손짓은 오히려 효과를 반감시키기 마런이다. 일종의 반전과도 같은 이 마지막 장면은 메시지의 강화 차원에서는 기여하는 바가 없지 않겠으나 소설의 '실효성'과 관련해서는 아쉬움을 남긴다.

이런 맥락에서 볼 때 소설의 발단부에 제시된 김지영 씨의 이상 징후 역시 플롯에 자연스럽게 녹아 있다고 말하기는 어려워 보인다. 김지영 씨에게 나타난 이상 징후는 때때로 자신이 아니라 다른 여성들의 목소리를 내게 된 것인데, 상담의는 처음엔 우울증의 일환으로 진단했다가 자신의 진단이 성급했다고 판단한다. 하지만 끝내 그것이 어떤 예후를 지닌 증상인지를 확정 짓지 못한다. 문제는, 남편과 그의 첫사랑이었던 김지영 씨의 선배, 둘 사이에서만 공유된 비밀조차 김지영 씨의 입을 통해 발언되는 식으로 초자연적으로 설정된 이 증상이 설득력 있게 분석되거나 설명되지 않으며, 그보다 더 중요하게는 이 예사롭지 않은 설정이 소설 전개에서, 플롯으로부터 비롯되거나 플롯을 통해 전개됨으로써 소설의 주제 의식과 관련된 중요한 키가 되기보다는, 몫이 없는 것으로 간주된 채 목소리를 내지 못하던 사람들을 대신해 말하는 것이 중요하다는 메시지를 전달하는 하나의 부수적 기능으로만 사용된다는 것이다. 초자연적 현상에 대해 자연과학의 인과론적 설명을 요청하는 것이 아니다. 이 증상이 소설의 시작과 끝에서 중요한 기능을 담당하는 일종의 파레르곤과 같은 설정이라면 에르곤이 되는 메시지와의 적절한 교섭 방식이 플롯을 통해 설득력 있게 제시되어야 하는데 그러지 못한 채, 전경화된 외재적 메시지를 담는 봉투나 포장지의 기능에 그치고 있기에 아쉬움을 남긴다는 것이다. 그리고 이는 이 소설의 '실효성'을 심각하게 침해한다.

2-3

이 글의 취지는 『82년생 김지영』이 환기시키는 메시지나 문제의식을 폄하하려는 것이 전혀 아니다. 오히려 앞서 설명했듯이 이 전언은 현재 한국 사회의 구성원들이 직면한 '정동적 동요'의 양상들을 고려할 때 충분히 시의적절한 요청에 응답하는 것이라고 할 수 있다. 그러나 정치적 올바름이나 윤리적 올바름에 대한 요청에 부응하는 것이 소설의 실효성의 전부일 수는 없다. 그뢰즈의 그림이 당대 사회 구성원의 합의에 부응하는 윤리적 올바름을 실천하고 노먼 록웰의 그림이 정치적 올바름에 응답하는 한 형식일 수는 있다. 그러나 메시지에 집중된 의지가 회화적 중심을 테마적 중심에 수렴시키는 과장된 몸짓에 의해 작품의 총체적 '실효성'을 훼손할 여지는 언제나 있는 것이다. 또한 당대의 공통 감각을 뒤흔들고 감상자를 불편과 고통에 직면하게 하는 베이컨의 그림이 정치적 올바름을 가시적 형상으로 직역한 노먼 록웰의 그림보다 오래 시선을 붙잡으며 실효성을 높일 수도 있는 것이다. 미학적 논리에 따른 실효성이 재현적 논리에 따른 실효성보다 효과적으로 정동적 수행성을 높이고, 따라서 수용자로 하여금 '인간이라는 사태'에 좀더 가까이 육박하게 만들면서 가치를 드높이기도 하는 것을 베이컨의 그림을 통해 확인할 수 있다.

전언의 가치는 플롯과의 비교 우위 차원에서 교환될 수 있는 것이 아니다. 물론 메시지의 전경화는 긴급한 요청에 부응하는 즉각적 효용을 발휘할 수 있게 하기도 한다. 그리고 때에 따라 그것이 다른 무엇보다 중요한 국면도 있을 수 있다. 그러나 에르곤과 파레르곤이 분리 불가능한 수준에서 녹아들며 뒤섞이는 것이 아니라 플롯이 물러나고 메시지가 전경화되는 방식으로는 결국 소설의 '실효성'을 지탱하는 세 축에서 재현의 축의 효력조차 감당하기 버겁게 만드는 것으로 귀결될 수도 있다. 그리고 이는 스타일이 전경화됨으로써 전언과 플롯을 모두 잃는 것과 같은 또 다른 비효율만큼이나 문제적 상황인 것이다.

[〈문장 웹진〉, 2017]

다시 문학의 실효성에 관하여
― 김숨 연작소설, 『한 명』『흐르는 편지』
『군인이 천사가 되기를 바란 적 있는가』읽기

1

　조남주의 『82년생 김지영』(민음사, 2016)에 대해 필자가 그 메시지의 '정치적 올바름'에도 불구하고 아쉬움을 표한 것은 '문학의 실효성'을 스스로 위축시키는 '절합articulation'의 논리 때문이었다.[1] 그리고 그 요지는 소위 '문학주의'와는 아무런 관계가 없다. 물론 본래적 의미의 문학주의는 「메시지의 전경화와 소설의 '실효성'」에서 필자가 인용하여 언급한 것처럼 이른바 랑시에르적 의미의 '미학적 실효성aesthetic efficacy'과 친연성을 지니기 마련이지만, 비판을 전제하고 동원되는 용어로서의 '문학주의'는 비판자의 구미에 맞게 재정식화되면서 '재현적 실효성'의 테두리 안에 상대편의 논리를 가두는 프레임으로 작동할 따름이다. 필자가 강조하려던 것은 오히려 그와는 상반된 방향이다. 재현의 의도와 윤리적 효과를 동일한 논리로 절합시키는 방식이 아니라 그것들을 비정합적 방식으로 엮는 '교착(交錯, entrelacement, interlacement)'을 통해, 의도와 효과 사이에 폭넓게 걸쳐 있는 '불화dissensus'와 '비결정성'의 지대에서 결과적으로(만) 성취되는 '문학적 실효성'을 강

1　이 글 앞에 실린 「메시지의 전경화와 소설의 '실효성'」 참조.

조하는 것이 「메시지의 전경화와 소설의 '실효성'」의 요지였다. 이를테면, 그 글에서 인용한 랑시에르의 글에서 다음과 같은 대목을 눈여겨볼 필요가 있다.

> '예술의 정치'는 세 가지 논리—미학적 경험 형태의 논리, 허구 작업의 논리, 메타정치적 전략의 논리—의 교착으로 이루어진다. 이 교착은 또한 내가 정의하려고 시도했던 세 가지 실효성의 형태—재현을 통해 효과를 산출하길 바라는 재현적 논리, 재현적 목적을 중지시킴으로써 효과를 산출하는 미학적 논리, 예술의 형태와 정치의 형태가 서로 직접 동일시되길 바라는 윤리적 논리—사이의 독특하고 모순적인 엮임을 함축한다.
>
> 비판적 예술의 전통은 이 세 논리를 하나의 동일한 정식으로 절합하길 원했다. 그 전통은 미학적 거리의 효과를 재현적 관계의 연속성 안에 가둠으로써 에너지들을 동원하는 윤리적 효과를 보장하려고 시도했다.[2]

이 논지가 다음과 같은 수전 손택의 말과 모순된 것일까? 다시 '교착'과 비정합적 엮임을 생각해보자.

> 한 예술 작품 안에서 필연적인 것은 스타일이다. 더할 나위 없이 적절한 것으로 느껴지며 그와는 다른(그렇게 바꾸고서도 낭비와 손실을 당하지 않을) 경우를 상상할 수 없는 작품인 한, 우리는 그 스타일의 질적 성취도에 반응하는 것이다.[3]

2 　자크 랑시에르, 「정치적 예술의 역설」, 『해방된 관객』, 양창렬 옮김, 현실문화, 2016, p. 94.

3 　수전 손택, 「스타일에 대하여」, 『해석에 반대한다』, 이민아 옮김, 이후, 2002, p. 63.

이 논리를 단지, 랑시에르의 표현을 재차 빌리자면, 예술의 실효성에 대한 재현적 매개 모델에 국한된 것으로 판단할 이유는 없다. 랑시에르주의자가 되고자 하는 것이 아니라 그의 논의를 '문학의 실효성'을 논하는 논리적 교착의 한 줄기로 삼는 것에 궁극적 관심을 두고 말해보자면 『82년생 김지영』은 의도와 효과 사이의 "윤리적 무매개"[4]가, 필연적으로 요청되는 스타일보다 전경화됨으로써 문학적 실효성에서 일정한 "낭비와 손실"을 발생시키고 있다고 할 수 있다. 그럼에도 불구하고 결과적으로 사회적 논의를 촉발시키는 데 성공했다는 점이 중요하다고 말한다면, 이는 전형적으로 의도와 효과를 동일성 속에서 절합시키는articulate 논리로 귀결된다고 하겠다. 이와 관련해서는 "비판적 충격은 같은 자리를 빙빙 도는 경향이 있다"[5]라는 말로 요지를 대신하고자 한다.

2

김숨의 소설 『군인이 천사가 되기를 바란 적 있는가』(현대문학, 2018) 역시 표면적으로는 의도와 효과의 절합이라는 측면에서 읽힐 여지도 다분하다. 일본군 '위안부' 문제를 다룸으로써 독자를 공분과 '비판적 충격'에 이르게 한다고 판단할 수도 있기 때문이다. 이 작품이 공동체의 집단적 기억과 관련된 의미심장한 문제의식을 담고 있고 누구나 알고 있다고 여겨온 문제를 고쳐 묻는 효과를 발휘하고 있다는 것은 분

4   자크 랑시에르, 같은 책, p. 80.

5   같은 책, p. 97.

명한 사실이다. 그러나 중요한 것은 이 작품이 메시지 자체가 전경화되는 양상으로 소위 비판적 예술의 윤리적 실효성을 높이는 대신, 증언과 픽션 사이의 분리선을 옮겨놓는 '필연적 스타일'을 통해 본래적 의미의 '비판'의 효력을 발휘함으로써 문학의 실효성을 여실히 보여준다는 사실이다.

> 본래적 의미에서 '비판'이란 분리, 차별과 관련된 것이다. 비판적 (예술)이란 분리의 선들을 옮기는 예술이요, 분리를 합의에 기반을 둔 실재의 조직 안에 집어넣고, 그렇게 함으로써 합의에 따라 소여의 장을 편성하는 분리의 선들—예컨대, 다큐멘터리와 픽션을 분리하는 선, 인류를 두 유형(수동적인 자와 능동적인 자, 객체인 자와 주체인 자)으로 기꺼이 분리하는 장르 안의 구분—을 교란하는 예술이다. 이스라엘인들에게는 픽션인 것이 팔레스타인들에게는 다큐멘터리라고 고다르는 아이러니하게 이야기하곤 했다.[6]

라고 랑시에르가 말할 때 본래적 의미에서의 '비판'은, 재현적 의도와 윤리적 효과를 동일성 속에서 절합시킴으로써 발휘되는 것이 아니라 장르 안의 구분을 교란하며 "분리의 선들을 옮기는" 것과 관계 깊다. 그리고 미리 말하자면 결국 그것은 분리 그 자체를 포함하여 스타일의 필연성과 교착될 수 있는 것이다.

김숨은 일본군 '위안부' 문제를 다루는 일련의 소설들을 발표했다. 『한 명』(현대문학, 2016), 『흐르는 편지』(현대문학, 2018), 『군인이 천사가 되기를 바란 적 있는가』(현대문학, 2018), 『숭고함은 나를 들여다보는 거야』(현대문학, 2018)와 같은 작품들이 여기에 해당된다. 우리가

6 같은 책, p. 108.

주목할 것은 얼핏 보아 비슷한 소재를 여러 번 다룬 것처럼 보이는 이 연작[7]이 실은 비슷한 소재를 취하되 각기 다른 주제 의식을 그 주제 의식에 "더할 나위 없이 적절한 것으로 느껴지"는 스타일로 표현함으로써 문학적 실효성을 새롭게 정의하고 있다는 것이다. 이 연작이 성공적인 까닭은 소재가 되는 일본군 '위안부' 문제를 집중적으로 환기시킴으로써 공동체의 집단적 기억이라는 주제 의식을 부각시키는 데 기여했기 때문일 수도 있지만, 보다 중요하게는 각기 스타일을 달리하는 전개방식에 의해 각 작품의 주제 의식을 가장 효과적으로 부각시키면서 문학적 실효성의 영역을 확장시키기 때문이다. 다음과 같은 대목들을 눈여겨보자.

(1)
이렇게 **죽는구나** 하고 죽음을 받아들이려는 순간에 격앙된 소리가 들려왔다.

"잡았다!"

그녀의 머리끄덩이를 잡아 끌어올리는 손들이 있었다.

"풍길아, 풍길아……!"

"눈 좀 떠봐."

배 바닥에 늘어져 있는 그녀의 눈에 소녀들의 얼굴이 들어왔다.

"살았다!"

〔……〕

금복 언니가 그녀의 **뺨**을 찰싹찰싹 때렸다. 그제야 자신이 살았다는 것을 깨달은 그녀는 하늘을 올려다보고 흐느껴 울기 시작했다.

"울지 마."

---

7   사실 엄밀한 의미의 연작이라기보다는 일련의 소설이라고 하는 것이 더 적합하나 편의상 이하에서는 연작으로 지칭하겠다.

금복 언니가 그녀를 일으켜 앉히더니 두 팔로 끌어안았다. 그녀의 등을 어루만지면서 말했다.

"죽지 않았잖아. 죽지 않았으니 울지 마."

하하가 시키는 대로 해라. 헤어지면서 금복 언니가 그녀에게 당부한 그 말뜻을 그녀는 70년도 더 지나서야 겨우 깨닫는다.

죽지 말고 어떻게든 살아 있으라는 당부였다는 걸.[8]

(2)

몸이 내 것이 아니면, 몸에 들어선 아기도 내 아기가 아닌 게 아닐까.

내 아기가 아니면 누구 아기일까.

*

어머니, 나는 아기에게 묻고 물어요.

아가야, 너는 누구의 아기니?

후유코, 도시코, 모모코, 후미코, 야에, 미쓰코, 요시코, 히후미, 유키코……

나는 강물에 편지를 쓰는 대신 일본 여자 이름들을 쓴다. 군인들이 내게 지어준 이름들이다. 혹시나 아기가 그 여자들 중 하나의 아기가 아닐까 싶어서.[9]

---

8   김숨, 『한 명』, 현대문학, 2016, pp. 255~56.
9   김숨, 『흐르는 편지』, 현대문학, 2018, p. 126.

(3)

창문이 떨리네, 나뭇잎들이 흔들리고…….

(한겨울이라 거실 창밖 나무의 가지들에는 나뭇잎이 한 장도 달
리지 않았다.)

참새들이 날아다니네.

누가 오나?

누가 와?

군인들이 오나봐…… 군인들이 오면 나 없다고 해…… 우리 엄
마가 와서 데려갔다고 해…… 우리 엄마가 아주 무섭다고 해……
숨을 데가 없어…… 누가 나 좀 숨겨줘…….

나 좀 숨겨줘…….

지울 수 없어, 아무것으로도,
군인들이 내 몸에 새긴 흔적은, 주름으로도.[10]

　　세 편의 인용문은 각기 『한 명』 『흐르는 편지』 『군인이 천사가 되기
를 바란 적 있는가』에서 발췌한 것이다. 인용한 부분들은, 얼핏 비슷한
소재와 주제 의식을 다루고 있는 것처럼 읽히는 이 연작소설들에서 실

10　김숨, 『군인이 천사가 되기를 바란 적 있는가』, 현대문학, 2018, pp. 129~30.

상 작품에 따라 달라지는 스타일이 각 작품의 주제 의식과 어떻게 '필연적' 관계를 지니게 되는지를 단적으로 보여준다.

『한 명』은 생존하는 일본군 '위안부'가 단 한 명 남게 되는 상황을 설정하여 이 문제에 대한 관심을 재차 환기시키는 플롯을 근간으로 한다는 점에서 픽션의 외관을 지니고 있지만 구체적 전개에 있어서는 픽션과 증언을 '표 나게' 뒤섞는 스타일을 취하고 있다. 일종의 스타일의 혼합이라고 해도 좋을 법하다.[11] 그런데 이 혼합에는 특이점이 있다. (1)을 보라. 작가는 의도적으로 픽션 스타일과 증언 스타일이 시각적으로 변별되도록, 증언에 기초한 내용 부분을 별도의 서체로 표시했다. (1)에서 고딕으로 표시한 부분이 그것이다. 그리고 원문에는 이 고딕 부분 끝에 미주를 달아 그 내용이 실제로 누구의 증언에서 가져온 것인지를 명기하고 있다. 작품 전체에서 증언에 기초한 부분은 지문과 대화를 가리지 않고 필요에 따라 여러 곳에서 이와 같은 방식으로 사용되었다. 물론 이는 이 소설이 증언에 기초한 픽션임을 의도적으로 드러내기 위한 것이다. 이를 픽션의 형식을 취한 증언이라고 할 수도 있지만 그 스타일에 주목해, 미메시스mimesis 형식을 취한 디에게시스diegesis, 혹은 '드러난revealed' 미메시스라고 할 수도 있을 것이다. 그렇다면 증언에 기초하기 때문에 역사적 사실에 독자를 더욱 가까이 끌어당긴다는 말로 그 수사적 효과를 간단히 설명하기보다는 이 '드러남' 자체에 더욱 주목할 필요가 있다. 이 '드러남'은 소설 『한 명』의 주제의식과 밀접한 관련을 지닌다. 이 소설의 기본 플롯이 마지막 남은 일본군 '위안부'가 죽음을 앞두고 있다는 뉴스를 접하고 자신도 피해자라고 밝히는 과

---

11   물론 에리히 아우어바흐가 『미메시스』에서 스타일의 혼합을 설명할 때는 신분에 맞는 스타일을 엄격히 사용하는 '데코럼decorum'의 원칙이 약화되고 붕괴되는 것과 관계 깊지만, 용어를 차용해 문맥을 지탱하자면 여기서는 일종의 장르적 원칙과 표면의 경계를 넘어 이를 의도적으로 뒤섞는 것을 지시한다.

정을 얼개로 하고 있음을 기억하자. 이 대목은 픽션과 증언이 섞여 '드러난' 미메시스로서 이렇게 표현된다.

나도 피해자요.

그 한 문장을 쓰기까지 70년이 넘게 걸렸다.[12]

굵은 글씨로 적힌 "나도 피해자요"라는 말은 (1)에서 직접 증언으로부터 취한 부분이 고딕체로 표시된 것과 달리 다른 서체로 표시되어 있다.[13] 그러니까 세 가지 방식의 스타일이 섞이게 되는 것이다. 소설의 얼개를 이루는 픽션, 잠재적 픽션으로서의 증언, 픽션 속 증언이 그것이다. 이 소설의 실효성은 이 스타일들의 섞임을 통해 윤리적 실효성을 넘어 미학적 실효성에 가닿는다. 이 스타일이 여기서 필연적이기 때문이다. 또한 픽션과 증언을 분리하는 선을 옮겨놓기 때문이다. 증언과 픽션, 미메시스와 디에게시스, 작품의 안과 밖을 경계 짓는 기존의 분리선을 새로운 곳으로 옮겨놓음으로써 이 소설은 우리를 공동체의 집단적 기억과 고유한 미학적 실천이 교착되는 현장에 데려다 놓는다. 비판의 대상으로 소환되며 그 실정성이 미리 기입된 바로서의 '문학주의'가 아니라 본래적 의미의 문학주의로서 문학의 실효성을 말할 수 있는 것은 바로 이런 순간들이다.

두번째 인용된 것은 『흐르는 편지』의 한 대목이다. 이 소설은 재현적 실효성과 효과의 측면에서 가장 직접적으로 호소하는 스타일을 사용하고 있다. 『한 명』을 기저의 서사라고 한다면, 『흐르는 편지』는 개

12　김숨, 『한 명』, p. 236.
13　물론 그것이 고딕체인지 명조체인지가 중요한 것은 아니다. 그 다름이 중요하다.

별적으로 수행되어 공표된 서사라고 할 수 있다. 물론 표면적으로는 『한 명』은 3인칭 관찰자 시점의 픽션 형식을 취하고 있고 『흐르는 편지』는 객관적 사실관계 속에서 실제로 부침을 겪는 한 개인의 내면을 직핍하게 풀어냄으로써 조금 더 역사적 사실에 다가가게 한다는 점에서 기저 형식과 공표된 형식에 대해 상반된 설명을 할 여지도 있다. 그러나 조금 더 자세히 들여다보면 그 관계가 오히려 역전되어 있음을 확인할 수 있다. 두 작품이 잠재된 집단적 기억과 발화된 개인의 언표라는 상관성을 갖기 때문이다. 『한 명』이 공동체의 집단적 기억에 관한 것이라면, 『흐르는 편지』에서는 누구에게나 하나의 삶이 있을 뿐이라는 모멘트가 더 강조된다. 그런 점에서 1인칭 주인공 시점은 나름의 설득력을 갖는다. 그러나 문학의 실효성과 관련해서는 이 설득력이 반드시 목적을 달성하는 것이라고 말하기 어려운 부분이 있다.

(2)에서 각기 다른 서체로 표현된 부분은 주인공 '나'의 독백과 주인공이 물에 쓰는 편지의 내용을 나누고 있다. 인용한 부분에서 가장 인상적인 대목은, 궁서체로 표시된 부분에서 일본 군인의 이름이 아니라 일본 여성의 이름이 나열된다는 것인데, 여기서 독백과 편지 내용을 구분 짓는 스타일들은 한 개인의 고유한 내면과 정체성조차 의심케 만드는 극한의 폭력과 고통을 강조하면서 병치된다. 그것은 그 나름으로 누구에게나 훼손되어서는 안 될 단 하나의 삶이 있을 뿐이라는 주제의식을 강화한다. 그런데 여기서 스타일의 병치는 크게 볼 때 '나'의 마음을 전달하는 다른 어조들, 즉 사실을 전달하는 부분과 마음을 풀어내는 부분을 나누는 경계로 활용되고 있다는 것을 주목해보자. 내면을 송두리째 드러내 보임으로써 한 개인에게 행사되었던 구체적 위력과 그것으로부터 비롯된 고통을 생생하게 전달하는 효과를 발휘하면서, 누구에게나 단 하나의 삶이 있을 뿐임을 주지시키는 역할을 이 '전시된 manifest 미메시스'는 충실히 수행하고 있다. 그러나 스타일의 병치에

서 드러나는 절합은 분리선을 옮기는 방식이 아니라 발화의 방향을 달리하는 내용을 상호 보강하기 위해 사용되고 있다. 그렇기 때문에 이 절합은, 정서에 호소하고 주제를 강화하는 효과와 별개로 종국에는 그 효과를 운용하는 문학적 실효성에 있어서 달리 생각할 여지를 남긴다. 스타일의 병치로 강화된 전일적 독백은 사태를 새롭게 주시하게 하기보다는 동일성의 논리에 따라 오히려 기존의 인식을 강화하면서 문제를 고정된 틀 속에 순치시킨다. 증언이 보고와 재현의 기능에 머물러서는 문학을 경과한 실효를 발휘하기 어렵다.

(3)은 『군인이 천사가 되기를 바란 적 있는가』에서 인용한 것이다. 1인칭 고백 시점이라는 점에서 『흐르는 편지』와 유사해 보이지만 실은 『한 명』과 상관적으로 검토되어야 하는 것은 이 작품이다. 『한 명』이 픽션의 형식으로 증언을 도입한 것이라면 이 작품은 증언의 형식으로 픽션을 도입한 것이기 때문이다. 『한 명』이 드러난 미메시스라면 이 작품은 '숨겨진concealed 디에게시스'라고 할 수 있다. 그리고 이것은 문학의 실효성을 높이는 또 하나의 예로 꼽을 만하다. (3)을 보라. 증언을 그대로 옮긴 듯한 이 대목이 기본적으로 픽션의 원리인 구성에 기초하고 있다는 것을 괄호 안의 지문은 보여주고 있다. 그러니까 이 대목에는 증언의 형식을 띤 픽션과, 증언의 사실성을 보증함으로써 픽션의 뼈대를 드러내는 지문과, 사실적인 착란이 동시에 드러나 있다. 이것은 1인칭 시점으로 내면을 모두 드러내 보이는 방식과 비슷해 보이지만 미메시스를 밑그림으로 하는 디에게시스라는 점에서 확연히 다른 스타일이다. 『흐르는 편지』가 연장과 절합을, 『한 명』이 드러난 교착을 수행하고 있다면, 이 작품은 숨겨진 교착을 원리로 삼는다. 무엇의 교착인가? 스타일의 교착이다. 미메시스와 디에게시스의 관점에서, 그리고 픽션과 증언이라는 장르적 특성의 측면에서 그렇다는 말이다.

또한 의도와 효과와 비결정성의 교착이다. 의도가 드러나는 듯하면서 간접화되고, 효과가 전시될 듯하다 지연되며, 텍스트 자체가 실효성 측량에 저항하기 때문이다. 역설적이게도 문학의 실효성은 바로 그 저항의 실효성에 다름 아니다.

3

랑시에르는 포르투갈 출신 영화감독 페드로 코스타Pedro Costa가 연출한「행진하는 청춘Juventude en marcha」을 두고 다음과 같이 설명한 바 있다.

> 벤투라는 카보베르데 출신 이민자로서 석공 일을 했었지만 비계 (飛階)에서 떨어지는 바람에 일을 못하게 됐고, 정신적 상처 때문에 정상적인 사회생활도 못하게 됐다. 〔……〕 고된 삶에 대한 다큐멘터리를 내놓는 것이 관건이 아니다. 식민지화·반란·이주의 역사 속에 담긴 갖은 경험을 모조리 기록하는 것이 중요하다. 동시에 공유 불가능한 것, 즉 상처—이 이야기 끝에서, 한 개인은 그 상처 때문에 자신의 세계에서 그리고 자기 자신에게서 분리된다— 와 대면하는 것이 중요하다. 벤투라는 '이주 노동자'가 아니다. 그는 자신의 존엄을 돌려받아야 할, 자신이 구축하는 데 한몫했던 세계에 대한 향유를 돌려받아야 할 비천한 자가 아니다. 벤투라는 일종의 숭고한 방랑자, 일종의 오이디푸스 내지 리어왕이다.[14]

---

14 자크 랑시에르,「정치적 예술의 역설」, 같은 책, p. 114.

랑시에르는 코스타가 "어떤 종류의 미학의 정치를 실행한다"라고 하면서 이때의 정치는 "예술의 '정치'가 사회적 조건을 통해 (허구적이거나 실제적인) 상황을 설명하는 것이라고 보는 사회학적 시각과 거리가 멀 뿐 아니라, 시선과 말의 '무능력'을 직접 행동으로 대체하고자 하는 윤리적 시각과도 거리가 멀다. 거꾸로 시선과 말의 능력, 시선과 말이 수립하는 중지의 능력이야말로 코스타 작업의 중심에 있다"[15]라고 설명한다. "사회학적 시각"과 "윤리적 시각"이 아니라 "시선과 말이 수립하는 중지의 능력"에 주목하면서 그는 재차 분리선의 이동과 교차를 강조한다. 랑시에르의 말을 번역하거나 연역하는 것이 이 글의 주요 관심사는 아니다. 그러나 문학적 실효성의 문제를 재고하고자 할 때, 김숨의 일련의 연작이 품은 강력한 호소가 역사적·사회학적 시각이나 윤리적 요청에서가 아니라 스타일과 태도의 교착에 따른 어떤 종류의 중지로부터 비롯된 것임은 눈여겨볼 필요가 있다. 문제는 환원이 아니라 중지와 교착과 비결정이다. 결국 고된 이력에 대한 다큐멘터리보다 중요한 것은 상처와 대면하고 자신의 존엄을 돌려받아야 할 삶이기 때문이다.

나는 나를 사랑해서 죽지 않았어.
나를 사랑해서 오늘날까지 살 수 있었어.

말하고 싶지 않았지만 나를 사랑해서 할 수 있었어.
나도 너를 사랑해.

네가 있어야 내가 있지, 내가 있어야 네가 있고.

15 자크 랑시에르, 같은 책, p. 113.

그것이 내가 알고 있는 황금률이야.

내가 나를 사랑해야 용서도 할 수 있어.

나를 사랑하는 거…… 그것이 시작이야.

그리고 말해.

군인들이 천사가 될 때까지.[16]

[『숨—문학의 이름으로』, 2019]

---

16 김숨, 『군인이 천사가 되기를 바란 적 있는가』, pp. 150~51.

치유로서의 문학, 증상으로서의 문학

1

  몹시 섬세한 고통과 강렬한 고통을 느끼는 유별난 능력을 지녔던 예민한 그리스인들을 구원한 것은 예술이었다고 청년 니체는 『비극의 탄생』에서 말한 바 있다. 얼핏 보아 이 말은 예술이 고통에 예민한 그리스인들을 치유하는 기제로 작용했다는 언급으로 읽힌다. 물론 이 말은 본래 아리스토텔레스적인 처방, 즉 영감에 의해 얻은 비이성적인 계시를 통해 호소하는 방식의 미메시스가 이성적 질서에 무슨 효용이 있느냐는 플라톤의 물음에 대한 아리스토텔레스의 간접 답변과 연관이 있을 수도 있다. 다시 말해 영감이 아니라 이성적 설계에 의해 잘 갖춰진 플롯을 통해 연민과 두려움을 유발하고 그 심적 긴장이 최고조로 끌어 올려진 상태에서 그것을 해소시킬 때의 심리적, 물리적 효과가 작지 않다는 설명을 떠올려봄 직도 하다는 것이다. 그런데 그리스 비극을 다시 생각해보면 아리스토텔레스의 이런 항변(?)에도 불구하고 니체의 말이 직관적으로 납득되지는 않는다. 그리스 비극이 인간 삶의 근본적 형식들을 탐구하고 있다는 말은 가능하지만 때로 참혹하기까지 한 저 비극적 결말들이 어떻게 치유와 구원이 될 수 있다는 말일까? 예컨대 에우리피데스의 『트로이의 여인들』 같은 작품에 드러난 전쟁의 참상과 개인의 실존적 고통에 대한 즉물적 감각이 어떻게 새삼 치유나 위로의 방편이 될 수 있다는 말인가?

니체의 문장은 본래 "예술이 그를 구원한다. 그리고 예술을 통해 삶이 그를 구원한다―스스로를 위해"[1]이다. 여기에는 두 가지 명제가 결합되어 있다. 첫째, 예술이 고통에 예민한 정신을 구원했다. 둘째, 삶이 그를 구하고 스스로를 구원했다. 두 가지 질문이 가능하다. 우선, 앞서 살펴본 것처럼 저 즉물적 참혹함과 근원적 비극이 어떻게 고통에 그토록 예민했던 이들의 삶을 구하는 형식이 될 수 있는가? 둘째, 그것이 어떻게 동시에 삶―그리고 예술―그 자체를 구원하게 되는 것일까?

그리스 비극에 대한 연구를 집대성한 임철규 선생은 "위대한 문학이란, 문학이라는 형식을 통해 망각 속에 묻혀 있는 숱한 인간들을 역사 속으로 불러내어, 그들을 다시 '기억'해주고, 그들의 '상처'를 어루만져주고 고통과 죽음을 슬퍼하며 '장례'를 지내주는 애도의 행위"[2]라고 말한다. 그런 맥락에서 그는 그리스 비극을 "'타자'의 고통, 주체의 폭력, 그리고 '귀환'의 비극성"[3]이라는 관점에서 조망한다. 그렇다면 니체의 명제와 관련된 첫번째 질문에 대해 우리는 이렇게 말할 수 있을 것이다. 고통에 예민한 정신을 구원한 것은 대리만족이나 승화의 형식

---

1 원문에는 "Ihn rettet die Kunst, und durch die Kunst rettet ihn sich―das Leben"으로 되어 있다. 이진우는 이를 "예술이 그를 구원한다. 그리고 예술을 통해 스스로를 구원하는 것은―삶이다"로 번역했다(프리드리히 니체, 『비극의 탄생·반시대적 고찰』, 이진우 옮김, 책세상, 2005, p. 66). 또한 레이먼드 고이스Raymond Geuss와 로널드 스피어스Ronald Speirs가 편집한 The Birth of Tragedy and Other Writings(Cambridge University Press, 1999)에는 "Art saves him, and through art life saves him―for itself"(trans. Ronald Speirs)로 영역되어 있다(p. 40).

2 임철규, 『그리스 비극―인간과 역사에 바치는 애도의 노래』, 한길사, 2007, p. 16.

3 임철규, 같은 책, p. 17.

이 아니라 고통을 거듭 환기하는 반복의 형식이라고…… 그리고 위안의 말들을 제단에 바치거나 '희망의 역사'를 상상하는 것이 아니라 끝없는 수난과 고통의 역사를 거듭 반복 진술하는 것이 구원이 되는 까닭은 바로 그 반복 자체를 거듭해서 부추기는 어떤 거부할 수 없는 힘 혹은 본성 때문이라고…… 만약 사태가 그렇다면 이것은 애도의 문제이면서 동시에 충동과 증상의 문제이다. 충동은 증상으로의 무한 회귀를 부추기는 에너지이기 때문이다.

2

고통에 그토록 예민한 정신은 왜 고통의 기억을 그처럼 집요하고 방대하게 서술해야만 했을까? 외상의 장소가 왜 유적이면서 동시에 '명소'가 됐을까? 자크 라캉은 외상의 장소가 은밀하게 충족되는 충동 drive과 관계 깊다고 말한다.[4] 그리고 증상은 곧 주이상스의 알리바이가 된다. 라캉은 "쾌락 원칙 너머에 죽음충동이 있다"는 프로이트의 명제를 "쾌락 원칙 너머에 주이상스가 있다"로 바꿔놓는다. 이와 관련하여 브루스 핑크는 주이상스가 고통 속의 쾌락, 자기 처벌에서 느끼는 흥분과 관계 깊다고 설명한다.[5] 그는 "만족satisfaction이란 용어는 증상이 제공하는 쾌락을 기술하기엔 너무 단순하다. 현실적으론 불만족을 불평하면서도 끝내 분석가를 찾지 않는 사람들도 있다. 그런데 이

4 자크 라캉, "주체는 그의 욕망이 단순히 타자의 주이상스를 좇는 헛된 우회에 불과하다는 것을 알게 될 것이다. 타자의 간섭이 있을 때에만 그는 쾌락 원칙 너머에 주이상스가 있다는 것을 깨닫게 될 것이다"(Jacques Lacan, "The transference and the drive", *The Four Fundamental Concepts of Psycho-Analysis,* edit. Jacques-Alain Miller, trans. Alan Sheridan, Penguin Books, 1998, pp. 183~84).

5 브루스 핑크, 『라캉과 정신의학』, 맹정현 옮김, 민음사, 2002, p. 27 참조.

는 그들이 불만족과 불평으로부터 만족감을 얻기 때문이다. 그들은 자신을 불만족스럽게 만드는 타인들을 비난하면서 만족감을 얻는다. 자신을 고통 속에 몰아넣으면서도 엄청난 쾌락을 느끼는 것이다. 프랑스어에는 이러한 고통 속의 쾌락을, 불만족 속의 만족감을 지칭할 만한 적절한 단어가 있는데 그것이 바로 주이상스jouissance이다. 주이상스는 자기 처벌이나 고통스러운 일에서 느끼는 흥분(예를 들어 성적인 절정감)을 의미하는 용어이다"[6]라고 설명한다. 고통을 거듭 진술하는 것은 흔히 죽음충동의 문제로 설명되곤 하지만 실은 외상의 장소가 주이상스의 중핵이기 때문이라고 핑크는 말하고 있는 것이다. 슬라보예 지젝은 이와 관련하여 "그것은 일련의 다양한 전략을 구사하여 상징계 속에 통합시키고 중화시키려는 노력에도 불구하고 항상 빗나가는, 그럼에도 항상 되돌아오는 외상의 지점이다. 라캉의 가르침의 마지막 단계에서 볼 때, 그 외상의 지점은 정확히 향락jouissance의 실재적인 중핵으로서 간주되는 증상이다. 다시 말해 설명과 의미 부여를 통해 길들이고 교화시키고 해체하려는 모든 시도들에도 불구하고 잉여로서 잔존하며 되돌아오는 증상이다"[7]라고 부연한다.

그렇다면 진짜 문제는 죽음충동이나 위로가 아니라 증상이다. 이와 관련하여 눈여겨볼 만한 해석을 콜레트 솔레는 제시한 바 있다. 그는 라캉이 '주이상스로서의 증상'에 대해 언급한 것을 두고, 증상이 메시지처럼 해독될 수도 있으며 단지 발화의 한 방식일 뿐만 아니라 주이상스의 한 형식이기도 하고, 따라서 증상의 수수께끼를 푸는 열쇠는 바로 은밀하게 충족되는 충동drive이라고 설명한다.[8] 이는 고통과 상처

6 브루스 핑크, 같은 곳.

7 슬라보예 지젝, 『이데올로기라는 숭고한 대상』, 이수련 옮김, 인간사랑, 2002, p. 136.

8 Colette Soler, "The Paradoxes of the Symptom in Psychoanalysis", *The Cambridge Companion to Lacan*, Cambridge University Press, 2003, pp. 86~87 참조.

에 대한 거듭된 진술이 고통을 낳은 그 사태를 다시 장악하여 이를 원만하게 해소하려는 은근한 소망의 반영이나 외상 자체의 소산(Abreagieren, abreaction)을 목적으로 하는 것이 아니라는 말이다. 증상은 발견되고 해석된 뒤에도 해소되지 않는다. 실은 주체가 바로 그 증상을 여전히 즐기고 있기 때문이다. 이제 중요한 것은, 외상의 장소에 반복적으로 이끌리는 주체가 그 외상을 어떻게 해소할 것인가 하는 문제가 아니라, 외상의 장소에 끊임없이 유인되는 이 주체가 고통의 현장에 이끌리면서도 미끄러지고 멀어짐을 반복하면서 자신의 증상을 거듭 확인하는 양상과 그 까닭이다.

비극이 삶을 구원한다? 고통에 예민한 정신을 구원한다? 상처와 고통에 대한 반복된 진술이 '애도'가 된다? 그것은 상처받은 영혼이 치유의 말들에 의해 위무되기 때문이 아니라 말들이 자신의 증상을 현시해 보이기[9] 때문이며, 반복적으로 외상으로 향하면서 동시에 미끄러지고 멀어지는 아이러니 놀이로서의 언어의 자기전개가 삶뿐만이 아니라 예술 '그 자신'을 구원하기 때문이다. 대상으로서의 상처와 고통뿐만이 아니라 그것을 진술하는 형식을 구출하고 나아가 그 진술 주체를 애도의 형식으로, '결과적으로'—이것이 중요한데—다독이기 때문이다.

3

그런데 증상과 결부된 충동은 명료한 문장의 형식으로는 구할 수 없는 것이다. 그것은 항상 몽타주의 형태를 취할 수밖에 없다고 라캉은 말한다. 영문학자이자 미술사가인 W. J. T. 미첼은 바로 이 포인트를

---

9 물론 증상 자체는 명료하게 명시될 수 없다. 증상에 대한 언어가 모자이크의 형태를 띨 수밖에 없는 사정이 거기에 있다.

놓치지 않고 이렇게 말한다.

> 충동은 몽타주로만 재현될 수 있다는 라캉의 주장이 옳다면, 보는 것 자체는 오직 다양한 종류의 그림 속에서만 보여질 수 있고 만져질 수 있게 된다.[10]

예술의 구원에 관한 니체의 명제에서 두번째 질문, 삶 그 자체의 구원과 결부된 질문에 대한 힌트는 여기에 있다. 한 시인의 말을 옮겨보기로 하자.

> 고통이 고통인 이유는 그것을 나눌 수 없기 때문일 것입니다. 고통은 온전히 자기만의 것이요. 그러나 문학은 고통과 연대할 수 있다고 믿습니다. 문학은 치유도 환후도 대안도 아니지만, 무엇보다 어떤 이유도 아니어야 하지만, 고통이 있는 곳이 또한 문학이기 때문에 (……) 문학의 일은 사람들의 슬픔과 분노를 조작하거나 동원하는 것이 아니라 그들과 함께 오래 앓는 것 이상이지 않다고 생각합니다. 나는 문학이 문학 안에서도 밖에서도 전능하지 않았으면 좋겠습니다. 무엇보다 문학이 그 어떤 이유도 아니었으면 좋겠어요. 문학이 고통이되, 끝까지 고통의 주인이 아니었으면 좋겠구요. 그래서 흩어지고 무너지고 동의하지 않는 무수한 과정들을 만드는 일이 문학 속에서 계속되었으면 좋겠습니다.[11]

이 말의 당사자가 어떻게 여길지 모르겠으나, 실상 "문학은 치유도

---

10 W. J. T. 미첼, 『그림은 무엇을 원하는가——이미지의 삶과 사랑』, 김전유경 옮김, 그린비, 2010, pp. 110~11.

11 신용목, 대담 「문학이 존재하는 방식」, 『시사사』 2018년 1~2월호, pp. 156~57.

환후도 대안도" 아니지만 "고통이 있는 곳이 또한 문학"이라는 말은 고스란히 문학이 그 자체로 증상임을 지시한다. 문학이 사람들의 슬픔과 분노에 가하는 어떤 능동적 작용이 되기보다는 "함께 오래 앓는 것이상이지 않다"는 것 역시, 정확히, 문학이 치료제가 아니라 증상과의 동일시임을 지시한다. 그런 맥락에서 보자면 '문학이 고통이되, 고통의 주인이 아니었으면 좋겠다'는 바람은 기우(杞憂)다. 좋은 문학은 고통의 주인이기는커녕 스스로의 형상을 알지 못하는 충동으로서 증상을 몽타주하는 '그림'에 불과하기 때문이다. 아니, '그림'씩이나 되기 때문이다. 우리가 문학에서, 각별히 시에서 진술 그 자체뿐만 아니라 이미지와 정동(情動)에 관심을 기울여야 하는 까닭도 거기에 있다. 이에 대해서는 기회가 있을 때마다 다른 지면에서 목소리를 높여왔기 때문에 여기서는 설명을 생략하고자 한다. 다만, 같은 지면에 실린 한 젊은 시인의 다음과 같은 시를 읽어보는 것은 좋겠다.

몸에 꼭 맞는 신(神)이 없어서
깨진 창문 밖으로 뛰쳐나간 목숨은 열두 가지
새떼와 엉킨 시체는 하늘 높이 춤춘다
그 곡선이 내 목덜미를 붙잡고
이제 단 한 명의 연인도 살아남지 않아서
그들이 들려주던 수치는 전부 어디로 갔나
흙먼지 속으로 사라지는 복도
좁아진 목구멍이 내게 위로가 되어줄 것이다
신의 말로 입을 더럽히지 않더라도
너를 찌르거나 애무할 수 있다
장갑을 끼고 추락한 가죽을 침대에 던져놓고
더듬거리며 미세한 깃털도 거세한 채

텅 빈 얼굴이 검게 타오른다
이미 수없이 반죽한 이 흙 위에서
나는 조금 전까지 너였는데
알지 못하는 몸은 여전히 나에게 혈액을 공급하고 있는데
간헐한 지진처럼
무기력한 초상은 어디에 있나
— 김호성, 「떠나지 않기 위해서」 전문[12]

　　김호성은 등단 초기부터 명료한 진술로 정식화될 수 있는 명제들을
시의 전면에 내세우는 것을 거부해왔다. 그것이 생래적인 형질 때문인
지 아니면 일정한 의도하의 전략인지에 대해서는 조금 더 지켜볼 여지
가 있으나 틀림없이 "이미지의 파토스적 충돌"[13]을 과감하게 구사하는
작품들을 이 젊은 시인은 발표해오고 있다. 작품을 보자. 인용한 시에
는 윤기 나는 문장이 하나도 없다. 오히려 어떤 측면에서는 일부러 창
백하고 푸석한 문장들을 구사하려 애쓴 흔적이 눈에 띄기도 한다. 그
러나 무미건조하고 담담한 진술로 이루어진 이 문장들은 파편적 이미
지들이 만드는 파토스로 인해 읽는 이의 마음을 오래 머물게 하는 매
혹을 품고 있다.
　　소설가 황정은은 벌써 여러 해 전, 낙하하는 의식으로서의 정동만을
전면에 부각시킨 작품(「낙하하다」)을 발표한 바 있다. 죽었는지 살았는
지조차 모르겠지만 계속 낙하하고 있는 상태일 뿐이라는 걸 인지한 의
식으로만 혹은 그 감각으로만 세계를 감지하는 주체를 아름답게 그려
낸 인상적인 작품이었다. 이제 와서 말을 덧붙이자면, 그것은 구체적

12　김호성, 「떠나지 않기 위해서」, 『시사사』 2018년 1~2월호.
13　자크 랑시에르, 『이미지의 운명』, 김상운 옮김, 현실문화, 2014, p. 92.

상황이나 대상과 결부된 욕망과 결여의 감각보다도 훨씬 이전에 존재하는 어떤 충동과 관계된 것으로 보인다. 비정형의 충동은 대상에 순간적으로 안주하는—혹은 안주하는 것으로 자신조차 속이는—욕망조차도 아랑곳하지 않는 집요한 에너지인데 그것은 언제나 증상에 가닿기 마련이다. 거창하게 이것을 청년 세대의 시대감각이라고 풀 생각까지는 없지만 언어 이전의 정동을 언어로 그려내려는 불가능한 작업의 일환이었다고 사후적으로나마 말할 수 있겠다. 김호성의 작품은 몽타주로 이를 전시한다.

랑시에르에 따르면 두 가지 방식의 몽타주가 있다. 하나는 욕망이나 꿈과 결부된 것으로, 랑시에르 자신의 말을 직접 빌리자면, "이질적인 것의 작은 기계장치들을 창출하는 것에 카오스적 역량을 투입"하여 "연속들을 단편화하고 서로 호응하는 항들을 거리 두게 함으로써, 또는 반대로 이질적인 것을 가깝게 하고 양립할 수 없는 것을 결합함으로써 충돌을 창출"[14]하는 몽타주이다. 이 충돌을 통해 예고되지 않은 공통성의 또 다른 작은 척도들을 벼리는 몽타주를 랑시에르는 '변증법적 몽타주'라고 규정한다. 반면 역시 이질적인 것들과 관련되지만 서로 낯선 요소들 사이에 유비 관계를 수립하고 이질적인 것이 똑같은 "본질적인 직물" 속에서 포착되어 새로운 은유로 조합될 여지가 있는 몽타주를 '상징적 몽타주'로 규정한다.[15] 랑시에르는 전자가 "이질적 질서의 비밀"을 표적으로 삼는 반면, 후자는 "유비를 제조하는 작은 연극적 기계"라고 설명한다.[16]

추락은 사회적 정황과 결부되어 이해되는 즉물적 사태지만 추락의

14　자크 랑시에르, 같은 책, p. 102.

15　같은 책, pp. 106~07 참조.

16　같은 책, p. 107 참조.

감각은 금기나 두려움, 그리고 그와 반대 방향으로 작동하는 충동에 연루된 정동과 결부된다. 인용한 김호성의 시가 유비의 체계 속에서 작동하면서 추락을 사회적으로 또는 실존적으로 은유하는지 혹은 추락 그 자체에 결부된 양가적 벡터의 충동을 현시하는지, 나아가 그것이 두려움과 향유의 공통 원인으로서의 어떤 증상에 결부되는지 눈여겨보라. 신-무기력한 초상, 이탈-귀환, 비약-추락의 양가성과 양의성이 어떻게 시 후반부의 중심에 놓인, 하나의 텅 빈 얼굴 위에 포개어지는지, 또 그것이 애써 구성된 특정한 상황의 은유인지 혹은 원인과 방향을 알 수 없는 충동이 한사코 가닿고자 하는 증상의 환유인지 역시 눈여겨보라. 이 추락은 충동의 변증이며 저 초상은 증상의 몽타주다. 이 아름다움은 타인의 고통을 들여다보는 시계(視界)에 현상하는 것이 아니다. 이 매혹은 시가 아니면 이루어지지 않을 증상의 전이로부터 비롯되는 것이 아닐 수 없다.

4

예술이 고통에 예민한 이를 구원하고 삶 그 자신을 구원하는 것이라는 청년 니체의 명제에 예술 스스로가 그 자신을 구원하는 것이라는 의미론적 계기를 끼워 넣어본다. 치유로서가 아니라 증상으로서의 문학이 세 가지 겹침을 관통하는 고통과 매혹의 화살이다.

[『21세기문학』, 2018]

존재 3부작과 이미지-서사

1

김숨은 스타일의 중요성을 체득하고 있는 작가이다. '일본군 위안부' 문제를 다룬 최근의 연작들에서도 그러했거니와 작품 활동 초기부터 김숨 소설에서는 해당 작품에서 전개되는 주제 의식이나 독자의 사유를 촉발시키는 문제의식이 그 자체로 불거지는 경우가 드물다. 다시 말해 '스타일이 곧 주제'라는, 익숙하나 실체로는 드문 저 금언을 언제나 실증해왔다는 것이다. '문학의 실효성'이 전언의 단면이 아니라 작품 그 자체의 '온몸'으로 어떻게 발성될 수 있는지를 이처럼 지속적으로 예증해내는 것은 그리 쉬운 일이 아니다. 우리는 그 실례를 이 작품집에서도 여실히 확인할 수 있다.

김숨의 중단편소설을 묶은 『나는 나무를 만질 수 있을까』(문학동네, 2019)[1]는 이미지로 가득한 작품집이다. 즉 이 소설집은 '이미지-서사'와 '서사-이미지'가 중심에 놓이는 작품집이라는 것이다. 이 말에는 두 가지 중요한 함의가 담겨 있다. 하나는 작품들이 서사를 이끌어가는 풍부한 이미지들을 품고 있다는 것이며, 또 하나는 작품집 전체를

---

1   김숨, 『나는 나무를 만질 수 있을까』, 문학동네, 2019. 이하 이 책에서 인용할 경우 페이지 만 기재한다.

놓고 볼 때 이 이미지들 자체가 어떤 큰 서사를 이룬다는 것이다. 차차 설명해보겠지만, 이 두 운동에 의해 이 작품집은 그 자체로 생생하게 숨 쉬고 있는 '이미지-나무'가 된다. 작품집의 제목에서 방법적으로 던져진 질문이 작품 자체의 운동에 의해 대답을 구하고 있는 양상은 그 자체로 흥미롭다.

본격적으로 작품을 살펴보기 전에 우선 '서사-이미지'와 '이미지-서사'라는 용어가 환기시킬 수 있는 오해를 단속하고 넘어가보자. 이미지와 서사가 양방향으로 길항하는 것은 작품 속 이미지가 작품에 앞서 전제된 상징적 의미와 자동적으로 결합하는 것과는 아무런 관계가 없다. '패러프레이즈의 이단'이라는 명제가 서사에도 적용되지 않을 까닭이 없다. 작품 속 이미지들은 상징의 원심력보다는 서사의 구심력이라는 자장 안에 '원 없이' 머물고 있다. 모든 의미론적 모멘트가 내재적으로 발생하기 때문이다. 간단치 않은 사유를 불러들이는 저 이미지의 운동에 주목해보자.

2

「나는 나무를 만질 수 있을까」(이하 「나무」)의 사건 전개 양상은 그다지 복잡하지 않다. 플롯 내부를 있는 그대로의 현실로 존중하는 태도로 이 짧은 소설의 이야기를 정리하면 이렇다.

'나'의 엄마는 왼발과 오른발의 불균형으로 인해 "삼박자의 느린 속도"(p. 10)로 걷는다. 엄마의 왼다리는 "뿌리 뽑힌 나무처럼 기우뚱 기울었다"(p. 10). 초등학교에 입학한 오빠는 빠른 속도로 달릴 줄 알았지만 빠른 속도를 무서워하는 엄마와 빠른 발로 다다른 곳에서 잠자리 날개 찢기에 몰두하는 아이들 때문에 결국 빠른 발을 운동화와 함께 버린다. 엄마의 속도에 자신의 속도를 맞추려던 오빠는 어느 날 지붕의 슬레이트를 뜯어내어 자신의 방 천장에 구멍을 낸다. 오빠는 그 구멍 아래 머물며 그곳으로 떨어지기를 소망한다. 구멍이 점점 커지자 아빠는 그 구멍을 막아버린다. 이후 오빠는 집을 나간다. 오빠는 내가 '나무'를 만진 날 집에 돌아온다.

이 소설을 읽는 방법은 두 가지다. 첫째는 위에 정돈된 스토리를 중심으로 소설 속의 여러 가지 이미지들을 일종의 상징으로 읽는 것이다. 다시 말해, 플롯이 아니라 스토리를 추스르고 나머지는 스토리에 복무하는 비유적 의미로 읽는 것이다. 이 경우, 이 소설은 다리가 불편한 엄마와 택시 운전을 하는 아빠와의 관계 속에서 성장통을 겪으며 자라는 오빠와 '나'의 이야기로 읽힐 수 있다. 이때 소설에 사용된 여러 이미지들은 어디에나 있기 마련인, 가족 구성원 간의 가치관의 대립, 이상과 현실의 어긋남, 일탈 욕망과 귀환의 소망 같은 '현실' 내용이 다양한 상징을 통해 심리적으로 변주된 것으로 읽힐 수 있다. 우리가 작품에 의존하지 않고도 보통의 경험이나 상식에서 얻을 수 있는 스토리가 중심이 되고 작품 속의 이미지들은 심리적 현실의 보조관념이 된다는 것이다. 롤랑 바르트가 사진을 두고 설명한 바처럼, 상식과 교양으로 환원되는 스투디움studium의 영역이 있고 우리의 눈을 찔러오는 풍크툼punctum이 있다. 시나 소설에도 그러한 영역들이 있을 수 있다. 흔히 우리는 기지의 교양과 상식의 영역으로 환원되는 정보를 중심 삼아 나머지 부분들의 의미를 이에 복무하는 부수적 정보로 읽는 경향이 있지만 서사의 결에 따라서 사정은 달라지기 마련이다.

「나무」를 읽는 두번째 방법은 풍크툼이 되는 '서사-이미지'의 논리를 통해 '한정적으로' 읽는 것이다. 이런 방식의 독해에서는 다음과 같은 작품 내적 '한정'이 우선 눈에 띈다.

(1) "빠른 건…… 나무를 버리고 가는 거란다." (p. 12)

(2) "발이 뿌리로 자라면 좋겠어요." "발이 날 아무데로도 데려가
지 못하게요." (p. 14)

(3) "오빠, 구멍 속에 발을 담그고 있으면 발이 뿌리로 자랄까?"
(pp. 25~26)

(4) "저곳으로 떨어지고 싶어." 〔……〕 "나는 이미 떨어지고 있었
어." 〔……〕 "내가 태어나기 전부터……" (p. 22)

(5) "나무를 만지는데 '나무'를 만지고 싶었어." (p. 28)

이 작품 속에서 엄마의 불편한 왼발은 엄마로 하여금 세상과는 다른
속도를 지니게 하면서 오빠가 자신의 속도를 버리게 하는 계기가 된다.
(1)은 속도에 대한 엄마의 생각을, (2)는 '빠른 발'을 버리는 오빠의 마
음을, (3)은 이에 대한 '나'의 생각을 단적으로 보여주고 있다. 오빠의
'빠른 발'이 그를 데려간 곳이 아이들이 태연하게 잠자리의 날개를 찢
고 있는 곳이라는 일화가 보여주듯 '빠른 발'은 나무와 뿌리로 표상되
는 고유한 정돈의 세계로부터 또래의 아이들이 어떠한 죄의식도 없이
조금씩 가담하는 기성의 약속된 세계—곧 우리들 대부분의 태연한 일
상—로 아이들을 '성장'으로 이끄는 기제이다. 사태는 이를 거부하는
것으로부터 본격적인 국면을 맞는다.

엄마의 왼발과 그에 따른 서툰, 고유한 속도가 서사를 이끌어가는
소설 전반부의 중심 이미지라면, 후반부의 서사-이미지는 '구멍'이다.
저 '구멍'은 상식과 일상의 태연함에 편승하는 것에 대한 거부의 산물
이며 동시에 자신만의 속도로 생성되는 고유한 세계의 수락과 관계 깊
다. 오빠가 자기 방 위의 천장에 구멍을 만들고 그 세계에 몰두하는 것

은 '빠른 발'을 버리고 나서이다. (4)와 (5) 등을 참조하여 이 구멍을 한정하는 말들로 구멍의 실정적 의미를 구성해보자면, 저 구멍 속 세계란 오빠가 뿌리내리기를 열망하는 곳이며 태어나기 전부터, 이 세계의 논리 이전에 이미 존재하는 세계이다. 또한 이 세계는 감각적으로 표상되는 나무가 아니라 그 바탕으로서의 나무가 속한 세계이다. 기실 이런 사실들을 종합하면, 이 구멍은 정확히 하나의 정신분석적 정황을 지시하고 있다.

정신분석적으로 연역하자면 이 구멍은 상징계에 난 구멍이며 우리의 감각과 지성으로는 촉지하거나 설명할 수 없는, 상징적 의미화의 그물로 커버될 수 없으나 거기 그렇게 있으리라고 요청된 실재계로 난 구멍이다. 연역이 목적이 아니므로 이를 다시 서사적 모멘트에 의해 실정적으로 확보한 이미지의 논리로 풀자면, 실물 대신 언어로 지시되고 상식과 합의로 유지되는 세계에 난 구멍이라고 할 수 있다. 대개 이 구멍을 메우는 것은 아버지들의 일이다. 오빠의 가출에는 충분한 이유가 있는 셈이다.

또한 오빠의 귀환에도 충분한 이유가 있다. "내가 '나무'를 만진 날, 오빠는 집에 돌아왔다"(p. 40).

나는 나무를 보러 갔다.

나는 나무를 만졌다.

'나무'를. (pp. 39~40)

이 작품의 서사-이미지는 저 구멍이 매개하는 두 세계의 누빔점이라는 지위에 '시(詩)'를 밀어 넣었다. 이때 시는 약속된 상징적 의미를 전시하는 지혜의 말이 아니라 오감(五感)으로는 어루만질 수 없는 '바깥'에 대한 불가능한 꿈꾸기와 관계 깊다. 따라서 이렇게 말해볼 수 있겠다. 이 작품은 '바깥'을 독자에게 보여주지는 않지만—누가/무엇이 그것을 할 수 있겠는가?—'바깥'을 독자에게 내밀어놓고 있다.

3

중편소설 「뿌리 이야기」에는 이 작품집에 실린 「나무」의 에피소드와 겹쳐지는 장면이 나온다.

> "초등학교 삼학년 여름방학 때였어. 마당 대문 옆에 덩그러니 놓여 있는 화분이 내 눈에 들어왔어. 나는 일기를 쓰다 말고 마루에서 내려가 화분으로 걸어갔어. 속이 꽤나 깊던 갈색 화분이었어. 나는 양말을 벗고 화분 속에 두발을 집어넣었어. 어머니가 날 보고는 나오라고 애원했지만 나는 계속 그렇게 화분 속에 두 발을 담그고 서 있었어. 내 발이 뿌리로 자랐으면 했어. 내 발이 날 아무데로도 데려가지 못하게." (pp. 84~85)

작중 화자인 '나'와 진전 없는 관계를 계속 이어가는 '그'가 회상하는 어릴 적의 한 장면, 즉 우연히 눈에 뛴 화분에 두 발을 담그고 두 발이 아무 데로도 자신을 데려가지 못하기를, 두 발이 그 자리에 자신을 정박시키는 뿌리가 되기를 소망하는 이 장면은 「나무」에서도 중요하게 제시된 바 있다. 따라서 이 작품집에 실리기 이전, 즉 작품이 처음 발표된 정황이나 개작을 거치는 과정을 감안하지 않고서도 어쩌면 「뿌리 이야기」를 「나무」의 연작으로 읽을 수 있는 가능성은 충분하다. 물론 여기에도 두 가지 방법이 있다. 「뿌리 이야기」에서, "자폐에 가까운 집중으로 추상의 극단으로 나아가고"(p. 71) 있다가 갤러리와의 전속 계약을 앞두고 돌연 '뿌리'를 시각화하는 부정형 미술로 선회한 '그'를 「나무」의 '오빠'로 받아들이면서 두 작품의 연속성을 생각하는 독서가 있을 수 있다. 이것은 개별 작품의 세계를 확장시키며 인물들을 이해하는 데 기여한다. 그러나 등장인물의 동일성 대신 성격과 삶의 동일성을 택하는 방법도 있다. 공통된 이 에피소드가 그 자체로 지시하는 바, 욕망을 확장하는 원심적 삶 대신 심연에 닿고자 하는 구심적 삶을 지향하는 의지의 동일성을 확인하는 것만으로도 충분하기 때문이다.

그렇다면 '그'는 무엇 때문에 갤러리와의 전속 계약을 앞두고 추상의 극단에서 뿌리라는 오브제 쪽으로 '선회'하게 되었을까? 이 질문에 답하기 위해서 다시 한번 사건의 전말과 전후 관계를 정돈하여 얻는 스토리 대신 독자에게 주어지는 순서대로 엮이는 바로서의 플롯에 주목할 필요가 있다. 작중 화자인 '나'에 의하면 '그'는 이 '무모한 선회'에 대해 침묵하며 지인들을 납득시키려 하지 않았다. 실제로 이에 대한 설명은 작품 내에 직접 제시되어 있지 않다. 그러나 우리는 그 대답을 플롯에서 구할 수 있다. 좋은 소설의 플롯은 바로 이런 방식으로 자신의 등에 비치는 은빛을 발산하기 마련이다. '나'는 '그'가 택한 뿌리라는 오브제에 대해 이렇게 말한다. "나는 뿌리라는 오브제가 마음에 들지 않았다. 뿌리의 이미지와 그것이 내포한 상징성이 내게는 식상하기만 했다"(p. 70). 여기에는 플롯과 스타일이 조성하는 묘한 긴장이 있다. 작중인물로서 '나'와 지인들은 뿌리라는 오브제로의 선회를 이해하지 못하지만, 독서를 통해 작품의 전모를 파악하는 독자는 그 까닭을 플롯으로부터 구할 수 있기 때문이다. 이와 관련하여 대번 떠오르는 한두 가지 비평적 용어들을 접어두고 바로 다음의 대목들을 눈여겨보는 것이 좋겠다.

(1)

"아, 정체성 말이냐? 내 정체성은 나다."

그 말에 모두의 시선이 그녀에게 쏠렸다.

"사마코, 설마 정체성의 뜻을 모르는 거냐?"

"아아, 정체성 따위 알고 싶지 않아."

뜻을 정말로 모르는 줄 알고 정이 설명하려 들자, 그녀가 맥주잔을 소리 나게 내려놓고 벌떡 일어섰다.

"알고 싶지 않다고 했잖아! 정체성? 그건 너무 정치적이고 진지해. 나는 나, 너는 너…… 정체성이 대체 뭔 필요가 있지?" (p. 78)

(2)

"생의 마지막 순간에 고모할머니가 손에 꼭 그러잡고 있던 게 뭐였는지 알아? 내 손이었어. 그녀가 양로원에서 돌아가시던 날 밤, 그녀의 손이 내 방에 날아들어 이불을 들추고 더듬어오는 걸 나는 다 느끼고 있었어. 내 손을 찾아 더듬더듬 더듬어오는 걸……"

(p. 108)

(1)은 '나'의 동료인 '사마코'에게 동료 가이드인 '정'이 물은 정체성에 관한 질문에 사마코가 답하는 장면이고 (2)는 노년에 홀로 되어 '나'의 집에 찾아든 고모할머니와 관련된 것이다. (1)이 회상이라면 (2)는 사후 보충적 상상이다. 양자는 뿌리 이미지를 중심으로 정체성과 관계 맺음이라는 테마를 환기시키며 궁극적으로 하나의 질문에 가닿는다.

우선, 사마코의 대답은 당위적으로 구성되는 정체성 대신에 실존적 고유성이 삶의 근본 조건이라는 것을 의미한다. 이를 통해 재일교포 출신인 사마코에게 정체성을 묻는 것이 오히려 학습된 상투적 질문임이 드러난다. 뿌리 오브제를 택한 '그'가 직접 답하지 않는 대신 사마코의 일화를 통해 소설이 환기시키는 것은, 뿌리가 근본과 환원과 당위 대신 저마다 '고유한 표정'을 지닌 오브제라는 사실이다.

아마도 뿌리 오브제에 대해 소설이 제시하는 답변은 작품의 마지막 대목인 (2)의 사후적 상상 속에서 더 잘 드러난다고 할 수 있을 것이다. 노년에 홀로된 고모할머니가 이불 속에서 자신에게 내밀던 손을 차갑게 뿌리쳤던 기억, 그리고 그 기억이 무의식적으로 마음에 오래 남긴 흉터가 뿌리 오브제를 통해 어루만져지고 있다.

> 포도나무 뿌리가 고모할머니의 손 같았다. 소름 끼치던 그 손이 포도나무 뿌리로 환생해 함께 실려가는 것만. (p. 86)

"같았다"라는 말은 뿌리 오브제에 대해 플롯이 내미는 답신으로 간주될 수 있다. 따라서 사마코의 일화와 고모할머니의 손은 모두 뿌리 오브제가 회귀가 아니라 운동과 전개라는 의미론적 모멘트를 지니고 있음을 말하고 있다.

> 뿌리를 넓게도, 그렇다고 깊게도 내리지 못한 나무들은 어떻게 살아남을까. (p. 65)

> 갤러리를 나와 지하철역으로 걸어가는데 고모할머니의 손이 불현듯 그리웠다. 내게 남은 나날 동안 그렇게 간절히 내 손을 잡아 줄 손이 또 있을까 싶은 게. (pp. 107~08)

그리고 두 사건은 결국 뿌리 오브제를 경유하여 하나의 질문으로 수렴된다. "내가 왜, 어떻게 여기에 있지?"

4

「뿌리 이야기」의 오브제인 뿌리가 근원 회귀보다는 운동과 상호 교섭이라는 모멘트와 관계 깊은 것이라고, '그'의 의도와 상관없이 플롯 자체가 말하고 있음을 살펴보았다. 그런 의미에서 보자면「슬픈 어항」은「뿌리 이야기」의 네거티브 필름과 같다고 할 수 있다. 실존의 조건을 역설적으로 보여주고 있기 때문이다.

> "오늘 아침에 일어나자마자 집의 모든 창문을 닫으셨잖아요."
> "그래, 그랬지."
> "지난밤 잠들기 전에도 닫고, 닫으셨잖아요."
> 〔……〕
> "나는 두려울 게 없는 사람이다…… 죄지은 게 없는데 뭐가 두렵 겠냐. 세상에 넘쳐나는 혐오스럽고 추악한 것들 때문이지, 그것들 이 내 몸에 묻어날까 걱정돼서."
> 어머니의 갈색 눈동자가 허공 한곳을 노려본다.
> "하여간 공기 속에도 떠돌아다니니까……"
> 어머니가 갑자기 정색하고 내 얼굴을 쏘아본다. 순간 내 안의 모 든 게, 가장 작은 장기인 콩팥까지 쪼그라드는 것 같다. (p. 118)

결벽증에 가까운 어머니와 작중 화자인 '나'는 한집에 살고 있다. 이 집에서 어머니의 역할은 창문을 포함한 외부로의 통로를 모두 차단하는 것이며 '나'는 그렇게 밀폐된 공간에서 차단되는 또 하나의 대상일 따름이다. "이 집의 모든 닫혀 있는 건 어머니만 열 수 있으니까"(p.

122)라고 '나'는 말한다. 그것은 작품 내적으로 객관적 사실이겠지만 보다 중요하게는 '나'에게 어머니가 그런 존재로 비쳐진다는 것이다. 관계에는 객관이 없다. 관계는 표상이다. 바로 그렇기 때문에 관계의 만화경인 소설에서 이미지는 그 자체로 관계의 서사를 생산한다.

> 내가 욕조에 들어가 웅크리고 앉자 그녀는 수돗물을 틀었다. 욕조에 물이 차오르며 내 몸이 잠겼다. 발, 발목, 종아리, 허벅지, 엉덩이…… 물은 어항 속 물처럼 차갑지도, 뜨겁지도 않았다. 목까지 물에 잠긴 나를 두고 어머니는 욕실을 나갔다. 조금 뒤 암전되듯 전구가 나갔다. [……]
> "더러운 게 물에도 씻기지 않네." (p. 131)

「슬픈 어항」에서 이 대목은 이 소설의 주제 의식과 중심적 이미지가 어떻게 매개되는지를 단적으로 보여준다. 금붕어가 계속 죽어나가는 어항은 경험 속의 욕조이면서 동시에 '나'의 심적 공간이 된다. 폐쇄되어 정제된 공간에는 면역이 없다. 금붕어가 배를 내밀고 물 위로 떠오르는 까닭은 무균질이 곧 무면역이기 때문이다. 아마도 이와 관련하여 이 모녀가 이처럼 물리적으로, 그리고 '위생적으로' 닫힌 공간에 스스로를 유폐시킨 까닭을 소설 내부에서 찾자면 집을 나간 아버지와의 관계가 키가 될 것이다. 사랑으로 인한 상처를 엄폐로 다스려보려는 어떤 심리적 기제가 작동했을 것이다. 그러나 여기서는 정신분석의 유혹을 접어두고 '옷장 속에 던져진 비둘기'라는 이미지에 주목해보자. 이미 그것이 계속해서 말을 하고 있기 때문이다. 어머니가 옷장에 던져 넣은 비둘기가 의미하는 바는 내재적으로 지시될 수 있다.

> "내 어머니는 창문이 열려 있으면 불안해하지. 비둘기가 날아들

까봐." (p. 128)

비둘기는 여태 죽지 않고 살아 있다. 간간이 옷장 속에서 비둘기가 절박하게 날갯짓하는 소리가 들려오곤 하니까. 어머니가 비둘기를 가둔 옷장 속에는 아버지의 외투와 양복들이 걸려 있었다. 비둘기는 그 옷들을 쪼아먹으며 살아가고 있는 게 틀림없다. (p. 129)

바깥으로부터 날아들며, 모든 문을 닫아 건 어머니를 불안하게 하는 것, 아버지의 옷들을 쪼아 먹으며 아직 옷장 속에서 살아 있는 것이 만족스러운 관계에 대한 소망이 좌절된 이의 트라우마와 관계된다는 사실은 명료해 보인다. 비둘기 이미지가 환기하는 바는 이처럼 서사에 의해 내재적으로 한정된다. 이런 의미론적 계기들을 생각해볼 때 작품의 마지막 대목에서 '나'가 못으로 제 살을 긁어 흘린 피를—이 작품집에 수록된 세 작품에 공통적으로 나타나는 이미지가 '못' 이미지라는 것 역시 주목할 대목이다. 세계의 유폐와 개방에 양가적으로 관여하고 있기 때문이다—어항에 흘리는 것, 그리고 그 어항 속에 던져진 시계가 계속해서 알람 소리를 내는 것 역시 서사—이미지의 합당한 전개 과정에 속하는 귀결이라고 할 수 있다. 때가 된 것이다. 그 결과 '나'가 소망하는 것이 무엇인지는 다음 인용한 대목이 스스로 설명하고 있다. 상처는 청정 지대에 유폐된 채 자족적으로 치유될 수 없는 것이다.

"금붕어가 불타는 걸 보고 싶어요." (p. 122)

"비둘기가 거울을 찢고 나오려고 해!" (p. 132)

우리는 지금까지 개별 작품들의 서사–이미지에 대해 살펴보았다. 이를 통해 『나는 나무를 만질 수 있을까』는 일종의 존재 3부작으로 읽히기도 한다. 각각의 서사–이미지들이 세 작품 속에서 상호 연관되어 있다는 것을 거듭 확인할 수 있기 때문이다. 그 결과 이 작품집 전체는 일종의 이미지–서사를 구성한다. 바깥에 대한 지향과 내부의 실존적 조건 그리고 양자의 교섭으로서의 삶에 대해…… 그런데 의아한 것은 다소 무거운 이미지들이 연속되어 있음에도 마지막 페이지를 덮으면서 존재력[vis existendi, the force of existing(스피노자)]이 고양되는 방향으로 몸이 움찔하는 것을 알아챌 수 있다는 것이다. 그것이 김숨 소설의 또 하나의 힘이다.

[2019]

접힘과 펼침의 장소로서의 '이미지-사건'

1

문학 이미지는 무엇을 할 수 있는가? 이런 질문을 짧은 지면에서 감당하기는 어려울 것이다. 굳이 감당해야 한다면 몇몇 논자의 이름을 거론할 수 있겠지만, 그 역시 간단한 문제는 아니다. 다만, 질문에 답하기 위해 질문의 성립 가능성을 묻는 것은 가능할 것이다. 아니, 어떤 의미에서는 저 질문을 새로운 방식으로 고쳐 묻는 것 자체가 이 문제에 대한 하나의 답신이 될 수도 있을 것이다. 시적 이미지는 무엇을 원하는가?

영문학자이자 미술사가인 W. J. T. 미첼은 이미지와 관련하여 우리가 물어야 할 것은 힘의 문제가 아니라 욕망의 문제라고 적실하게 지적한 바 있다.[1] 『아이코놀로지Iconology』 『그림이론Picture Theory』 『그림은 무엇을 원하는가What Do Pictures Want?』 등의 책에서 언어와 이미지 그리고 형상의 문제 등에 대해 중요한 사유를 전개한 그는, 이미지 재현론과 이미지 신비주의가 이미지와 관련된 한쪽의 특징만을 강조하여 발생하는 태도라고 설명한다. 다시 말해, 이미지가 의미

---

1   W. J. T. 미첼, 『그림은 무엇을 원하는가── 이미지의 삶과 사랑』, 김전유경 옮김, 그린비, 2010, p. 27. 이하 『그림』.

혹은 사실을 반영하거나 재현한다는 관점과 이미지의 주술적, 신비적 힘을 강조하는 관점이 공히 난점을 지닌다는 것이다.

반영과 재현의 관점은 항상 충족과 미만의 관점에서 이미지를 사유하게 한다. 곰브리치가 여러 문화권의 시각 문화에 대해 설명하면서 사용한 '목격원리eyewitness'라는 개념은 이런 태도를 잘 드러낸다.[2] 목격된 것의 재현으로서 이미지를 설명하는 것은 항상 원본과의 우승열패 문제를 야기하며 근본적으로 결여의 관점에서 이미지를 대하게 한다.[3] 가장 이상적인 재현─이것은 논리적으로만 가능한 것일 터인데─의 경우에도 결국 원본과 목격자의 관계로부터 자유롭지 못하다는 것을 떠올리는 것은 어렵지 않다.

이미지 재현론과 이항대립적 구도를 지니는 이미지 신비주의는 증언이 아니라 거꾸로 부재증명으로서의 이미지의 힘을 지나치게 맹신하는 태도와 관계 깊다. 신비주의는 일종의 '믿음의 도약'을 필요로 한다. 발터 벤야민과 폴 드 만 같은 이들이 비판한 바로서의 상징이란 그런 의미에서 볼 때 부재증명을 위해 비약하며 승천한 이미지라고 할 수 있겠는데, 비약으로서의 상징은 이미지의 이신론deism을 머쓱하게 만드는 알리바이가 되지만 그 때문에 설득과 논리가 아니라 믿음의 영역을 점함으로써 오히려 화석으로 권좌에 오른다. 각별히 시적 이미지의 힘을 강조하는 흐름의 논의에서 이 비약은 목격과 증언보다 일견 매혹적이지만, 공감을 창조하는 것이 아니라 공감에 호소하는 방법을 찾는 이에게는 곤혹스러운 설명의 공백을 남기기도 한다. 양상은 조금 다르지만 이미지를 우리의 감각에 주어지는 경험에 대한 지각으

---

2   이에 대한 참조할 만한 설명으로는 피터 버크, 『이미지의 문화사』, 박광식 옮김, 심산, 2005, pp. 27~30.

3   서구 형이상학의 역사에서 이미지에 대한 평가 절하의 시선을 설명한 것으로는 유평근·진형준, 『이미지』, 살림, 2013(개정판), pp. 69~117 참조.

로서, 그리고 그런 맥락에서 크기를 가늠할 수 없는 최초의 충격으로 설명하는 매혹이 시적 이미지를 설명하고자 하는 이들에게 섭생과 체기의 동시적 원천이 되는 까닭도 여기에서 비롯된다고 할 수 있다. 예컨대, '감산된 의지로서의 충격'과 '정동적 동요'(브라이언 마수미)가 시 읽기에서 어떻게 구체화할 수 있을 것인가 하는 문제는 늘 나머지를 남긴다.

2

이미지는 무엇을 원하는가, 이미지는 무엇을 행하는가를 묻는 것이 아니라 이미지는 무엇을 욕망하는가를 묻는 것이 합당한 이유를 지닌다면, 그리고 특히 시와 관련하여 이를 묻는 것이 중요한 의미를 지니려면, 이 질문을 한 가지 전제를 지닌 접힘과 펼침의 문제로 풀어보아야 한다. 미리 말하자면, 그것은 이미지에 대한 질문을 텍스트에 대한 질문으로 구부리는 것이 온당한지를 묻는 것과 관련된 전제와 시를 '내적 실재'의 관점에서 한 번 접고, 다시 이를 '내부로부터의 자기전개 develops from within'라는 관점에서 펼쳐보는 것과 관계된다.

우선, 전제의 문제를 먼저 검토하자. W. J. T. 미첼과 더불어 에르빈 파노프스키라는 이름이 언급되어야 할 것이다. 미첼은 아비 바르부르크로부터 발원해 파노프스키에 의해 체계와 확장성을 갖게 된 '아이코놀로지(iconology, 도상해석학)' 개념을 이미지와 텍스트의 상호 침투와 융합이라는 관점에서 발전시킨 바 있는데, 시적 이미지를 검토하는 시점에서 이 맥락은 불필요한 오해를 방지하기 위한 전제로 중요하다.

짧은 지면에서 바르부르크와 파노프스키에 대해 자세히 검토할 수는 없으나[4] 아이코놀로지에 대해 언급하려면 그들의 이름을 빼놓을 수는 없을 것이다. 파노프스키는, 바르부르크가 사실 규명과 기술을 주업으로 삼는 도상학iconography의 한계를 넘어 당대의 여러 학문적 성과를 수렴하고 확장하는 방식으로 미술사를 새롭게 전개하기 위해 택한 도상해석학과 에른스트 카시러의 '상징적' 가치 개념을 접목시키면서 도상해석학적 방법론의 체계를 정초했다. 미술 작품을 읽기 위해 전-도상학적 기술, 도상학적 분석, 도상해석학적 해석이라는 세 단계를 종합적으로 검토하는 것이 그것이다. 즉 대상을 실제 경험과 관련된 사실적factual 혹은 자연적 주제의 차원과 이미지, 이야기, 알레고리와 관련된 이차적 혹은 관습적conventional 차원, 그리고 당대의 문화적 징후 등과 관련된 본래적intrinsic 의미의 차원에서 종합적으로 검토하고자 하는 것이 파노프스키의 도상해석학적 기획이라고 할 수 있다.[5]

이미지와 모티프의 의미를 기술, 분석, 해석의 차원에서 종합적으로 읽어내려는 파노프스키의 기획을 텍스트와 이미지의 상호 침투와 혼융이라는 관점에서 재점유하고자 한 것이 W. J. T. 미첼의 기획이다. 그는 『아이코놀로지──이미지, 텍스트, 이데올로기』 서문에서 이 책이 "이미지란 무엇인가? 이미지와 말word 사이의 차이는 무엇인가?"[6]에 대한 전통적인 대답을 이해하려는 의도하에 기획된 것이라고 설명한다. 책의 내용은 각 부의 부제들인 "이미지의 관념" "이미지 대 텍스

4   도상해석학의 역사와 의의, 그리고 한계 등에 대해서는 에케하르트 캐멀링, 『도상학과 도상해석학──이론-전개-문제점』, 이한순 외 옮김, 사계절, 2012(초판 1997) 참조. 아비 바르부르크에 대한 필자의 '몽상'은 「아비 바르부르크와 이미지-사유」, 『이미지 모티폴로지』, 문학과지성사, 2014 참조.

5   파노프스키의 도상해석학적 방법론은 1939년 간행된 『도상해석학 연구』의 서문 1부에 압축적으로 제시되어 있으며, 이 글은 1955년 출간된 『시각예술의 의미』에 거의 같은 내용으로 다시 수록된다. 국내에는 각기 『도상해석학 연구』(이한순 옮김, 시공아트, 2001)와 『시각예술의 의미』(임산 옮김, 한길사, 2013)로 번역되어 있다.

6   W. J. T. 미첼, 『아이코놀로지──이미지, 텍스트, 이데올로기』, 임산 옮김, 시지락, 2005, p. 11.

트” “이미지와 이데올로기”를 통해 대강의 면모를 이미 드러낸다고 하겠다. 미첼은 서문에서 '아이코놀로지'라는 단어의 글자 그대로의 의미를 되살려 이 책을 '아이코놀로지 에세이'라고 부르고 싶다고 말한다. 아이코놀로지라는 용어를 '이미지, 텍스트, 이데올로기'라는 항목들로 대등하게 연결해놓은 책의 제목과 각 부의 내용을 대표하는 부제들을 통해 충분히 유추할 수 있듯이 이 책은 파노프스키에 의해 정초된 도상해석학이 아니라 본래적 의미 그대로의 '아이코놀로지'의 구제를 위한 것이다. 그런 의미에서 볼 때 '아이코놀로지'라는 말은 주제론적 측면을 강조하고 도상 이미지를 중심에 놓는 도상해석학과는 별개의 용례로 사용될 여지를 남긴다고 하겠다. 텍스트와 이미지가 별개의 것으로 양립하거나 우열 승패의 관계를 갖는 것이 아니라, 애초부터 분리 불가능한 수준으로 상호 침투된 채 혼융되어 존재할 가능성과 이를 통해 발원되는 이데올로기적 가치의 문제를 포괄하는 용어로서 그는 '아이코놀로지'를 재검토하고 있다.

그런 맥락에서 볼 때, 이 논의로부터 앞서 언급한 전제와 관련된 한 가지 질문에 대해서 좋은 참조항을 구하는 것은 가능하다. 주로 이미지와 관련된 논의들을 시 텍스트를 설명하는 방법론 쪽으로 구부리는 것은 온당한 것일까? 이와 관련하여 이미지 재현론이나 이미지 신비주의를 일방적으로 강조하는 것이 해답이 될 수 없음은 짧게 언급한 바 있다. 양자가 전혀 무관한 것임을 강조하는 논리를 논외로 한다면, 재현에 입각해 말(씀)의 우위를 논하거나 가시계를 비가시계의 재료로 반죽하는 신비한 힘으로서의 이미지의 우위를 논하는 것과는 다른 경로가 있을 수 있음을 고려해볼 수 있다. 이분법적 체계에서 열위에 놓여 있던 항목이 주인의 자리를 찬탈하는 것이 다시 주인-노예 관계의 악순환을 반복하는 것임을 염두에 둔다면 미첼의 시도가 시사하는 바는 적지 않다. 넬슨 굿맨, 곰브리치, 레싱, 에드먼드 버크 등과 같이 이미지와 텍스트의 차이에 대한 다양한 논의를 유발한 논자들의 논의를 시간의 역순으로 비판적으로 검토한 후 미첼은 "텍스트에서 이미지주의적인 요소를 보이는 것[7]과 이미지에서 텍스트적 요소를 보이는 것"은 오히려 일종의 폭력이라고 설명한다. 텍스트와 이미지를 비교하는 비평의 과잉 시대에 적절한 것은 비교가 아니라 침범과 혼융 자체를 조건으로 인정하는 것이다. 시적 이미지의 제반 문제를 검토하는 이를 다소 무색하게 만들면서 이렇게 말할 때 그는 옳다.

> 언어예술 혹은 시각예술 중 어느 쪽이든 그것의 완벽한 복합성 같은 것을 우리가 이해하려 한다면(텍스트-이미지 사이의 경계의 침범은, 필자의 관점에서는, 예외가 아닌 통례이다), 그런 연구는 가능할 뿐만 아니라 필연적이기도 하다.[8]

그런 의미에서 보자면, '이미지-텍스트'라는 어휘의 용례에서와 같이 하이픈을 사용하며 자크 랑시에르가 제안한 "문장-이미지" 개념 역시 함께 검토될 수 있을 것이다. '문장-이미지'는 랑시에르 자신의 말을 빌리자면, "미학적으로 정의되어야 하는 두 기능들, 즉 텍스트와 이미지 사이의 재현적 관계를 깨뜨리는 방식에 의해 정의되어야 하는 두 기능들의 결합" "거대 병렬이 지닌 카오스적 힘을 문장이 지닌 연속성의 역량과 이미지가 지닌 단절의 힘으로 양분하는 통일"[9]로 규정된다. 즉, 문장으로서는 분열증적 난립을 물리치는 병렬의 힘을 보유하고 이미지로서는 획일적인 반복이 만드는 거대한 통일체를 파괴하

---

7   W. J. T. 미첼, 같은 책, p. 214.

8   같은 책, p. 211.

9   자크 랑시에르, 『이미지의 운명』, 김상운 옮김, 현실문화, 2014, p. 86.

150

는 힘을 보유하는 것이 그의 '문장-이미지'이다. 랑시에르는 이를 "카오스 위에 쫙 펼쳐진 그물"[10]에 비유하고 있다. 이를테면 '흐름 위에 보금자리 친' 것이 바로 문장-이미지이다. 그런 맥락에서 랑시에르의 문장-이미지 역시 미첼의 이미지-텍스트 개념과 함께 검토될 수 있는 여지가 많다. 다만, 랑시에르의 것은 특유의 '미학적 체제'와 관련된 작품들 속에서 검토될 수 있는 것인 반면, 미첼은 이 침범과 통합을 이미지와 텍스트의 관계가 형성하는 기본 조건으로서 위치시키고 있다고 하겠다. 그가 시간의 흐름을 거슬러 넬슨 굿맨으로부터 시작해 레싱에게까지 논의의 틀을 넓히는 까닭이 거기에 있다.

특정한 흐름의 작품을 통해 문장-이미지를 택할 것이냐, 혹은 관계를 일반화하는 보편적 틀을 얻기 위해 이미지-텍스트를 택할 것이냐는 중요한 문제지만 시적 이미지를 논하는 데 있어 양자를 반드시 상호 배제적 관점에서 파악하고 채택할 필요는 없을 것이다. 시적 이미지를 논함에 있어 우리가 관점들의 학파에 가입할 필요는 없다. 최근한 평자는 일련의 글에서 필자의 이미지와 관련된 논의들을 비판적으로 검토하면서 논의의 맥락이 다른 논자들을 함께 검토하고 있으며 더군다나 이것이 회화가 아닌 시에서는 적용되기 어려운 논의라고 비판한 바 있다.[11] 그러나 필자는 미첼과 랑시에르의 논의를 맞세우는 데 아무런 관심이 없다. 이해의 문제가 아니라 생산의 문제에서는 학파의 일원이 될 아무런 까닭도 없기 때문이다. 자세한 논의가 필요하겠으나 시에는 적용하기 어렵다는 논지에 대해서는 '계보가 다른' 미첼과 랑시에르가 함께 입을 모아 논박하고 있으니 두 번 손을 쓸 필요가 없을 것이고 더욱이 시에 있어서 이미지의 문제를 새롭게 살펴야 하는 도정에

---

10 같은 책, p. 87.

11 고봉준, 「'이미지', 기호와 해석의 저편에서」, 『발견』 2014년 여름호; 「불 속에 들어가 밤을 줍는 모험」, 『21세기문학』 2014년 가을호.

계보와 학파를 분간하여 상호 배제적으로 취사선택할 까닭도 없을 것이다. 배경과 맥락에 대한 이해를 전제로 한다면 생산을 위해서 우리가 지금 택해야 할 것은 미첼적 의미의 '침범'과 랑시에르적 의미의 '거대 병렬'이기 때문이다.

3

다시 미첼의 논의를 참조하면서 이제 앞서 언급한 두 벡터, 즉 접음과 펼침에 대해 말해보자. 서두에서 '이미지는 무엇을 할 수 있는가?'를 '이미지는 무엇을 원하는가?'로 바꿔 물을 필요에 대해 말했다. 이미지의 힘보다는 이미지의 욕망에 대해 좀더 관심을 기울여야 하기 때문이다. 그렇다면 이미지의 욕망은 무엇일까? 그것은 이미지의 삶을 들여다보면 분석될 수 있을 것이다.

(1)
이미지의 삶은 사적인 것 혹은 개인적인 것이 아니다. 그것은 사회적인 삶이다. 이미지는 계보학적인 혹은 유전적인 계열 속에서 살면서 시간이 흐를수록 스스로를 재생산하고 문화들 사이를 옮겨다닌다. 이미지는 또한 다소 분명하게 구분되는 세대나 시대 속에서 집단적으로 동시 현존하면서, 우리가 '세계상world picture'[12]이라고 부르는 몹시 거대한 이미지 형성물의 지배를 받는다.[13]

12 하이데거의 용어이다── 인용자주.

13 W. J. T. 미첼, 『그림』, p. 141.

(2)

이미지가 인간 숙주에 기생하는 유사–생명형식이라고 할 때, 우
리는 단지 이미지를 인간 개인에 기생하는 기생충으로 보는 것이
아니다. 이미지는 인간 숙주의 사회적 삶과 그것이 재현하는 사물
들의 세계와 나란히 공존하는 사회적 집단을 형성한다. 이 때문에
이미지는 '제2의 자연'을 구성하는 것이다. 철학자 넬슨 굿맨의 표
현에 따르자면, 이미지는 세상에 대한 새로운 배치와 지각을 만들
어내는 "세상을 만드는 방식"이다.[14]

조르주 디디–위베르만은 우리가 상상하는 방식 속에 정치하는 방식
이 놓여 있다고 말한 바 있는데, 흥미롭게도 미첼 역시 "이미지는 '제
2의 자연'을 구성"하며 "세상에 대한 새로운 배치와 지각을 만들어내
는, '세상을 만드는 방식'이다"라고 설명하고 있다. 이미지의 삶이 이미
이처럼 사적이고 개인적인 것이 아니라 사회적 삶이라면 이미지의 욕
망 역시 개체적인 것이 아니라 사회적인 것이며, 개체적 감각에 종속
된 것이 아니라 새로운 방식으로 세계를 만들려는 가치의 문제와 결부
된다. 시적 이미지를 단지 감각이나 수사의 차원에만 묶어둘 것이 아
니라 '내부로부터의 자기전개'[15]를 가능하게 하는 장소로 지정할 수 있
는 근거와 필요가 바로 이로부터 발생한다. 시적 이미지가 자신의 욕
망에 충실하게 스스로의 삶을 살도록 허용할 의무가 독자들에게는 있
는 것이다. 그렇기 때문에 여기서 한 번 더 강조되어야 하는 것은 '내
부로부터의 자기전개'를 가능하게 하기 위해서 우선은——이 점은 여러
번 반복적으로 강조되어야 한다——해석을 위해 텍스트 내부로 들어가

---

14 같은 곳.

15 본래 이 표현은 낭만주의자들의 유기체론에서 나온 것이다. 필자는 이를 시적 이미지가 시 텍
　　스트 내부로부터 외부로의 전개를 가능하게 하는 장소임을 강조하기 위해 옮겨 심었다.

야 하고 그런 이후에 다시 텍스트를 외부로 전개시켜야 한다는 것이다. 시적 이미지의 세계가 우선은 이미지의 욕망과 결부된 '내적 실재'로 간주되어야 하는 까닭도 그 때문이다.[16] 욕망은 상징화되면서 동시에 실재를 남기기 마련이다. 밖으로 펼쳐지기 위해서 우선 안으로 접혀야 하는 까닭은 바로 그 실재계에 대한 구심적 탐사가 욕망에 대한 원심적 탐사의 짝패이기 때문이다.

이와 관련하여 다시 파노프스키의 흥미로운 예를 들어보자. 파노프스키는 도상해석학의 방법에 대해 논하면서 매우 흥미로운 비유를 사용한 바 있다. 알고 지내던 한 남성이 길에서 모자를 벗어 나에게 인사할 때 이를 어떻게 해석할 것인가의 문제가 그것이다. 전-도상학의 단계에서 이것은 행동 그 자체를 파악하고 기술하는 것, 즉 사실 의미factual meaning와 표현 의미expressional meaning를 드러낸다. 다시 말해, 동작에 대한 사실적 기술과 태도가 우선적으로 설명의 대상이 된다는 것이다. 도상학의 단계에서는 이 동작의 관습적conventional 의미가 설명 대상이 된다. 이 행동이 어떤 맥락에서는 인사가 된다는 것은 문화적 관습을 고려하는 단계에서 설명될 수 있다. 그리고 최종적으로 도상해석학의 단계에서는 이 동작과 관련된 정치, 경제, 사회, 문화적 정보를 종합하여 본원적intrinsic 의미의 차원에서 이 행동과 관련된, 사물을 보는 방식과 세계에 대한 반응 방식이 설명 대상이 된다.

앞서 언급한 것처럼 파노프스키의 도상해석학은 곧바로 시적 이미지를 설명하는 데 적용될 수는 없다. 여러 이유가 있지만 각별히 그것이 작품 외적인 정보들을 종합하며 주제적 측면에서 이미지에 접근하기 때문에 시 해석의 경우 여러 오해를 낳을 수 있기 때문이다. 그러나

16 　시와 내적 실재의 문제와 관련한 생각은 조강석, 『이미지 모티폴로지』(문학과지성사, 2014)에 실린 「내적 실재의 시학」 「내적 실재의 다이나믹—이수명의 시세계」 등에서 이미 개진한 바 있다.

시적 이미지를 단지 감각의 종류와 관련지어 설명하거나 혹은 수사의 양식과 관련지어 설명하는 것 이상으로 나아가기 위해 세계에 대한 꿈을 품는 이미지 자신의 욕망을 검토할 필요가 있다면, 우선적으로 시 텍스트라는 '내적 실재'에 대한 정합적 기술로부터 출발해서 점차 그 의미망을 확장해가는 것의 중요성을 생각해볼 필요가 있다. 해석과 분석 이전에 기술이 전제되는 것이 필요하기 때문이다. 시 텍스트를 내부로부터 외부로—다시 한번 강조하지만 반드시 내부로부터이지 그 반대 방향은 아니다—전개하기 위해 우선적으로 검토해야 할 것은 텍스트 내부의 실재이다. 시작(詩作)은 윤리와 정치를 포함한 외재적 의미를 시라는 형식을 통해 거듭 확인하는 반복적인 여분의redundant 행위가 아니라 내적 실재의 분절을 통해서만 텍스트의 바깥과 외교하는 행위이기 때문이다. 이와 관련하여 파노프스키가 든 또 하나의 흥미로운 예를 참조할 수 있겠다.

파노프스키는 베를린의 카이저 프리드리히 미술관에 소장된 로히어르 판데르 베이던의 작품 「동방박사의 환영」을 예로 들면서 전-도상학의 단계에서는 '동방박사' '아기 그리스도' 같은 용어들을 피해야 한다고 말하고 있다. 그저 작은 아이의 환영이 하늘에서 보인다는 언급으로 충분하다는 것이다. 그리고 이것이 왜 환영인지에 대해서 전-도상학의 단계에서는 눈에 보이는 지지대도 없는 공간에 아기가 묘사되어 있다는 사실에 대한 기술로서만 설명 가능하다고 말한다.[17]

시 텍스트의 경우, 이와 같이 엄격한 수준에서 기술에 선행하는 분석적, 해석적 의미-연관을 처음부터 배제하기는 어렵겠지만 그럼에도 불구하고 우선적으로 중요한 것은 시 텍스트를 하나의 '내적 실재'로 간주하고 그 안에서의 논리적 정합성을 통해 텍스트의 의미망을 기술

---

17 에르빈 파노프스키, 『도상해석학 연구』, 이한순 옮김, 시공아트, 2013(7쇄판), pp. 30~32 참조.

하는 것이다. 최종적으로 이르고자 하는 지점이 이미지의 욕망과 그것이 증언하는 가치의 문제라고 하더라도 우선적으로는 이것이 전제되어야 한다. 다시 말해, 시적 이미지가 궁극적으로 내부로부터 외부로 전개되면서 자신의 욕망을 가치와 윤리, 그리고 정치라는 사회적 욕망의 차원에 기입하기 위해서는 텍스트-이미지의 내부에 그것을 가능하게 하는 장소가 우선 지정되어야 한다. 하나의 전제와 한 번의 접힘 그리고 다시 한번의 펼침이 '이미지-사건'이 되는 까닭은 바로 여기에 있다.

시에서 이미지가 하나의 사건이 될 수 있다는 말은 그저 비유적 표현이 아니다. 시에는 논리적 전언도 있고 상징적 장치와 도상들도 있다. 인지 충격을 수반하는 논리적 진술들이 시의 주조가 되지 말라는 법은 없으며 이미지들이 작품 외적 개념과 밀착하는 상징의 일환으로 사용되는 경우도 드문 것은 아니다. 그러나 시의 우선적 목적이 전언 전달이 될 수는 없다. 시가 이미지와 더불어 '태어나는 상태의 의미'를 낳는 것이라면, 시 안에서 태어나고 자라면서 이미지는 대상이나 사유와 더불어 동시적으로 맺어지는 하나의 사건을 통해 스스로의 욕망을 품기 시작한다. 어떤 좋은 시들은 이미지의 욕망의 큰 타자가 된다.

[『현대시학』, 2015]

'정동'에 대한 생산적 논의를 위하여

1

생산적 논의나 제안을 위한 글이 아니라 계도를 목적으로 하는 글에 군이 반론할 필요가 있을까? 공론의 장에서 비판과 반론 그리고 그것을 중심으로 한 생산적 논의의 확산이 가지는 긍정적 효과에 대해 새삼 부연할 필요는 없을 것이다. 필자의 경우에도 종종 글에 대한 비판을 받기도 했으며 그것이 타당한 경우에는 비판자의 조언에 귀를 기울이려 애써왔다. 또한 만약 반론이 필요한 경우라면 필자 나름의 방식으로 반론을 전개해왔다. 필자는 아리스토텔레스가 플라톤의 입론에 화답하는 방식을 논쟁의 이상으로 삼아왔다. 아리스토텔레스는 스승 격인 플라톤의 주장을 일일이 거론하며 그의 논의에 정면으로 반박하지 않았다. 그러나 아리스토텔레스의 『시학』은, 그 맥락을 세세히 들여다보고 여기 담긴 함의를 파악하는 이에게는 자연스럽게 예술과 문학에 대한 플라톤의 주장을 효과적으로 반박하고 있는 것으로 간주된다. 인신공격이나 억측 그리고 훈계와 계도가 아니라 생산적 논의를 위해서는 이 방법이 따를 만한 논쟁의 방식이라 여기며 필자는 꼭 필요한 반론을 전개해야 하는 경우 이 원칙을 지키려 노력해왔다. 그런데 지난 『현대시학』 2016년 4월호에 실린 진태원 교수[1]의 글 「정동인가 정서인가? 스피노자 철학에 대한 초보적 논의」에 대해서는 이런 태도를 취할 수 없을 것 같다. 그는 필자의 글을 인용해 이 글이 국내 문학계의 '정동' 수용이 지닌 문제점을 집약적으로 드러낸다고 발언하면서, 필자가 '정동' 논의와 관련된 문제점을 전혀 이해하지 못한다거나 대체 '정동'과 관련된 들뢰즈의 강의록에서 필자가 "무엇을 이해한 것인지 정말 궁금하다"라는 표현을 서슴지 않는 훈계적 태도를 취하고 있다. 스피노자 전공자가 어째서 이런 감산적 신체 변용을 유발하는 글쓰기 방식을 취하고 있는지 '정말 궁금할' 따름이다.

필자는 스피노자를 전공한 진태원이 '정동'의 문제에 대해 의견을 제시하기 시작했다는 것을 확인하고 생산적 논의의 장이 열리기를 기대하는 마음으로 글을 읽어나갔다. 만약 그의 글이 전공 지식을 살려서 '정동'에 관한 논의의 세세한 맥락을 살피면서 이를 비판적으로 검토하고 그 개념에 대해 새로운 번역어를 제안하는 글이었다면 그의 논의를 좀더 귀담아들을 수 있었을 것이며 그 후에 수긍할 대목과 그렇지 않은 대목을 변별하여 후속 논의를 이어갈 수도 있었을 것이다. 그러나 인신공격과 억측, 그리고 계도적 태도로 일관된 이 글은 태도가 앞선 나머지 '정동' 논의에 대한 생산적 후속 논의를 촉발시키기보다는 스스로 비가역적 결론에 도달함으로써 논의의 진로를 차단하고 있다.

2

우선, 오해를 풀기 위해서라도 글의 내용에 대한 논의에 앞서 글쓰기에서 지켜야 할 금도에 대해 이야기하지 않을 수 없다. 진태원은 이

---

1 글의 진행상 이하에서는 이름만 표기한다.

전에 발표된 필자의 글에서 극히 일부를 인용하고 이를 토대로 자신의 글 전체에 걸쳐 비판을 전개하고 있다. 그가 인용한 글의 출처는 필자가 『현대시학』 2016년 1월호에 게재한 「정동적 동요와 시 이미지」라는 글이다. 그런데 제목에 드러나 있듯, 이 글의 궁극적 관심사는 브라이언 마수미Brian Massumi의 논의를 활용하여 시 이미지 연구 방법론을 제안하는 것이었다. 마수미는 베르그송의 이미지론을 검토하고, 스피노자의 '정동' 개념을 재해석하는 들뢰즈의 논의를 수용하면서 '정동적 동요affective fluctuations' 개념을 제안한다. 그는 "정동affect은 그동안 너무 자주 그리고 범박하게 정서emotion와 동의어로 사용되어 왔다"고 지적하며 "정동이 강도(强度)의 문제이며 따라서 정서와 정동은 서로 다른 논리를 따르며 서로 다른 질서에 속한다"[2]라고 주장한다. 이처럼 그는 정동affect과 정서emotion를 구분할 것을 주장했다. 그리고 그 연속선상에서 그는 "이미지 수용에 있어 정동적인 것이 우선한다the primacy of the affective"[3]라고 강조했는데, 필자가 이 글에서 주된 논의의 대상으로 삼고 있는 것은 정서와 정동을 명료하게 구분하면서 이미지 수용에서 정동의 우선적 중요성을 강조한 마수미의 논지이다. 왜냐하면 시 이미지 연구에 있어 새로운 방법론을 제안하는 것이야말로 현재 필자의 궁극적 관심사이고, 이 글 역시 그런 관심 속에서 그간 필자가 발표한 일련의 글의 연장선상에 놓인 것이기 때문이다. 그런데 진태원은 주로 마수미의 논의를 검토하고 있는 필자의 글 전체에서 극히 일부를 인용하면서 필자의 스피노자 이해를 넘겨짚어 문제삼고, 좀처럼 믿기 어려운 폄하성 발언과 함께 이를 비판하고 있다. 얼마나 편의적이고 자의적인 인용과 비판인가? 필자가 스피노자의 af-

---

2 Brian Massumi, *Parables for the Virtual—Movement, Affect, Sensation,* Durham & London: Duke University Press, 2002, p. 27. 인용문 번역은 필자.

3 Brian Massumi, *ibid.,* p. 24.

fectus 개념과 들뢰즈가 그 개념을 재전유한 '정동affect' 개념에 대한 설명을 여기서 자세히 하지 않은 것은, 앞서 얘기했듯이 이 글의 궁극적 목적이 그것을 설명하는 데 있지 않고 마수미의 개념을 활용해 이미지 연구 방법론을 제안하는 데 있었기 때문이다. 그리고 또 다른 이유는 이 개념에 대한 설명, 그리고 그에 대한 들뢰즈의 해석과 전유 양상에 대해서는 이미 이보다 앞서 다른 글에서 여러 차례 설명했기 때문이다. 다시 말해 목적지가 다른 짧은 글에서 그 설명을 처음부터 끝까지 다시 되풀이할 필요는 없었다는 것이다. 그런데 진태원은 전체 논지를 무시하고 그중 단 몇 줄을 인용하면서 필자가 "스피노자의 정서론에 관해 초보적인 수준에서 잘못된 이해를 드러내고 있"[4]다는 둥, 그것이 "국내 문학계의 affectio와 affectus에 대한 수용과 이해가 지닌 문제점을 아주 집약적으로 드러내주고 있다"는 둥의 비판을 하면서 스피노자의 개념들에 대한 '초보적' 단계의 설명을 장황하게 늘어놓고 있다. 이건 글쓰기의 금도를 벗어난 것이다.

예를 들어보자. 진태원의 글은 소통과 생산적 논의를 위한 글쓰기 규칙에 대한 '초보적 이해'를 결여하고 있다. 두 가지 측면에서 그렇다. 첫째, 누군가가 "A는 KTX 경부선 열차를 타고 부산에 갔다"라고 말을 하는데, 이에 대해서 당신은 왜 "A는 KTX 경부선 열차를 타고 광명, 천안아산, 오송, 대전, 김천, 동대구, 신경주, 울산을 거쳐 부산에 갔다"라고 말하지 않느냐, 대체 KTX가 광명, 천안아산, 대전 등을 거쳐 간다는 것을 알고는 있는지, 이를 대체 어떻게 이해하는지 정말 궁금하다고 묻는 것이 적절한가? 그리고 그 누군가가 이에 대해 자세히 알지 못하리라는 스스로의 전제 속에서 광명, 천안아산, 대전을 언급하며 KTX 경부선 노선에 대한 기초적 설명을 덧붙이는 것이 생산적 논의

4   진태원, 「정동인가 정서인가? 스피노자 철학에 대한 초보적 논의」, 『현대시학』 2016년 4월호, p. 38.

를 위해 필요한 것일까? 그것은, 어학적 견지에서 보자면 그 의미론적 계기가 이미 함축되어 있기에 구태여 이를 거듭 거론하는 것이 불필요한 '여분의redundant' 행위일 따름이다.

둘째, 누군가 대전역에서 KTX 경부선 열차를 타고 부산을 향했는데, 서울역에서 KTX 경부선 열차를 타는 방법에 대해 장황하게 설명하면서 이 기차가 서울역에서부터 출발했다는 것을 강조하는 것이 적절한가? 두말할 것 없이 대전역에서 KTX 경부선 열차를 타고 부산을 향하는 사람은 서울역에서 광명, 천안아산, 오송 등을 거쳐 대전을 경유하는 기차에 올라탄 것이다. 왜냐하면 그는 이때 경유지들을 거쳐 온 기차에 올라타는 것이되, 현재는 대전에서 부산으로 향하는 것이 그의 목적이기 때문이다. 더군다나 현재 대전에서 기차를 탄 그에게 서울역에서 기차 타는 법을 아느냐고 묻는 것은 글쓰기의 정도라고 할 수 없는 변칙이다. 그가 대전에서 기차를 탔다고 해서 서울역에서 기차 타는 법을 모르리라고 전제하고 그에 대해 장황한 설명을 늘어놓는 까닭이 대체 무엇일까? 더욱이 그가 서울에서 부산행 KTX를 타고 현재 대전에 왔으며 대전에서 볼일을 보고 다시 부산을 향하고 있는 경우라면, 그런 그에게 서울역에서 기차 타는 법에 대해 "무엇을 이해한 것인지 정말 궁금하다"라고 말하는 것이 생산적 글쓰기를 위한 것인지 나르시시즘적 훈시를 위한 것인지 정말 궁금하다.

3

진태원이 필자의 이름을 직접 거론한 글에서 이야기하고 있는 스피노자의 affectio 개념과 affectus 개념에 대해 필자의 이해를 구구절절 설명하는 것은 '여분의' 행위로 보일 뿐이다. 이와 관련해서는 부적절한 인용을 통해 타인의 이해 여부를 측량하고 억측할 자유를 존중할 것이다. 다만 이 개념들이 스피노자에게는 어떤 의미였고 그것이 들뢰즈에게는 어떤 관점에서 중요해지며 나아가 들뢰즈가 두 개념에 대해, 진태원의 표현처럼 "매우 평이하면서도 독창적으로 재해석"[5]하면서 새롭게 부각시킨 모멘트에 기반해 마수미 등이 제시한 '정동' 개념이 무엇인지를, 그리고 이들이 왜 새삼 정동 개념을 새롭게 조명하고 있는지를 밝히고 이 개념이 진태원의 궁극적 제안처럼 우리말 국어사전에 기초한 의미에서의 '정서'로 번역될 수 있는 것인지를 검토하는 것을 이 글의 흐름으로 삼고자 한다. 우선 이와 관련된 진태원의 핵심 주장을 옮겨보자.

(1)

우리말에서 정서(情緒)란 어떤 것인가? 국어사전에는 이렇게 정의되어 있다. "1. 사람의 마음에 일어나는 여러 가지 감정. 2. 지역이나 집단 따위와 관련된 한정적 특성을 가진 성향. 3. [심리] 갑자기 일어나는 노여움, 두려움, 기쁨, 슬픔 따위의 급격한 감정." 이러한 정의에서 볼 수 있듯이 우리말의 정서는 사람의 마음과 관련된 감정들을 가리킨다.[6]

(2)

스피노자 철학에서 affect 또는 라틴어로 하면 affectus의 정확한 의미를 해명하는 것은 매우 까다롭고 복잡한 문제다. 하지만 초보적인 논의의 차원에서 본다면 들뢰즈의 규정은 통찰력이 있

---

5   진태원, 같은 글, p. 39.

6   같은 글, pp. 44~45.

고 유용한 규정이다. 문제는, 행위 역량의 증대나 감소를 나타내는 affect를 '정동'이라는 낯선 용어로 규정할 필요가 있는가 하는 점이다. 그것보다는 오히려 '정서' 또는 '감정'이라는 흔한 용어로 표현하는 것이 적절하지 않을까?[7]

정동 개념은 최근 여러 맥락에서 주목받고 있다. 스피노자에서 발원하여 들뢰즈와 네그리, 마수미, 그리고 최근의 이토 마모루 등 여러 논자들에 의해 폭넓게 수용되고 재해석됨으로써 정동 개념은 다양한 분야의 담론에서 의제 설정에 기여하고 있다.[8] 아마도 진태원의 글을 선의로 해석할 경우, 이렇게 폭넓게 활용되고 있는 정동 개념이 그 개념의 발원지인 스피노자에게서는 어떤 의미였는지를 설명한 후 '정동'이라는 "생경한" 개념 대신 사전적 의미를 벗어나지 않는 통상적 맥락 그대로의 '정서'라는 말로 이를 대체할 것을 제안하는 글이라고 할 수 있겠다. 물론 개념의 원류를 찾아 그것을 정확하게 해명하는 일은 중요하다. 또한 이를 통해 새로 제안된 번역어가 합당한지 여부를 따져보는 것도 중요한 일이다. 그리고 만약 그런 방식으로 개념의 정확성에 대한 검증과 원류로의 환원을 동일시하고자 한다면, 스피노자에서 발원하여 다양한 논자들에 의해 수용되면서 여러 가지 의미로 활용되고 있는 정동 개념을 모두 진태원이 제안한 '정서'라는 번역어로 대체할 수 있을지에 대해서도 논의가 되어야 할 것이다. 다시 말해 진태원이 쓴 글의 의도에 대해 다음과 같은 절차를 묻는 것은 온당하다는 것이다. 진태원은 무엇을 문제 삼고 싶은 것일까?

---

7   같은 글, p. 47.

8   예컨대, 이와 관련해서 최근 몇 년 새에 발표된 논문들의 제목만 일별해도 정동 개념이 학문의 여러 분야와 담론의 층위에서 폭넓게 수용되고 있는 양상에 대해 확인할 수 있을 것이다.

1) 스피노자의 affectus 개념에 대한 '정확한' 이해.

2) 들뢰즈가 뱅센 대학에서 스피노자에 대해 행한 연속 강연에서 그의 방식으로 "매우 평이하면서도 독창적으로" 재해석하고 재전유하는 바로서의 'affectus' 개념.

3) (따라서) 들뢰즈가 스피노자를 이해하는 방식의 의미와 그가 스피노자의 개념을 재전유하기 위해 강조한 맥락, 즉 스피노자의 개념으로부터의 일탈과 변용의 양상과 정도 그리고 그것의 합당함 여부에 대한 판정.

4) 들뢰즈의『천 개의 고원』등을 영어로 번역, 출간한 마수미가, 스피노자를 재해석하면서 들뢰즈가 강조한 'affect' 개념을 다시 자기 방식으로 수용하고 이를 자신의 논의의 맥락에서 발전시키면서 제안하는 '정동적 동요' 개념의 의미와 타당성.

5) 이런 연쇄에 대한 이해와 더불어 '정동적 동요' 개념을 수용하고 이를 시적 이미지의 작용과 효과에 대한 새로운 논의를 촉발시키기 위한 방법론의 일환으로 수용하는 것.

생산적 논의가 아니라 계도를 목적으로 하는 진태원의 글은 1)로 5)를 다그치고자 하는 의도로 작성된 것으로 보인다. 2)로부터 5)에 이르는 연쇄는 무시되어도 좋은 오류일 뿐인가? 아니면 개념의 생산적 수용과 활용을 위한 전개인가? 예컨대 현재 다양한 맥락에서 활용되고 있는 affect 개념에 대해 들뢰즈나 마수미 등이 emotion, feeling, sentiment 등과의 차이를 그토록 강조하는 맥락을 모두 무시하고, 이를 현재 통용되고 있는 사전적 의미의 '정서'라는 용어로 모두 환원해도 좋을 것인가? 저 논자들이 공교화한 affect 개념의 새로운 의미론적 계기들을 모두 이단이나 곡해로 간주하고 이를 사전적 의미의 '정서'로 번역하자고 제안하는 것이야말로 그가 그토록 애지중지하는 개념의 엄밀성을 무시하고 학문의 상식적 범용에 지나치게 호소하는 것이 아닌가?

4

스피노자의 『에티카』는 서구 근대철학에서 이성 중심의 흐름 속에서 평가절하되어왔던 감정과 정서 등의 의의를 재조명할 수 있는 계기를 제공한 것으로 평가된다. 비록 이 책에서 스피노자 스스로 이성에 대해서 감정이나 정서의 비교 우위를 주장하지는 않았지만 그의 논의의 맥락 속에서 그간 폄하되어왔던 감정이나 정서 등의 가치가 새롭게 해석될 여지를 충분히 남기고 있다는 것은 주지의 사실이다. 예컨대, 들뢰즈가 스피노자에 대한 강연에서 실천이성에 대해 언급하면서 "필연적으로 이성은 정동들의 총화(앙상블, ensemble)이다. 이는 이성이 정확히, 이런저런 조건들 속에서 힘이 행사되는 형식들이라는 단순한 이유로 그렇다"[9]라고 말하고 있다는 것을 고려해보면 이런 사실은 명료해진다. 스피노자의 affectio(affection)나 affectus(affect) 개념과 관련된 후속 논의들이 감정이나 정서에 주목하는 것 역시 그런 맥락에서 이해 가능한 것이다.

그렇다면 『에티카』에서 affection과 affect가 어떤 의미로 사용되었는지 간략히 살펴보자. 『에티카』에서 affection이라는 어휘가 처음 등장하는 문장은 다음과 같다.

---

9 "Inevitably reason is an ensemble of affects, for the simple reason that it is precisely the forms under which power is exercised in such and such conditions." 들뢰즈가 뱅센 대학에서 스피노자에 대해 행한 강연 기록은 http://www.webdeleuze.com에 불어판과 영문판이 게시되어 있다. 이 글에서는 이 사이트에 게재된 영문판을 인용하고 이하에서는 강연 일시만 명기한다.

정의 5. 나는 양태를 실체의 변용으로 혹은, 다른 것 안에 있으면서 다른 것을 통해서 생각되어질 수 있는 어떤 것으로 이해한다.

D5. By mode I understand the affections of a substance, or that which is in another through which it is also conceived.[10]

스피노자가 이 앞에 있는 정의 3에서 "실체란 그 자신 안에 있으며 그 자신에 의해서 생각되어지는 것"[11]이라고 기하학적 논변상의 절차를 따르고 있다는 것과 실체substance, 양태mode, 변용affection이 스피노자의 『에티카』에서 기하학적 정리의 기본 뼈대를 이루는 핵심 개념임을 생각해본다면, 인용한 부분에서 affection이 변용의 의미로 사용되었다는 것을 알 수 있으며 이는 비교적 명료하게 파악된다. 왜냐하면 여기서 보듯 affection은 하나의 대상이 다른 대상에 행하는 작용 및 그것의 관념이기 때문이다. 스피노자에게 있어 affection이 이런 의미의 변용을 지시한다는 것은 『에티카』의 전체 맥락을 고려하면 충분히 이해될 수 있는 것이다.[12]

---

10 『에티카』 인용의 출처는 영어권에서 가장 폭넓게 사용되는 에드윈 컬리의 영문판이며, 인용문의 번역은 필자가 한 것이다. Benedict De Spinoza, *Ethics*, edit. and trans. Edwin Curly, Penguin Books, 1996, p. 1. 에드윈 컬리의 영문 번역판과 원문 사이에, 논지와 관련된 의미 있는 차이가 있다면 이에 대해서는 언제든지 귀 기울이고 수용할 준비가 되어 있다.

11 "D3. By substance I understand what is in itself and is conceived through itself." (Benedict De Spinoza, *ibid.*, p. 1.)

12 그런 점에서 affection을 "변용"으로 번역해야 한다는 진태원의 주장은 새삼스러울 것 없이 자연스럽게 받아들여질 수 있는 주장이라고 할 수 있다. 기존의 번역에서도 대부분 이런 점들을 고려하여 affectio의 번역어로 "변용"을 채택하고 있다. 강영안이 번역한 『에티카』(서광사, 1990), 박기순이 번역한 들뢰즈의 『스피노자의 철학』(민음사, 1999), 이진경과 권순모가 번역한 들뢰즈의 『스피노자와 표현의 문제』(인간사랑, 2003)에서 모두 affectio(affection)의 번역어로 "변용"을 채택하고 있다. 또한, 최근 출간된 이토 마모루의 『정동의 힘—미디어와 공진하

그렇다면 affect란 무엇인가? 아마도 이와 관련해서는 『에티카』 3부의 한 대목을 인용하는 게 좋을 듯하다. 스피노자는 그때까지 누구도 affect의 본성과 힘에 대해, 그리고 그것을 제어하기 위해 정신이 무엇을 할 수 있는지를 규정하지 않았다고 하면서[13] affect를 다음과 같이 정의했다.

> 정의 3. 나는 affect를 신체의 행위 능력을 증대시키거나 감소시키고 촉진시키거나 저해하는 신체 변용이자 동시에 그것의 관념으로 이해한다.
>
> *그러므로 우리가 이러한 변용의 타당한 원인이 될 수 있다면 이때의 affect를 능동으로, 그렇지 않은 경우엔 수동으로 이해한다.*

는 신체』(김미정 옮김, 갈무리, 2016)에서도 이 개념은 "변용"으로 번역되고 있다.

그런데 들뢰즈의 「정동이란 무엇인가?」를 번역한 이들은 왜 이를 "정서"로 옮겼을까? 이에 대해 필자가 답할 필요는 없을 것이다. 짐작건대 그것은 아마도 들뢰즈의 논의에서 강조된 affectus와의 변별성을 부각시키기 위해서였을 것이다. 「정동이란 무엇인가?」가 실린 『비물질 노동과 다중』(질 들뢰즈 외, 서창현 외 옮김, 갈무리, 2014)의 서문에서 조정환은 번역 팀을 대표해서 이에 대한 설명을 하고 있다. 요지만 취하자면, 이 번역어를 채택한 것은 affection과 affect가 각기 현실성의 질서와 잠재성의 질서에 속하는 것임을 명료하게 드러내기 위함이라는 것이다. 또한 들뢰즈가 직접 언급하고 있는 것처럼, 이를 feeling으로 번역해서는 그 뜻을 온전히 드러내기 어렵고 affection과 affect가 같은 어근에서 비롯된 것임을 분명하게 드러내기도 어렵다는 사정 역시 감안이 되었을 것이다. 그러나 여기서 이에 대해서 더 이상 자세히 필자가 설명하는 것은 적절치 못할 것이다. 그것은 번역 팀과 조정환의 몫이기 때문이다. 그리고 그들의 주장 중에서 무엇이 옳은가를 따지는 것은 이 글의 주요 관심사도 아니다. 그러나 진태원이 인용한 필자의 글에서 들뢰즈의 재해석을 강조하기 위해 이를 "정서"로 옮긴 표현을 그대로 인용한 것은, 이런 맥락을 고려한다고 해도 부주의한 일이었음은 인정한다. 다만 이는 이해의 문제가 아니라 앞서 설명한 것처럼 목적이 다른 글에서 이에 대해 자세히 따져보기 어려운 사정 때문이었다. 예컨대, 필자가 이미 진태원이 인용한 짧은 글에 앞서 들뢰즈가 재해석하는 affection과 affect에 대해 설명한 바 있다는 점을 참조해주길 바란다(본문에서 뒤에 제시하겠다). 이를 고려하고도 여전히 번역어가 문제가 아니라 이해를 문제 삼을 수 있는지 묻는 것은, 그의 글쓰기 방식에 같은 방식으로 응하는 것이기에 삼가겠다.

13 "But no one, to my knowledge, has determined the nature and powers of the Affects, nor what, on the other hand, the Mind can do to moderate them." (Benedict De Spinoza, *ibid.*, p. 69.)

D3. By affect I understand affections of the body by which the body's power of action is increased or diminished, aided or restrained, and at the same time, the ideas of these affections.

Therefore, if we can be the adequate cause of any of these affections, I understand by the affect an action, otherwise, a passion.

스피노자의 『에티카』에서 affect가 일관된 의미로 사용되고 있다고 하기는 어렵다. 인용한 3부의 정의 3에서 보듯이 그것은 때로 변용을 의미하는 affection과 명료하게 변별되지 않는 측면도 있다. 그러나 명료한 사실은 스피노자가 affect라는 개념을 통해 행위 능력의 증대와 감소, 그리고 이와 관련된 힘들을 강조하고 있다는 것이다. 들뢰즈가 스피노자를 재해석하는 대목이 바로 이와 관계 깊다. 즉 들뢰즈는 때로 혼동되어 사용되기도 하는 affection과 affect의 변별성에 주목하면서, 특히 affect가 행위 능력의 증대나 감소와 관계 깊으며 따라서 affect는 하나의 상태에서 다른 상태로의 이행passage이자 변환transition 이라는 점을 거듭 강조했다. 필자 역시 들뢰즈의 그런 해석에 주목해 진태원이 인용한 글보다 몇 년 전에 발표한 글에서 이미 이렇게 설명한 바 있다.

그는[들뢰즈—인용자주] 스피노자가 참으로 하고자 원하는 것은 **강도적 방식으로 누군가의 본질을 하나의 강도적 양으로 규정하는 것**이라고 해석하고 바로 그런 의미에서 인간은 모두 정신적인 자동기계automation라고 재정의한다. **신체 변용**에 따라 주어지는 관념들의 연속에 따라 존재 안의 어떤 것은 결코 변이를 멈추지 않는다는 것이다.[14] 즉, **우리에겐 존재 능력 혹은 행동 능력**puissance **의 연속적(영속적) 변이가 있기 마련이라는 것이 들뢰즈가 스피노 자를 읽는 방식**이다. 그는 스피노자의 전언을 "우리에게 일어나는 것을 느껴라"로 번역한다. 그리고 바로 이런 맥락에서 **정동은 "존 재 능력 혹은 행동 능력의 연속적인 변이"로 규정된다.** 〔……〕

우리가 **정동에 주목한다는 것**은 두 상태 사이의 정신을 비교하 는 장소domain가 아니라 '**한 상태에서 다른 상태로의 생생한 이행 의 장소'를 주시한다는 것**과 다르지 않다.[15] (강조는 인용자)

필자가 들뢰즈의 스피노자 해석에 주목한 것은 그것이 마수미 등의 논의를 경과하여 궁극적으로는 정체된 시 이미지 논의에 새로운 물꼬 를 틀 수 있겠다는 기대 때문이었다. 이 역시 다른 글들에서 설명한 바 있으므로,[16] 여기서는 들뢰즈가 스피노자에 대해 행한 강연에서 affection과 affect 개념과 관련해 새롭게 부각시키고자 하는 의미론적 모멘 트가 무엇인지에 집중해보자.

5

본 논의의 맥락과 관련하여 들뢰즈가 뱅센 대학에서 행한 강의에서

---

14 원출처에는 이 문장의 맨 앞에 "인간은"이라는 말이 붙어 있다. 명료함을 위해 인용하면서 이를 생략했다.

15 조강석, 「1960년대 문학 텍스트에 나타난 시민적 윤리와 대중적 욕망의 교환」, 『현대문학의 연 구』, 50권, 한국문학연구학회, 2013, pp. 11~12.

16 이와 관련된 논의는 조강석, 「이미지-사건과 문학의 정치」, 『이미지 모티폴로지』, 문학과지성 사, 2014; 「시 이미지 연구방법론──시 텍스트의 '내부로부터 외부로의 전개'를 위하여」, 『한 국시학연구』, 제42호, 한국시학회, 2015 참조.

주목해야 할 것은 두 가지이다. 첫째, 들뢰즈는 affection과 affect가 때로 혼동되어 이해되기도 하지만 두 개념은 분명하게 변별된다는 것을 여러 차례 강조했다. 둘째, 그는 affection이 상태state인 반면 affect는 행위 능력의 증대나 감소와 관련된 힘의 차원의 문제이며 그렇기 때문에 이행이자 변이로 규정할 수 있다고 강조했다.

우선 affection과 affect의 변별과 관련하여 다음 대목을 눈여겨보자.

> 용어에 대한 주의를 환기시키는 것으로부터 시작합시다. 『에티카』로 불리는, 라틴어로 된 주요 저서에서 우리는 두 어휘를 발견할 수 있습니다. 바로 "AFFECTIO"와 "AFFECTUS"가 그것입니다. **참으로 이상하게도 어떤 번역자들은 이 두 단어를 똑같이 번역합니다. 이것은 재앙에 가깝습니다. 그들은 affectio와 affectus를 공히 affection으로 번역합니다.** 어떤 철학자가 두 개의 용어를 사용할 때는 원리상 그렇게 해야 할 이유가 있기 때문에 그런 것인데, 이를 같은 용어로 번역하는 것은 재앙이라고 말한 것입니다. 〔……〕 **어떤 번역자들은 affectio를 'affection'으로, affectus를 '감정feeling(sentiment)'으로 번역합니다. 이것은 두 용어를 같은 단어로 번역하는 것보다는 낫지만, 나는 '감정'이라는 어휘에 의존해야 할 필요가 있는지는 모르겠습니다. 왜냐하면 불어에는 'affect'라는 어휘가 이미 있기 때문입니다.** 따라서 내가 'affect'라는 용어를 사용할 때 이는 스피노자의 affectus를 지칭합니다. 그리고 'affection'이라는 어휘를 사용할 때는 affectio를 지칭합니다. (번역과 강조는 인용자)

> I begin with some terminological cautions. In Spinoza's
> principal book, which is called *the Ethics* and which is written

in Latin, one finds two words: AFFECTIO and AFFECTUS. Some translators, quite strangely, translate both in the same way. This is a disaster. They translate both terms, affectio and affectus, by "affection." I call this a disaster because when a philosopher employs two words, it's because in principle he has reason to, [……] Some translators translate affectio as "affection" and affectus as "feeling" [sentiment], which is better than translating both by the same word, but I don't see the necessity of having recourse to the word "feeling" since French offers the word "affect." Thus when I use the word "affect" it refers to Spinoza's affectus, and when I say the word "affection," it refers to affectio.[17]

여기서 명료하게 드러나는 것은 두 가지이다. 첫째, 스피노자의 affectio와 affectus가 변별적으로 번역되어야 한다는 것, 둘째 affectus가 "감정(feeling, sentiment)"으로 번역되는 것보다는 affect로 번역되어야 한다는 것이 그것이다. 첫째에 대해서는 재론할 필요가 없겠다. 둘째는 새삼 주목할 이유가 있다. 들뢰즈는 affectus를 번역할 때 "감정"이라고 번역하는 것은 affection과 affectus를 같은 어휘로 번역하는 것보다는 낫지만 불어에 이미 affect라는 어휘가 있으므로 이를 "감정"으로 번역해야 할 필요가 있는지 모르겠다고 말하고 있다. 오해하지 말아야 한다. affect에는 "감정"의 의미가 포함된다. 들뢰즈는 이를 부정하는 것이 아니라 affectus의 의미론적 모멘트들을 더욱 명료하게 설명하기 위해서는 "감정"이라는 말보다 "affect"라는 말로 번역하는

17 1978년 1월 24일 강연.

게 좋겠다고 말하고 있다. "감정"이라는 말이 잘못된 번역이라는 것은
아니다. 그러나 만약 "감정"이라는 말로 충분하다면 왜 굳이 그 어휘
대신에 "affect"라는 번역어를 사용하자는 제안을 했겠는가? 영어본에
있는 표현처럼 이는 "감정"이라는 말이 틀렸기 때문이 아니라 필요조
건necessity을 모두 충족시키는 번역은 아니기 때문이다. 그렇다면, 들
뢰즈에게 affect란 무엇인가? 아니 들뢰즈가 재해석하는 바로서 affect
란 무엇인가?

> 우리는 이제 affectus에 대한 보다 확실한 정의를 갖게 되었습니
> 다. 스피노자에게 있어 affectus란 변이입니다. [……] 그것은 존재
> 능력의 연속적인 변이입니다.

> We have got an entirely more solid definition of affectus;
> affectus in Spinoza is variation [……], continuous variation of
> the force of existing, [……] [18]

들뢰즈는 무엇보다도 affect는 행위 능력 혹은 "존재 능력의 연속적
인 변이"를 뜻하며 이는 그/그녀가 가지고 있는 관념들에 의해 결정된
다고 강조한다. 예를 들어, 나를 기쁘게 하는 폴과 나를 불쾌하게 만드
는 피에르를 연속적으로 만날 때, 폴에 대한 나의 관념과 피에르에 대
한 관념에 의해, 기쁨과 슬픔 사이에서 존재 능력의 연속적인 변이가
일어나는데 이때의 변이가 바로 affect라는 것이 그의 설명이다. 필자
가 이미지의 문제와 관련해서 정동 개념에 관심을 기울인 까닭도 바로
이런 맥락에서의 affect의 의미론적 모멘트 때문이었다. 그렇지만 이

18 같은 강연.

역시 여기서 상론할 필요는 없으니, 이번에는 affection에 대한 들뢰즈의 설명에 주목해보자.

> affection(affectio)이란 무엇입니까? (……) affection은 이런 것입니다. 그것은 한 신체가 다른 신체에 의해서 영향을 받게 되는 바로서의 신체의 상태입니다. 이게 무슨 뜻일까요? "나는 태양이 내게 내리쬐는 것을 느낀다." 아니면 "한 줄기 햇빛이 너에게 떨어진다". 이 경우 그것은 신체의 affection입니다. 신체의 affection이란 무엇일까요? 그것은 태양이 아니라 태양의 작용(행위) 혹은 여러분에게 내리쬐는 태양의 효과입니다. (……) Affectio는 두 신체의 뒤섞임(혼합)입니다. 이때 한 신체는 다른 신체에 작용한다고 말할 수 있고, 다른 신체는 그에 작용하는 신체의 흔적을 수용합니다. 신체들의 어떤 뒤섞임도 affection이라고 칭할 수 있습니다.

> What is an affection (affectio)? (……) an affection is the following: it's a state of a body insofar as it is subject to the action of another body. What does this mean? "I feel the sun on me," or else "A ray of sunlight falls upon you"; it's an affection of your body. What is an affection of your body? Not the sun, but the action of the sun or the effect of the sun on you. (……) Affectio is a mixture of two bodies, one body which is said to act on another, and the other receives the trace of the first. Every mixture of bodies will be termed an affection.[19]

19 같은 강연.

affect가 존재 능력의 연속적인 변이라면 affection은 신체 변용의 작용이자 효과이며 또 다른 맥락에서는 변용된 신체의 상태이다. 들뢰즈는 affect를 설명하기 위한 술어로서 '변이variation' '이행passage' '변환transition' 등의 어휘를 사용한다. 그런가 하면 affection을 설명하는 술어로는 '작용action' '효과effect' '상태state'라는 어휘를 사용한다. 단도직입적으로 묻자. 어떻게 작용이 상태일 수 있는가? 그것은 하나의 대상이 어떤 관점에서 설명되는가에 따라 강조될 수 있는 모멘트가 다르기 때문이다. 예컨대 affection에서 작용과 효과를 강조할 때 이 개념이 인격적 주체에게만 국한되는 것이 아님을 이해할 수 있을 것이다. 들뢰즈가 들고 있는 예를 통해 말해보자면, '태양은 밀랍을 녹이고 진흙을 굳게 한다'는 문장에는 affection의 관념이 담겨 있다. 왜냐하면 이것은 '나는 녹아 흐르는 밀랍을 보고 바로 곁에서 딱딱해지는 진흙을 보고 있다'는 것을 의미하기 때문이다. 들뢰즈는 이를 '밀랍의 affection'과 '진흙의 affection'이라고 표현하고 있다.

비슷한 맥락에서 들뢰즈가 affect와 관련하여 들고 있는 다른 예를 생각해보자. 들뢰즈는 신체는 근본적으로 숨겨진 무언가를 갖고 있다고 말하면서, 인간을 다른 동물들과 구분해주거나 혹은 유인원을 개구리와 구별할 수 있게 하는 것이 '정동되는 능력power of being affected'이라고 설명한다. 이들이 같은 변용affection을 동일한 방식으로 수용할 수는 없다는 것이다. 이런 맥락에서 들뢰즈는 각각의 동물들에게 적합한 정동의 차트들charts of affects을 만드는 것이 필요할지 모른다고 언급한다. 이때 affect가 사전적 의미에서 "사람의 마음과 관련된 감정들"을 뜻하는 '정서'로 번역될 수 없다는 것은 자명하다. 이는 바로 다음 단락에서 들뢰즈가 들고 있는 예를 통해서도 명료하게 드러난다. 들뢰즈는 어떤 정부들이 남아메리카의 인디언들을 몰살시키기 위해 인디언들이 다니는 길 위에 인플루엔자에 감염된 사람들의 옷을 던져두었다는 사실을 언급하면서 인디언들이 인플루엔자로부터 발생한 정동을 견뎌낼 수 없었다고("because the Indians couldn't stand the affect influenza")[20] 설명한다. 이때의 affect 역시, 진태원이 강조했듯이, 국어사전적 의미에서 흔히 "사람의 마음과 관련된 감정"을 지시하는 통상적 의미로서의 정서로 번역될 수 없음도 자명하다. 왜냐하면 이때 affect라는 개념은 분명히 존재 능력의 변이라는 의미론적 모멘트와 정동의 비인격적, 탈주체적 양상을 설명하기 위해 사용되었기 때문이다.

들뢰즈에게 affect가 중요한 것은 그것이 하나의 상태state라기보다는 변이이자 이행이고 변환이기 때문이다. 들뢰즈가 스피노자의 affect 개념을 단지 "feeling"으로 번역하는 것으로는 충분하지 않다고 강조한 것은 그런 의미론적 모멘트들과 관련이 있다. 그가 상태를 지시하는 affection과 달리 이행과 변이라는 의미론적 계기에 주목하면서 affect 개념을 재해석하고 있다는 것을 고려할 때, 또 affect가 비인격적, 탈주체적 성격을 지닌 힘이라는 점을 강조하고 있다는 것을 감안할 때 affect를 사람의 마음과 관련된 사전적 의미에서의 정서로 번역하는 것만으로는 충분하지 않다는 것은 확실하다. 스피노자에게는 옳았던 것이 들뢰즈에게는 잘못된 것일까? 그렇지 않을 것이다. '필요조건'을 다시 한번 생각해보라. 들뢰즈에게는 "사람의 마음과 관련된 감정" 즉 "feeling"만으로는 그가 스피노자를 재해석하면서 강조하고자 하는 의미론적 맥락을 모두 담아내기에 충분하지 않았던 것이다. 그리고 이는 affection과 affect에 대한 들뢰즈의 재해석에 착목하여 이 개념을 원용하는 후속 논의들에서도 마찬가지이다.

20 같은 강연.

6

예컨대 들뢰즈의 저서를 영어로 번역해 소개한 브라이언 마수미가 들뢰즈의 논의를 이어받아 독특한 '가상계' 이론을 전개하면서[21] 정서 emotion와 정동affect을 구분할 것을 강조한 것 역시 이런 맥락에서 고려될 수 있을 것이다.

> 정동affect은 그동안 너무 자주 그리고 범박하게 정서emotion와 동의어로 사용되어왔다. 그러나 이 첫번째 이야기에서 우리가 얻게 되는 명료한 교훈 중 하나는 정동이 강도(强度)의 문제이며 따라서 정서와 정동은 서로 다른 논리를 따르며 서로 다른 질서에 속한다는 것이다.[22]

들뢰즈가 affect를 "감정"으로 번역하는 것으로는 충분하지 않다고 강조했다면, 이를 받아들여 후속 논의를 전개한 마수미는 affect가 "정서emotion"와 종종 동의어로 사용되곤 했지만 특히 정동이 강도 차원의 문제라는 점에서 양자는 서로 다른 질서에 속한다고 강조한다. 이를 통해 마수미는 "정동적 동요affective fluctuations" 개념을 제시하면서 독특한 가상계the virtual 이론을 전개한다.

이 글 서두에 인용한 진태원의 질문과 제안을 다시 상기해보자. 진

---

21 그 양상에 대한 자세한 논의는 조강석, 「이미지-사건과 문학의 정치」, 『이미지 모티폴로지』, 문학과지성사, 2014 참조.

22 "Affect is most often used loosely as a synonym for emotion. But one of the clearest lessons of this first story is that emotion and affect-if affect is intensity-follow different logics and pertain to different orders." (Brian Massumi, *ibid*., p. 27. 인용문 번역은 필자.)

태원은 스피노자에 대한 몰이해를 전제하고 "문제는, 행위 역량의 증대나 감소를 나타내는 affect를 '정동'이라는 낯선 용어로 규정할 필요가 있는가 하는 점이다. 그것보다는 오히려 '정서' 또는 '감정'이라는 흔한 용어로 표현하는 것이 적절하지 않을까?" 하고 물었다. 물론 적절하지 않다. 들뢰즈에게서도 그러했지만 그 후속 논의의 맥락에서도 그렇다. 진태원은 "사람의 마음과 관련된" '정서' 또는 '감정'이라는 '흔한' 용어를 사용하자고 제안했는데, 들뢰즈는 feeling으로 충분하지 않다고 말하고 있고 마수미는 affect와 emotion은 다른 것이라고 설명한다. 정동 이론과 관련된 국제학술대회 발표문들을 엮은 책의 서문에서 그레고리 J. 시그워스와 멜리사 그레그가 affect를 "힘들과 강도들의 이행passage(혹은 이행의 지속)"[23]이자 "정서emotion 너머에 있기를 고집하는 생명력vital forces"[24]으로 규정하면서 그것의 일상적 차원과 정치·경제적 층위에서의 효과들을 검토하는 것도 이런 맥락에서 이해 가능한 것이다. 혹시 진태원이 사전적 의미를 일부러 언급하면서 제안한 통상적 이해 수준의 '정서' 또는 '감정'이 feeling이나 emotion과는 다른 것일까? 이런 후속 논의들을 모두 무시하고 스피노자에 대한 초보적 이해를 운운하며 '격세 환원'을 감행하는 것이 정동 개념을 활용하여 활발하게 진행되고 있는 여러 분야의 생산적 논의에 도움이 될 것인가?

사실 '정동(精動)'이라는 번역어가 그 '생경함'에도 불구하고 고심 끝에 채택되어 현재 국내외 문학연구뿐만 아니라 문화연구나 미디어연구 등 여러 분야에서 두루 통용되는 데에는 진태원이 '감정'이나 '정서'라는 '흔한' 용어를 사용할 것을 제안한 것과는 정확하게 반대되는 맥

---

23 그레고리 J. 시그워스·멜리사 그레그, 「미명의 목록[창안]」, 『정동 이론』, 멜리사 그레그·그레고리 시그워스 편저, 최성희·김지영·박혜정 옮김, 갈무리, 2015, p. 14.

24 같은 책, p. 15.

락이 있다. 지면의 한계상 길게 부연하기 어려우므로 맥락에 대한 이해를 위해 한 영문학자의 글을 인용해본다. 이명호는 감정연구emotion studies와 정동연구affective studies가 분화하는 양상과 그것의 타당성을 검토하는 논문에서 다음과 같이 정리하고 있다.

(1)
윌리엄스가 열어놓은 길은 1980년대 후반 로렌스 그로스버그에 의해 '정동경제the economy of the effect'론으로 진화된다. [⋯⋯] 그로스버그가 감정에서 정동으로 문화연구의 관심을 이동시키려는 데에는 문화를 '의미'나 '재현'과 동일시하고 신체의 감각과 정서적 느낌을 이데올로기의 하위 기능으로 간주하는 영국 문화연구에 대한 비판이 내재되어 있다.[25]

(2)
'감정에서 정동으로'로 요약될 수 있는 이런 시각의 전환은 들뢰즈주의 문화연구자 브라이언 마수미Brian Massumi를 통해 더욱 철저하게 일어난다. 마수미는 그로스버그의 시각을 더욱 밀고 나가 감정과 정동을 확연히 구분한다. 마수미의 분류에 따르면 우리가 앞서 논의한 '감정emotion'은 사회문화적 의미질서를 통해 해석된 느낌이고 '정동'이란 이 해석이 일어나기 전 발생하는 즉각적인 신체의 느낌이다. 정동은 아직 주체로 정립되기 전의 신체가 외부 신체와 부딪치면서 외부를 변용시키고 또 스스로도 변용되는 사건적 힘이다.[26]

---

25 이명호, 「문화연구의 감정론적 전환을 위하여——느낌의 구조와 정동경제론 검토」, 『비평과이론』, 제20권 1호, 한국비평이론학회, 2015, p. 123.

이 논문에서 이명호는 그로스버그에서 마수미에 이르는 한 흐름을 '감정에서 정동으로'로 요약한다. 그런 후에, "감정과 정동을 구분하는 취지나 그 효용성에 공감하면서도 나는 양자를 완전히 별개의 범주로 처리하기보다는 보다 포괄적인 접근을 취하고자 한다"[27]라고 밝히면서 레이먼드 윌리엄스의 논의를 바탕으로 감정과 정동 문제에 대해 통합적으로 접근할 필요성을 제기한다. 여기서 인용된 논자들의 주장을 요약하거나 이명호의 결론을 검토하고자 하는 것이 아니다. 여기서 이 논문을 인용한 것은 '정동'이라는 어휘가 고안되고 통용되는 것이 단지 스피노자에 대한 '기초적 이해'가 결여되어 발생한 문제라기보다는 '감정'이나 '정서'로는 포괄되지 않는 의미론적 계기를 드러내고 그 효과에 주목하기 위해서이며, 그런 맥락에서 이 개념을 원용하고 다양한 방식으로 전개시키는 논의의 흐름이 있다는 것을 보여주기 위한 것이다. 아마도 '정동'과 관련해 좀더 의미 있는 논의가 진행되기 위해서는, 억측을 통해 '기초적 이해' 여부를 측량하고 계도적 방식의 글쓰기를 통해 후속 논의를 비가역적으로 차단하는 것보다는, 정동 개념이 두루 통용되고 있는 맥락을 검토하고 그에 기반해 이 개념의 다양한 용례와 효과에 대해 함께 의논하는 것이 필요할 것이다. 계도와 교정이 아니라 '정동'에 대한 생산적 논의를 위해서 말이다.

[『현대시학』, 2016]

---

26 같은 글, pp. 125~26.

27 같은 글, p. 131.

3부
21세기 몰리뉴 사고실험

감은 눈과 세계의 이본

명백한 것들 뒤에는 또 다른 형태의 의미가 있는지도 모르고
아니면 아무것도 없는지도 모른다.
— 토머스 핀천, 『제49호 품목의 경매』에서

1. 모험으로서의 야행

시집 『환상수족』(열림원, 2005) 이후 많은 논자들은 이민하의 시를
환상에 짝지어주려 했지만 그런 시도가 결국 손에 쥔 것은 허공이다.
이민하의 시를 환상에 묶으려는 시도는 왕왕 그의 시가 가진 즉물적
직핍성에 의해 좌절되고 구태여 알레고리 쪽으로 구인하려는 시도는
집합적으로 계통화되지 않는 다발적 이미지들에 의해 머쓱해진다. 그
런데 이민하의 시집 『세상의 모든 비밀』(문학과지성사, 2015)에서 이런
양상은 조금 더 심화되면서 이전과는 다른 차원의 새로운 의미를 획득
하고 있다. 이 시집에서는 그의 시가 품은 이미지들의 즉물적 직핍성
과 시적 진술의 구심적 완강함이 보다 팽팽하게 등을 맞대고 있다. 조
금 엉뚱한 일인 줄 알지만 이민하의 새로운 시집을 일람하기 전에, 가

시적 세계와 가능한 저본으로서의 세계가 대위법적으로 병진하는 양상을 설명하는 다음과 같은 대목을 이 시집의 화폭 끝자락에 슬쩍 잇대어보는 것이 전혀 무용하지는 않을 것이다.

> 자신을 둘러싼 모든 것이 유쾌한 영역이나 자신의 심장 맥박을 위협해 들어오는 영역 안에 조직되어 있다고 믿는 진짜 편집증 환자, 또는 우리를 보호해줄 완충 역할을 하는 말 속에 이중적 의미가 들어 있는 진리의 오래된 갱도와 터널을 탐색하는 몽상가. 그렇다면 은유의 행위란 결국 우리가 어느 쪽에 있느냐에 따라 진리나 허위에 날카로운 일격을 가하는 것이다. 그것은 당신의 위치, 즉 안쪽에 안전한 상태로 있었는지 아니면 바깥쪽에 상실된 상태로 있었는지에 달린 문제였다.[1]

어떤 텍스트들은 "한 올만 당기면 풀어질 듯"(「붉은 스웨터」) 다른 텍스트와 엮이어 읽히기도 한다. 이민하의 『세상의 모든 비밀』을 읽는 내내 오래된 기억의 한 켠에 얽어놓은 핀천의 위와 같은 구절이 마치 발문이나 혹은 꼭 맞는 색인처럼, 아니면 시집 뒤표지에 얹힐 법한 시인 자신의 시론처럼 맴돌고 있었음을 고백하지 않을 수 없다. "책들을 교배해서 새끼를 쳤다"(「타이피스트」)라는 말을 이에 대한 용인으로 저 혼자 새기고 두 텍스트를 얽어본다.

핀천의 것은 세계가 마치 0과 1로 이루어지는 서로 다른 버전의 매트릭스 같은 자신의 저본들을 획일화된 표면의 두께 속에 숨기고 있음을 발견하는 순간에 대한 묘사이다. 이때 폭넓은 의미에서의 "은유의 행위"—이 말은 이하에서 시적 언어 고유의 논리라는 의미로 '불법적

---

1 토머스 핀천, 『제49호 품목의 경매』, 김성곤 옮김, 민음사, 2007, p. 169.

으로' 전용되어 사용될 것이다——는 안전한 상태로 획일화된 세계의 비전에 편집증적으로 머무는 것을 거부하고 그 세계의 바깥쪽에 상실된 상태로 남은 채 기성의 진리와 허위에 일격을 가하는 시적 모험을 개시하는 행위가 된다. 과연 몽상가의 야행(夜行)이란 꼭 그러한 것이다.

> 어느 날 한 사람이 담장을 넘어와서 나를 몰래 데려갔다 누구냐고 묻지 않고 그를 따라갔다 입을 찾을 수 없었지만 묵음으로도 알 것 같았다 손을 잡고 있었지만 세상에 없는 피부 같았다 〔……〕 다음 날 밤에도 나는 다른 담장을 더듬었다 내가 나를 못 알아볼까 봐 더러운 잠옷을 입고 갔다 빈집을 터는 기분이어서 한 사람은 늘 꿈 밖에서 망을 봤다
> ——「야행(夜行)」 부분

아쉽지만 작품 전체에 대한 이해를 미뤄두고 여기서 우리는 이 야행이 지니는 두 가지 중요한 의미만을 추려보기로 하자. 우선, 그것은 흔들림 없는 인식의 베일이 아우르는 시간으로부터 빠져나가는, "세상에 없는 피부"와의 '접촉'을 위한 행위이다. 그런데 그것은 편집증적 몰입이나 환상으로의 도피와는 확연히 다른 것이다. 왜냐하면 이 야행을 통해 얻게 되는 상(象)은 명료한 인식과 몽상의 경계에 맺히기 때문이다. 꿈 밖에서 망을 보는 이의 눈과 더불어 야행이 어떻게 중력을 상실할 수 있겠는가? 꿈의 안과 밖의 경계에 세계의 0과 1 사이의 공간이 열린다. 그것이 이 시집의 9와 3/4 승강장이다.

(1)
반쯤 감긴 눈으로 나는 걸었네
자작나무 숲은 얼마나 먼가

〔······〕
자작나무 숲은 얼마나 먼가
반쯤 감긴 눈으로 나는 걸었네
—「열두 시를 지나는 자화상」 부분

(2)
눈을 뜨고도 눈을 뜨고 싶다고 했다 이를테면,
눈을 뜰수록 앞이 깜깜해져요
〔······〕
눈을 감고도 눈을 감고 싶어졌다
문을 잠그고 손잡이를 일곱 번 돌리는 습관하고는 다른 것이다
나는 안으로 안으로 눈을 열고 들어갔다
—「감은 눈」 부분

그러니 이와 같은 구절들에서 0과 1의 경계(境界)와, 한쪽 세계로의
일방적 편입에 대한 경계(警戒)가 동시에 표현되는 것은 자연스러운 일
이라고 하겠다. "반쯤 감긴 눈"은 이중의 경계 위에서 세계의 복상(複
像)을 본다.

2. 안과 밖의 원근법

(1)
검은 우산들이 노란 장화를 앞지르고 있었다
차도에는 강물이 흐르고
건너편에는 머리가 지워진 사람과 발목이 잘린 아이들이 떠내려

간다

오후에 떠난 사람과 저녁에 떠난 사람이 똑같이
이르지 못한 새벽처럼

한 점을 향해 가는
길고 긴 어둠의 외곽 너머

텅 빈 복도에 서서
눈먼 노인과 죽어가는 아이가 함께 내려다보는
마르지 않는 야경 속으로

몇 방울의 별이 떨어졌다
──「원근법」 전문

(2)

　문 밖에서 누군가 울고 있다. 울음이 귓속으로 흘러드는 건, 우리 사이에 길이 있다는 건가. 길은 어디에서 발생되는가. 샘처럼 터진 너의 입과 종잇장처럼 나부끼는 나의 귀. 울음이 비껴가는 텅 빈 순간이 너와 나 사이의 간격이다. 울고 있는 너의 얼굴은 달처럼 타오르는가. 나는 두 눈을 들지 못하겠다. 울음이 불덩이처럼 가득 차서 몸속에서 나가고 싶다. 손잡이를 돌리듯 둥글게 손을 말아 쥐고 가슴을 치지만 나는 나를 열지 못하겠다. 손끝마다 무거운 건 온몸이 쏠려 있기 때문인가. 너의 비밀에 닿아 있기 때문인가. 나는 손마디 하나 자르지 못한 채 어른의 표면적에 가까워졌다. 낯선 울음을 삼키며 한 겹씩 피부가 늘어졌다. 내 몸의 끝은 어디까지인

가. 너의 울음소리까지인가. 잠들기 직전까지인가. 나는 서랍 속에
열쇠를 숨겨두었지만 주름진 부위마다 서랍이 있다. 열쇠와 칼날이
뒤엉켜 빛나는 어둠 속에 누가 손을 넣어 휘저어줄 것인가. 미아처
럼 울면서 기차가 지날 때마다 철로변의 꽃들이 쓸려나간다. 짓무
른 살갗이 빨갛게 털갈이를 하는 낙화의 시간. 몸 밖에서 누군가
울고 있다. 꽃들은 매일 죽고 나는 무덤의 표면적에 가까워진다. 아
침보다 치명적인 사건은 없다.

　　―「안과 밖」 전문

　다소 길지만, 두 시는 전문을 인용하지 않을 도리가 없다. 어떻게 흐
름의 보금자리를 훼손하겠는가? 앞에 인용된 「원근법」과 뒤에 인용된
「안과 밖」은 0과 1의 경계에 맺히는 복상의 양상을 이원적으로 드러낸다.
시각적 비유로는 전자가 구상에 가까운 추상 혹은 구상 속 추상이라면 후
자는 추상에 가까운 구상 혹은 추상 속 구상이라고 할 수 있을 것인데, 두
작품이 나란히 놓일 때 공히 경계의 시계(視界)와 거기에 맺히는 실상/허
상의 양상은 각기 이 시집의 대표 단수들로 간주될 수 있을 것이다.

　우선 「원근법」을 보자. 이 시에는 한 겹으로는 실제의 풍경이, 또 한
겹으로는 심리적 실재의 구도가 펼쳐져 있는데 이 풍경과 구도는 하나
의 소실점에서 포개어져 독특한 하나의 내적 실재를 낳고 있다. 비 오
는 거리의 어둑해진 풍경의 시계(視界)에 들어온 소실점이, 삶의 내력
은 다르지만 공히 또 다른 새벽을 보지 못하고 가둥고만 생의 소실점
과 포개어진다. 삶의 혜안도 없이 눈이 먼 노인과 살아가야 할 많은 날
을 두고 죽어가는 아이의 눈앞에 놓인, 지금과는 다른 방식으로 가능
했을 법한 삶의 밑그림 속에 생의 또 다른 가능성일 별빛이 몇 개의 빗
방울로 반짝인다. 어쩌면 이렇게 냉연한 슬픔이자 만연한 희원일까?
시의 제목이 "원근법"인 이유는, 거리의 구상 속에 삶과 죽음의 리듬이

만드는 추상이 시계와 사유의 소실점에 접근해가며 시의 고유한 내적 실재를 획책하기 때문이다. 바로 그런 맥락에서 「안과 밖」은 「원근법」과 내외를 이룬다.

「안과 밖」은 생의 비애라는 어떤 추상이 몸이라는 슬픔의 구체적 '전도체'를 관통해가면서 발생하는 정념들을 구상적 이미지들을 통해 표현한 시이다. 0과 1 사이의 경계에 있는 의식에 누군가의 울음으로 촉발된 비애의 정념이 현상하고, 그것이 다시 기억과 경험의 구상과 연동하여 몸 안을 맴돌다 이미지로 터져 나오는 것이 바로 이 시의 내적 실재의 양상이다. 누군가의 울음이 경계의 의식 안에서 "우리 사이의" 구체적 관계의 맥락 속으로 전치되고 그렇게 기억으로 전화된 소리는 몸에 슬픔의 적층을 쌓는다. 낯선 울음 때문에 어른의 표면적에 가까워진 피부가 갈수록 늘어진다는 표현은 얼마나 섬뜩할 정도로 즉물적인가? 슬픔이 몸 안을 휘돌면서 삶의 표면적을 넓혀가는 동안 그 적출의 열쇠는 켜켜이 몸의 주름에 비장되어 있다는 은유는 몽상적 이미지인가 아니면 진화생물학적 현미경인가? 누군가의 울음이 기억과 포개어져 출구를 모르는 슬픔으로 몸 안을 일주하다 살갗을 덧나게 하면서 생기는 상처를 낙화와 겹쳐둔 것 역시 즉물적이다. 하여 이 모든 이력을 다시 증언하는 시의 마지막 부분을 재차 옮겨본다.

> 몸 밖에서 누군가 울고 있다. 꽃들은 매일 죽고 나는 무덤의 표면적에 가까워진다. 아침보다 치명적인 사건은 없다.

이를 다시 패러프레이즈할 필요는 없을 것이다. 경계에서 들려오는 누군가의 울음소리가 내 안의 기억과 함께 몸의 구체적 상처로 덧나고 그것이 죽음과의 거리를 재조정한다. 아침이 치명적인 까닭은 이 시간으로부터 놓여나기 때문인가, 아니면 다시 타자와의 명료한 이분법적 세계로의 귀환을 재촉하기 때문인가? 시가 "자정의 말굽소리"(「자정의 말굽 소리」)임을 기억해두자.

3. 홀수의 감정과 세상의 모든 비밀

명료한 분별지로 해자(垓字)를 친 자아의 안전한 성에 머물 것인가, 아니면 바깥에 '상실된 상태'로 있으며 이 모험을 계속해나갈 것인가?

두 사람은 악수하고 두 사람은 얘기하고 두 사람은 웃고
한 사람은 빈 의자 옆에 앉아 창밖을 본다

악수는 셋이서 못 하나?
일곱이서 손을 잡으면 그건 체조가 되나?

밖에는 흰 눈이 목련꽃처럼 떨어지는데

일곱 사람이 모이면 1인분의 밥공기처럼
일곱 개의 우정이 분배될까
번갈아 짝을 맞추면 스물한 개의 우정이 발명될까
서넛씩 대여섯씩 뭉치면 동심원처럼 늘어나는
기하급수의 우정을 위해

종소리가 울려 퍼지듯
주방에는 낡은 냄비 낯선 냄비 동시에 끓고

일곱 사람이 동시에 입을 열면

세 쌍의 대화와 한 명의 독백이 발생할까

한 쌍의 대화가 탱크처럼 독백 위를 지나가고

세 쌍의 대화가 함께 폭발하면 거대하게 부푸는 핵구름 아래서

내통하는 입과 귀가 몰래 낳는 기형의 비밀들

목을 비틀면 벌컥,

거품부터 입에 무는 맥주잔을 쨍그랑 부딪치며

귀를 틀어막을 수 없어서 소시지로 꾸역꾸역

입을 틀어막는 사람들

합창은 혼자서 못 하나?

일곱에서 입을 맞추면 그건 침묵이 되나?

――「7인분의 식사」 부분

　　탈구(脫臼)에 예민한 정신의 선택지가 무엇일지에 대한 대답을 이 시
는 제공한다. 인용되지 않은 이 시의 후반부에 있는 구절을 빌려서 말
해보자면 그것은 "홀수의 감정"과 관계 깊다. 이를 달리 풀자면, 그것
은 항상 원만한 원환적 세계의 바깥에 놓인 국외자로서 자신을 발견하
는 태도라고 할 수 있다. 일곱이 모이면――셋이나 다섯인 경우라면 한
테이블에 모여 앉기 쉬우므로 일곱 정도가 적절했겠으나 실상 셋이나
다섯인 경우라도 항상 '홀수의 감정'에 빠져드는 이는 정해져 있기 마
련이다――둘씩 짝을 짓는 대화의 패턴에서 늘 홀수의 자리에 놓이는
이의 세계는 어떤 정념으로 이루어지는가? 이 사태는 몇 가지 질문을
동반하게 된다. 첫째, 모임이나 조직이나 공동체나 결사에서 '홀수의
감정'을 낳는 '탈구'는 필연적인가? 둘째, 원환을 이루는 조합의 경우

의 수와 우정의 크기는 비례하는가? 셋째, 국외자의 자리에 이토록 예민한 정신은 따로 있는가? 첫째, 그렇다. 둘째, 전혀 그렇지 않다. 셋째, 그런 질문을 하는 이는 항상 따로 있다.

어떤 형식의 조합에서도 탈구된 자리를 '빼앗기지' 않는 이가 있다면 그는 생활의 강자일 수 없다. 그러나 바깥에 놓임으로써 그는 "내통하는 입과 귀가 몰래 낳는 기형의 비밀들"에 귀를 기울일 수 있다.

나는 옆집 아이의 태생의 비밀을 알고 있다
그 애 아빠의 정치적인 비밀을 알고 있다
왜 그들은 내게 입막음을 안 하나

하루아침에 미용실 여자가 미인이 된 까닭을,
편의점 남자가 시인이 된 까닭을, 그들이 손잡고 구청에 간 까닭을,
석 달 후 남자 혼자 구청에 간 까닭을 나는 알고 있는데

여자의 머리색이 남자의 정치색과 어울려
신발 속에 감춰진 짝짝이 양말처럼 아무도 모르게
호들갑을 피우는 오후

선박처럼 무거운 귀를 잠시 멈추고 잠이 오는 의자에 앉아
문맹인 나는 머리색을 바꾸고
색맹인 애인은 이별의 편지를 바꾸고

내 귀를 타고 밀입국한 사람들은
어떻게 빠져나온 것일까 반대편 귀를 향하여
얼굴을 뒤집고

지하철 남자의 의족이 지상의 물결 위로 떠오를 때
인어공주가 되는 이야기
아름다운 두 다리의 침묵에 대하여

진위 논란으로 시끄러운 세상에 대하여
칼의 입맞춤 대신 물거품이 되어 바다에 녹아버린
성전환자의 슬픈 동화 속에서
목소리를 가로챈 마녀의 기술처럼

목사의 안수기도에 섞이는 어떤 성분들
이를테면, 앞 못 보는 어둠의 눈을 번쩍 후려치는
어떤 선언들

늙은 소녀들은 아직 사랑이 넘치고
구걸하는 남자들은 눈물이 넘쳐서
기울지도 침몰하지도 않는
어떤 세계에서

흩어진 나의 비밀들은 어느 귀를 타고 흘러가는가
내가 같은 남자와 백번째 헤어진 날에 대해

당신은 지금 내 비밀 하나를 보관 중이다
혀처럼 얇게 저며진 물결 하나가 귓속으로 들어갔다
의도하지 않아도

감은 눈과 세계의 이본   193

언젠가 귀를 기울이는 쪽에서

당신도 모르게 식은땀이 흐를 것이다

─「세상의 모든 비밀」 전문

이 시는 말들의 운동과 흐름을 다루고 있다. 그리고 동시에 "내통하는 입과 귀가 몰래 낳는 기형의 비밀들"을 다루고 있다. 세상의 말들이 운동하듯 이 시의 이미지 역시 운동한다. 말들이 개개인의 소소한 사정을 비밀과 음모로 재생산하고 유통하는 구조를 지니듯, 이 시 역시 부속 이미지들을 파생시키는, 흐름과 정박의 기본 구조를 지니고 있다. 시를 보자.

세상엔 얼마나 많은 말들이 있는가? 요즘처럼 유통이 용이한 시대에 말들은 얼마나 빠른 속도로 면목도 체면도 없이 흘러 다니는가? 자신이 만든 유머가 자신의 귀에 들어오는 데까지 걸리는 시간을 실감해본 이들은 안다. 말들이 어떻게 선의와 악의의 구분도 없이 한 귀로 들어와 한 귀로 흘러 나가는지. 그리고 그 말들 중 얼마나 많은 것들이 자주 흐름 위에서 가시들을 자가 생산하는지. 이 시는 바로 말들의 그런 내력에 관한 것이다.

말들은 흐른다. 말들은 한쪽 귀로 밀려와서 다른 쪽 귀로 빠져나간다. 우리는 말들이 밀려와 귓전을 때리고 다시 멀어지는 사이에서 때론 미동을, 때론 격동을 느끼며 중심잡이를 한다. 옆집 아이의 태생의 비밀, 미용실 여자와 편의점 남자의 사연 등 수많은 말들이 의도와 상관없이 수시로 귀를 넘나든다. 눈은 닫으면 그만이지만 귀는 그처럼 단호하게 닫을 수 없다. 그러니, 말에 실려오는 사람들은 허락 없이 승선을 감행하는 이들과 같다.

"내 귀를 타고 밀입국한 사람들"이라는 표현은 얼마나 직핍한가. 허가 없이, 때도 장소도 모르고 제멋대로 찾아오는 말들의 주인공들, 그야말로 귀를 타고 밀입국한 사람들의 사정이 때론 종교적으로, 때론 정치적으로 그리고 더러는 미학적으로 윤색된다. "지하철 남자의 의족"은 물결 위로 떠올라 "인어공주"의 "아름다운 두 다리"로 윤색되고, "성전환자"의 사연은 당사자들의 목소리를 가로챈 이들의 연출대로 각색된다. 그리고 이런 소문들은 단어에 주술을 불어넣는 안수기도 목사의 일갈처럼 때로 정신을 퍼뜩 들게 하며 달팽이관에 도달한다.

이처럼 말들은 세계에 차고 넘치지만, 말들로 말들을 보충하는 세계는 "기울지도 침몰하지도 않는"다. 한 개인의 심리에 대해 말들이 만드는 정서적 음영은 개별적 경우에 따라 다르지만, 흐름은 자신의 작용과 효과를 성찰하지 않는다. 질량보존의 법칙이나 엔트로피의 법칙에서와 같이 말은 형태를 달리하고 흐를 뿐 총량은 기울지 않는다. 그리고 그런 방식으로 부동인 세계 역시 개체라는 선박을 경유하는 말들로 인해 기울거나 침몰하지 않는다. 누구도 이 흐름을 멈추려 하지 않고 멈출 수 없다는 점에서 어쩌면 사정은 공평한지 모른다. 내 사정이 비밀이 되어 돌고 돌아 다시 내 귓전을 때리는 날 흐르는 식은땀을 감수할 수만 있다면 아무런 불평 없이 우리는 "세상의 모든 비밀"들과 더불어 살 수 있다.

4. 눈 감은 자의 시계

그런데 "반쯤 감은 눈"으로 "세상의 모든 비밀"을 뭐 그리 대단할 것도 없다는 듯 태연하게 수납해가는 과정 속에, 그간 이민하의 시에서 좀처럼 볼 수 없었던 개인사의 이력들 역시 수렴된다는 사실은 주목할 만하다.

> 나무들이 한 삽씩 빗물을 퍼붓고 있다. 벌어진 창틈으로
> 골목의 아이들이 웃음의 뼛가루를 뿌리고 사라진다.
> 나는 언제부터 깨어 있었던 걸까. 백 년 전부터 눈을 뜬 것 같은데

감은 눈과 세계의 이본   195

희미한 것을 보면 왜 잠만 올까.

벽 속에 누가 있다. 외로운 누가.

걸음마보다 숨바꼭질을 먼저 배운 언니는

뙤약볕이 싫었는지 벽 속으로 기어 들어가 꼭꼭 숨었다.

언니의 뒤통수도 보지 못한 나는

엄마가 고함을 지를 때까지 자궁벽 안에 웅크려 잠만 자고 있었다.

잠보다 놀이를 먼저 배웠더라면 술래가 되어 언니를 찾아낼 수

있었을까.

축축한 것을 보면 왜 잠만 올까.

벽 속에 누가 있다. 벽에 물집이 번지던 여름날,

스무 해 동안 갈아주지 못한 기저귀가 생각난 듯 갑자기

엄마는 하얀 시트를 둘둘 만 채 벽 속으로 들어갔다.

앰뷸런스도 배웅하지 못한 나는 학교에서 수업을 받고 있었다.

문법보다 마법을 배웠더라면 두 손으로 벽을 비집고 엄마를 꺼

낼 수 있었을까.

딱딱한 것을 보면 왜 잠만 올까.

벽 속에 누가 있다. 가구가 늘어도 한쪽 벽엔 늘 네모난 빈자리

가 놓여 있는 이유.

나는 벽과 나란히 누워 있다.

벽에 박힌 엄마 사진만 마주 보다가

잡초 무성한 벽지를 움켜쥔 채 외할머니도 지난여름 뒤따라갔다.

뺨을 타고 장맛비가 흘렀다.

한눈에 알아볼 수 있게 흔들면서 가세요.

뒤늦게 입이 트인 나는 엄마의 손수건을 할머니 손에 쥐여주었다.

울음보다 음악을 먼저 배웠더라면 아름다운 곡소리를 낭송할 수
있었을까.

서늘한 것을 보면 왜 잠만 올까.

벽 속에 누가 있다. 손끝으로 벽을 쓸어보면 생생하게 묻어나는
마지막 체온.

　　―「벽 속의 누가(累家)」 부분

　누구와도 변별되는 개인사의 이력을 여러 가지 시적 장치를 통해 토
로함으로써 시인 된 이의 존재증명을 대신하려는 경향은 대개 젊은 시
인의 첫 시집에서 종종 드러나곤 하는 현상 중 하나이다. 그런데 이민
하는 앞선 시집들에서 본격적으로 그런 '입사식'을 치르지 않았다. 그
것조차 일종의 상투형이기 때문일 것이다. 그런데 이제 그는 이처럼
이례적인 '고백'을 하고 있다. 때를 알지 못하는 고백, 뒤늦게 도달한
고백에는 이런 내력이 있다.

바닥에 납작 깔려 있는 나는 어제보다 얇아져 편지지처럼 고백
이 늘었는데

말을 실어 나르는 바람의 부피는 늘지 않는다.

　　―「벽 속의 누가(累家)」 부분

　'내'가 얇아져가는 것은 시간과 감정의 오래된 묵계에 속하는 사안
이지만, 그러나 입을 간질이며 과거로부터 불어오는 바람은 이제 '나'
를 몰고 갈 만큼의 무게를 지니고 있지 못하다. 개인사의 특수한 내력
조차 이제 감은 눈이 마주한 벽에 투영되는 '세상의 모든 비밀'에 귀속
되기 때문이다. 백석의 「흰 바람벽이 있어」의 아름다움을 연상시키는

「벽 속의 누가(累家)」에서 이제 시인은 내감의 몽상가가 된다. 이 시에는 다음과 같은 몽상가의 주문이 적재적소에 얹혀 있어서 과거의 바람이 현재의 '나'를 뒤흔들 힘을 잃게 하고, 단지 그것을 세사(世事)의 일부로서 받아들이게 한다.

희미한 것을 보면 왜 잠만 올까. 〔……〕 축축한 것을 보면 왜 잠만 올까. 〔……〕 딱딱한 것을 보면 왜 잠만 올까. 〔……〕 서늘한 것을 보면 왜 잠만 올까.

이것이 눈 감은 자의 시계(視界)를 소환하는 주문이 아니고 무엇이겠는가? 시의 제목이 말해주듯 여기서 그를 눈뜨게 하는 것은 단연 어둠이다. 그리고 그런 방식으로 어둠에 눈뜬 감은 눈은 내감과 외감을 아우르며 "진리의 오래된 갱도와 터널"을 탐색하기도 하고 "진리나 허위에 날카로운 일격을" 가하기도 하며 0과 1 사이에서 깜빡이는 이본의 세계와 주파수를 맞춘다.

우산 말고 양철 지붕은 어때요
빗살무늬 우리 집을 빌려드릴게요
비가 그쳐도 꼬인 길은 펴서 말릴 수 없는데
내가 떠나도 식탁 위엔 쥐들이 꼬일까요
빈 상자 속의 고양이를 빌려드릴게요 네 마리나 있어요
손발이 맞는다면 굳게 닫힌 벽장을 빌려드릴게요 열쇠를 꽂아둘게요 반짝반짝
눈빛이 통한다면 어둠 속의 시집을 빌려드릴게요 접었다 폈다 할수록
손금처럼 선명해지는 유언들

198

죽은 엄마를 빌려드릴게요 예측 가능한 단 하루
죽은 엄마가 끓여주는 미역국을 빌려드릴게요
사십 년 묵은 핏물로 쓸 만한 게 있다면
항아리 같은 내 몸도 빌려드릴게요 아직 깨지지 않아서
　　―「어둠은 우리를 눈뜨게 하고」부분

　"빈 상자 속의 고양이""굳게 닫힌 벽장""어둠 속의 시집""선명해지는 유언들""죽은 엄마가 끓여주는 미역국" 등은 감은 눈의 세계, 몽상가의 세계에 속한 것이다. 그것은 각성된 채로 명료함을 행사하는 세계의 "바깥쪽에 상실된 상태로" 존재하는 이본의 세계에 속한 것이다. 눈을 감는 것은 이 세계의 시계에서만 발견되는 것들을 답사하는 "은유의 행위"이다.

　　겨울이 오면 이 집에서 난 쫓겨나요
　　집주인은 카페를 지을 거래요 이 골목엔 그런 카페가 셋이나 더
　있는데
　　집주인들이 모두 카페 주인이 된다면
　　골목에서 잠은 사라져버릴까요 약속이나 한 듯이
　　카페 주인들이 어느 날 모텔 주인이 된다면
　　한 푼씩 모은 잠마저 탕진하는 날이 올까요
　　공복의 혀가 잠 못 드는 밤
　　데스크에서 퍼뜨리는
　　꽃 뉴스 말고 앵무새는 어때요
　　여린 주먹을 말아 쥐고 받아쓰기를 하는 아이들의 노동을 빌려
　드릴게요
　　담보로 잡힐 목숨도 없이 새벽 거리를 횡단하는

유령들의 국가를 빌려드릴게요 남아도는 재난을 떨이로 드릴게요
서로가 거울이 되어 하얗게 질리는
전쟁 같은 침묵 속에서
입만 열면 까르르 쓰러지는 애인을 빌려드릴게요
새로운 시작처럼 텅 빈 통장을 거저 드릴게요
똑, 딱, 똑, 딱, 한국어로 맴도는 시간 너머로
함께 넘었던 꿈의 국경을 덤으로 드릴게요
그 속에서 당신은 웃었던가요
칼바람이 꿈을 자르는 길 위에 서서

「어둠은 우리를 눈뜨게 하고」의 후반부다. 전반부가 0과 1 사이의 세계를 발견하는 '은유 행위'로 이루어져 있다면, "겨울이 오면 이 집에서 난 쫓겨나요"라는 구절을 고리 삼아 회전하며 부감되는 후반부에서는 몽상가의 은유 행위가 세계의 오래된 갱도와 터널들로 이루어진 "유령들의 국가"의 유무형의 허상들을 선명하게 드러낸다. 모텔의 계산기, 앵무새의 데스크, 아이들의 노동, 남아도는 재난 등은 물론이고 그럼에도 불구하고 "서로가 거울이 되어 하얗게 질리는/전쟁 같은 침묵"까지 모두 명료한 의식의 판본에 새겨진 세계의 엄연한 양상이라는 것이 어둠에 눈뜬 감은 눈이 감행하는 은유의 모험을 통해 백일하에 드러난다. 그리고 혁명가 대신 몽상가는 다시 이렇게 묻는다. 그 말을 다시 새겨둔다.

잠은 좀 잤나요 당신의 어딘가에도 나의 첫 페이지가 있나요

[2015]

십일월의 이야기
― 듣는 눈과 말하는 귀

1

모든 실정적 규정들을 무화시키면서 기술적descriptive으로 장르의 몸을 바꾸어가는 변신이 있다. 다른 말로 하자면, 의도하지 않아도 결과적으로 비가역적 변화를 이끄는 태연한 실천들이 있다는 것이다. 김상혁의 시집 『다만 이야기가 남았네』(문학동네, 2017)가 그렇다. 감정의 자발적 유출이기는커녕 자발적 유출이 어떤 상황에서 어떤 방식으로 이루어지는지를 관찰하고, 대상을 주관적 경험의 영역으로 끌어오면서 변형시키기는커녕 대상의 전경과 후경 그리고 내력을 구성하고, 이미 한번 마음속에 울렸던 정조(情調)에 다시금 귀를 기울여 그것을 독자의 마음속으로 인계하는 대신 정황과 사건을 창조하고 판단을 인계하는 시가 어딘가에서 시작되고 있다.

(1)
남자는 성실한 노예라네. 주인의 땅에서 목화와 옥수수를 키운다네. 목화는 주인을 부자로 만들고 옥수수는 가축과 남자를 매년 살찌우지.
―「인간의 유산」 부분

(2)

조는 득남해서 날아갈 것 같다

오늘 그는 세상에서 제일로 행복한 사내

아내와 갓난아이의 따뜻한 냄새가 감도는

가정을 떠올리며 사랑이 넘쳐 이웃에게 눈인사한다

 ──「조와 점원」 부분

(3)

한 사람이 떠났을 때 나는 어렸다. 그는 "북쪽으로 가면 19세기
가 있다"고 말했고, 그때는 나를 사랑해주는 사람이 넷이나 더 있
어서 옛날얘기 같은 건 신경쓰지 않았다.

두번째 사람이 떠나며 "북쪽에서 태양과 이별하고 오겠다"고 했
을 때 나는 빛나는 나이였다. 나머지 셋과 같이 행복해서 그의 북
쪽이 사랑이든 겨울이든 상관하지 않았다.

 ──「빈손」 부분

김상혁의 『다만 이야기가 남았네』를 읽는 데 있어 무용한 것이 하나
있다면 서정적 목소리의 주인공으로 '나'를 지목하거나 혹은 그것의 배
역을 지시하고자 하는 의지일 것이다. 이 시집은 '그와 그녀의 사정'이
라고 할 만한 것들로 가득 차 있다. 앞에 인용한 대목들은 그 단적인
예에 불과할 뿐이다.

(1)~(3)은 각각의 시의 도입부이다. 우리는 이 도입부를 통해 주인의
땅에서 목화와 옥수수를 키우는 성실한 남자의 삶에 발생할 기승전결
을, 이제 막 득남을 한 조의 하루를, 다섯의 사랑 중 하나씩을 떠나보
내는 이의 사연에서 조금씩 드러나는 '북쪽'의 사정을 예감한다. 말하

자면 이 작품들의 도입부는 우리에게 누군가가 이미 겪은 일들을 다시 재연하고 그와 관련된 정서를 환기시키고자 하는 목소리를 떠올리게 하기보다는 직접적으로 어떤 세계로의 초대를 감행하고 있다고 하겠다. 시에 조성된 극적 세계라 해도 좋고, 아니면 현실의 지시대상과는 다른 논리로 성립되는 일종의 내적 실재로의 초대라 해도 좋을 것이다. 이것이 일종의 초대인 까닭은 다음과 같은 표현들에 적시되어 있다.

(1)
누구에게도 위협적일 필요가 없었는데도 우연히
지나치게 크게 태어난 한 여자를 **상상해보자.**
누군가 교회에 가라고 말하면 종종 교회에 나가곤 했다고 상상해보자. 그때마다 그녀에게 중요한 건 외투가 분홍인가 소라색인가와 같은 복식이었다고.
　　―「상상」 부분 (강조는 인용자; 이하 동일)

(2)
네가 사랑하는 사람이 사진 속에 있다고 치자 그가 지금도 시위대의 맨 앞에서 걷고 있다고 **치자**
　　―「그렇다고 치자」 부분

앞서 인용한 세 편의 작품이 예고 없이 이미 우리를 시의 내적 실재 속으로 들여놓는다면, 여기 인용한 작품들은 우리를 내적 실재로의 문 앞에 서게 하는 것으로부터 시작된다. 요는 문이 있느냐 없느냐가 아니라 우리가 이런 방식으로 어떤 세계들 속으로 불현듯 발을 딛게 된다는 것이다. 그것이 의미하는 바가 무엇일까? 아마도 다음과 같은 작품들을 통해 두 가지 중요한 계기에 대해 설명해야 할 것이다.

2

(1)

물론 이런 이야기는 끝이 없다네. 여자와 개가 도망치지 않는다면. 모든 마지막이 그렇듯, 모든 것과 함께 성과 집이 불타버리지 않는다면. 그리고 오랜 시간이 흐른다. 돌 하나도 돌 위에 남지 않고 무너져버린 아주 오랜 시간

주인도 노예도 다 죽었고, 죽은 뒤에 무엇이 있는지는 아무도 모르지. 다만 이야기가 남았네. 책 속에, 영화 속에, 머릿속에. 끝까지 나름 행복했던 남자의 이야기와, 양배추와 개를 소중히 키웠던 여자의 이야기가 매년 우리를 살찌우지.

　　―「인간의 유산」 부분

(2)

나는 듣는다 열두 번씩 열두 번이라도 그것이 사람의 말이라면 그것이 어떤 말이든 검은 강물에 띄운 배 위에 서서 나는 듣는다 〔……〕 해안을 따라 세월을 따라 이십 세기까지 이어지는 줄에서 우정과 사랑을 시작하는 여러분의 말을 나는 듣는다

　　―「조디악」 부분

여기 '세상의 모든' 이야기를 듣는 어떤 눈이 하나 있다. 우리는 누군가가 시를 '엿듣는 발화'로 규정하고자 했던 일을 알고 있다. 그런가 하면, 또 누군가는 시를 담론들이 교차하는 현장site에서 발생하는 주체

의 목소리들로 환원하려 했던 것도 알고 있다. 그러나 여기에 있는 것은 듣는 눈과 말하는 귀다. 전통적으로 서정시에서 세계가 서정적 자아나 시적 화자의 내면에서 발생하는 정서의 질료로 온전히 환원될 수 있다고 여겨져왔음을 우리는 알고 있다. 그러나 듣는 눈과 말하는 귀에는 환원의 기능이 없다. 그리고 환원이 없으면 축소나 과장이 없다. 듣고 말하는 것 자체가 규모와 전말이 일정한 스스로의 목적에 부합하는 행위일 따름이다. 그런 맥락에서 볼 때, 이 시집에서 이런 사정을 가장 잘 형용하는 것은 아마도 '이야기'라는 말일 것이다.

> 나는 이야기 속에서 사랑한다. 좋았다고 말하거나 좋은 것에 관해 말하거나. 나는 이야기 속에서 시작한다. 어제 꿈이 그랬다, 오늘 예감이 이랬다, 머릿속에서 우리에게 허다한 행운이 따랐다. 쏟아지는 이야기의 기쁨이 여름의 나무를 높였다, 겨울의 새를 낮추었다, 겨우 언덕을 오른 우리에게 하늘이 좁아지고 있었다. 겨우 숲으로 도망치는 것으로 한 이야기가 끝나갈 때. 참을 수 있다고 말하거나 참을 수 있는 것에 관해 말하거나. 다시 이야기 속에서 시작한다. 꿈이 예감을 이끌었다, 웃음이 숲을 흔들었다, 납작해진 언덕에서 돌아오는 동안 우리는 허다한 행복을 겪었다. 모두 한 번에 쏟아진 시간이었다. 잎사귀가 공중을 덮었다. 새가 울타리 안쪽을 걸었다. 이야기 속에서 이야기의 기쁨이 넘치고 있었다.
> ─「나는 이야기 속에서」 전문

"나는 이야기 속에서 시작한다"와 "쏟아지는 이야기의 기쁨"이라는 대목에 각별한 관심을 기울일 필요가 있겠다. "이야기의 기쁨"은 물론 기쁜 이야기가 아니다. 그것은 소재나 대상과 관계된 것이라기보다는 이야기라는 형식 자체와 관계된 것이다. 이 기쁨은 종종 세계를 주관에 의해 협소화시키는 정서변환장치를 소거했을 때 시가 자신의 내부에 내적 실재를 현상하는 과정 자체에서 발생하는 것일 게다. 세계가 감정의 근원이 되는 것이 아니라 시 속에서 독립한다. 모든 사물과 사건과 사태는 이야기를 품고 있다. 이제 그것은 정서적으로 매개될 필요가 없다. "철로는 말한다"(「철로는 말한다」)라는 문장이 명료하게 우리의 눈과 귀에 들어오는 까닭이 바로 그것이다. 기쁨은 매개를 버리자 세계가 불현듯 전체로서 육박해오면서 생기는 생생함과 풍부함에서 오는 것이고 불안은, 그럼에도 불구하고 성대(聲帶)와 시계(視界)가 없는 시는 없다는 유서 깊은 시적 자의식 속에 상존한다. 아마도 이 기쁨과 불안이 이 시집의 내적 실재를 '기쁨의 왕'과 '슬픔의 왕'이 주관하는 세계로 발견하게 하는 두 축이 될 것이다. 다시 한번 말하건대, 그것은 세계를 기쁨과 슬픔의 정서로 변환해서 출사하는 것과는 다른 방식으로 우리에게 도달한다.

3

기쁜 남자가 가족을 위해 매년 울타리를 칠하였다, 기쁜 아내가 기쁜 아이를 낳았다, 그들의 행운이 이웃을 웃게 만들었다, 그렇대도 이불을 뒤집어쓴 각자의 행복한 꿈속으로는 아무도 들어오지 못하는 것이다.

열매가 쏟아지는 미래, 정성스럽게 채색된 추억, 잠든 이들이 기쁨에 사로잡히는 어둡고 안전한 시간. 거기서 깨어나지 않는 사람은 없다. 깨지지 않는 기쁨 같은 건 없다.

그렇대도 기쁜 영혼이 돌아올 수 있는 기쁜 생활 같은 건 있었으면 좋겠다. 부모가 가방에 챙겨준 물건들이 하나둘 망가지는 동안 기쁜 아이는 자라 많은 아이들이 되었다, 그들이 끝없이 퍼져 바다 건너까지 닿았다, 거기서는 기쁜 나무를 심었으면 좋겠다.

그것은 그곳의 기쁨이다.
먹는 기쁨, 보는 기쁨, 옛날 사람을 떠올리는 기쁨.
죽은 사람의 기쁨 같은 건 없다.
그렇대도 기쁜 영혼이 돌아올 수 있는 기쁜 생각 같은 건 있었으면 좋겠다. 기쁜 생각으로 바라보는 기쁜 물결이 있었으면 좋겠다.
　　　―「기쁨의 왕」 부분

기쁨 자체의 인격은 없다. 그러나 이 시집의 내적 실재 속에서 기쁨은 알레고리적 인격화에서와는 다른 방식으로 세계의 '통치'를 도모한다. 기쁨의 왕이란 기쁨을 인격화한 것이 아니라 모든 사태를 기쁘게 바라볼 수 있는 상태의 왕이다. "기쁜 생각 같은 건 있었으면 좋겠다. 기쁜 생각으로 바라보는 기쁜 물결이 있었으면 좋겠다"라는 말이 의미하는 바는 정확히 그런 것이다. 이때 상태라는 말은 이 시집에서 각별히 중요한 것인데, 그 까닭은 다음과 같은 시를 함께 참조하면 설명될 수 있을 것이다.

나는 나보다 슬픈 사람을 다섯이나 알고 있습니다 그중에는 몽유병자, 주정꾼, 어린 자식을 둘이나 잃은 부인도 있어요 나는 그들을 다 병원에서 봤습니다

잠결에 자신을 찔렀고, 취해서 애인을 때렸고, 아이들이 바다에

서 끝내 돌아오지 못했다네요 너는 어떻게 되었니? 너도 우리만큼 슬프니? 나에게 질문하였습니다

하나같이 슬픔의 왕들이에요 나에게도 병원이 필요하지만 나 같은 게 병원에 와도 되는 걸까, 이런 슬픔에도 치료가 필요할까, 둥 그렇게 둘러앉았는데 나는 고개도 못 들고

자식처럼 키우던 고양이를 베란다 밖으로 던진 얘기, 잘린 손이 아파서 잠을 못 잔다는 얘기, 병든 엄마가 지겨워 목을 조른 적이 있다는 얘기를 조용히 듣고 있었습니다

그중에는 우울증, 발모벽, 공황장애, 자기 집에 두 번이나 불을 지른 청년도 있어요 나는 그들을 다 병원에서 봤습니다 이야길 들어주는 의사도 나보다는 슬픈 사람이라서

그는 어릴 적 다섯 번 자해했고 말하자면 이건 좋은 여섯번째 삶이라네요 나는 그렇게 슬픈 사람을 여섯이나 알고 있습니다 타인을 잃고, 자기를 잃고, 결국 자기 생각까지 망가뜨렸다가

병원에 와서 자기 생각을 찾고, 자기를 찾고, 결국 타인마저 고양시키는 그들은 하나같이 슬픔의 왕들이에요 되게 망쳐버린 부분이 있고 꼭 되찾고 싶은 생활이 있습니다
　—「슬픔의 왕」 부분

앞서 성대와 시계를 이야기한 바 있다. 듣는 눈과 말하는 귀의 성대와 시계는 기쁨과 슬픔에 의해 정동된다. 베네딕트 스피노자의 말마따

나 우리가 끊임없이 계속되는 신체 변용에 따라 기쁨과 슬픔의 정서 사이에서 쉼 없이 진동하는 감정의 자동기계라면 삶은, 삶의 의지는 흐름 위에 보금자리 치고 싶은 열망의 성패를 거듭하는 운동의 봉신(封臣)일 따름이다. 어쩌면 이 시집의 중요한 비밀이 여기에 있을 것이다. 인용한 「슬픔의 왕」의 마지막 부분은 다음과 같다.

　　　너무 슬플 땐 무서운 게 없더라네요 아무래도 내겐 공포를 지나칠 수 있는 슬픔 같은 건 없으니까, 내가 무언가를 말해도 되는 걸까, 나의 멀쩡한 집과 가족을 어떻게 설명할까

　　　의사가 미소 짓습니다 괜찮으니 이제는 제 이야기를 해보라네요 그냥 슬픔의 다음 차례를 기다리는 중인데, 이야기 속에서 나는 얼마든지 기뻐할 수 있는데요

　슬픔의 비교 우위를 논하는 이의 몸은 슬픔이다. 기쁨과 슬픔 사이에서 쉴 새 없이 진동하면서 한 상태를 점하고자 필사적으로—혹은 필생—손발을 놀리는 것이 삶이라면 삶은 상태의 집짓기다. "후회하는 자가 아니라,/영영 후회하는 상태에 사로잡힌 삶" "이별하는 자가 아니라,/영영 이별하는 상태에 사로잡힌 삶"(「여왕님의 애인은 누구인가」)만 있는 것이 아니다. 이런 사유 속에서라면, 기쁨과 슬픔 사이의 상태들의 연속이 삶인 것이다. 그리고 그런 맥락에서 우리는 '이야기'의 목적을 이해한다. 앞에 인용한 「슬픔의 왕」의 종결부를 다시 옮겨보자.

　　　괜찮으니 이제는 제 이야기를 해보라네요 그냥 슬픔의 다음 차례를 기다리는 중인데, 이야기 속에서 나는 얼마든지 기뻐할 수 있는데요

이야기는 지연의 형식이다, 셰에라자드에게 꼭 그러했던 것처럼. 그것은 죽음을 지연시키고 자꾸만 슬픔을 비교하는 이의 소멸을 지연시킨다. 바로 그런 맥락에서, 이 시집에 같은 제목으로 두 번 등장하는 「십일월」 역시 지연의 형식과 밀접한 관련을 지닌다.

(1)
나는 자네 그림이 감춘 것에 대해서라면 정말 모르는 게 없었지 붉은 내 얼굴 뒤에서 비가 온다거나 검은 풀밭 속에 눈이 휘몰아치는 식이었다네 **왜 세계의 윤곽을 그리는 일은 색으로 세계를 뭉개는 일보다는 항상 덜 슬픈가**

요즘 다른 화가 앞에서 옷을 벗으며 나는 십일월만을 그리던 자네가 실은 그 누구보다 더 십일월에 몸서리쳤다는 사실을 깨닫네 하지만 무슨 차이가 있겠나 마음이 붉은색이든 검은색이든 사람이 떠나면 한낱 꿈속의 달리기 같은 것을
―「십일월」 부분

(2)
십일월은 내년을 기대하기에도 한 해를 돌아보기에도 좀 이르다. 자동차 정비를 핑계로 부모에게 꾼 돈으로 아이를 지우거나 그런 일을 겪고 내가 개종을 해도 지인들은, 십일월은 참 조용한 달이야, 하고 낮게 중얼거리고는 차를 따뜻하게 끓이기 시작할 만큼 날씨가 제법 쌀쌀해지는 것이다. 할아버지가 죽었다는 전화를 받았을 때 나는 애인과 모텔 전기장판 위에 나란히 누워 있었다. 아버지를 잃게 된 어머니의 나이를 생각하면서. 십일월 우기에 태어났다는

신에 대해 생각하면서.

　　—「십일월」 전문

　세계의 윤곽을 그리는 일이 세계를 뭉개는 일보다 덜 슬픈 까닭은
그것이, 세계를 정서로 변환하는 매개를 소거하고 분별지에 의해 진행
되는 작업이기 때문이다. 그렇더라도 어쩌자고 세계를, 경험을, 행동을
슬픔의 비교 우위로 계량하는가? 십일월만을 그리기를 고집하는 것은
끝에 가까우나 아직은 끝을 밀고 가는 시간에 붙들린 이의 내면과 관
계 깊다. 그것이 이야기와 지연의 목적이 아니겠는가? 십일월과 '이야
기'는 다른 범주이되 위상을 달리하지 않고 자재로이 상호 변환될 수
있는 어떤 소망의 다른 형식들이다.

4

내가 생각하는 새는 얼굴을 가져야 해서

바위에 부리를 깨뜨리고 새로운 그것을 구하지 않는다

내가 생각하는 새는 크고 날지 않는다

들판을 질주하고 내가 사랑하지 못하는

고인(故人)과 여자들을 친구라 부른다

나뭇가지에 앉아서 풍조를 즐길 바에야

줄기를 붙들고 세게 흔든다 사람처럼 울면서

내가 생각하는 새는 그런 사람처럼 굴지만

나의 생각에게 또다른 한 명을 요구하지 않는다

재회를 염두에 두지 않는다

오후 마을로부터 피어오르는 홍연에 입을 찍으며

사람의 행복이란 붉은색 입술로
행복에 대해 말하려는 자에게 입맞추는 것이라 여긴다
내가 생각하는 새는 그 생각 속에서 다만
목수가 되려는 꿈을 갖는다 울음으로 흔들던 나무의
참된 주인으로 의자에 앉아
풍향과 요행에서 벗어나기를 원한다
내가 생각하는 새는 내가 생각하는 것을 보면서
자기가 태중임을 자랑하면서
　　　　　　　―「내가 생각하는 새는」 전문

　이 시집에는 시집 전체의 계획을 넌지시 일러주는 메타시가 한 편
실려 있다. 이 시가 바로 그것이다. 글의 서두에서 변화와 단절을 의도
하지 않으면서도 자연스럽게 시의 몸을 바꾸어가는 실천이 있음을 말
한 바 있다. 새로운 얼굴을 가지기 위해 일부러 "바위에 부리를 깨뜨
리"는 파격을 감행하지 않아도 새롭게 시작하는 시의 첫머리에 등재되
는 작품들이 있다. 서정시에서 목소리의 주인공이 서정적 자아나 시적
화자가 아니라 시적 주체라고 주장하는 번거로움을 덜고 그 무슨 이론
들의 알리바이가 되지 않으면서도 시를 심리의 주관적 변용의 영역에
서 구제하는 작품이 있다. "나뭇가지에 앉아서 풍조를" 즐기며 음풍영
월하는 대신 "줄기를 붙들고 세게 흔"들며, 초월적 지위에서 비롯된 목
소리가 한갓 가상임을 고지하면 또 다른 지평에서 시의 내적 실재가
펼쳐지기 시작한다. 나뭇가지 위에서 세상을 부감하는 것이 아니라 나
뭇가지를 벼려서 세계 속으로, "세계 여행의 꿈"(「시간을 재다」) 속으
로, 그 모든 이야기 속으로 첫발을 떼게 하는 조촐한 버팀목을 벼리는
것, 언어를 부감된 세계의 거울이 아니라 탐사할 세계의 탐조등으로
돌려놓는 것, 이런 것들이 바로 이 메타시를 통해 넌지시 공표된 어떤

계획이다.

　오래된 사랑을 설명하는 말을 답습하지 않고 여행에서 막 돌아온 자들의 회고담이 미래를 결정하게 두지도 않으면서 '세계로의 모험'이라는 꿈을 품은 채 다소 설레고 분주한 마음으로 서성대는 환전소(「시간을 재다」), 이 시를 우리는 그런 환전소로 읽을 수 있다. 세계에 대한 우리의 선이해, 시에 대한 습관적 기대와 정형화된 독법을, 이야기와 지연의 형식으로 기쁨과 슬픔의 상태들을 답사하는 언어와 교환하면서 우리는 새로운 세계의 문을 연다. 간판을 내걸지 않으면서도 기존 서정의 문법을 내파해가는 김상혁의 이 시집이 오히려 이토록 강렬하게 서정적인 까닭은 바로 그 환전에 있다. "이것은 새로운 세계"다.

[2016]

음계(音界)의 안복(眼福)

1

어쩌면 흔한 비유일지 모르나, 정재학의 시집 『모음들이 쏟아진다』 (창비, 2014)야말로 잘 짜여진 4악장의 구조를 지니고 있다고 해야겠다. 음악과 관련된 소재가 많이 등장해서가 아니라, 우선 근본적으로 이 시집이 세계의 음사(音寫)를 언어로 실현하려는 일종의 공감각적 아포리아에 도전하고 있기 때문이다. 친절하게도 정재학은 2부의 부제를 "내 펜이 악기다"라고 적고 있는데, 아마 이렇게 적을 때 그는 하나의 욕망과 짝을 이루는 절망을 동시에 알고 있었을 것이다. 마치 세 살 때 시력을 잃고도 만인에게 소리의 안복(眼福)을 선사하는 환상곡을 쓸 수 있었던 호아킨 로드리고처럼 음으로 세계를 하나씩 펼쳐 보일 수 있으리라는 기대와, 이를 위해 언어라는 형이상학적 매개를 물적으로 사용하면서 시시각각 접할 수밖에 없는 열패감이 이 시집의 근본적 아포리아를 이루고 있다. 그러나 이처럼 아름다운 아포리아라니……

과문하나, 한국 현대시에서 세계의 음사를 목표로 시 쓰기를 일신하고자 한 전례 중 기억될 만한 것으로는 조연호의 『천문』(창비, 2010)을 꼽을 수 있다. 그렇기에, 서두에서 미리 섣부르게 말하기 겸연쩍지만 감히 말해보자면, 세계를 언어라는 음악으로 분광하는 필경사로서 조연호와 정재학을 우리 시의 가장 각별한 지음(知音)이라고 할 수 있을 것이다. 지음에 말을 덧붙이는 일만큼 곤혹스러운 것이 또 어디 있을까? 지음의 일에 군말을 덧붙이는 것이 어찌 앎[知]이 될 수 있겠는가? 정재학은 독자에게 고스란히 감상과 해석의 아포리아를 인계한다. 그리고 어쩌면 그것이 그의 비기(秘技)일 것이다.

2

시집의 첫 독자로서의 관견기를 혹은 청음기를 각 부의 순서에 따라 적는 것은 필자로서는 처음 있는 일이되, 그것이 유독 이 시집에 요청되는 까닭은 앞서 밝힌 바와 같이 이 시집이 각별히 공들인 4악장의 구성을 지니고 있기 때문이다. 이미 이 시집의 구성 자체가 하나의 리듬을 이루고 있다고 말할 수 있을 것이다. 그리고 그것은 주제의 측면에서도 세 가지 차원의 대위법을 형성한다. 소리와 비전, 성과 속, 죽음과 삶이 주제의 측면에서 이 시집의 리듬을 형성하는 동기들이다.

(1)
숨을 길게 내쉬다가 나는 그만 다시 흐르기 시작하고 너에게 가는 길은 모두 건반이 되고 너는 한 음 한 음 정성껏 연주한다 잠시라도 네게 고여 있고 싶었지만 낮은 음으로 너무도 빨리 흘러 너는 먼발치에 있었고 네가 누르는 높은 음역이 들리지 않을 정도로 멀어졌을 때 나는 더이상 흐르지 못했다 내 몸은 증발하기 시작하고

너는 나의 모든 음을 듣지 못하고
나도 나의 음을 더이상 듣지 못하고

―「모노포니」 부분

(2)

　얘들아 이곳의 공기는 안전해 아이들 곁에 가서 머리를 쓰다듬
었다 연필을 빨지 말라고 했잖니 이 게임은 너무 지겨워요 내 눈에
서 지지직 소리가 났다 그런데 다들 교과서를 가지고 오지 않았구
나 교과서가 없어도 괜찮다 내 설명만 잘 들으면 돼 맨 앞에 앉아
있는 아이의 손가락에서 피가 흐르고 있었지만 물어뜯기를 멈추지
않았다 아이의 입에서 손가락을 억지로 떼어내려는데 삐익, 날카로
운 기계음이 들렸다 탕 속의 물에 얼굴을 비추어보았다 모니터가
내 몸통 위에 달려 있었다 아이들이 내 얼굴을 보고 다시 게임을
시작한다 1교시가 끝나도 다시 1교시였다
　　　―「캐코포니」 부분

　이 시집의 1부는 생활과 속(俗)의 리듬을 담고 있다. 인용한 두 시에
음사된 바를 통해 그것을 주제적인 측면에서 증언하자면, 조화로운 전
체를 구성하지 못하는 모노포니들의 불협화라는 말로 설명할 수 있을
것이다. 「모노포니」는 음계가 다른 존재자들이 서로의 음을 듣지 못하
는 현상을 적시하며 어긋나는 단선율들의 각기 다른 속내들이 제 음계
안에서만 횡행하는 것이 삶의 한 국면임을 보여준다. 또한 「캐코포니」
는 "내 설명만 잘 들으면 돼"라고 말하는 이와 "이 게임은 너무 지겨
워요"라고 말하는 이들의 고집스러운 모노포니들이 만드는 불협화를
삶의 한 양상으로 제시하고 있다. 그러니 실상 모노포니와 캐코포니는
최선의 선의조차 불협화를 이룰 수밖에 없는 삶의 한 사실관계를 지칭
하는 음사의 양상들이라고 할 수 있을 것이다. 1부에 실린 「흙판」 연작
역시 바로 이 동기의 변주라는 맥락에서 살펴볼 수 있다.

무지개의 정상에 오르면 무지개는 사라지고 흑판만이 남는다.
흑판 뒤에는 다른 흑판이, 그 뒤에 또다른 거대한 흑판이 모든 색
을 집어삼키고 있다.
　　　—「흑판 4」 부분

　이 소재는 실제 생활의 실감에서 온 것이 틀림없겠지만, 앞서 살펴
본 모노포니와 캐코포니의 관계를 색과 음의 차원으로 변주한 것으로
여겨도 무방할 것이다. 그런데 주의할 것은 이것이 비관의 정서와는
관계가 없다는 것이다. 정재학의 이 시집과 가장 거리가 먼 것은 정서
적 동요이다. 말하자면 모노포니와 캐코포니는 슬픔과 절망을 표현하
기 위해 삶의 BGM(배경음악)으로 활용된 것이 아니라 이미 삶의 리듬
그 자체라는 것이다. 음악을 활용하는 이는 음으로 삶을 인지하는 이
와 가장 멀다. 어쩌면 이것이 김기림 이후 한국 현대시에서 매번 지성
과 시의 결합이 필요할 때마다 비판의 대상으로 소환되어온 음악이 시
에서 스스로 자기항변하는 가장 결정적인 방식일지 모른다. 음악이 시
의 BGM으로서 정서의 고양과 관계되는 것으로 간주될 때, 그 지나친
감상성을 비판하며 시인들은 종종 회화를 시에 도입했다. 이것은 2000
년대 이후 최근 시에까지도 있어온 일이다. 그런데 음악이 더 이상 시
에서 BGM으로 기능하기를 그만두고 삶의 다른 몸으로 자신을 던질
때, 삶으로서의 음악, 음악으로서의 삶에 대한 수용체를 지닌 언어는
시에서 군악대가 아니라 스스로 심장이 된다. 정재학의 음사라는 사태
가 확연히 변별되는 지점은 바로 여기이다.

"내 펜이 악기다"라는 부제를 지닌 2부는 배경이 아니라 삶의 다른 몸으로서 음악이 스스로를 어떻게 전개시키는지를 밀도 있게 탐색한 두 편의 시를 담고 있다. 1부가 생활의 음악적 변주라면, 2부는 음악의 생활을 담고 있다고 말하는 게 좋겠다. 2부의 첫 시 제목에, 즉 "여덟개의 악기가 뒤섞인 크로스오버적인 방의 공기 알갱이를 흡입한 기록들"이라는 말 속에 그 사정은 이미 적시되어 있다. 인상파 화가들이 한 공간에서 시시각각 태를 달리하는 빛의 작용을 어떻게 표현할까를 두고 골몰했던 대목을 떠올리게 하는 이 시에서 공간은 음악-수용체를 지닌 언어를 통해 회화적으로 변주되고 있다. 공간의 여덟 가지 음악적 얼굴을 언어로 음사한 이 시는 이 시집에서 이미 한국 현대시를 '크로스오버'하고 있는 정재학의 방법론을 미필적으로 잘 드러내준다. 어쩔 수 없이 유려한 리듬에 대한 틈입자가 되어 일부만 예로 적시해보자.

2. 피아노

열개의 손톱이 잠들어도
빛이 사라지지 않는다

백야와 열대야를 동시에 질주하는
작은 열차

모든 역마다 키스하는 소리가 울렸다

〔……〕

7. 콘트라베이스

音階, 音界
가장 낮은 곳으로

둔탁하고 평화로운 연못
응고된 아침

구겨진 눈동자
서서히 부풀어 오른다
　　—「여덟개의 악기가 뒤섞인 크로스오버적인 방의 공기 알갱이
를 흡입한 기록들」 부분

　흥미로운 사고실험 중에 '몰리뉴 문제Molyneux's problem'라는 것
이 있다. 장님으로 태어나 단지 촉각에 의해서만 정육면체와 구(球)를
분별할 수 있었던 사람이 어른이 되어 갑자기 눈을 뜨게 되었을 때 시
각에 의해 정육면체와 구를 구분할 수 있겠는가 하는 것이 문제의 핵
심이다. 그런데 철학자들이 수 세기에 걸쳐 대답을 구해오고 미학자들
이 함께 궁구했던 이 문제에 대한 가장 현명한 답신은 형이상학이나
미학의 편에서 전송될 수 있는 것이 아닌지도 모른다. 2부의 두번째 시
를 보라. 이 시의 제목은 "어느 귀인을 위한 환상곡"이다. 이는 동명의
곡을 쓴 스페인 작곡가 호아킨 로드리고에게 바치는 일종의 헌정시라
고 할 수 있는데, 이 시를 음악에 대한 언어의 헌정 혹은 음악의 다른
몸을 꿈꾸는 언어의 헌정이라고 고쳐 부를 수 있을 것이다. 잘 알려져
있듯 로드리고는 세 살 때 시력을 잃었다. 그러나 그의 음악은 우리가

눈을 뜨고 있어도 인지하지 못하는 세계의 다른 부면을 우리 귀에 명시한다. 전치(轉置)를 통한 발견 중 이렇게 아름다운 것이 또 있을까? 누군가 그에게 몰리뉴 문제를 환기시킨다면 오히려 그는 좀처럼 이성적 대우를 받기 어려울 것이다. 정육면체와 구는 이미 그의 음악 안에서 또 다른 몸으로 환생하고 있을 뿐이다. 이 단순한 사실관계를 적시하는 것이 바로 예술이다. 그러니까 정재학의 「어느 귀인을 위한 환상곡」 역시 동명의 음악을 언어로 풀어낸 것이 아니라 음악과 지음이 되고픈 언어를 통해 이를 시적으로 전신(轉身)시킨 것이라고 할 수 있다. 그리고 바로 그런 맥락에서 「여덟개의 악기가 뒤섞인 크로스오버적인 방의 공기 알갱이를 흡입한 기록들」을 감상하면 된다는 데 몰리뉴도 큰 이견은 없을 것이다. "음계(音階)"는 바로 "음계(音界)"니까.

4

그러니 3부는 바로 그 방법론을 통해 삶이라는 음계(音界)의 다채로운 부면을 탐색한 기록이라고 할 수 있겠다. 다시 4악장의 비유를 가져오자면, 3악장에서는 조금 더 리듬이 간결해지면서도 동시에 다채롭게 변주되는 양상이라고 할 수 있는데, 시인 스스로는 부제에서 "콜라주"라는 표현을 사용했다. 음악과 비전이 여기서 다시 회전한다.

　비 내리는 오후, 건널목이 물감처럼 번져 계단으로 흐른다 건널목이 그리는 선율은 그리 복잡하지 않았지만 내 몸에 굴러다니는 금속성 음향과 겹쳐져 이름 모를 나라의 언어처럼 기억하기 어려웠다 계단에 하얀 말이 박힌 채 허우적대고 있었다 얼굴, 다리, 다리, 얼굴, 다리… 앞발의 굽은 거의 닳아 못이 휘어져 있었다 목덜미와 다리에 상처가 깊어 함부로 끌어당길 수도 없었다 그렇게 백마는 계단 속에 잠겨버렸다 죄책감에 흰색이 보일 때마다 손바닥에 구멍이 하나씩 났다 집으로 가는 길에 장난감 카메라를 주웠다 빗줄기 속에서 셔터를 눌러본다 구멍 속에 가보지 못한 낯익은 유적들이 흘러갔다 그곳에 하얀 비가 내리고 있었다

—「미시적인 오후」 전문

이 시의 앞부분에 회전의 전모가 명시되어 있다. 비 내리는 어느 오후에 "건널목이 물감처럼" 번지는 것, 그리고 그것이 선율이 되어 "내 몸에 굴러다니는 금속성 음향"과 겹치는 것, 그리고 그 음악이 번역되지 않는 언어로 현상하는 것 등이 그것이다. 말하자면 시각적 비전과 음악 그리고 언어가 모두 한데 엉켜 있는 셈이다. 아니, 더 정확히 말하자면 하나의 사태가 비전으로, 음악으로, 그리고 언어로 양태를 달리해 유출되는 사태가 있다고 말하는 게 좋겠다. 상처투성이인 채로 물속 계단에서 허우적거리는 백마의 지시대상이 무엇인지를 굳이 풀 필요는 없을 것이다. 그것은 사태를 흐름과 선율과 비분절적 언어로 유출시킨 어떤 심적 상태일 것이며, 따라서 그것은 비 오는 날 반추되는 삶의 한 양상일 것이다. 그러니 때마침 집으로 가는 길에 우연히 장난감 카메라가 놓여 있던 것이 아니라 세 가지 양태로 유출되는 삶의 한 형상이 명료하게 어림잡히지 않기에 카메라가 그 자리에 요청된 것이라고 할 수 있다. 들여다볼 수 있으되 채집될 수 없는 장면의 흐름과 거기서 파생되는 선율, 그리고 지나온 삶의 의미에 대해 해석의 곤궁으로만 치닫는 언어가 구성하는 다중 렌즈에 삶의 "낯익은 유적들"이 명료한 반성과 계획의 결정(結晶)도 없이 흘러갈 뿐이라는 것은 시의 내적 현실에 비추어 충분히 합당하다. 따라서 비 내리는 어느 예사로운 오후란 모든 감각이 깨어나는 오후이되, 지나온 모든 것이 다 유적인 삶이 다면적

으로 몸을 들이미는 전혀 예사롭지 않은 내밀한 오후일 것이다.

> (1)
>
> 지금 내 뺨을 예민하게 스쳐 지나간 것은 어느 꽃의 어여쁜 향기인가. 버드나무인가. 풍금 소리인가. 고목(古木)의 느린 호흡과 향(香)을 간직하고 있는 자만이, 죄 없는 아가의 눈망울을 닮은 저 아가씨를 볼 수 있다. 나뭇잎의 내음, 바람이 전하는 노래 속에서 거역할 수 없는 큰 눈 끔벅이는 소리를 들었다. 비가 오고 있었지만 빗소리는 들리지 않았다.
>
> ──「버들향」 전문

> (2)
> 안개 가득한 사방에서
> 갈매기 소리만 들렸다
> 진(鎭) 너머에는
> 풍금과 해금이 만든 바다가 있다
> 바람이 불고 비단현 두 줄이 떨리면
> 공명상자에서 바다가 쏟아졌다
> ──「내 눈은 지독한 안개를 앓고 있다」 부분

이 두 편의 시에도 음악과 비전이 언어를 매개로 회전하는 단적인 양상이 잘 드러나 있다. 여기서 언어는 어떤 정서적 부침에도 배경으로 활용되지 않으면서 스스로 세계의 사실관계를 탄주한다. 「버들향」에서 "비가 오고 있었지만 빗소리가 들리지 않"은 까닭은 빗소리가 이미 "큰 눈 끔벅이는 소리"로, "고목의 느린 호흡"으로, "바람이 전하는 노래"로 전신(轉身)했기 때문이다. 그리고 그런 연쇄를 통해 음악은 비전으로, 비전은 다시 음악으로 회전한다. 사정은 「내 눈은 지독한 안개를 앓고 있다」에서도 마찬가지이다. "풍금과 해금이 만든 바다"는 비유가 아니다. 이미 이 비전은 소리를 질료로 양감을 얻은 것이다. 예컨대 시인은 "이제 귀가 하나 더 늘었으니/모래바람과 낙타의 눈물을 음악으로 들을 수 있겠다"(「침묵은 약속이 되어—오은에게」)라고 공방(工房)의 비밀을 직접 토로하고 있으니, 이런 직핍함이 또 어디에 있겠는가. "바람이 불고 비단현 두 줄이 떨리면/공명상자에서 바다가 쏟아졌다"는 아름다운 리얼리즘은 그렇게 가능한 것이다.

5

일상의 불협화와 방법의 내밀함, 비전과 음악, 그리고 언어의 능숙한 전신을 넘나든 리듬은 4부에 와서 다소 장중해진다. 「샤먼의 축제」 연작은 「진도 씻김굿」과 「동해안 별신굿」에 대한 일종의 오마주라고 할 수 있는데 종교적 제의이자, 연행(演行)의 형식으로서 굿은 종합예술의 한 형태로 관심의 대상이 된다. 삶과 죽음을 매개하고 바로 그 매개를 양식화하는 굿에 관심을 기울이는 것은 4악장의 귀결로서 자연스러운 것이라 하겠다. "바다에 묻힌 아버지들 혼이 귀만 두고 갔으니 소리로 위안해주소"(「샤먼의 축제 5—김석출 일행의 '동해안 별신굿' 중 「골매기굿」」)라는 말이야말로 굿의 핵심을 잘 요약한 것이라고 할 수 있는데, 이는 굿의 모든 양식이 가장 '효율적으로' 삶과 죽음을 매개하기 위한 것이기 때문이다. 그리고 그 핵심은 제의로서의 연행을 시종일관 이끌어가는 가락 곧 소리이다. 이 시집이 삶을 음사한 것이라고 재차 말할 수 있다면, 이때 소리는 단지 삶을 재현하기 위해서 필요한 것이 아니다. 삶 자체가 이미 리듬의 일환인 것이다. "들꽃과 잡초들이 올라오듯 죽음은 끝이 없으니까"(「죽음은 계속 피어나고」) 삶과 죽음은 개체의 존속 여부를 넘어 제 리듬으로 피고 지기를 반복할 따름이다. 죽음이 피고 삶이 지고, 삶이 피고 죽음이 지는 이치가 이미 리듬의 자기전개 안에 있을 따름이다. 4악장의 마지막 대목이 바로 그런 바로서의 리듬을 환기하고 있는 것은 거창한 형이상학에 이르고자 함이 아니며 선(禪)적인 성찰을 던져주고자 함도 아닐 것이다. 시집의 제목이 일종의 공모(共謀)를 품고 있다는 것을 기억해보자. 그 공모란 죽음이 삶의 한 국면이라는 소리를, 성이 속의 변복이라는 소리를 들어본 지음(知音)들의 공모가 아닐 수 없다. 현상 공모로 하자면 지음 공모만 한 것도 없다. 정재학이 꾀는 이 공모엔 당해낼 재간이 없다.

[2014]

무수히 문들인 시적 '틀뢴'

1

어떤 시집은 공표된 체험의 내력이 시적 에너지의 원천이 된다. 말하자면 이채로운 경험들과 그로부터 기인한 감각과 사유의 독특한 형성 과정, 그리고 그 과정에서 축적된 문장들이 개성적으로 독자에게 말을 걸어오는 시집들이 있다는 것이다. 원체험의 강도가 너무나 강렬하게 드러나는 경우, 시집 안에서 자연스럽게 형성된 고유한 이미지들이 더러 원체험의 질료로 고스란히 환원되는 운명을 맞기도 한다. 그런데 지금 우리 앞에 놓인 한 젊은 시인의 첫 시집은 흥미롭게도 이와 정반대의 경로를 보여준다. 틀림없이 어떤 원체험들에 기초해 진술되고 있는 문장과 그 안에서 다채롭게 넘쳐나는 이미지들이 이 시집에 실린 마지막 시를 다 읽는 순간에도 체험의 질료로 환원되기를 완강하게 거부하면서 오히려 고유한 세계의 양감과 질감을 유지하고 있기 때문이다. 체험의 주관적 변용이나 실재의 환기 등과 전연 맥락을 달리하는 것은 아니면서도, 시집 전체가 일종의 이미지들의 원심력과 구심력에 의해 독자적 구조물을 축성하고 있으니, 최근 보기 드문 사례에 해당하는 이 시집 안에서 탄생하는 내적 실재를 20세기의 모든 소설을 개시한 작가의 힘을 빌려 또 하나의 '틀뢴'이라 칭하는 것도 과장은 아닐 것이다.

잘 알려져 있듯이 틀뢴은 보르헤스의 소설에 등장하는 한 가상 세계에 붙여진 이름이다. 그러나 주지하듯 틀뢴은 실제 현실 세계의 물리적·도덕적 법칙에 기초해 축조된 것이되 그것과는 다른 방식의 독자적 운영 체계를 지니고 있으며, 관념적인 방식으로 상기되는 것이 아니라 즉각적으로 촉지될 수 있을 것처럼 생생한 현실성을 지닌 세계이다. 다시 말해, 현실의 물리적·심리적 규칙과 원칙 들에 기반해 세워졌으되, 우리가 알고 있는 세계를 초과하기도 하고 포유하기도 하는 하나의 독립적이고 정합적인 세계가 바로 그 틀뢴이다. 즉 그것은 텍스트를 통해 내적 실재로 존재하게 된 하나의 세계가 아닐 수 없다.

이런 맥락에서 볼 때 염두에 두어야 할 것은 그 내적 실재가 특정 시공간에 놓인 우리의 현실과 전연 별개의 것이라거나 혹은 그것에 얽매인 내적 식민지라거나 아니면 거꾸로 우리의 현실을 규정하고 다스리는 형이상학적 관념의 집적물이 아니라는 것이다. 그것은 현실과 비스듬히 서 있는 또 하나의 실재 그 자체일 따름이다. 안미린의 첫 시집 『빛이 아닌 결론을 찢는』(민음사, 2016)의 마지막 페이지를 넘기면서 마음속에서 꿈틀했던 것은 바로 그런 맥락에서의 '틀뢴'이었다.

2

가능하지만 별무소득인 일에 대해 우선 언급해두어야겠다. 이 시집의 이미지들을 삶의 특정한 체험을 직접 지시하는 것으로 푸는 것은 가능하지만 실익이 별로 없는 작업이다. 그것은 시의 세세한 맥락을 더듬어 가는 과정을 통해 결과적으로 도달할 수 있는 것이지만, 이 글에서는 그 귀착점에 대해 설명을 덧붙이지는 않을 것이다. 시집의 내적 실재에 대한 관심으로 충분히 흥미로울뿐더러 그 안에 이미 모종의 귀결이 담겨 있기 때문이다.

『빛이 아닌 결론을 찢는』에는 독특한 시적 공간감을 형성하면서 일종의 힘의 균형점들로 그 공간의 부피를 견인하는 다섯 가지 중심적 이미지가 상당히 지속적으로 반복되어 제시된다. 미리 말을 하자면 거울, 신, 기계, 뼈, 무릎과 같은 이미지들이 그것이다. 이 이미지들은 다섯 개의 원심적 벡터로 기능하며, 시집의 내적 실재에 양감을 제공하는 동시에 서로를 열고 닫는 문에 비견된다. 즉 이 이미지들은 그 자체로 텍스트 바깥에서 오랫동안 숙성된 하나의 독립적 상징들로서의 의미를 지니고 시집 속으로 틈입해 들어온다기보다는, 시집 안의 구체적 맥락 속에서 파생되고 전개되면서 다채로운 의미화 작용을 통해 하나씩 개별적으로 스스로의 의미론적 계기들을 보유하기 시작하는데 종국에는 그런 방식으로 개진된 이미지들이 다시 상호 교섭하면서 2차적 의미화 작용을 통해 시집 전체의 의미망을 축조하고 있다고 하겠다. 우선 다음 두 편의 작품을 살펴보자.

(1)
스무 살의 신(艸)이 있다
거울을 차곡차곡 쌓아 놓은 결과물

갓난애 눈물을 굳혀 만든 양초를 잃어버렸어
꿈속의 나와 꿈 밖의 내가 동시에 울기로 한다
눕혀진 거울을 세우던 최초의 시간
한번쯤 울어 보려고 퇴화하는 마지막 감정
나는 꿈 밖의 내게 이름 불렀지
나 자신을 전부 만져 봤던 감각을 기억해?

입에 넣어 봤던 꼬리의 길이를 가늠해?

투명의 반대말이 뭐게?

스무 살의 신(神)이 있어

빛으로 빛을 비추는 짓 한다

그림자가 가까운 인형에게 이름을 줬다 빼앗았을 때

눈물처럼 눈알이 떨어졌을 때

다음은 네 차례야

충분해진 촛불을 끄고

케이크에 얼굴을 푹 박아 줄 차례

　　　　　―「반투명」 전문

(2)

복제되고 다음 날 같다

가가 다에게 고백을 했다

전생에 나는 너를 잡아먹은 적이 있어

나는 외계인이 아니었어?

아니었어

아니었어?

어른이었어,

여자애라면 머리를 돌돌 말아 고정시켰지

　　　　　―「라의 경우」 부분

　이 시집에서 가장 먼저 눈에 띄는 이미지는 거울 이미지인데, 그와 유사하면서 차이를 동시에 드러내는 상호 관계 속에서 변주되는 복제/쌍둥이 이미지 역시 이 경로로 함께 언급할 수 있을 것이다. (1)의 「반투명」은 이 시집 첫머리에 놓인 작품으로, 시의 서두에 대번 명료하고 독창적인 이미지 하나를 이 내재적 세계에 등재해놓고 있다. 이 이미지는 시집을 읽는 독자에게 시집의 이미지들이 우리의 선이해(先理解, Vorverständnis)와 별개로 우선적으로 이 시집 안에서의 의미론적 관계망 속에서 읽혀야 함을 웅변한다. "스무 살의 신"은 어떤 선이해 속에서도 해석을 구할 수 없다. "거울을 차곡차곡 쌓아 놓은 결과물" "꿈 속의 나와 꿈 밖의 내가 동시에" 서로를 비추면서, 단면들로부터 무한을 생성시킨 결과로 혹은 그 대가로 만든 신이 바로 "스무 살의 신"이다. 이 신이 하는 일이란 "빛으로 빛을 비추는 짓", 즉 거울의 상호반사와 난반사를 주관하는 일일 따름이다. 이 시집에서 다른 이미지들도 탄생과 성장과 변태(變態)를 거듭하지만 가장 빈번하게 등장하는 '신 이미지'는 대표적인 것이다. 그 숱한 사례들 중 현재의 맥락과 관계된 단적인 예를 하나만 들자면, 이런 대목을 꼽을 수 있을 것이다.

> 서로가 서로를 정립하는 긴장으로
> 무너진 인간을 밀어 올린 감각으로
> 신(神)이 빛을 비추지 않고 서서히 신(神)을 비추는 빛
> ——「온음계」 부분

신은 빛으로 빛을 비추는, 거울로 거울을 반사하는 '무엇'인데 신이 빛을 비추지 않고 스스로를 비추기 시작하면 신은 '절대자'로서의 지위를 잃고 "서로가 서로를 정립하는 긴장", 즉 타자에 의해 스스로를 확인하는 과정을 통해 존재하기 시작한다. 다시 말하자면 한정되기 시작한다는 것이다. 이런 방식의 의미론적 대리보충은 이 시집에서 자유자재로 행해지는데, 전수조사를 행하기에는 지면상의 한계가 있으므로 여기서는 그 양상을 확인하는 것으로 대신하고 다시 인용한 시로 돌아오자.

"스무 살의 신"이란 결국 정체성 모델을 세우고 다시 이를 허물기를 거듭하면서 파쇄된 것들의 무한참조 과정을 주관하는 신으로 한정된다. 이런 방식으로 거울 이미지와 신 이미지는 서로를 들여다본다. "반투명"이라는 제목이 적실한 까닭에 대한 부연까지 필요하지는 않을 것이다. 투명한 것들의 무한적층으로 난반사가 이루어질 수는 없기 때문이다. 아마도 이런 사정은 (2)의 「라의 경우」도 마찬가지일 것이다. 여기서도 거울과 복제 이미지가 유사와 차이의 양가적 관계 속에서 변주되고 있음을 눈여겨볼 필요가 있다. 거울이 무한히 서로를 되비추는 것이라면, 복제는 자신 안에서 타자인 자신이 서로를 계속해서 생산하는 양상과 관련된 이미지일 것이다. 한정된 지면에 일일이 열거할 수는 없지만 거울/복제 계열의 이미지들은 56편의 작품이 실린 이 시집에서 15회 이상 변주되면서 같은 계열의 쌍둥이 이미지와 더불어 고유한 의미의 그물을 낳는다. 이처럼 양상을 달리해 나타나고 서로를 참조하는 거울과 복제 이미지를 정체성 테마와 관련지어 푸는 것은 가능한 결과론에 해당할 것이다.

3

앞서 인용한 시에도 등장했지만 이 시집에서 가장 빈번하게 등장하는 이미지 중 하나는 바로 신(神)이다. 너무나 빈번하게 등장하여 일일이 열거하기조차 어려울 정도여서 차라리 이 중 눈에 띄는 작품을 가져오고 이 세계 안에서 '신을 읽는' 하나의 방법을 제안하는 게 낫겠다. 다음 인용한 시들에는 신 이미지와 더불어 이 시집의 중요한 다섯 가지 이미지들 중 나머지에 해당하는 기계 이미지와 뼈 이미지가 동시에 등장한다. 이미 언급한 바 있지만, 이 시집을 읽는 방식은 마치 거울이 거울을 서로 비추고 참조할 때의 숫자와 같고 따라서 이 시집에 입사하는 경로 역시 다섯 개의 주요 이미지—왜 다섯 개만 있겠는가?—중 어느 곳을 통해도 무방하다. 중요한 것은 이미지들이 우리와 익숙한 현실에서 무엇을 지시하는가를 헤아리는 것이 아니라 관계론적 양상을 통해 짜이는 의미론적 그물망들이다.

(1)
기계가 태어나는 계절이었나
기계들의 생일은 계절이었나

가까운 미래가 아니었는데
별 모양의 숫자를 본 적이 없어
낮고 따뜻한 기계들은 고장이 났어
긴 겨울마다 구름이 완료된다면
구름 기계가 완성될 텐데

펭귄들이 알 모양의 0을 품는다
알의 입장을 알 속에 숨겨 놓았다
균열과 무늬를 동시에 깨달았더니
쏟아지는 빗금들
날개의 농도를 결정했더니
부드러운 멀미약
0 이후가 00이라는 믿음과
0을 ㅇ으로 읽는 무의식과 고차원

가까운 겨울이 아니었지만

문이 없는 계절을 알 수 없었지

운명 없이 별자리가 겹칠 때

기계는 인간보다 가벼운 신(神)을 닮았고

바닥의 화살표가 어디론가 번질 때

공중을 묘하게 가로지르는 스파이 펭귄

　　—「0의 자리」 전문

(2)

뼈와 뼈를 흔들어

뼈와 뼈를 빌면서

온몸으로 눈을 감을 때

온몸으로 문을 닫을 때

신(神)의 모든 원인은

뼈의 깨끗함

　　—「층층」 부분

　신 이미지와 관련해서라면 우선 (1)에서 "기계는 인간보다 가벼운 신(神)을 닮았고"라는 대목이 눈에 띈다. 다시 앞에 인용한 시의 한 대목을 재활용하자면 "입에 넣어 봤던 꼬리의 길이"(「반투명」)로만 가늠되는 의미를 살펴보는 것이 중요하다. 내적 실재 안에서의 척도가 의미의 유일한 척도이기 때문이다. 그 내적 관계가 지시하는바, 신은 인간보다 가볍고 기계는 바로 그런 신을 닮았다고 한다. 그리고 이 시에서 "기계"는 "긴 겨울마다 구름이 완료된다면/구름 기계가 완성될 텐데"라는 대목에 의해서만 한정된다. 여기서 중요한 것은 "~마다"라는 조사다. "겨울마다 구름이 완료되는" 어떤 패턴이 있다면 그 패턴은 구름을 낳는 기계라고 명명할 수 있다는 것이다. 그리고 이 문장은 바로 다음 대목, 즉 펭귄들이 0 모양의 알을 품는 것이 아니라 "알 모양의 0을 품는다/알의 입장을 알 속에 숨겨 놓았다"라는 문장으로 이어진다. 알이 0을 닮았다는 비유가 전통적인 것임을 우리는 알고 있다. 그런 아날로지 체계 속에서 사물과 형상, 사물과 속성 등은 선후 관계와 위계를 지닌다. 그러나 마주 세운 거울들의 세계에서는 어느 것이 연역의 틀이고 어느 것이 귀납의 대상일 것인가? 형이상학적 위계와 선후 관계에 대한 선이해 없이 고스란히 내적 실재들의 관계 속에 새롭게 생성되는 세계 안에서 "운명 없이 별자리가 겹칠 때", 즉 선험적인 형이상학이 전제되지 않을 때, 그런 세계에서는 신은 반복을 주관하고 기계는 패턴과 틀을 생산한다. 그리고 인간은 반복과 규칙의 패턴을 통해 연역을 범하는 형이상학을 무색하게 하는 구체적이고 개별적인 예외들로 존재한다. 기계를 의미론적 관계망의 한 축으로 삼아 인간과 신의 관계를 이런 방식으로 규정하는 예들을 이 시집의 다른 대목들에서도 확인할 수 있는데, "등 뒤에서 너무 어린 신(神)은 울음을 터뜨리는데/그 애를 다 키워서 연애하려면"(「먼 훗」)과 같은 대목을 이 의미론적 연쇄의 축에 걸어둘 수 있을 것이다.

아마도 "스파이 펭귄"(Robot Penguin-Cam)이라는 마지막 구절에 비추어볼 때, 펭귄들의 습성을 무인 카메라에 의탁해 기록한 다큐멘터리에서 착안되었을 법한 이 시는, 그 자체가 형이상학이 전제되지 않은 인간의 삶에 대한 일종의 이미지를 낳는다고 할 수 있겠다. 동시에 안미린 특유의 관찰과 사유가 어떻게 이미지들의 내적 실재를 벼리게 되는지를 단적으로 드러내는 예라고도 할 수 있다. 그런 맥락에서 계속 말해보자면, 예컨대 (2)에서 "신(神)의 모든 원인은/뼈의 깨끗함"과 같은 서늘한 이미지 역시 이 시집의 또 다른 의미론적 계열을 열어젖히는 구절이 아닐 수 없다. 자기원인으로서의 신의 존재를 증명하는 데 사유의 끝을 걸었던 근대의 이신론(deism, 理神論)자들이 이 구절을 건사할 수 있을까?

4

신과 뼈 계열의 축에서 우리는 다음과 같은 시를 눈여겨볼 수 있다.

얇은 영혼에는 뼈가 더 없을까

피가 더 없을까

신(神)은 흔들려

영혼에 가까워질까

이끌려 소년에 가까워질까

이끌려 소년에 가까워지면

향수병의 입구를 핥고 싶어지면

향수병의 입구를 핥는 소년이 되면

정교한 갈비뼈의 청년이 되면

셋 다 죽는 연애 속에서

엎드려 반지를 끼고

반지를 낀 영혼이 되면

엎어진 영혼은 뼈를 믿으면서 흘렸다는 말,

피를 묻히면서 믿어 왔다면

너희는 소년의 것과 흐린 경찰의 것

먼 영혼은

알비노와 흰 것에 대한 초현실
—「청교도」전문

  제목이 "청교도"인 것에 우선적으로 눈길을 주는 것을 경계하자. 내적 실재의 관계망 안에서 이미지들은 서로를 되비춘다. 1연의 질문은 그 자체로 청신하다. 얇은 것이 있고 그것이 영혼이라면 그 얇은 것 안에 더 결여된 것은 뼈일까, 피일까? 뼈와 피의 의미 역시 시의 다음 대목—그리고 물론 다른 시들과의 관계 속에서 확장될 것이지만—에서 한정 가능하다. 2연에 등장하는 신이 이미 우리의 구체적 시공 속에서 선이해된 신은 아닐 것임은 앞서 살펴보았다. 그것은 이 시집의 여러 맥락을 건사함으로써만 존재론적으로 증명되는 신이되 전지전능은커녕 일사일언에 의해서만 스스로의 속성을 부여받는 존재자의 이름이다. "신(神)의 모든 원인은/뼈의 깨끗함"이라는 구절이 이 시의 "정교한 갈비뼈의 청년"이라는 대목과 교통하고 있음은 물론이다. 신은 향수에 끌리는 소년에 가까워지기도 하고, 정교하고 튼튼한 뼈를 지닌 청년에 가까워지기도 한다. 그런가 하면 죽음에 이르는 어긋난 연애의 결과로 남겨진 징표 안에서 현현하는 것이 목격될 때도 있다. 한번 깨끗함이라는 속성을 얻었던 뼈 이미지는 여기서는 그런 방식의 단단함이나 굳건한 믿음과 결부된다. 예컨대 "미래처럼 물렁뼈인 것"(「무척추」)과 같은 대목을 그 반증으로 삼아 단적으로 검토될 수 있는바, 이 시집에서 빈번하게 등장하는 시어 중 하나인 "미래"가 "물렁뼈"에 비견됨을 볼 때 불확실하고 불투명한 것의 의미론적 대척점에 놓인 것이 이 시에서의 뼈 이미지이다. 그리고 "엎어진 영혼은 뼈를 믿으면서 흘렀다는 말,/피를 묻히면서 믿어 왔다면"이라는 대목에서 피는 뼈와의 관계 속에서만 의미를 획득함을 알 수 있다. 다시 말해 그것은 약속과 미래, 단단함과 불투명한 것 사이의 흐름에 비견될 수 있는데 소년과 경찰은 이런 이원적 관계의 또 다른 축에서 발전된 이미지임은 자명하다. 2*2의 경우의 수를 여기서 풀지는 않겠다.

"얇은 영혼"으로 시작된 이 시는 "먼 영혼"에 대한 규정으로 마무리된다. 얇은 영혼에는 단단함과 확실함에 대한 믿음이 결여된 것일까, 아니면 '깨끗하고 명료한' 어떤 것에 이르는 '천로역정'이 부족한 것일까? "먼 영혼"의 경우는 어떠한가? "알비노"와 "흰 것"은 알과 0의 관계를 반복한다. 지금까지 살펴본 이 시집의 내적 실재가 지시하는 사실관계에 입각해 말해보자면, 그것은 "기계"이자 때로 "신"이다. "얇은 영혼"이 단단한 미래와 구체적 실천을 결여한 영혼이라면 "먼 영혼"은 사물과 속성의 선후 관계 혹은 귀납과 연역의 관계를 되물리는 영혼이다. 그리고 얇은 영혼과 먼 영혼은 비스듬히 서로를 되비춘다. 이것은 다시 '스무 살의 신'을 호출한다. 시의 제목이 "청교도"인 까닭을 부연할 필요가 있을까?

5

앞서 살펴본 이미지들과 더불어 이 시집에서 함께 언급되어야 할 이미지가 있다. 바로 무릎 이미지가 그것이다. 어떤 의미에서 그러한가?

> (1)
> 큰 과자의 처음처럼 입술을 다치고
> 전부 끝날 것처럼 거꾸로 숫자를 세면
> 멍든 무릎에 문장을 적어두었다가
> 어린애처럼 입을 다물고 어린애처럼 조금씩
> 해야 할 말을 시작하듯이

미래가 올 것 같았지
―「유령 운동」부분

(2)
모두와 걷는 일은 무릎을 감싸 안는 일,
인간과 사람을 동시에 웃겨 보는 일,
두 줄 그어 삭제한 손금을 지도 밖으로
미래 가까이 옮겨 놓는 일
―「초대장 박쥐」부분

　(1)에서 무릎은 중력이나 일상의 제약과 관계 깊다. 무릎은 일종의
존재론적 무게 추이자 용수철이다. 꿇기 위해서 무릎이 있고 도약을
위해서 무릎이 있다. '물렁뼈와 같은' 미래가 '깨끗한 뼈'의 신탁과 교
차하게 만드는 낮은 무게중심이 무릎이다. (2)에서 그것은 무릎을 감
싸 안고 미리 결정된 운명을 미래에 비추어보는 것에 비견된다. 이때
무릎은 제한된 시계(視界)와 결부된다. 그것은 한 사람의 운신 범위 속
에 제한된 것이자 한 사람이 포괄할 수 있는 최대치이다. "거대한 관점
들을 무릎으로 짚어 보는 감각"(「거인의 원본」)과 같은 용례에서도 무
릎은 포괄이나 비약을 쉽게 용인하지 않는 구체성과 관계 깊다. 그런
의미에서 보자면 이 시집에서 무릎 이미지 역시 고유의 맥락에서 적실
하게 사용되고 있다고 할 수 있다.

6

　안미린의 첫 시집 『빛이 아닌 결론을 찢는』의 주요 이미지들은 이처

럼 서로를 열고 닫는 문에 비견된다. 서로를 되비추고 증식시키는 거울은 구체적인 각도와 범위 안에서만 신을 호출하고 한정하는데, 그 신은 인식과 실천의 기계적 자동성을 새로운 맥락에서 일별하게 한다. 우리가 알고 있는 기성의 세계를 재편한다는 것이다. 미확정의 세계에서 떠올리는 단단하고 깨끗한 뼈가 그 세계의 목적인이라면, 실패와 도약의 임계에 놓인 물리적 실재로서 무릎은 텍스트의 내적 실재와 구체적 시공 속에 놓인 삶의 세계를 느슨하게 포개는 누빔점point de capiton에 비견된다. 그리고 이런 방식의 독해는 어떤 권위도 확보할 수 없다. 무수히 문들인 저 세계로의 초대 앞에서.

[2016]

세계라는 기관과 생물(학)적 우울

1. 유기체와 환경세계

사물들은 공간과 시간이라는 두 차원들 속에서만 배치되어 있지 않다. 세 번째 차원이 거기에 추가되는데, 그것은 환경세계Umbelt 들의 차원이고 그 안에서 대상들은 언제나 새로운 형태들을 따르면서 재현된다.

수적으로 무한한 환경세계들은 이 세 번째 차원에서, 자연이 초–시간적supra-temporel이고 가외–공간적인extra-spatial 의미의 교향곡을 연주하는 건반을 제공한다. 우리의 일은 살아 있는 동안 우리의 환경세계와 함께, 비가시적인 어떤 손이 미끄러지듯 연주하는 그런 경이적인 건반들 속에서 하나의 건반을 구성하는 것이다.

라고만 적고 이 글을 마치고 싶은 마음이 굴뚝같다. 정우신 시인의 첫 시집 『비금속 소년』(파란, 2016)의 해설로 이만한 구절이 없을 듯하기 때문이다. 더 보탤 말도 덜어낼 말도 없이 저 두 단락으로 우리는 저 말들의 바닷속에서 또 하나의 (환경)세계가 융기하고 있음을 고지할 수 있다. 이하는 그것에 대한 군말이 될 것이 틀림없다. 그러나 군말에도 사정은 있는 법이니까……

앞에 인용한 글은 그 자체로 대단히 시적이지만, 실은 20세기 생물학의 고전인 야코프 폰 윅스퀼Jacob von Uexküll의 책에서 가져온 것이다.[1] 풍부한 비유지만 말하고자 하는 바는 간명한 저 구절을 세세히 풀어볼 필요는 없을 것이다. 다만 일종의 메타 각주로서 같은 책에서 다른 대목을 잠시 인용해본다.

> 생리학자는 마치 기술자가 자신이 알지 못했던 기계를 검토하듯이 생명체의 기관들과 그 기관들의 작용들의 조합을 검토한다. 반면에 생물학자는 생명체란 그 생명체 자신이 중심을 이루는 그런 고유한 세계 속에 살고 있는 주체라는 것을 깨닫는다.[2]

윅스퀼에 따르면 모든 생물 개체는 가장 완벽하게 그들의 환경에 맞게 조정되면서 단지 '신체-기계'를 관리하는 기술자가 아니라 주체가 된다고 한다. "우리는 고통을 연구하는 동물"(「천사는 아니지만」)이라고 주장하는 한 젊은 시인의 고유한 환경세계가 현상하는 양상과 까닭, 그리고 그것의 '내포적 의미'를 이제 막 살펴보려는 참이다.

2. 생물(학)적 상상력

우선, 이 젊은 시인의 상상력의 체계 속에서 작동하는 다음과 같은 비유와 진술을 눈여겨보자.

---

1   야코프 폰 윅스퀼, 『동물들의 세계와 인간의 세계―보이지 않는 세계의 그림책』, 정지은 옮김, 도서출판b, 2012, p. 245.

2   같은 책, p. 15.

세포분열을 하듯 매점으로 달려갔다
——「생물 시간」 부분

세계는 결국 거대 생물체의 내면이군 내가 신경계 역할을 했다니
——「원숭이 연극」 부분

우리는 고통을 연구하는 동물
——「천사는 아니지만」 부분

　앞에 인용한 것들은 이 시집에서 눈에 띄는 대로 골라본 것일 뿐이
다. 어떤 의미에서는 이 시집 전체가 이런 상상력에 크게 기대고 있다
고 할 수 있다. 세계를 거대 생물체의 내면으로, 그리고 세계를 지각함
에 따라 이에 능동적으로 대처하는 '세계의 신경계'를 자임하는 주체가
이 시집의 목소리의 주인공이다. 덧붙여 이 목소리는 "우리는 고통을
연구하는 동물"임을 천명하고 있다. 그렇다면 여기에는 세 가지 의미
연관이 있을 수 있다. 첫째, 세계를 기관으로 지각하는 감각, 둘째 세계
를 그렇게 지각하는 데 있어 가장 예민한 중추를 자임하는 '시적 기관',
셋째 그런 방식으로 감득된 세계에 대해 이 지각 주체가 대응하는 방
식과 그것의 '내포적 의미'가 그것이다. 다음 시를 보자.

　　떨어지는 일몰마다 분홍색, 담녹색, 혹은 주황색, 회색, 파충류의
　　잃어버린 눈, 또는 헐렁이는 푸른색 셔츠를 입고 긴 혀로 발바닥을
　　더듬으며 섬을 바라보고 있는 너. 매일 다른 각도로 빨려 들어가는
　　석양마다 이름을 지어 주고 한 번도 부르지 않을 거야. 불의 몸통
　　같은 석양 앞에서 더 이상 움직이는 모습을 보여 주지 않을 거야.
　　엄마를 기다리지 않고 능선을 접어 부채질하는 너. 벌판에 누워 제

물을 기다렸다. 두개골에는 과일 껍질과 검은 핏물이 뒤엉켜 있었다. 내가 사라지면 믿음이 깊어지겠지. 미래는 멋진 여백이 되겠지. 사랑처럼 내가 볼 수 있는 모든 색을 가져가.

　—「유기체」 전문

　유기체에게는 저마다의 환경세계가 있다. 인간과 파충류는 객관적인 '주위Umgebung'를 공유하지만 각자의 목적에 최적화된 방식으로 지각되는 각기 다른 환경세계를 지닌다. 이 시에는 한두 가지의 정황과 그 정황에 최적화된 방식으로 시적 환경세계를 지각하는 뉴런이 기능하고 있다. 우리는 그 정황을 "엄마를 기다리지 않고 능선을 접어 부채질하는 너" "벌판에 누워 제물을 기다렸다" "내가 사라지면 믿음이 깊어지겠지"와 같은 구절에서 어림잡을 수 있다. 결코 세목들로 환원되지 않는 이 정황 속엔 혼자 견디는 시간, 기다림 대신 탈주를 택하고 싶은 갈등, 그 선택이 불러올 불확실한 미래 등이 엿보인다. 그런데 이 시에서 그런 정황보다 우선적으로 전경화되는 것은 그 정황 혹은 '주위'와 겹쳐지는 환경세계이다. 일몰이 "분홍색" "담녹색" "주황색" "회색" 등으로 보이는 것, 석양이 "불의 몸통"으로 보이는 것은 "긴 혀로 발바닥을 더듬으며 섬을 바라보고 있는" '너'의 모습이 기다림 대신 탈주를 꿈꾸는 '나'의 모습과 포개어지기 때문이다. 아니, 좀더 정확히 말하면 기다림과 우울과 갈등으로 가득한 한 소년의 환경세계가 일몰을 응시하고 먹이를 찾는 파충류 개체의 환경세계와 동일시되기 때문이다. 그리고 바로 그런 방식으로 이 시집에 실린 시들의 기본 문법을 이해할 수 있다.

　붉은 눈을 찢고 나온 까마귀, 당신의 뒤에 거꾸로 매달려 있다. 나는 당신의 시야로 허공을 날고 있다고 믿는다. 안개가 들어온다. 내 몸을 통과하며 스스로 부풀고, 터지고, 눌어붙다가, 바지로 나가

는 안개. 까마귀가 내 입에 지렁이를 넣는다. 느리게 죽으려 하는
것들을 도와주자. 둥근 플라스크에서 끓고 있는 것. 입속에서 꿈틀
거리는 까마귀, 두루마리 휴지를 풀며 비린내를 늘리기, 일부러 함
정에 빠지기, 불에서 나와 다시 재가 되기, 나는 나를 나이프로 쓱
쓱 문지른다. 나는 난처해지고 있어. 까마귀가 말했다. 내가 말하려
고 한 것을.

  —「우울의 지속」 전문

 이처럼 우울의 감성조차 생물학적인 전신(轉身)을 통해, 그렇게 상상
된 환경세계를 통해 물리적으로 표현되는가 하면,

  내가 아닌 것들을
  달고 다녔는데
  봉합한 곳으로
  자네의 눈물이 새는군

  움직여 보니 어떤가
  자네는 제법 사람 같아 공포스럽다네
   —「분신」 부분

에서처럼 유기체로서는 불가능한 타자적 시계(視界)의 획득을 시적 언
어를 통해 가늠해보기도 한다. 그러니 "한 차원과 한 차원을 섞어 봅니
다"(「희생양」)와 같은 구절은 시의 언어로 타자의 환경세계를 덧입는
주술과도 같은 문장이 될 것이다. 그런데 주술이라니……

 아직도 그곳에서 그러고 있니. 숲으로 들어오렴. 숲속으로 들어

오렴. 너와 닮은 짐승들이 있다. 끊어진 허리에 붙어 춤을 추고 있
다. 뱀을 넣어라. 너의 몸을 입어라. 모험을 할 때마다 시력이 바뀌
었어요. 당신의 얼굴을 보지 못했어요. 아이들에게 남은 다리를 나
눠 줬어요. 어떤 끝이 뒤돌아 나를 탄생시켜요. 삭제하고 싶니. 너
의 몸. 너의 의식. 이리로 오렴. 바깥으로 오렴. 여기에는 너의 불행
들이 있다. 태워 주마. 모든 구멍에 색색의 종이를 꽂고 태워 주마.
헤매는 것이 나의 전부. 거울을 볼 때마다 꿈으로 전환됐어요. 그것
은 구원이 아니라 진리가 아니라 매혹. 각자의 종교에서 나는 당신
을 먹고 당신은 나를. 서로의 교주가 되어 세계를 다시 호명하기를.
이곳은 나무에서 태어나 나무가 되는 아이들이 있어요. 육신을 부
리는 일이란 그저 그래요. 바람에 살냄새가 실려 오도록. 목소리가
길어지도록. 영혼의 복도를 확장하는 일. 당신이 망각할 때 나는 위
로를 느껴요. 나는 무성해져요. 나는 물컹해져요. 스스로 명령을 내
리고 터져 버린 당신의.

　　　―「주술」전문

　지금까지 언급한 맥락에서 이 '주술'을 이 시집의 메타적 발화로 지
목할 수 있을 것이다. 그리고 같은 맥락에서 "거울을 볼 때마다 꿈으로
전환됐어요. 그것은 구원이 아니라 진리가 아니라 매혹. 각자의 종교에
서 나는 당신을 먹고 당신은 나를. 서로의 교주가 되어 세계를 다시 호
명하기를"과 같은 대목을 일종의 '시작 노트'로 고쳐 읽을 수 있을 것이
다. 나아가 한 번 더 패러프레이즈가 허용된다면, 이는 유기체의 불가
능한 전신마저 극복하고 싶은 강렬한 '타자-되기'의 열망이라고 표현
할 수 있을 것이다. 이 시집 『비금속 소년』에서 미당 초기시의 원초적
혈흔이 검출되는 것은 바로 그 때문일 것이다.

3. 시적 전신과 세계의 배양

그렇다면 왜 전신일까? 두 가지 층위에서 말해볼 수 있을 것이다. 첫째, 정황과 태도의 층위, 둘째 그것을 시적으로 발성하는 층위이다.

여름이 소년의 꿈을 꾸는 중에는 풀벌레 소리가 들리곤 했다 우리는 장작을 쌓으며 여름과 함께 증발하는 것들에 대해 생각했다

화산은 시력을 다한 신의 빈 눈동자 깜박이면 죽은 그림자가 흘러나와 눈먼 동물들의 밤이 되었다 스스로 녹이 된 소년, 꿈이 아니었으면 싶어 흐늘거리는 뼈를 만지며 줄기였으면 싶어 물의 텅 빈 눈을 들여다보았다 멀리,

숲이 호수로 걸어가고 있다 버드나무가 물의 눈동자를 찌르고 있다 지워진 얼굴 위로 돋아나는 여름, 신은 태양의 가면을 쓰고 용접을 했다 소년이 나의 꿈속으로 들어와 팔을 휘두르면

나는 나무에 가만히 기댄 채 넝쿨과 담장과 벌레를 그렸다 소년은 내가 그린 것에 명암을 넣었다 거대한 어둠이 필요해 우리는 불을 쬐면서 서로의 그림자를 바꿔 입었다 달궈진 돌을 쥐고 순례를 결심하곤 했다

소년은 그림자를 돌에 가둬 놓고 잠에서 깨어나지 않는다 나의 무릎에 이어진 소년, 이음새를 교환할 때마다 새소리를 냈다
　　—「비금속 소년」 전문

이 시집에는 젊은 시인의 첫 시집에 들어 있곤 하는 개인사적 내력이 거의 드러나 있지 않다. 다만, 태도와 방법이 있을 뿐이다. 시집의 표제작은 그런 점에서 상징적이다. "스스로 녹이 된 소년"이라는 표현은 '비금속 소년'이라는 표제의 대우 명제 격으로 간주될 수 있다. 단절과 단호함, 그리고 매끈함의 속성으로 표상되는 바로서의 금속이 아니라 성장과 전신이 가능한 유기체적 개체로서의 소년이, 금속을 허물고 벗어나는 녹이 되는 일을 스스로 선택한 소년이, 다시 말해 규격과 윤기 대신 피가 흐르고 뼈가 만져지는, 그리고 지금이 아닌 방식으로 항상 새로운 시계를 벼려내는 존재로서의 소년이 넝쿨이 되어 새를 불러들이는 현장을 우리는 이 시에서 발견할 수 있다. 아마도 이 시집에 숱하게 제시되는 환경세계들에 대해서 단일한 주체를 고유하게 지정할 수는 없겠지만, 이 환경세계들은 사회성을 지닌 자연인—실은 이런 맥락에서는 사회인이라고 해야 옳겠지만—으로서의 시인 곁에 붙박인 어떤 존재의 것이라고 말해볼 수는 있을 것이다. '비금속 소년'이라는 기표는 바로 그 자리에 기입된다. 이를테면,

　　　　나의 것들은 내가 사랑을 주기도 전에 떠났네 다리가 들린 채 악
　　　취를 풍기겠지 곧 약품 처리 되겠지 관상용으로 남겠지 유행이 지
　　　난 미학이 되겠지
　　　　　―「고양이」부분

와 같은 대목에 그 '소년'과 결부된 일말의 내력은 담겨 있을 것이다. 몸이 느린 개체, 의지를 등가적으로 교환하는 속도가 몸에 배지 않은 개체, 사후적으로만 일을 수습하는 개체, 그리고 사태가 처리될 때에야 비로소 사태를 장악하는 개체, '사회인(이자 자연인)'으로서 이 개체의

246

환경세계는 "유행이 지난 미학"처럼 부실하고 창백한 것일지도 모른다. 전신과 함께 새로운 환경세계가 절실히 요청되는 까닭이 바로 거기에 있다.

> 취미는 보편성과 특수성을 가지고 있는데 그런 건 우리가 만드는 거야 공동체적인 감각이지 직감 따위는 버려 너는 천재가 아니잖아 예를 들면 언어 알을 하나하나 손톱으로 굴려 보거나 잇몸에 숨겨 놨다가 다시 꺼내 보는 행위 이런 것들이 다 연관이 된대 아름답지 지저분하고 편리하게 만드는 곡선이란 우리가 미래를 꿈꾸며 구웠던 펭귄 같아 나뭇잎에 눈이 베인 태양은 걸어온 길을 잃어버렸어 손끝에서 불꽃을 내뿜고 싶었지만 개나리만 번져 갔어 나방 유충을 키우며 키스를 했어 온몸을 스스로 태운 나뭇잎들 이런 것들은 지루한 바람의 영역이지 가족이 죽었는데 가족이 늘어났대 너는 내가 일어나지 않으면 고기에 칼을 찔러 놓고 바닥에 여러 번 던지지 해동하는 것을 사랑의 형식이라고 말하지 이제 고백하는 것들은 제쳐 두고 아가미가 쏟아진 그 접시에서 다시 체온을 높여 보자
> —「세포 배양 노트」전문

"세포 배양 노트"라고 쓰고 차원이 바뀐 환경세계의 분절이라고 읽은 뒤 새로운 시의 탄생이라고 이 시를 푼다. 이 시는 그 자체로 일종의 방법론이 된다. 그리고 이 시는 메타적으로 다음과 같은 구절에서 요령을 얻는다.

> (1)
> 세계의 노선도는

괴물의 뇌 같다

〔……〕

모든 비유가 쓸모없는 것 같다
　─「밀항」 부분 (강조는 인용자)

(2)
　추구할 것이 있다면 올바른 죽음입니다 저기 유리창 너머 생물들을 보십시오 지느러미가 길어지도록 힘을 더 주십시오 **현실이 재현되지 않도록 주의하십시오**

〔……〕

나는 진화를 앞두고 있다

곧 패턴이 되겠지만
일기를 쓰며
돋은 날개를 흔들어 본다
　─「프랙탈」 부분 (강조는 인용자)

　그러니까, 비유 대신 새로운 몸을 입는다. 앞서 말했듯이 이런 과정을 통해 시적으로 정립되는 환경세계의 주체가 누구인지, 무엇인지를 특정할 수는 없다. 그것은 오히려 이 시집에 풍부하게 제시된 환경세계들의 구체적 양상을 통해 귀납되는 장소와도 같다. 그리고 당연하게도 그 장소에서 현실은 이전과 같은 방식으로 재현될 수 없다─다시 한번 주위와 환경세계를 상기해보자. 낮게 표현된 '거대한' 야망이 아 닐 수 없다.

4. 지각적 이미지와 능동적 이미지

이 시집에는 눈에 띄는 이항대립항이 몇 개 있다. 앞서 살펴본 맥락에,

풍경과 인물에 질서를 부여했다 디테일이 지루해서 신화를 등장 시켰다
　　―「혼」부분

와 같은 구절을 추가하면 다음과 같은 이항대립항들을 얻을 수 있다. 금속과 유기체, 패턴과 진화, 디테일과 신화가 그것이다. 물론 이 시집 의 환경세계는 후자에 의해 정향된다. 금속과 패턴과 디테일 대신 유 기체와 진화와 신화를 택하는 것이 어떤 의미를 지닐까? 다음 시를 눈 여겨보자.

움직이는 것은 슬픈가.
차가운 것은 움직이지 않는가.

발목은 눈보라와 함께 증발해 버린 청춘, 다리를 절룩이며 파이 프를 옮겼다. 눈을 쓸고 뒤를 돌아보면 다시 눈 속에 파묻힌 다리. 자라고 있을까.

달팽이가, 어느 날 아침 운동화 앞으로 갑자기 떨어진 달팽이가

레일 위를 기어가고 있다. 갈 수 있을까. 갈 수 있을까. 다락방에서 반찬을 몰래 집어먹다 잠든 소년의 꿈속으로. 덧댄 금속이 닳아서 살을 드러내는 현실의 기분으로.

월급을 전부 부쳤다. 온종일 걸었다. 산책을 하는 신의 풍경, 움직이는 생물이 없다. 삶을 대하는 태도가 없다. 공장으로 돌아와 무릎 크기의 눈덩이를 몇 개 만들다가 잠에 든다.

움직이지 않는 것은 슬픈가.
가만히 있는 식물은 왜 움직이는가.

밤이, 어느 작은 마을의 모든 빛을 빨아들이는 밤이 등 위에 정적을 올려놓고 천천히 기어간다. 플랫폼으로. 플랫폼으로. 나를 후회스러운 표정으로 바라보는 것. 창밖으로 내리는 눈발의 패턴이 바뀐다.

간혹 달팽이 위로 바퀴가 지나가면 슬프다고 말했다.

잠들어 있는 마음이 부풀고 있다.

나를 민다.
나를 민다.
—「풀」 전문

매끄러운 결락과 단속, 확실한 맺고 끊음과 분명한 계획(금속), 똑같은 일상과 정서의 되풀이(패턴), 사물과 세계를 가장 작은 단위에서 일대일로 교환하는, 혹은 재현하는 형태(디테일), 타자에 빗대어 자신을 표현하는 언어(비유) 등을 거부하는 이의 심중에 가득한 것은 뜻밖에도 우울이다. 인용한 시를 보자.

눈을 쓸어 내면 다시 또 발목과 다리가 파묻히는 지독한 눈보라가 청춘의 형상으로 감지된다. 나아갈 길은 고사하고 서 있는 지점조차 미혹 속에 빠져드는 이 순간이 금속성일 수는 없다. 그런 의미에서 볼 때, 이 시집에 빈번하게 등장하는 동물 이미지와 유기체의 환경세계 중에서 가장 적확하게 청춘을 지시하는 것이 '달팽이'라고 할 수 있다. 다시금 '주위'와 '환경세계'를 생각해보자. 객관적인 '주위' 안에서 '달팽이'는 더디고 느리게 나아간다. 방향과 목적조차 가늠할 수 없는 '달팽이'의 움직임은 그 자신의 '환경세계' 속에서야 비로소 시계와 목적과 삶(생명, life)의 기승전결을 드러낸다.

'주위'에서 '환경세계'로의 전환은 3연에서 이루어지는데 그것의 촉매가 되는 주문이 바로 "갈 수 있을까. 갈 수 있을까"이다. 이 주문을 매개로 시의 언어는 달팽이에 대한 관찰에서 달팽이의 시계를 기술하는 것으로— 말하자면, "소년의 꿈속"으로— 옮겨간다. "덧댄 금속이 닳아서 살을 드러내는", 보철의 효과조차 무화시키는 현실은 달팽이를 관찰하는 이가 자신의 삶을 달팽이에 비유하는 방식이 아니라 바로 달팽이의 현실로 투사하게 만든다. 그렇기 때문에 4연은 넋두리가 아니라 새로운 현실 그 자체로 읽힐 수 있다.

윅스퀼에 기대어 지각적 이미지와 능동적 이미지라는 술어를 사용할 수 있다면, 6연의 밤 풍경은 이 환경세계에 현상한 지각적 이미지가 능동적 이미지로 전환하는 과정을 통해 인지된 그림이다. 달팽이에게는 달팽이 종족이 가장 분명하게 인지되는 법이다. "등 위에 정적을 올려놓고 천천히 기어"가는 밤이란, 밤이라는 달팽이나 달팽이라는 밤이 아니라 '밤-달팽이'가 아니고 무엇이겠는가. 이 시인은 존재자의 전신과 언어의 굴신에 태연하게 능하다. 시의 마지막 대목은 이제 소년–청춘–달팽이–밤–'나'의 분간이 의미가 없는 환경세계를 내밀어놓는 데까지 나아간다. 능동적 이미지란 지각적 이미지를, 글자 그대로의 의미에서 생계에 가장 적합한 방식으로 파악하는 이미지다. "소년의 꿈속"으로 전진한 언어는 "잠들어 있는 마음"을 부풀린다. "나를 민다./나를 민다"는 누구 혹은 무엇의 말인가? 명석판명하지 않은unclear and indistinct 언어가 젊은 시인에게는 드문 고유한 환경세계들을 분절시키고 있다.

혹시 잊었을까? 이 시의 제목은 "풀"이다. 그리고 이 "풀"은 이미 달팽이를 관찰하는 이가 아니라 앞서 기술한, 경계 없는 기관의 세계에 현상한 풀이다. 거기서 미세한 움직임조차 지구적 규모가 된다. 그러니 이 수용 기관을 뭐라고 불러야 좋을까? 다음과 같은 주문의 울림과 함께 말이다……

움직이는 것은 슬픈가.
차가운 것은 움직이지 않는가.

〔……〕

움직이지 않는 것은 슬픈가.
가만히 있는 식물은 왜 움직이는가.

[2018]

252

언어와 실재의 신약(新約)

1

시라는 장르의 하중을 몸 전체로 받고 있는 시인의 첫 시집이 모처럼 출현했다. 고전적인 문제 제기, 그리고 그 문제 제기에 에두르지 않고 정면으로 응대하는 패기, 나아가 형이상학적이라고까지 말할 수 있을 정도로 집요한 탐색과, 시의 말을 통해서만 마련되는 잠정적 해법까지 모두 담고 있다는 점에서 박희수의 첫 시집 『물고기들의 기적』(창비, 2016)은 어떤 웅대한 드라마에 비견된다. 동시에 어떤 의미에서는 '모던한 앤티크'를 보는 듯하다고 말할 수도 있을 것이다. 이 시집은 정통으로 모던하며 최첨단으로 앤티크하다.

> 내가 음악,이라 말한다고 음악이 되지는 않고
> 내가 새,라 말한다고 새가 날아오지는 않는다
> 말이란 묘한 것
> 새라 말함을 들으며 새를 생각함은 무엇이고
> 음악이란 말 속에 음악이 있다는 믿음은 무엇인가
> 새 훨훨 새 훨훨 새 훨훨은 나는가
> 음악 마단조 음악 포르테 음악 마단조 하면 들리는가

오르내리는 활
오르는가
내리는가

〔……〕

단어와 단어 사이에 거울을 놓고
단어들이 서로를 가리키며 부단히 웃게 해주자
나/너
바람/양말
겨울/해
두쌍의 단어들이 나란히 늘어설 때
같은 쪽의 단어들은 동의어라는 환상을 지니도록 생각하자
〔……〕
현실을 아무것도 바꾸지 않으며
너의 자세가 모든 걸 돌려놓기 위해서
혼자 있을 때
사물의 영상이 너에게 뛰어들게 하기 위하여
뛰어들어 너를 엉킨 국수처럼 만들 때
초점 없는 햇빛이 네 속에 육수처럼 스며들게 하기 위하여

나는 이름을 지녔다
나를 부른다고 거기 갈 순 없다
나의 이름은 전화번호부에 오르고
심지어 내가 나를 이름으로 기억할 때도 있다
허나

이 순간은 낯설다

차가운 공기와 환한 빛이 뒤섞여

특이한 자세를 취하며 창문으로 쏟아지고 있다

이것을 부를 말이 필요하다

말은 곧 사라진다

허나

말은 죽어도 가슴의 감각은 남고

맞게 발음한다면 굳어진 진흙을 깨뜨리는 부드러운 물줄기의 열
쇠로

다시 돌아올 것이다

★　★　★

어둡고 뭉근한 맨드라미

운동장에서 자기 손을 씹어 먹는 소년

포탄을 파괴하는 까마귀

★　★　★

모두 돌아올 것이다.

　　　　　　　　　　　　　　　　　—「로드Load」부분

　이 시집에 실린 유일한 메타시라는 점을 감안해 길게 인용했다. 말
을 달리 하자면 이 시는 묵중한 첫 시집을 상자하기까지 시인이 겪었
을 어떤 문학적 '전회' 과정의 전말을 담고 있다고 할 수 있겠다. 우선
문제 상황이 무엇인지부터 보자. 1연에 명시되어 있다. "음악"이라고

말한다고 "음악이 되지는 않고", "새"라고 말한들 "새가 날아오지는 않는다"는 사실은 상식적으로 자명하면서 시적으로 치명적이다. 시가 정서의 자연스러운 표현만은 아니며 또한 적당한 트릭과 설익은 지식으로 쌓아놓은 퍼즐이 아님을 알고 있는 이들을 잠 못 이루게 하는 것 중 으뜸은 말과 실재의 간극이다. 20세기 초반에 세계의 불연속적 단면에 대한 사유 그 자체를 방법화하여 효과적으로 시 언어로 벌여놓은 이들이 응시했던 이 문제적 간극은, 우리 시단에서도 김춘수, 오규원, 허만하, 채호기, 그리고 이준규에 이르기까지 중요한 시인들에게 일종의 시적 트리거로 작용했다. 그리고 예외 없이 이들은 간극을 앓고 모험을 살았다. 어쩌자고 이 젊은 시인은 이 '수난passion'의 드라마를 다시 개시하는 것일까?

19세기 후반에 언어를 대상과의 아날로지로부터 격절시키며 공시적 차이의 체계로 상상하게 함으로써 언어 연구 대상을 통시적 계통 발생의 역사로부터 변별적인 공시적 구조의 문제로 전유한 '전회'가 발행한 이후 역설적으로 아날로지의 가능성 때문에 몸살을 앓은 것은 시인들이었다. "새라 말함을 들으며 새를 생각함은 무엇이고/음악이란 말 속에 음악이 있다는 믿음은 무엇인가" 하고 묻는 이에게 『일반언어학 강의』(소쉬르)를 내밀며 밑줄을 그어줄 수는 없는 노릇이다. 어떤 시인들은 '잃어버린' 세계를 여는 십자말을 여전히 만지작거린다. 인용한 부분의 두번째 연은 이런 사정을 적시하고 있다. "마단조"라는 말로 '마단조' 음악이 흐르게 만드는 주술은 이 세계에 없지만 바장조나 가단조가 아니라 저 안에 '마단조'라는 '실물'이 혹은 마단조의 관념이—차이들의 체계 속에서건 대상과의 아날로지에 의해서건—완전히 없을 수는 없다는 것이 모든 문제의 시발점이다.

다분히 20세기적인 이 의제 앞에서 우선 첫번째 해법이 모색된다. "단어와 단어 사이에 거울을 놓고" 언어를 자기반영적 구조의 문제로 간주하면 언어와 사물의 관계에 대한 주술적 믿음의 일단이 모두 정리될 것인가? 그것은 "나/너" "바람/양말" "겨울/해"와 같은 짝패가 이항대립을 구성할 수 있느냐에 달려 있다. 그러나 이 짝패에서 한 축이 다른 축의 구조적 거울이 되는 것은 음성학적으로도, 형태론적으로도, 의미론적 맥락에서도 쉽지 않아 보인다. 이항대립의 성립을 가능하게 하는 변별적 자질이 명확하지 않기 때문이다. 그렇다면 "같은 쪽의 단어들은 동의어라는 환상을 지니도록 생각하자"라는 것은, 첫째는 이런 상황에 대한 명료한 인식, 둘째는 문제 상황을 시적 의제로 변환시키는 과정, 셋째는 해법을 위한 사유의 전개를 위한 일종의 정지 작업을 발화하는 것에 다름 아니다. 이제 시가 개입하고 방법론이 고개를 드는 새로운 주술이 작동하기 시작하는 것이다.

그러나 이 주술은 언어와 사물의 관계에 대한 것이 아니다. 오히려 그것은 『일반언어학 강의』에서와는 다른 방식으로 언어의 독립을 보장하기 위한 것이다. 다시 말해 그것은 자의적인 기호들의 자기반영 체계로서의 독립이 아니라 사물 혹은 실재와의 대등한 외교를 위한 자치권을 확보하는 독립이다. 이름을 부르는 자리에 실재가 소환될 리 만무하지만 이름은 독립적으로 가치를 지니면서 실재와의 연락을 개시한다. 미리 당겨 말하자면 박희수의 시는 그렇게 독립된 언어들과 실재가 대등한 관계로 외교를 개시하는 초기 단계의 연락소이다. 초기 단계라고 한 것은 이 흥미진진한 외교의 귀결을 우리가 아직은 알지 못하기 때문이다. "차가운 공기와 환한 빛이 뒤섞여/특이한 자세를 취하며 창문으로 쏟아지고 있"는 사태, 이것을 부르는 말을 자의적으로 지정할 수 있는 가능성을 열어놓은 것은 틀림없이 19세기 후반 이후의 언어학이다. 그러나 자의성과 약속에 기반한 언어는 다음과 같은 징후와 약속을 결코 남길 수 없다.

말은 곧 사라진다
허나
말은 죽어도 가슴의 감각은 남고
맞게 발음한다면 굳어진 진흙을 깨뜨리는 부드러운 물줄기의 열
쇠로
다시 돌아올 것이다

따라서 "이것을 부를 말이 필요하다"라는 것은 또 다른 체계의 자의
적 약속이 필요하다는 말과 같지 않다. 그것은 하나의 독립국이, 능란
하게 자치하되 대등하거나 우세한 외교술을 펼칠 줄 아는 유능한 정부
가 필요하다는 말과 전혀 다르지 않다. 이 시 후반부에 구태여 특수문
자로 구획하고 그 안에 이탤릭체로 눕혀놓은 말들은 어쩌면 이런 방식
으로 세워진 자치구에서 비로소 운용되기 시작하는 언어의 표본에 다
름 아니다. 그러니 실은 저 별빛처럼 빛나는 특수문자들 사이를 아예
『물고기들의 기적』이라고 불러도 무방하리라. 그리고 바로 그 특수문
자들 사이에 놓인 말들 바로 뒤에 이어지는 이 시의 마지막 행이 "모
두 돌아올 것이다"라는 것을 각별히 기억할 필요가 있다. 말들은 이 시
집에서 이제 이런 방식으로 로드되어 독립된 고국으로 '귀환'할 것이기
때문이다.

2

언어와 사물의 관계에 대한 시인의 탐색은 다시 언어와 음악의 관계
에 대한 유비를 통해 한 번 더 펼쳐진다.

신이 세상을 처음 만들 때

황량한 바다를 만들고

그에 어울리는 소리를 나중에야 떠올렸듯이

눈앞의 젖은 풀이 던져주는 초록색 파도가

무슨 의미인지 모르고서

어머니는 여전히 화초에 물을 뿌린다

몸을 굽혀 잠시 안개꽃을 쓰다듬다가

이유 없이 꽃에 매혹될 무렵

구름이 걷히며 천천히 드러나는 해

　　──「흐린 날의 마술」부분

　사정이 이렇게 되면 질문은 한층 더 복잡해진다. 언어와 사물의 관계 양상이 앞서 살펴본 것과 같다면 음악과 사물의 관계는 또 어떠한가? 이 시에는 사물과 소리와 의미의 관계에 대한 성찰이 압축적으로 드러나고 있다. 언어와 실재의 관계에서 언어에 선편을 쥐어줄 수 있는 것은 창조주뿐이다. "빛이 있으라" 함에 빛이 있듯이 신이 언어로서 세계를 만들었다면 언어가 세계를 반영하는 것이 아니라 언어가 세계를 생산한 것이 된다. 이 권능을 계몽의 시대에도 유지해보려는 낭만주의자들의 아나크로니즘을 승계하고자 한다면 앞서 살펴본 것과 같은 사태는 발발하지 않았으리라. 문제는 사정이 그와 같지 않다는 것이다. 앞서 살펴본 것처럼 『물고기들의 기적』에서 언어와 세계는 선후 관계가 아니라 느슨한 병렬 관계에 놓여 있다. 언어와 세계의 불연속적 단면이 반영과 재현 혹은 표현과 산출의 양상보다 또렷하게 각인되어 있다.

　그런데 이 시집에서 선후 관계가 아니라 사물과의 병렬적 관계를 조율하는 것은 바로 음악이다. 이는 부제를 수반한 동기들의 음악적 구성을 염두에 둔 것으로 보이는 장시들이 시집에 다수 실려 있다는 것을 통해서도 확인된다. 어쩌면 박희수에게 시는 사물보다 선행하는 언어의 처소라거나 사물을 반영하는 언어적 거울이 아니라 세계를 제 리듬과 소리에 걸맞게 재배열arrangement하는 음악에 가까운 것이라고 할 수 있을 것이다. 그것은 "그에 어울리는 소리를 나중에야 떠올렸듯이" 같은 구절에서 보듯, 사물이 본래 가진 본질이나 속성 안에 우선 존재했던 것은 아니지만, 또 사물이 존재함으로써 파생된 바로서 사후에 형성된 질서도 아니지만 사물들과 세계의 본성에 걸맞은 어떤 것이다. 이 시집에서 언어가 사물에 적중하거나 사물이 언어를 주형으로 생산하듯 풀어내는 것이 아니라, 마치 "이유 없이 꽃에 매혹될 무렵/구름이 걷히며 천천히 드러나는 해"처럼 양자가 독자적으로 존재감을 지니면서도 묘하게 상호 연동하고 있는 것으로 보이는 까닭이 바로 그것이다. 그리고 낭만주의자들의 믿음을 알고 있는 모더니스트가 음악에 의탁하는 까닭도 바로 거기에 있다고 하겠다. 이런 양상은 단지 명백하게 악곡의 구성을 지향하는 듯한 작품들의 스타일상의 문제에만 국한되는 것은 아니다.

언어 : 사물 ≠ 음악 : 사물이라면 언어와 음악의 관계는 어떠한가? 바로 이 질문을 통해 아날로지의 세계는 알레고리의 세계에 주권을 양도하게 된다. 그것은 두 가지 의미에서 그렇다. 첫째, 이는 폴 드 만의 말마따나 알레고리에서 중요한 것은 시간과의 관계이자 공간적 동시성이며, 이때 기호와 의미의 관계보다 중요한 것은 기호와 기호의 병렬적 관계일 따름이기 때문이다. 이 시집에서 언어와 음악이 사물과 사물의 의미Sinn와 맺는 관계보다 언어와 음악의 상호 관계가 전경화되는 까닭 역시 이에 기반한다. 그리고 둘째로, 발터 벤야민의 표현을 빌리자면 총체성이 사라진 시대의 "알레고리적 직관"이 이 시집에 실린

시들과 관계 깊기 때문이다. 이 시집에서 중요한 의제로 설정된 음악/언어 : 사물의 관계, 그리고 음악과 언어의 연동 양상은, 다시 벤야민의 표현을 사용하자면 '총체성이라는 거짓된 가상the false appearance of totality'이 사라진 시대에 파편과 조각으로부터 세계를 상상하는 알레고리적 직관과 관계 깊다. 예컨대 "전체성"이라는 제목을 지닌 시의 서두에 시인이 서곡prelude 격으로 붙여놓은 말이 "나는 조각이고 그 극치다"라는 것을 생각해보면 이런 양상은 명료하게 포착될 수 있다. 시를 보자.

> 나는 조각이고 그 극치다
> ── 비젤

공장의 피스톤처럼 여기 왔다
무너지는 벽돌 쓰러지는 연통 넘어
무반주 피스톤처럼 여기에 왔다
쿵, 쾅, 쿵, 쾅
어쩌리, 악보는 새까맣고
새까만 악보는 탄가루로 가득한데
공장의 피스톤처럼 여기에 온다
청신경에 도는 유압

때늦은 도입

슬프네 나는 전체성을
전체성을 얻을 수 없네

바라본 꽃 다 가루 되고
물결은 깨져 가라앉는

그 전체성을 내가
전체성을 얻을 수가 없네

왜 잠망경은 잠수함을

부적절한 예찬

조개인 무량수전
껍질 열고 들어가니 단집 환하다
진주처럼 빛나는 불상과
피 흘리며 광호를 바라보는 제불
지혜의 뱀처럼
향 연기가 요염하게 허리께를 맴도는데

여기에 모든 것이 있다

단 하나가 없다

여기에 그 모든 것이 있다

기쁘다
여기에 쇠말뚝이 없다

무관한 예화

벌들이 눈 뜬다. 노동을 위한 생성. 우윳빛 겹눈 위로 그림자가
지나갈 때 검은 날개는 체제를 지배했다. 꽃과 집 사이를 오가며
지나는 계절. 꿀에 전 작업복을 버리듯 일벌 두셋이 바닥에서 식는
다. 개미들의 환영이 파도처럼 밀려오길 바랐지만 실상 가다 막히
는 좁은 시냇물에 불과했다.

본격적인 시에 앞서서—메르카토르 도법

두 눈을 뽑아들고
거리에 선다

이제부터 굴러오는 모든 것은 길이 될 것이다

눈사태
난폭해지는 별의 회전

가까운 것은 더 크게, 작은 것은 더 멀게
평평한 거리를 둥글게 휘감으며

미완결

창문 밖의 사람들은 창문 안을 이해하지 못한다!

아버지는 시계를 고치는 사람이었다!

어제 주운 고무공을 오늘 개가 물고 갔다.
　　　―「전체성」전문

　길지만 음악적 구성과 알레고리적 언어의 연동을 드러내 보이기 위
해서는 전문을 인용하지 않을 수 없다. 우선 각 부분의 부제들을 눈여
겨보자. 각기 "때늦은 도입" "부적절한 예찬" "무관한 예화" "본격적
인 시에 앞서서―메르카토르 도법" "미완결"로 되어 있다. 말하자면
"때늦은 도입"에서 "미완결"로 끝나는 이 '악곡'은 원만한 도입으로 시
작해서 적절한 동기가 제시되고 그것이 반복되거나 변주되면서 전개
되었다가 극적인 완결에 이르는 구성을 갖지 못했다는 것인데, 이런
사정은 이 시의 제목이 "전체성"이라는 것과 미묘하게 어긋나며 시의
주제 의식을 오히려 부각시킨다고 하겠다. 『물고기들의 기적』에 실린
시 중 「검은 낚시꾼」과 함께 대표작으로 꼽혀도 손색이 없을 이 작품
을 조금 더 자세히 살펴보자.

　각 부분마다 시적 동기에 대한 부제가 달린 이 시의 1연에는 별다른
부제가 없다. 아마도 1연이 끝나고 2연이 시작되기 전에 "때늦은 도입"
이라는 부제가 붙은 까닭이 여기에 있을 것이다. 그렇다면 도입부가
늦어지게 된 까닭은 무엇일까? "악보는 새까맣고/새까만 악보는 탄가
루로 가득"하기 때문이다. 즉 음악의 운용에 대한 예정조화가 재로 변
한 정황 때문에 도입부는 제때 시작되지 못한다. 그리고 그것은 "공장
의 피스톤"처럼 기계적이고 획일적인 리듬, 즉 음악으로 변주되기 어
렵고 세계의 자연스러운 움직임과 조화에 '어울리지 않는 소리'의 기
계적 반복이 동시대의 기율이기 때문이다. 고전적으로 비유컨대 이는
음악이 어지러워진 세태나 비인간적인 획일성과 정확성이 삶을 규율
하는 세계의 양상에 비견된다고 하겠다. 그렇다면 음악을 도입하는 것

은 저 기계적인 기율을 타기하고 세계에 "어울리는 소리"(「흐린 날의 마술」)를 돌려주기 위함일 것이나 "때늦은 도입"이라는 부제에서 보듯 그것은 어쩌면 이미 실기한 기획이다. 이는 부제들에 "때늦은" "부적절한" "무관한"과 같은 말이 사용된 것과도 관계 깊은데, 이 형용사들은 모두 "슬프네 나는 전체성을/전체성을 얻을 수 없네"라는 치명적 인식을 형용한다.

그런데 흥미로운 것은 이 형용사들이 반어적 의미를 지니기도 한다는 점이다. "부적절한 예찬"에서 "공장의 피스톤"의 리듬과는 대비되는 "무량수전"의 시간에 대한 예찬은, 타율적이고 기계적으로 진행되는 시간 안에서 접하는 이질적 리듬에 대한 이물감과 친밀감의 양가적 표현으로 읽힌다. 또한 "무관한 예화"에 예시된 꿀벌의 작업과 바닥에서 죽어가는 일벌의 모습은 메트로놈처럼 정확한 계획에 의해 진행되면서 강도를 높이는 공장의 노동과 전혀 무관한 것이 아니다. 더욱이 꿀벌이 만드는 벌집은 인간이 만든 그 어떤 건축물보다 완전하지만 가장 서툰 노동자라도 꿀벌보다 낫다는, 인간 노동의 진정한 가치는 생산물의 결과적 효율보다는 노동 과정 그 자체에 있다는 어떤 전언을 떠올리게 한다는 점에서 '악곡'의 진행상 전혀 무관한 동기의 도입이 아니라고 할 수 있다. 사정은 "본격적인 시에 앞서서—메르카토르 도법"이라는 부제가 붙은 다음 대목에서도 마찬가지이다. 메르카토르 도법이 객관적 재현의 '신화'를 물리침으로써 오히려 항해에 적합한 세계 투영법이 될 수 있었듯이 사물과 언어의 재현적 관계에 대한 '신화'를 떨쳐냄으로써 시 언어는 이제 닻을 올릴 수 있게 된다.

전체성을 담지할 수 없는 언어로 세계에 '어울리는 소리'를 찾아 나서려는 시도, 실패가 노정된 그 여정이 "미완결"로 개시되는 것 역시 합당한 귀결이다. 이 '미완결 악곡'은 공장의 피스톤 리듬이 규율하는 기획을 벗어나 사물들 본연의 세계에 걸맞은 소리를 찾아 나서는 인간의 숙명을 예고한다. 그러나 미결이라고 하더라도 그것이 반드시 어떤 체념으로만 귀결되는 것은 아니다. 그리고 이때 전체성을 파지할 수 없는 언어가 기성 세계의 기율을 넘어서 사물들 본연의 질서에 '어울리는 소리'를 득하기 위해서 반드시 필요로 하는 것이 있다.

3

그것은 죽음이다. 그리고 이 죽음은 요청된 것이다. 「죽음의 집 1」「죽음의 집 2」 같은 작품에서 전면적으로 다루어지고 있고, 「검은 낚시꾼」 같은 시에서 "백수광부" "우(禹) 임금" "굴원"의 고사에 대한 인유 allusion를 통해 마치 대위법적으로 펼쳐지는 협주곡처럼 그 함의가 다채롭게 변주되고 있는 주도동기Leitmotiv가 바로 죽음이다. 이 시집에서 죽음은 단지 인간의 한계 조건과 숙명을 떠올리게 하는 주제와 관련된 의미론적 층위에서만 중요성을 지니는 것은 아니다. 물론 시집 전체의 톤이 "검은 옷의 행진"(「지면」)을 연상시키면서 죽음의 정조를 강하게 띠고 있기는 하지만, 「전체성」이나 「검은 낚시꾼」 같은 악곡적 구성을 지닌 개별 시편들뿐만이 아니라, 다시 이 시들조차 전체 구성의 한 부분으로 편입되어 시집 전체가 모티프를 반복적으로 변주시키면서 종결을 향해 나아가는 일종의 음악적 드라마를 연상시킨다는 점에서, 죽음의 의미를 의미론적 기능의 차원에서만 파악하는 것은 일면적이다.

(1)
세상을 다 모르고 죽는 일은
나름 멋지다고 생각했다

—「오프닝」부분

(2)
죽은 사람들과 나는 살아가는 걸까
그런 생각은 감춰진 것이라서 은밀하다
내가 이미 죽은 다음에는
그런 생각은 다소 행복하기도 하다
—「나와 해바라기와 그네와 그림자」부분

이런 구절에서 죽음을 종결이나 한계상황으로 읽는 것은 불충분하다. 오히려 여기서 죽음은 사태의 시작과 끝을 개방하고 개체적 한계에 의존하는 시계를 개방해 세계에 대한 새로운 투영법을 가능하게 하는 형식적 조건으로 기능한다. 이처럼 전체성을 선험적으로 전제하지 않으며 언어를 파편들의 이음새로 삼을 계획을 물릴 수만 있다면—이 점이 인유의 수사에서 연상되는 T. S. 엘리엇 같은 이의 모더니즘과의 결정적 차이인데—이 세계를 대체할 관념적 질서를 언어로 구축하는 대신 필사적으로 세계에 어울리는 소리를 읽어내는 것이, 즉 관념적 기획보다는 감각적 편력이 더 중요해진다. 그리고 이는 죽음과 관련된 이미지 계열과 더불어 이 시집의 또 다른 주요 이미지 계열인 물 이미지와의 관계를 생각해볼 때도 확연해진다.

물속을 흘러가는 물고기의 호흡
수많은 전생들이 뒤섞이는 물결 속에서
내가 한때 한떨기 나무였고 새였고
노래 부르지 못하는 물의 종족이었다는
아주 오래전에 죽은 누군가의 생각

〔……〕

그리고 그의 입이 열리며
노래 부르지 못하던 물의 종족이
이전에 보고 들었던 것들을
처음으로 들려줄 테니

수많은 소리를 쏟아내나
스스로는 어떤 소리도 들이지 않던
밀도 높은 습도의 음계를
　　　　　　　　　　—「강변북로」부분

　여기서 죽음은 끝이 아니라 새로운 감각과 시계에 따른 재배열rear-rangement의 조건이 된다. 물 이미지는 죽음의 의미와 결부되어 있지만 동시에 정화와 재탄생의 의미와도 맥락이 닿는다. 인용한 부분에 전개되는 선불교적 사유가 단지 종교적 전언을 전면화하기 위함이 아님은 자명하다. 불연속적 단면을 관념적 질서에 의해 수습할 것인가, 그렇지 않으면 조각과 파편 들을 재료 삼아 이들이 '어울리는 소리'를 통해 세계의 재배열을 꾀할 것인가. 나무였고 새였던 것을 포함한 수많은 전생들이 뒤섞이는 물결, 그것은 여기서 세계에서 사물들이 이루고 있는 물리적인 조합을 일회적 우연성에 내맡기는 여일한 세계의 리듬에 비견된다. 벤야민이 알레고리에 대해 설명한 표현을 빌려 오자면 그것은 "가시적 존재와 의미의 심연the depths which separate visual being from meaning"을 맴도는 곡조이다.
　주지하듯 알레고리는 형상과 의미의 불일치를 근본 원리로 삼으며 양자 사이의 심연을 궁륭으로 삼는다. 왜냐하면 그 심연을 맴도는 곡조를 통해 기성의 의미와 역사를 폐허로 만들면서 새로운 의미 연관을 찾도록 하는 것이 시적 알레고리의 기능이기 때문이다. 시에서, 벤야민의 표현대로, '가치의 탈취와 상승Entwertung und Erhöhung'이 일어나는 까닭은 그 때문이다. 그것은 사물과 의미의 심연이라는 궁륭이 낳는 세계들의 무한 재탄생과 관계 깊다. 이 시집에는 다양한 동기들이 반복적으로 변주되고 있지만 그 동기들의 변주를 낳는 것은 어떤 심연의 리듬, 달리 말해 "수많은 소리를 쏟아내나/스스로는 어떤 소리도 들이지 않던/밀도 높은 습도의 음계"에 비견되는 리듬이다.

4

살펴보았듯이 죽음과 재생이 이 시집에서 가장 유력하게 변주되어 운용되는 동기임은 새삼 덧붙일 필요가 없을 것이다. 그러나 다음과 같은 사정은 부기될 필요가 있겠다. 그것이 어떤 선험이나 초월을 전제로 하는 형이상학적 귀결만은 아니라는 사정을.

> 흰 살결의 승객들 중 그들 둘만이
> 검은 얼굴이었다, 오랜 노동으로
> 찌그러진 입을 펴며 김씨가 대답했다
> 뭐든 쉬운 일이 있겠는가
> 한없이, 기차처럼
> 달리기만 하는 것이지
> 전생에 우리는 노비였을지 몰라
> 〔……〕

누가 우리에게 끝없이
달리라는 형벌을 주었는가 누가
우리에게 끝없이 달리라는 형벌을
누가 우리에게 끝없이 달리라고
우리가 마침내 끝날 때까지

〔……〕

누가 이런 짐을 우리에게
무거운 짐을, 누가 우리에게 이렇게
〔……〕

달리기는 우리 안에서 듣는 음악이다
달려갈수록 우리는 달리기가 되고
달리기라는 끈이 달리는 우리들을 하나로
묶어준다
포개져 쌓인 장작들이
모닥불 속에서 하나로 타오르듯이

〔……〕

달려가세요
달려가세요

미친 듯이, 제정신이 아닌 듯이

제정신이 아닌 듯이, 모든 제정신의

창살과 수갑을 뚫고

달려가세요

달려가세요

—「달리기」부분 (강조는 인용자)

　재현을 숙명으로 삼는 언어는 세계의 전체성을 끝내 파지하지 못하는 미숙한 도구로 간주될 따름이다. 이미 소외로 금이 간 세계의 아날로지를 언어가 무슨 수로 건사할 수 있겠는가? 강도 높은 기율의 드라이브에 내맡겨져서 목적과 수단 모두로부터 소외된 채 내닫기만 하는 삶이 '형벌'일지라도 그것을 탈주로 전화(轉化)시키는 컨버터 역시 우리 삶 안에 내장되어 있다고 이 시는 말하고 있다. 여기서 세밀하게 관심을 기울여야 할 것은 운동을 형식으로 추상하는 시계이다. 이 시의 전반부에서 달리기는 기율에 의해 기계적으로, 공장의 피스톤과 같은 리듬으로 반복적으로 행해지는 노동과 같은 것을 지시하고 있는데, 후반부에서 그것은 그 노동에서 추상된 어떤 형식으로 전화된다. "달리기는 우리 안에서 듣는 음악이다"라는 문장은 바로 그 전화와 추출 과정의 비밀을 보유하고 있다. 언어가 묘사하면서 간발의 차로 뒤쫓는 사태를 음악은 포유한다. 그리고 언어와 음악은 각별히 '시'라는 장르 안에서 알레고리적 관계를 통해 병렬된다. 병렬은 저항을 줄인다. 대상과의 적합성이 아니라 대상을 목전에 둔 언어와 음악의 공간적 동시성이 전경화되는 것, 그것이 박희수의 시다. 그런 의미에서, 「알 수 없어요」(한용운)의 변주로 간주되어도 무방할 다음과 같은 대목을 옮겨놓는 것이 소결을 대신하리라 믿는다.

창밖의 빨래와

장미 덩굴

바람에 흔들리고 있다

그대는 무엇을 느끼는가

햇살이 담벼락에 닿고

그림자의

끝부분이 조금 떤다

그대는 무엇을 느끼는가

─「물결을 흔들며 2」부분

[『문학동네』, 2016]

4부
이미지-사유의 별자리들

반묵시록적 이미지-사유

1. 환(環)관념론

　황유원의 시는 서정시에서 목소리의 정체를 새삼 고쳐 묻는 이들을 이론 이전으로 모두 돌려보낸다. 진술의 직접성을 피하면서 시를 새롭게 읽어내기 위해 애써 연극적 화자를 꾸미려는 시도나, 담론들의 교차로서 시라는 장소를 발명하고 거기서 하나의 기능으로서의 주체의 위치를 지목하려는 시도들이 황유원의 시 앞에서는 모두 번거로워 보인다. 그의 시를 읽자니, 대체 서정시가 음악이 아니고, 세계를 심중에 채록하는 가인의 노래가 아니고 무엇이란 말인가…… 하고 묻는 것조차 새삼스럽다. 거의 모든 시편에서 황유원은 명백하게 저자author로서, 때로는 음악과 함께, 때로는 무반주로, 더러는 스스로 음악인 양 출연한다.

　그런데 이런 방식의 출연에는 묘한 구석이 있다. 세계와 서정적 화자—논란의 여지 없이 이 경우엔 이렇게 표현하는 게 적합할 듯하다—를 매개하는 것이 음악일 때 직접성은 성공적으로 은폐되곤 한다. 직접성 자체가 매개란 사실을 우리는 음악에서는 종종 잊기 때문이다. 그러나 언어가 그런 삶을 지향할 때 사태는 조금 더 복잡해진다. 예컨대 다음과 같은 시에서 '인식'이란 사유된 연장인가, 연장된 사유인가?

비가 내리고 있었다

여느 때처럼 내리는

빗소릴 듣고 있었고

내리는 비가 때리는

물질들이 내는 소릴 듣고 있었다

창밖에서는 둔탁한 소릴 내다

창을 열면 크고 선명해지는

빗소리는 끊이지 않았고

빗소리는 무엇 하나 소외시키지 않았으므로

비로소 간극 없이 이어진 세계 속에서

내리는 비가 때리는 온갖 물질들이 내는 소릴 듣고 있었다

내리는 비가 때리는 물질들을 하나씩 분간해 낼 때마다

세계는 확장되고 있었고

세계는 재구성되고 있었고

〔……〕

비가 내리지 않았다면 없었을 세계

　　　　　　—「인식의 힘—Notes on Blindness」 부분[1]

　주관적 관념론자에게도, 지각하는 '나'가 한눈파는 사이에도 세계가 여전히 존재한다는 사실에 대한 알리바이가 있기 마련이다. 인격적 존재이든 비인격적 존재이든 여일하게 세계를 지각하고 있는 실체가 있기 때문이라는 것이다. 그러니 인용한 시의 마지막 대목은 실은 비가 와서 면모를 일신하며 새롭게 생성되는 세계를 미처 지각하지 못했다면 없었을 세계로 풀어 쓸 수도 있을 것이다. 그리고 아마도 이에 대해

1　황유원, 『세상의 모든 최대화』, 민음사, 2015. 이하 인용된 시들은 모두 여기서 가져왔다.

서는 다음과 같은 대목들을 추가적 증거로 제출할 수 있을 것이다.

> 어느덧 혼자 남겨진 내가/그곳에서 듣는 빗소리/열린 창 하나만
> 으로/씨앗 속 세상에서/씨앗 밖 세상을 듣는 듯했다
> ──「전국에 비」 부분

> 이윽고 식탁에서/없는 새소리가 들리기 시작했다/투명하게/무
> 음으로/없는 소리가 울려 퍼지자/세상은 거의 사라졌다
> ──「일체감」 부분

> 우린 귀뚜라미 소리 따윈 까맣게 잊고/다시 학업에 열중하게 될 테지
> ──「가을 축제」 부분

그러니 바로 이런 방식으로 황유원의 시세계에서는 사유된 연장이 연장된 사유를 낳는다고 말할 수 있겠다. 말을 하나 지어, '환(環)관념론'이라고 할 법한 새로운 인식론이 언어를 매개로 지금 창궐하고 있는 것이다. 신학자 존 힐John hull의 다큐멘터리 제목과도 같은 "Notes on Blindness(실명에 관한 노트)"라는 시의 부제와 제목인 "인식의 힘"의 병치는 묘한 인식론적 효과를 낳는다. 인식과 무지, 분별과 맹목은 결코 간단히 등을 맞대고 서지 않는다. 속성을 전연 달리하는 두 실체라기보다는 정도의 문제로 임계점을 두고 0과 1 사이를 깜빡이는 것이 세계라는 이 흥미로운 인식론을 가능하게 하는 것은, 마찬가지로 정도를 두고 씨름하는 음악과 언어라는 두 기관의 '역능puissance'이다.

2. 두 개의 기관과 하나의 마스터키

예컨대, 다음과 같은 대목을 환관념론의 체계 속에서 두 기관의 역능을 언표하는 현장으로 볼 수 있을 것이다. 아니면 그저 쉽게, 언어로 곡을 쓸 때의 일이라고 해도 좋겠다.

> 그리하여 지구 전체가 온갖 소리들의 녹음실로 밝혀졌을 때 그 이후의 삶이란 더 많은 재생 버튼을 찾아 그것들을 모두 눌러 주는 일, 그 음악에 발을 구르며 열차처럼 길게 춤추는 일이 되어 버렸다
> ─「시베리아 주제에 의한 다섯 개의 사운드트랙」 부분

환관념론자에게 시가 무엇인지를 이보다 간명하게 말할 수 있을까? 군이 설명이나 부연이 필요하지 않은 이와 같은 대목은 그의 시가 온갖 소리의 녹음실인 세계 안에서 그 음악들이 풀려나게 하는 마스터키와 같은 것임을 명료하게 보여준다. "나는 지긋지긋하고 구체적인 사실관계들로부터/몰래, 빠져나가 본다"(「인벤션」)라는 말은 그의 시가 환상으로의 비약이 아니라 세계를 음악으로 변환하는, 아니 본래 음악인 세계들의 일시정지를 수고롭게 조목조목 해제하는 언어 기관의 일임을, 다시 말해 음악과 언어가 그의 환관념론 안에서 세계를 인풋하고 아웃풋하는 두 개의 기관임을 적시하고 있다. 그런데……

(1)
새들이 도망
갔다 도망
갔다 도망갔고
도망갔다 도망

갔으나

끝내 도망가지지 않는 잡새들

훌훌 휠휠 휠휠

─「새처럼 우는 성(聖) 프란체스코를 위한 demo tape」부분

(2)

일단 사진으로 찍으면 정지.

한곳으로 집중되는 힘들과 지금 막

펼쳐지려 하는 힘들이 만들어 내는

그대들의 온갖 선(線)들도

그대로 정지.

그러나 찍기 전까지는 선회,

찍고 난 후에도 선회,

둥글고 둥글게 사과를 깎는 것처럼

공중의 껍질을 밀어내듯 부드러운 과도(果刀)의 동작으로 선회

새들이 선회한 자리에선 사과 향기가 나고

─「새들의 선회 연구─한 장의 사진」부분

(3)

흔적도 남지 않는 삶이 아니라

다 살아 낸 삶이 남아 있는 흔적과

이제 다 끝났다는 착각의 평화가 동시에 미끄러지는

넉넉하고 공평한 언덕,

평일이 모두 종말한 후

혼자 남겨진 주말의 완벽한 휴식 같고

졸음이 쏟아지는 베개 위로 흘러내리는

내용 없는 오후 같은 너의 언덕

—「새들의 선회 연구—한 장의 사진」 부분

시 제목이 각기 보여주고 있듯이 (1)은 세계의 음사(音寫)를—그리하여 조연호와의 친화력을—(2)는 세계의 언어적 데생을 보여준다. 그러나 언어를 경유할 수밖에 없는 음사와 데생은 (3)과 같은 사색적 풍크툼punctum을 내장할 수밖에 없다. 그것이 언어를 직접성의 매개로 삼은 이의 숙명이다. 그러나 그 숙명까지 아랑곳하지 않고 이처럼 천연덕스럽게 언어를 일주시키는 운동은 얼마나 드물고 귀한 것인가.

3. 삶의 요소적 환원과 반묵시록

그런데, 음사든 데생이든 이 시인은 어쩌면 이렇게 한사코 세계를 감산하려고만 하는 것일까?

> 항구의 겨울, 항구한 거울은 뺄셈이 불가능한 세계. 마냥 쌓이기만 한다. 쌓여서 오직 잊힐 뿐. 〔……〕 결국 모든 것은 덧셈이겠지만, 영원히 영을 꿈꾸며. 최대한 동그랗게. 차가운 얼음을 얼린다.
> —「항구의 겨울」 부분

"모든 것은 덧셈이겠지만" 같은 말은 잠언도 경구도 아닌 단출한 표현이지만 물리적 경험의 차원에서나 관념적 반성의 차원에서나 이 말이 우리 삶에서 묵직한 실감으로 검은 건반의 한쪽을 누르고 있음은 사실이다. "영"에 수렴하기를 꿈꾸는 이 감산적 의지는 다음과 같은 대목들과 무관하지 않다.

> 와인 잔 밖의 그대들이여/그대들이나 나나/인간은 하나의 구경
> 거리
> ―「구경거리」 부분

> 너나 나나/인간은 하나의 소음
> ―「레코드의 회전―Billie Holiday」 부분

> 나는 인류의 미래보단 지네에게 할당된 다리 수를 믿겠네
> ―「지네의 밤―Massive Attack」 부분

　감산적 의지는 묵시록적 열망을 배음으로 하고 있다. 음사와 데생에서 인간의 시계(視界)를 덜어내는 일이 가능할 것인가? 더욱이 언어를 매개로 택한 이에게 그것은 필연적으로 실패할 수밖에 없는 기획이라는 토로를 한두 번 본 것은 아니다.

> (1)
> 결국 도형들의 세상
> 원이라면 참 좋겠지만
> 너무 많은 삼각형
> 사각형은 차라리 두 마리
> 그리고 버려진 다른 두 마리를 남겨 두지만
> 너무 많은 삼각형
> 너무 많은 두 마리
> 너무 많은 혼자

—「개미지옥(後)—살아 있는 시체들의 밤」 부분

(2)
도끼 삶은 물을 마시고 전진하면
도처에서 쪼개진다
네모에서 세모로
실체와 속성으로
도끼로 내려찍는다
회상과 반향
도끼가 목적지에 도달할 때 내는 소리를
사랑하지 않을 수 없다
—「밤의 황량한 목록들」 부분

　음사나 데생의 기획이라는 시계 안에서 결절점이 되는 언어의 위치를 불가피한 한계로 승인하는 대신 가장 적극적으로 이를 사고하는 방식 중 하나는 언어를 통해 세계를 요소적으로 환원하는 것이다. 다시 말해, 환원하고 '쪼개고' 남는 것을 준거로 삶을 묻는 것이다. 그러니까 이것은 묵시록이 아니라 반묵시록이 된다. 음악이 직접성의 대표이고 데생이 사실성의 강자라면 언어를 매개로 한 음사와 데생에서 언어는 리듬과 이미지의 단일 팀을 구성할 수 있다. 세계뿐만 아니라 시가 벌써 요소적으로 환원되는 것이다. 환관념론자인 줄 알았더니 환원주의자였던 거다, 황유원.

4. 단일 팀에의 헌정

"모든 것은 덧셈이겠지만, 영원히 영을 꿈꾸"는 감산적 의지에 너무나 명료하고 수일한 이미지로 각인된 덧셈 하나를 돌려주고자 한다.

음악의 편에서 「새처럼 우는 성(聖) 프란체스코를 위한 demo tape」
+ 시각의 편에서 「새들의 선회 연구— 한 장의 사진」
=「총칭하는 종소리」

하여, 리듬과 이미지의 단일 팀인 이 종소리를 충분히 음미할 것을 권하며 이제 이를 독자의 편에 인계한다.

이토록 청정한 무량광 속에서
나도 모르는 사이
너라는 운해에 스며들고 있었다
운해의 성분들을 뒤엎고 갈아치우며
도처에서 세워지고 무너져 내리는 음향의 적멸보궁이 되어
와라
와서 나의 극광이 되어라
허공 속으로 쫙
찢어지는 번개처럼
한달음에 달려가 두 눈 꽉 감고
최선의 소리로
최전선의 소리로
확! 거기 뛰어들어라 울려 퍼져라
두 발 쭉 뻗어 버려라

가서 너의 극락이 되겠다

　　―「총칭하는 종소리」 부분

[『파란』, 2017]

사물의 자취와 정동적 언어

1

불과 19세기 중반까지도 인물화, 풍경화, 영웅화, 성서화 이외의 그림으로는 살롱전에서 입선하기도 어려울뿐더러 대중의 이해를 구하기도 쉽지 않았다는 것을 에밀 졸라의 소설 『작품』은 생생히 증언하고 있다. 여기서 그 전모를 다시 설명할 필요는 없을 것이다. 더욱이 회화는 잘 알려져 있듯이 또 하나의 심대한 도전에 직면해야 했다. 사진의 등장이 그것이다. 이제 재현은 이 집안의 비기가 아닐 수밖에 없게 되었다. 그리고 우리는 20세기 회화가 그 대응책을 마련해가면서 때로는 방법에, 때로는 감각에, 그리고 때로는 두뇌에 호소해온 양상을 익숙하게 알고 있다. 그렇다면 다음의 회화는 어떠한가?

한 번씩 스푼을 저으면
내 피가 돌고

그런 날, 안 보이는 테두리가 된다
토요일마다 투명한 동물로

씻어 엎으면
달의 이빨이 발등에 쏟아지고

난간을 따라 걷자
깊은 곳에서
녹색 방울이 튀어 오른다
살을 파고
모양을 그리면서

백지 위 젖은 발자국은
문고리가 된다

다른 몸으로 나갈 수 있겠다
──「컵의 회화」 전문

　20세기 회화의 여러 가지 고투가 대번 떠오르지만 거두절미하고 손미의 이 시를 설명해보라면 아마도 다음 질문에 대한 문학적 답변이 아닐까 한다. "시의 언어로 생활의 사분면에 걸쳐 있는 컵의 자취를 구하시오."
　사진 이전의 회화의 득의만면을 이 시에서는 찾아볼 수 없다. 시계(視界)가 대상에 의해 규정되는 중앙집권도 없으며 주관이 대상을 자유자재로 변형하는 놀이도 크게 관련이 없다. 다만, 있다면 '자취'라는 말이 대상과 주관에 어떻게 동시에 작용하며 양자 사이의 다리를 놓는가와 관계된 어떤 방정식이 뚜렷이 새겨져 있을 뿐이다. 첫째, 그것은 물성이 임계를 지키며 질감을 호소하는 방식으로 대상의 자취를 보여준다. "한 번씩 스푼을 저으면" "안 보이는 테두리" "씻어 엎으면" "난간을 따라 걷자" "백지 위 젖은 발자국" 같은 표현은, 컵과 관련된 경험의 변용이라기보다는 컵의 감각적 낙인 혹은 다양한 감각을 통한 컵과의 접촉으로부터 야기된 정동affect과 관계 깊다. 각 연의 전반부를 구성하는 저 '터치'들은 종합되어 컵의 물성을 대번 떠올리게 한다. 그리고 그로부터 야기된 '정동적 동요affective fluctuation'가 각 연의 뒷부분에 표현된다. 예컨대 1연은 가장 단적인 방식으로 이를 보여준다. "한 번씩 스푼을 저으면"이라는 말이 환기시키는 물성과 그로부터 촉발된 정동적 동요를 지시하는 "내 피가 돌고"라는 말이 "~하면"이라는 연결사에 의해 인과적으로 결합되어 있는 방식은 이를 명료하게 보여준다. 이 연결사는 정동과 정동적 동요의 관계를 구획하는 것으로 기능하는 데 이를 확장하면 작게는 각 연 단위에서, 크게는 시 전체가 이와 비슷한 사분면을 갖기에 이른다고 할 수 있다. 그 세부를 여기 펼쳐 보일 필요는 없겠다.

다만 마지막 행인 "다른 몸으로 나갈 수 있겠다"가 각 연 단위로 구획된 사분면을 시 전체로 확장하는 것임은 눈여겨볼 필요가 있다. 컵의 물성과 그것에 대한 감각적 변용, 그리고 그와 관련된 정동적 동요 양상은 "백지 위 젖은 발자국은/문고리가 된다//다른 몸으로 나갈 수 있겠다" 대목에서 압축적으로 전체를 되풀이한다. 감각적 접촉이 신체를 변용시킨다는 것은 "정동"이라는 키워드를 열어놓은 스피노자에게는 자명한 사실이었음을 상기해보자. 어떤 사소한 사물에도 물성이 있으며 접촉은 정동을, 정동은 동요를, 동요는 신체 변용을 낳기 마련이다.

컵을 타고 내려가면

비바람과 폭풍

암초를 타고 사라지는 사람

나는 여기서
지느러미가
손과 발로 돋아나는 것을 본다

손과 발,
손과 발은 물처럼 뚝뚝 흘러

귀퉁이 터진 식물 하나가
나를 찾아온다

축 처진 그 속으로 기어 들어가

머리 위로 배 한 척 떠가고
빨려 들어간다

암초를 타고 사라지는 사람
—「컵의 회화 2」 전문

  그러니 이 시의 자취론 역시 한편으로는 물성과 관련된 공간적 자취
와, 또 한편으로는 그것에 의한 신체 변용, 그리고 정동적 동요와 관련
된다. 그리고 이 양상이 손미의 회화적 자취론 고유의 것임은 이와 비
슷한 제목을 지닌 다른 시에서도 거의 같은 방식으로 확인된다. 여기서
도 컵의 자취를 구하는 단서는 대상의 물성에 있으며, 그것과 정동적
동요 혹은 신체 변용의 관계는 의미론적 조건절에 의한 인과관계를 구
성한다. "비바람과 폭풍" "지느러미가/손과 발로 돋아나는 것을 본다"
"손과 발은 물처럼 뚝뚝 흘러" 같은 말들이 자취의 x축을 구성한다면

"암초를 타고 사라지는 사람" "귀퉁이 터진 식물 하나가/나를 찾아온
다" 같은 말들이 자취의 y축을 구성한다. 이를 새삼 정리할 필요까지야
없을 것이다. 다만 이 회화에 '자취'라는 말을 붙인 것은 바로 저 정연한
인과론에 근거한 것임은 확인할 필요가 있다. 손미의 회화적 자취론에
는 자유 연상이나 시적 논리 비약과는 다른 방식의 엄연한 시적 인과관
계가 자리 잡고 있다는 것이다. 그리고 근작 시에서도 그 양상은 크게
달라지지 않은 것을 확인할 수 있다. 다음의 구절에서 피부에 육박하는
사물의 물성과 그것의 정동 효과를 확인하는 것은 어려운 일이 아닐 것
이다.

> 지난여름
> 야구장에 앉아 땀을 삘삘 흘렸지
> 도루, 도루, 머리를 찍어 대며
> 햇빛이 타들어 왔지
>
> 우리는 외야를 향해 박수를 쳤지
> 도망갈 수 있을 것처럼
>
> 못 참겠다
> 너는 일어나서 쿵쿵 걸어갔지
> 그쪽으로 야구장이 기울었지
>
> 미지근한 맥주와 너의 스위스 칼과 나의 흰 팔이 한쪽으로 쏟아졌지
> ─「편두통」 부분

2

자취는 운동과, 운동은 시간의 경과와 결부되기 마련인데 이런 사정은 손미의 회화적 자취론 역시 운동의 자취와 관계됨을 의미한다. 일정 기간 카메라를 고정시키고 사물들의 움직임을 촬영하는 기법인 '타임 랩스time lapse'를 연상시키는 다음 시는 마음에 새겨진 사물의 자취와 운동이 결부되어 생성되는 독특한 시계를 보여준다.

> 네가 지나가고 붉은 달이 지나갔다 우주에서 수백억 개의 일식이 시작되고 끝났다 사람들이 나타났다 사라졌다 멸종된 새 한 마리가 지나갔다 뚜껑 닫힌 상자가 지나갔다 상자 속에서 구겨져 있던 개가 느리게 지나갔다 개장수가 따라갔다 엉덩이를 흔들며 걸어가는 여자들은 아름답다 여자들이 허리를 숙여 들여다보는 새장. 새장마다 문을 열어젖혔다 검은 자동차가 지나갔고 마지막 기차가 지나갔다 나는 늘 여기서 기차를 본다 저기, 12층 베란다에서 창문을 열고 내가 두 팔을 벌린다 다정한 연인이 들어 있는 검은 자동차, 그 지붕에 떨어지는 나를. 너는 평생 잊지 못할 것이다.
> ——「모두 지나갔다」 전문

이미 독자적 자취(론)를 얻은 시계에 대해 우리가 취할 수 있는 태도는 우선적으로 이 시계에 주어진 모든 실재를 100퍼센트의 현실로 받아들이는 태도의 내적 실재론이다.[1] 이 시는 시계의 근원이 되는 시점이 명기된 문장인 "나는 늘 여기서 기차를 본다"라는 문장을 전후로 해서 구성 기법이 달라진다. 이 문장이 진술되기 전까지의 문장들은

이와 같은 주장의 자세한 내용에 대해서 필자는 『이미지 모티폴로지』(문학과지성사, 2014) 1부 「이미지-사건과 내 실재」에 실린 글들에서 밝힌 바 있다.

"지나갔다"라는 동사가 통어한다. 경우에 따라 "시작되고 끝났다" "나타났다 사라졌다" 등으로 변주되기는 하지만 연속되는 문장을 통어하는 구문론적, 의미론적 공통 어휘는 "지나갔다"라고 할 수 있다. 그것을 증명해주는 어휘가 "나는 늘 여기서 기차를 본다"라는 문장 직전에 등장하는 "마지막"이라는 어휘이다. 따라서 '여기서 기차를 보고 있는' 시점에 결부된 타임 랩스를 떠올리는 것은 자연스러운 일이다.

또 한 가지 확인할 것은, 시점을 밝히는 문장 이전 부분이 "지나갔다"에 공통으로 걸리는 대상들을 중심으로 구성된다면, 그 이후는 하나의 결정적 사건과 그것이 불러일으킬 것으로 예상되는 '너'의 정동적 동요를 중심으로 이루어진다는 것이다. 다시 말해, 시 전체의 구성은 '무엇 무엇이 지나갔다. 나는 그것들을 모두 지켜봐왔다. 나는 너에게 평생 잊지 못하는 사건이 된다'로 이루어져 있다는 것이다. 그럼 무엇이 이 타임 랩스의 시계에 포착되었는가? 이 질문에 답하기 전에 일정 시간의 경과와 관련된 타임 랩스의 시작점에 "네가 지나가고"라는 문장이 놓여 있는 것을 확인할 필요가 있다. 다시 말해 이 시는 "네가 지나가고" 난 후 그곳을 지나간 것들을 계속 바라보던 '내가' "12층 베란다에서 창문을 열고" "다정한 연인이 들어 있는 검은 자동차" "지붕에 떨어지"며 이로 인해 '너'는 '나'를 "평생 잊지 못할 것"이라는 논리 정연한 사태들로 구성되어 있다는 것이다.

두 가지 질문이 있을 수 있다. '네가' 지나간 뒤 타임 랩스의 시계에 연속적으로 포착된 "붉은 달" "수백억 개의 일식" "멸종된 새 한 마리" "뚜껑 닫힌 상자" "상자 속에 구겨져 있던 개", 그 개를 따라가는 "개장수", "엉덩이를 흔들며 걸어가는 여자들" "검은 자동차" "기차" 등이 의미하는 바가 무엇인가 하는 질문이 그 하나이며, 검은 자동차 지붕 위로의 투신이 현실의 것인지, 의지와 욕망 차원의 것인지에 대한 의문이 나머지 하나일 것이다. 그러나 틀림없이 일련의 심리적 연쇄와 관계 깊을 저 이미지들을 작품의 내적 실재 바깥의 지시대상과 결부시키는 시행착오는 범하지 않기로 하고, 의지와 욕망 차원의 진술을 구체적 '실화'로 읽는 모호한 산수도 젖혀두기로 할 때 이 타임 랩스의 이미지들이 오히려 선명해짐을 확인하는 것으로 저 두 질문에 대한 답변을 대신하기로 하자. 자취와 흔적을 구하고 타임 랩스의 시계에 대한 감상을 갈무리할 정리와 준거들은 이미 충분히 독자의 편에 인계되었기 때문이다.

3

그렇다면 이런 방식의 시가 구성하는 의미론이 무엇에 가까운 것인지를 마저 살펴보기로 하자.

그러니 이제 열쇠를 다오. 조금만 견디면 그곳에 도착한다. 마중 나오는 싹을 얇게 저며 얼굴에 쌓고, 그 아래 열쇠를 숨겨 두길 바란다. 부화하는 열쇠에게 비밀을 말하는 건 올바른가?

이제 들여보내 다오. 나는 쪼개지고 부서지고 얇아지는 양파를 쥐고 기도했다. 도착하면 뒷문을 열어야지. 뒷문을 열면 비탈진 숲, 숲을 지나면 시냇물. 굴러떨어진 양파는 첨벙첨벙 건너갈 것이다. 그러면 나는 사라질 수 있겠다.

나는 때때로 양파에 입을 그린 뒤 얼싸안고 울고 싶다. 흰 방들이 꽉꽉 차 있는 양파를.

문 열면 무수한 미로들.

오랫동안 문 앞에 앉아 양파가 익기를 기다리고 있다.

나는 때때로 쪼개고 열어 흰 방에 내리는 조용한 비를 지켜보았다.

내 비밀을 이 속에 감추는 건 올바른가. 꽉꽉 찬 보따리를 양손에 쥐고

조금만 참으면 도착할 수 있다.

한 번도 들어가 본 적 없는 내 집.

작아지는 양파를 발로 차며 속으로, 속으로만 가는 것은 올바른

가. 입을 다문 채 이 자리에서 투명하게 변해 가는 것은 올바른가.

　　　　　　　　　　　　　　　　　　　　　　—「양파 공동체」 전문

　　사물의 자취를 구하는 언어가 사물의 물성이 공간을 메우는 자취와

그것이 주관에 남긴 작용과 효과의 심적 자취를 동시에 더듬는 방식으

로 개진되듯이, 손미의 첫 시집 『양파 공동체』(민음사, 2013)의 표제작

인 이 작품 역시 양파의 물성에 기인하여 사물의 두텁고 견고한 '방'들

을 그려 보이고 그와 동시에 거듭 문을 열어젖히는 이의 정동적 동요

양상을 보여주고 있다.

　　"그러니 이제 열쇠를 다오"가 "흰 방들이 꽉꽉 차 있는 양파" "문 열

면 무수한 미로들"로 가득한 양파를 대상으로 겹겹이 주름들로 가득한

문을 세우는 주문이라면, "한 번도 들어가 본 적 없는 내 집"이라는 표

현은 바로 그 주름, 방, 미로 들의 세계를 스스로 열망하는 어떤 공간으

로 전유하는 열쇠가 된다. 다시 말해, 사물의 물성과 시적 화자의 정동이

바로 손에 쥐어진 것처럼 꼭 맞게 정합하는 시적 시계 속에서 언어를 매

개로 동시에 묘파되고 있다는 것이다. 양파의 물성과 함께 개방되는 한

세계는 겹겹이 주름들로 이루어져 있고 그것은 열렸다 싶으면 다시 미로들만 생성해내는 문을 떠올리게 하며 급기야 무수히 문을 열어도 한번도 도달한 적 없는 집을 상기시킨다. 물성과 삶의 태도가 사물의 자취를 구하는 언어에 의해 동시에 자연스럽게 표상되는 상황이라고 하지 않을 수 없다. 그런데 다시 한번 강조하지만, 저 물성이 삶의 태도에 대한 알리바이라고 말하고 있는 것이 아니며 태도가 물성으로부터 비롯된 반성적 사유의 귀결이라고 말하고 있는 것도 아니다. 이 언어는 성찰적 환유나 기발한 착상의 은유와는 그 용도가 다르다. 사물의 자취를 물성 그대로 표상하고 동시에 그와 결부된 변용과 정동의 양상을 두 겹의 자취의 언어로 지시하는 것이 손미의 개성이다.

시인 김수영은 한 월평에서 좋은 시가 갖추어야 할 요소로 시적 긴장이 조성된 흔적을 요청하며 "웬 엿장수의 가위질 소리냐 모이는 아이들/서울이란 델 언제 이렇게 나도 왔나부다"(김광섭, 「심부름 가는…」)와 같은 구절을 그 일례로 적어놓은 바 있다. 시적 긴장이 조성된 흔적을 '시적 풍크툼'으로 고쳐 읽으며[2] 물성과 정동의 자취를 동시에 산출해내는 손미의 언어가 오래된 정서를 어떻게 갱신하고 있는지 그 일례를 명기하는 것으로 글을 마치고자 한다. 귀신같은 운산이다.

> 멀리서 왔구나. 와서 바람에 물렸구나. 어제는 유리창이 죽었고 그제는 자전거가 죽었다. 이 많은 귀신들이 투구를 쓰고 걸어간다. 그래서 부딪친다. 마주 보게 된다. 가끔 살아 있다고 착각한다.
>
> ─「서울」 부분

[『파란』, 2017]

---

2 이런 의미에서 '시적 풍크툼' 개념에 대해서는 조강석, 「시적 풍크툼」(『이미지 모티폴로지』, 문학과지성사, 2014)이라는 글에서 제안한 바 있다.

스푸마토게이트

1

이범근 시인의 첫 시집 『반을 지운다』(파란, 2017)에서 표면적으로 가장 먼저 눈에 띄는 것은 각 시에 붙은 제목과 본문의 관계이다. 제목들이 각별하다거나 아니면 나름의 일관성을 지니며 일정한 의미론적 체계를 구성한다는 것과는 다른 맥락에서 그렇다는 것이다. 그렇다고 해서 제목과 본문이 서로 교대로 안과 밖이 되어주는 에르곤ergon과 파레르곤parergon의 관계를 띠지도 않는다. 양자의 관계는 작품에 따라 다양한 변주 양상을 보이는데 그 근저의 문법을 구성해 보이는 다음과 같은 작품을 우선 살펴보는 것이 좋겠다.

휘발하는 것에는 뿌리가 없지, 당신의 턱밑에 쌓이는, 잎사귀 아래를 파랗게 적시는, 솟구치는 폭우, 공중의 부음을 모두 끌어당긴 구근식물, 노을을 이고 가는 나비 떼, 뿌리가 없지

한 여자가 조여 온다, 집중은 슬개골에 있다, 감주를 흘린 손바닥처럼, 끈적이는 열대야가 수렴되는 단 하나의 점, 여러 몸을 구겨 넣을 수 있는 여분의 빛, 난교 속에서 결정이 된 소금을 삽으로 푸

는 인부들, 이를 악문 몸과 몸의 틈에서 뚝 뚝 간수가 떨어질 때

개구리를 밟아 죽였어, 손금이 바뀌더군, 파삭, 입안의 청포도 사
탕을 깨물어 먹었지, 그를 살려 두지 않을 거야, 허파를 주무르고
있어, 제초제 병이 떠 있는 저수지에서, 얕은 씀바귀 넝쿨을 따라,
우린 성냥을 나눠 가졌어, 불을 댕겨

백합들이 익사한 행성을 떠나듯, 신음은 나선으로 몸을 탈출한다

이 시의 제목은 무엇일까? 각 연의 이미지들에 집중해서 유추해보
자. 1연의 핵심 이미지는 휘발하는 것들을 '모두 끌어당기는' 어떤 작용
이다. 2연의 핵심 이미지는 집중과 수렴과 압축이다. 그리고 3연은 갈
라지고 터지고 깨어지는 것들의 이미지로 되어 있으며, 4연에는 탈출
의 이미지가 간명하게 제시되어 있다. 우리는 이미지 연쇄가 때로 관
념 상자에서 무작위로 추출한 표상들을 나열하는 방식으로 무책임과
비논리의 형태를 띨 수 있음을 알고 있다. 해석을 모두 독자에게 인계
하는 데도 나름대로 지켜야 할 최소 단위의 의무가 있다. 겉으로는 아
무런 연관이 없어 보여도 어떤 방식으로든 시의 내적 논리의 선을 그
어줘야 한다는 것이다. 앙투안 콩파뇽이 말라르메에 대한 폴 드 만의
논의를 소개하면서 "모호성과 현대성, 난해성과 사실성의 부재를 혼동
하지 말아야 한다"[1]라고 말한 것에서 의미하는 바처럼 '모던한' 시에도
사실성을 전달하는 어떤 논리적 선이 존재하기 마련이다. 인용한 시는
바로 그 임계에 놓여 있다. 본문에 제시된 이미지 연쇄가 어떤 내적 논
리의 선을 형성하고 있는가를 가늠하기에는 이미지들의 관계 양상이

1   앙투안 콩파뇽, 『모더니티의 다섯 개 역설』, 이재룡 옮김, 현대문학, 2008, p. 86.

명료하지 않고 시 전체가 만드는 형상이 흐릿하고 모호하기까지 하다.
그런데……

이 흐릿한 시계(視界)에서 형상을 건사하게 해주는 것은 시의 제목
이다. 흡인, 수렴, 파열과 확산, 탈출이라는 이미지 연쇄 끝에 우리가
도달하게 되는 제목은 바로 "가솔린"이다. 에너지를 흡입하고 압축했
다가 이를 폭발시키고 가스를 배출시키는 과정을 생각해본다면 이 시
에 제시된 이미지 연쇄의 전모가 제목과 부합하고 있음을 확인할 수
있다. 그리고 설명의 편의상 제목을 마지막에 제시했지만 통상적으로
독서의 관행상 제목을 먼저 읽고 시를 읽게 될 것을 생각해본다면 시
에 제시된 이미지 연쇄의 관계를 파악하는 과정은 지금보다는 조금 더
수월할 것이다. 시인이 한 일은 어떤 운동 과정을 이미지 연쇄에 의해
표현하되, 그것을 세필(細筆)로 백일하에 데생해 보이는 대신 구도와
형상을 완성하고 마지막에 붓끝으로 화면을 슬쩍 문질러둠으로써 이
미지 연쇄의 결과를 흐릿한 화면 속에 남겨두는 것이다. 전형적인 '스
푸마토sfumato' 기법이 아닐 수 없다.

'연기 등이 사라지다, 없어지다'라는 의미의 '스푸마레sfumare'라는
이탈리아어에서 유래한 스푸마토 기법은 레오나르드 다빈치에 의해
도입된 것으로 알려져 있다. 사물의 윤곽을 명확히 드러내는 대신 색
의 연쇄에 따른 미묘한 변화를 통해 공간감을 강조하면서 화면에 깊이
를 더해주는 기법이다. 이범근 시인의 『반을 지운다』를 읽으면서 우선
적으로 떠오르는 것이 바로 이 스푸마토 기법이다. 인용한 「가솔린」 역
시 이미지가 만드는 어떤 연쇄에 의해 대상을 평면적 의미의 세계로부
터 일으켜 세워 공간감을 불러일으키면서 독특한 감상의 지평을 열어
놓고 있다. 이 시집에서 본문과 제목의 관계에 대해 주목할 필요가 있
다고 한 것은, 이를 통해 뚜렷한 윤곽 대신 흐릿한 이미지 연쇄에 의해
오히려 대상에 새로운 깊이를 허용하는 언어가 이 시집의 주조를 이루

고 있다는 것을 확인할 수 있기 때문이다.

　　　저 여자가 나를 스치기 전에

　　　한쪽 폐를 텅 비운다

　　　바닥에 떨어진 그을음을 쪼아 먹는 비둘기들

　　　내 젖꼭지가 다시 연록으로 물들면

　　　건너편에서 흔들리는

　　　원피스 자락을 들을 수 있다

　　　신호등 속 남자는 피에 젖은 채 서 있고

　　　그녀가 그를 사랑할 리 없다

　　　숨을 오래 참은 우주가

　　　무릎에 박힌 살구 씨앗을 끌어당긴다

　　　그녀가 몰고 오는

　　　먼 행성으로부터 도래한 얼음 조각과

　　　멸종된 중력들

　　　내일이 구부러진다

　　　발길질에 날아가 버린

　　　눈사람의 머리

　　　아직 얼어붙은 흰 눈알을 휘휘 굴리며

　　　그녀와 스치는 외계에 다다른다

　　　자전을 멈춘 심장

　　　엉킨 갈빗대 사이로 연무가 흐르고

　　　나는 그녀의 땀구멍에 여러 번 드나든다

　　　내가 녹은 물이 목젖에 고인다

　　　　　　—「횡단하는 몽골」 전문

예를 들자면, 이 작품은 신호등을 건너면서 반대쪽에 서 있던 한 여자와 우연히 스쳐 지나가는 순간을 날카롭게 포착한 것인데, 흥미로운 이미지 연쇄에 의해 그 순간을 우주적 숨결이 만유인력을 새롭게 재편하고 그에 따라 사물의 관계 양상이 이 사건을 중심으로 정렬되는 것과 같이 화면을 구성하고 있다. 단조로운 일상의 한 장면을 이미지로 채색하고 슬쩍 붓으로 문질러둠으로써 오히려 비근한 장면에 원근법을 부여하는 양상이다.

2

탕,
짐승의 목둘레로 힘줄이 일어선다
온몸을 떠돌던 뜨거운 피가 한쪽으로 바짝 쏠린다
산비탈을 딛고 있던 발톱이
언 땅에 더 깊이 박힌다
물러서려는 것도
나아가려는 것도 아니다
노란 동공 속으로
바람은 섬광보다 먼저 빨려 들어가고
팽팽한 직선에 닿은 싸락눈들이
화약처럼 타들어 간다
탄환은 바람이 지나간 길 위에서
뒤로 흐르는 풍경을 비튼다
한 점을 향해 구부정해지는

눈 덮인 능선과 새들의 행로
짐승은 움켜쥔 땅을 끝까지 놓지 않는다
소용돌이치는 풍경이
제 단단한 근육을 뚫을 때까지
뜨거운 소실점이 핏물에 떠 있을 때까지
거기서 새들은 찬 날개를 녹일 것이다
―「설산의 원근법」 전문

이 시를 통해 우리는 이범근 시인이 시적 데생에 능한 시인임을 충분히 확인할 수 있다. 눈 덮인 산에서의 사냥과 관계된 정황을 쉽게 떠올릴 수 있는 이 시에서 시인은 구체적 상황 속에서 상상적 화면을 구성해냈다. 그리고 묘하게도 이 시의 원근법은 바로 그 시차에서 발생한다. 그것이 시적 데생의 힘이다. 특히 10행에서 16행, 즉 탄환이 날아가고 그 움직임 주위에 일어나는 일들과 그 귀결을 묘사한 대목에서의 필치는 예외적으로 수일하다. 한 발의 탄환과 그것의 적중에 의해 풍경이 기우뚱하는 장면을 포착하고 이를 데생하는 언어는 간결하고 적확하며 탁월하게 시적이다. 설산에서 발생한 단순한 하나의 사태가 원근법적으로 깊이를 확보하게 된 것은 그것을 상상적으로, 그러나 적확하게 묘사하는 데생 기량 때문이다. 우리는 이 시를 통해 시인의 시적 데생 솜씨를 어렵지 않게 확인할 수 있다.

그런데 그런 시인이 어떤 작품에서는 데생 대신 색채의 연쇄 끝에 붓으로 화면을 슬쩍 흐리는 스푸마토 기법을 발휘한다면 거기에는 아마도 까닭이 있을 것이다. 우선 다음과 같은 작품에서 그 의도의 일단을 짐작해볼 수는 있겠다.

엉거주춤한 기마 자세로 세숫대야에 머리통을 들이박는 새벽,

고가도로에서 강물로 꼬라박은 승합차처럼

강물에서 끌어올려질 때 검은 물이 줄줄 흘러내리는

머릿속에 살던 사람들은 모두 수장되었거나 늙은 잉어들의 살을
찌울 것이다

창문 틈으로 치고 들어오는 한기, 식은 국을 데우는 푸른 가스
불 앞에서 떠날 줄 모르고 나는 서 있다

물을 그을리는 불

국에 밥을 말아 목구멍으로 넘기면 내 안의 비포장도로가 눈에
선하다

그릇에다 코를 들이박는 고양이들

현관문을 잠그지 않고 외출하는 오래된 버릇 누군가 내 삶을 몽
땅 훔쳐 가 버렸으면 좋겠어 그를 잡지 않을 거야

지난밤 내가 토해 놓은 자리를 다시 지나가는 새벽
어제의 폭설이 미처 녹지 않은, 가장 뜨거운 별은 하얗게 불탄다
　　　　　　　　　　　　　　　　　　　—「백색왜성」 전문

　이 시는 진술 계열에 속하는 시이지만 여기에도 진술의 연쇄 끝에서
제목에 도달하는 경로는 있다. "가장 뜨거운 별은 하얗게 불탄다"가

진술의 연쇄 끝에 제목에 도달하는 가장 명료한 계단임은 짐작하기 어렵지 않다. 그러나 모든 연쇄 속에서 끝은 그저 과정의 일환일 뿐이듯이, 이 문장 역시 종지부가 아니라 제목을 통해 진술과 대상 사이의 원근법을 조정하는 운동의 시작일 뿐이다. 새벽에 집을 나서는 이가 삶에 대해 떠오른 단상을 전개하고 있는 이 시의 내용을 모두 자세히 풀어낼 필요는 없을 것이다. 그러나 "머릿속에 살던 사람들은 모두 수장되었거나 늙은 잉어들의 살을 찌울 것이다"라는 진술의 수일함은 인상 깊다. 더욱이 그것이 시의 서두에서 제시한 강 이미지의 연속선상에서 정합적으로 읽힌다는 것은 시적 논리의 설득력을 높인다. 그러나 무엇보다도 이 시에서 가장 수일한 대목은 "국에 밥을 말아 목구멍으로 넘기면 내 안의 비포장도로가 눈에 선하다"라는 문장이다. 이 선명한 이미지는 삶에 대한 구구절절한 토로를 효과적으로 대체한다. 그것이 이미지의 힘이다.

서정시는 자신의 말을 엿듣는 이에게 심회를 털어놓는 강도와 방식에 의해 규정된다. 세계를 흉중으로 끌어오는 언어, 나를 세계로 출사하는 언어 등이 모두 이와 관계된다. 그런데 이 젊은 시인은 선명한 이미지를 한 주(柱) 세워둠으로써 세계의 수축과 초인적 출사를 무색하게 하고 있다. 여기서 저 "비포장도로" 이미지는 구체적 상황과 결부된 구체적인 이미지면서 동시에 삶에 대한 백 가지 토로를 압축적으로 대체하는 명료성을 띤다. 그 연속선상에 "백색왜성"이라는 제목이 놓여 있다. 그리고 바로 이 대목에서 이범근의 시적 스푸마토가 의도하는 것이 어림잡힌다. 그것은 직정적 토로를 대리보충supplement하는 일이다. 그 단적인 양상이 다음과 같은 시에 나타난다.

꿈에 이가 많이 빠졌다

오래 기르던 개를 끌어안는다

맑은 눈을 끔뻑이며

잇몸으로 내 손목을 문다

개에게 손목을 먹인다

종이학처럼 귀를 세운 채

어디선가 봉숭아 꽃잎 빻는 소리를 듣는 새벽

개의 눈동자에 묘목이 자란다

손목이 깊은 폐에 닿는다

깨진 질그릇들이 피에 엉겨 붙는다

세숫물에 노파의 틀니를 씻는 소녀 곁에서

꽃을 잃었다

거울 앞에서 크게 웃지 않는다
──「무화과」 전문

이 시는 한밤의 혼몽으로 시작된다. 시의 내적 현실을 모두 고스란히 받아들일 태세로 이 시를 읽어보자. 시의 중반부까지는 사실 기술에 가깝다. 꿈에 이가 많이 빠졌고 꿈에서 깨어나 기르던 개를 끌어안고 손목을 물리는 대목이 사실 기술에 가깝다는 것은 그다음 대목에 제시된 "새벽"이라는 시간적 배경으로부터 유추할 수 있다. 그런데 시는 여기서 묘한 변화를 겪는다. 대개 흉몽으로 해석하는, 이가 빠지는 경험을 한 꿈에서 깨어난 새벽에 어디선가 "봉숭아 꽃잎 빻는 소리"가 들려온다. 다시 한번 상상적 시선의 원근법이 도입된다. 새벽에 어디선가 들려오는 소리를 "봉숭아 꽃잎 빻는 소리"로 한정할 현실적 근거를 찾을 수는 없기 때문이다. 그 소리를 "봉숭아 꽃잎 빻는 소리"로 한정하는 것은 소리와 혼몽의 비전이 결합된 확신을 통해서만 가능하다. 그리고 "개의 눈동자에 묘목이 자"라는 것 역시 이 계열의 이미지와 관계될 것인데, 이 계열의 이미지들은 반어적으로 시 전체에 배인 망실의 정서를 키우는 데 기여하며, 그렇기 때문에 이 시의 정서적 깊이를 확보하는 데에도 동시에 기여한다. "봉숭아 꽃잎 빻는 소리"는 시 말미의 "세숫물에 노파의 틀니를 씻는 소녀" 이미지와 교차됨으로써 "노파"―"깨진 질그릇"―'치아 망실' 계열의 이미지와 선명한 대비를 이루기 때문이다.

그런가 하면 마지막 대목의 논리적 인과관계, 즉 꽃을 잃었기 때문에 "거울 앞에서 크게 웃지 않는다"는 것은 시의 첫대목인 "꿈에 이가 많이 빠졌다"와 다시 결부된다. 이는 꿈속 현실이 현실의 심리적 자각으로 전화(轉化)했음을 의미한다. 이가 빠지고 그릇이 깨지는 상황과 결부된 이미지들의 연쇄는, 망실과 관련된 어떤 허망한 심회와 결부되고 이는 꽃이라는 결실을 보지 못하는 혹은 '꽃 없이 열매 맺는' 무화과라는 이미지로 귀결된다. 그리고 이 시의 제목은 그렇게 "무화과"가 된다. 따라서 이 시는 무화과를 여러 가지 비유적 이미지로 변주하는 시가 아니라 여러 이미지와 심리적 정황이 결부되어 '무화과'를 우리 앞에 내어놓는 시로 읽히는 게 옳다. 앞서 살펴본 「백색왜성」에 언뜻 내비친 스푸마토 기법의 의도가 여기서는 더욱 확연히 드러난다. 어떤 우회와 대리보충일 것이다.

3

이미지 연쇄와 제목 사이의 거리 조정, 다시 말해 대상과 언어 사이를 붓으로 흐려놓는 기법은 첫 시집임에도 성장의 이력과 삶에서 느끼는 청년 특유의 과장된 비애를 선뜻 찾아보기 어렵게 만든다. 그러나 그렇다고 해서 "안으로 숨긴 불길이 바깥을 태우는"[「개기식(皆旣蝕)」] 현장을 전혀 포착할 수 없는 것은 아니다.

(1)
놀자고 부르는 아이들과는 놀지 않았다 공사장 모래언덕에 자주 손을 묻었다 두껍아 두껍아 헌 집과 새집 다 내가 가질게, 빈 두꺼비 집에 지문을 두고 집으로 돌아간 날 아무리 방문을 잡아 당겨도 열리지 않았고 나도 열어 주지 않았다

어머님 애는 매일 손금이 바뀌어요 손바닥을 때리다 말고 선생님, 집엔 아무도 없는데 누가 전화를 받은 걸까 그때 톱밥 난로 위에 깨금발로 서서 튀어 오르는 발목이 보였다 오늘도 강둑을 걸어 집으로 가니, 물었고 나는 대답이 없었다
　　—「일교차」 부분

(2)

모래 더미에 짓는 두꺼비 집은

방 하나뿐인 독채

자꾸만 젖을 뱉어 내는 아이를 어르듯

흙에 덮인 주먹을 두드리면

등 뒤에 서성거리는 장마

점심을 잊는다

들어낼 가구도 서랍 속 패물도 없는 빈방

그릇 박살 나고 머리채를 끌고 나가는

고함도 없이

주먹을 거둔다

부슬비에도 무너지기 위해 지은 집

벽과 천정이 달려들어

적막을 쫓아내던 집

　　　　—「도깨비」 부분

　인용한 두 작품은 오히려 『반을 지운다』에서 예외적인 경향에 속한
다. 왜냐하면 스푸마토 처리되지 않고 삶의 내력이 비교적 선명하게
드러나기 때문이다. 물론 두 작품에 공통적으로 드러나는 체험이 시
인 자신의 것인지 아니면 극적 화자의 것인지 확정할 수는 없다. 그러
나 설령 시적 대리인의 것이라고 해도 이 작품들에서처럼 이렇게 직접
적으로 이력이 진술되는 것은 이 시집에서는 이례적이다. 친구들과 어
울리지 않고 홀로 보내는 시간, 넉넉하지 않은 살림, 새로운 집에 대한
열망 등이 공통적으로 '두꺼비 집'이라는 이미지에 의해 표현되고 있는
데 이 장면들은 스푸마토 처리된 정서의 밑그림에 해당하는 것으로 봐

도 무방할 듯싶다. 왜냐하면 이 시집에서 스푸마토 기법에 의해 우회적으로 가공되어 있지만 직접 체험을 대리보충하는 이미지 연쇄를 통해 거듭 감지되는 것이 어떤 격절감이기 때문이다.

(1)
잠 바깥에서 잠들려 서성이는
뿌연 머리카락으로 바람을 당기는 늦은 영혼
―「연착」 부분

(2)
근데 울진 삼척 고속도로를 달리는 심야버스 안에 있던 네 시간 동안 손바닥으로 자꾸 차창을 문지른 이유가 뭐죠? 저는 버스 창밖에 있었기 때문에…… 버스 바깥에 있었다구요? 네 그렇습니다 창밖에서 뭘 했죠? 글썽였습니다 흘러가는 것은 글썽이지 않으니까…… 제보에 따르면 그날은 비가 왔고 증인은 그날 아침 검은 우산을 주웠어요 맞습니까? 우산은 거짓말을 합니다 뼈를 자꾸 살이라고…… 백설기 씨의 살은 뼈가 아니라고 생각합니까? 대답하기 힘듭니다 아까 분명 백설기 씨를 모른다고 했는데 백설기 씨는 글썽이는 편입니까 흘러갑니까 기억나지 않습니다 글썽이는 것이 뼈입니다
―「게이트」 부분

이 구절들을 "안으로 숨긴 불길이 바깥을 태우는" 심회의 대표단수로 기입해둔다. 첫 시집을 내는 청년 시인의 서정적 시집이 세계의 주관적 관념화나 세계로의 정서적 투사 혹은 짙은 채색으로 기우는 대신 세계와의 거리를 팽팽하게 유지할 수 있었던 비결은 시집 곳곳에 배어

있는 어떤 격절감 때문이다. 안에서 바깥을 상상하고 바깥에서 안을 들여다보는 눈을 상정하는 내면에 가장 어울리지 않는 것이 동화(同化)니 이화(異化)니 하는 것들이다. 이미지 사유의 맥락에서는 이런 말들조차 번거로울 따름이다. 왜냐하면 우산살이 우산의 뼈이듯 "글썽이는 것이 뼈"이기 때문이다. 이 시의 제목이 시사하는 바처럼 우리는 이 문을 통해 이 시적 사건을 '스푸마토게이트'로 명명한다.

[2017]

발란사의 춤

1. 발란사의 언어

벌써 오래전에 한 소설가가 작품을 통해 물은 바 있지만, 우리는 때로 "삶을 리셋하시겠습니까?"라는 질문 앞에 서게 되는, 서야만 하는, 서고 싶은 순간들을 맞는다. 이유는 모두에게 다를 수 있다. 그러나 그 내력보다도 중요한 것은 우리가 스스로의 삶에 이물감을 느끼는 대수롭지 않은 '초과학적' 현상을 틀림없이 종종 경험한다는 사실이다. 언어가 있다는 것은 이때 가장 놀라운데, 이물감으로 흩어지고 달아나는 자기 삶의 이력을 다시 중심으로 그러모으기 때문이다. 그렇기 때문에, 리셋하겠느냐고 질문을 던지는 소설가와 달리 시인은 발란사balanza 앞에 서게 된다. 우리는 이미 가장 쨍한 형태의 발란사를 하나 알고 있다. "밤은, 언제나, 고요하고,/낮은 가고 또 오고//밤은 키가 크고, 죽었고/낮은 날개를 가졌고//밤은 거울 위에/그리고 낮은 바람 아래"(「발란사」, 『강의 백일몽』, 정현종 옮김, 민음사, 2013)와 같은 구절을 페데리코 가르시아 로르카Federico Garcia Lorca는 남겨두었다. 우주를 천칭 위에 얹어놓는 숙련은 번잡을 다스리려는 평균율의 욕망과 멀지 않다. 작은 숨결 하나가 흩어놓은 균형조차 파열로만 느끼는 이가 천칭의 숙련공이 되기 마련이다. 근래의 시집 가운데서 가장 입 오므리는 소리를 풍부하게 담고 있는 시집 한 권이 이렇게 무게를 단다.

하늘에서는 덥고 땅에서는 춥다
새들은 높고 개미핥기는 낮다 식물은 더욱 낮다
덥다고 높기만 한 것은 아니다 높으면 추워진다

바깥으로부터 체온을 지키려는 항온동물에 관한 이야기다

여름과 저녁에는 높고 겨울과 새벽에는 낮다
여름생은 덥고, 명망과 출가처럼 너는 대체로 덥다
겨울생은 춥고, 망명과 가출은 춥다 나는 늘 춥다

체온은 접촉하면서 흐른다 높은 데서 낮은 데로

가까운 몸은 높고 먼 몸은 낮다
사로잡힌 말은 높고 놓친 문장은 낮다
가깝다고 높은 것만은 아니다 사로잡히면 바닥을 친다

마음도 그렇다 죽지 않으려고 변온하는 것이다

눈에 눈에 눈이 내리는데 더웠다
여름에서야 눈에 눈에 녹지 않는 눈으로 추웠다
　　　　　　　　　　　　　　—「모든 것들의 온도」 전문

　정끝별의 『봄이고 첨이고 덤입니다』(문학동네, 2019)에서 가장 먼저
눈에 띄는 것은 단연 '발란사'다. 인용한 시를 보라. 온도의 무게중심을

이탈하는 것들을 필사적으로 평균점에 그러모으는 언어의 운행이 이 시의 핵심이다. 만물은 속성과 성분과 함량으로 계량되는 저마다의 '실체값'을 갖는다. 하늘은 하늘대로, 땅은 땅대로, 새들은 새들대로, 개미핥기는 개미핥기대로 고유한 '실체값'의 최소치와 최대치 사이에서 삶을 이어간다. 여름은 여름대로 겨울은 겨울대로, 가깝고 높은 것과 낮고 먼 것들도 제각각의 온도로 제 열심으로 사는 것이 존재자들의 태연한 비의이다. 그런데 한쪽으로의 치우침과 과함이 자동으로 보정되는 우주의 섭리를 감탄하는 늑골에 걸리는 두 문장이 있다. "바깥으로부터 체온을 지키려는 항온동물에 관한 이야기다"와 "마음도 그렇다 죽지 않으려고 변온하는 것이다"라는 문장이 그것이다. 그러니까 이 시는 우주의 태연한 섭리에 대한 관찰기가 아니라, 차고 넘치고 모자라고 떼쓰는 우주를 자기 안에서 쉴 새 없이 보정하는 이의 노동 현장의 목소리를 담고 있는 것이다. 그러고 보니 이 시집 안에는 만물의 사태를 영점 보정하는 이의 '노동의 새벽'을 기록한 목소리들이 가득하기도 하다.

> 잠시였다
> 갈라진 것들은 다시 하나가 되었다
> ──「늦여름 물가」 부분

> 겹겹의 첫눈이 쌓였다
> 흰 종이가 출렁이는 내일이라 할까
> 넘치기 쉬운 지평선이라 할까
> ──「겁 많은 여자의 영혼은 거대한 포도밭」 부분

> 난 왼다리가 짧고 넌 오른다리가 짧아 난 왼쪽으로 기울고 넌 오

른쪽으로 기운다
    —「슬(膝)」 부분

   차면 넘치고 기울면 쏟아진다 다른 봄에 다른 노래도 다른 인생
에 다른 하루도 탕! 탕! 탕! 모든 끝은 너무 멀리 가면 아무것도 없
다는 거 멀리 갈수록 너무 가까워진다는 거
    —「홀리데이」 부분

탕진에서 소진으로 다시 자진으로
    —「폭풍추격자」 부분

   하늘을 보수하는 여와(女媧)의 숨 가쁜 심사가 이랬을 것인가? 이 영
점 감각은 무엇일까? 저처럼 집요하게 영점을 고집하는 언어란 무엇이
란 말인가?

2. 형태의 삶

장가가 자강이라 믿었다
빚으로 집을 빌렸다
자식이 시작이었다

유일한 아비 두 끈은
이율의 이두박근 혹은 억 개의 어깨

밥알과 알밤을 찾아다녔다

312

시국 같은 식구와 정치 같은 치정에 싸인

거짓말투성이, 거지투성이 삶

〔……〕

고령의 애비가 앓는 고열의 비애

제사 자세의 자신 사진을 보며

이승을 응시하는 오만이라는 노망

─「남자의 자만─애너그램을 위한 변주」 부분

　이 시집에는 여러 편의 애너그램, 즉 철자 바꾸기 놀이를 활용한 시들이 시집 곳곳에 실려 있다. 물론 이것이 단지 말놀이나 음성적 효과만을 위한 것은 아니다. 앙리 포시용Henri Joseph Focillon이 적절하게 설명했듯이, 형태는 정신의 어떤 움직임의 번역이다. 형태 속의 정신이란 정신 속의 형태에 다름 아니다. 그리고 이와 같은 일은 앙리 포시용이 '형태의 삶'을 설명하기 위해 관심을 기울였던 시각예술에만 국한되는 것은 아니다. 앞에 인용한 시를 보라. 우선 눈에 띄는 것은 전방위적 대칭이다. 그러니까 여기서 애너그램은 단지 음운의 교환과 재배열에 머무는 것이 아니라, 대칭을 그 중심 원리로 삼는다. 이 애너그램의 표면은 언어유희로 나타나지만 기저는 '발란사'의 감각으로 구성되어 있다. 한 남자의 자만의 이력이 과장 없이 정돈된 언어 속에서 형태를 얻어 자리 잡고 있다.

　　사러 가 사거라

소비가 보시라는
성장의 정상을 향해

당일 일당을
바랑에 멘 알바는
박리다매의 갈비마대처럼

자소서와 조사서
사이를 이사하듯
오가나 오 나가
대박전문 앞 문전박대

알바의 물가는 아랍보다 가물지만
시간의 가신들이 인간에게 안긴
지지 않는 지지

온다, 돈아, 다 돈다, 단도다!

살자살자살자, 여기를 이겨!
　　—「깁스한 시급—애너그램을 위한 변주」 전문

　　애너그램 형식으로 씌어진 시와 관련하여 우리는 세 가지를 눈여겨
볼 수 있다. 첫째는 물론 그 형태상의 재미이다. 이에 대해서는 자세한
설명이 필요 없을 것이다. 둘째는 교환된 철자에 의해 만들어진 짝패
들이 낳는 의미론적 대립과 확장이다. "소비"와 "보시", "자소서"와 "조
사서", "대박전문"과 "문전박대", "시간"의 "가신" 등은 철자의 위치를

바꿈에 따라 묘하게 생성되는 양가적 의미의 충돌과 확산에 의해 시의 의미망을 넓히는 데 기여한다. 셋째로 애너그램 형식의 시어들은 시 전체의 전언을 강화하는 치차(齒車)들로 기능한다. 그리고 바로 그 치차들이 맞물려 결국엔 하나의 전체를 이루게 된다. 그 결과, 이를테면 "살자살자살자, 여기를 이겨!"는 21세기 판 '시다의 꿈'에 비견되는 노동요로 들리기도 하는 것이다. 언어로 구현되는 '형태의 삶'이란 바로 이런 것이다.

3. 형태 속의 정신, 정신 속의 형태

앞서, 형태는 정신의 어떤 움직임의 번역이고 형태 속의 정신이란 정신 속의 형태에 다르지 않다고 말한 바 있다. 우리는 '발란사'의 '형태 소명'(앙리 포시용)에 있어 아직 그 정신의 양상은 살펴보지 않았다. 한사코 평정과 균형을 고집하는 (언어적) 몸의 양팔이 지지(支持)하고 있는 것들을 한번 들여다볼 시간이다.

> 결혼식 전날 기혼의 막내 오빠가 말했다
> 사랑이란 나의 너를 위해 세상에 쌓는 담이라고
> 허물어지지 않으려면 스스로가 벽이 되어야 한다고
>
> 현관의 나 홀로 신은 홀로임을 반성중이다
> 어제 입술로 오늘 마시는 말술이 마술이다
>
> 왼손에 사각턱을 괴고 사각 창에 갇힌 내가 말했다
> 일흔 살에 잘한 일이 일곱 살 사다리꼴 지붕 아래 반성중인 신을

사들이고 마술을 살아낸 거였으면 좋겠다고

신이 있다면 내가 그린 그림에 있다고
마술이 있다면 그 그림에 찍어놓은 내 입술 자국에 있다고
사랑에 갇힌 호퍼가 말했다 사각의 유리창 안에서
——「호퍼가 그린 그림」 부분

에드워드 호퍼의 그림에서 사각형이 도회적 삶의 규격과 결부되면
서 도시인들의, 특히 여성들의 고독을 강조하는 프레임으로 기능한다
면, 이 시에서 사각형은 안온한 둥지를 위해 세상 쪽으로 낸 방벽이었
다가 이내 자신을 가두는 가두리로 기능한다. 어렸을 때 그렸던 사각
형에 주문을 거는 마음, 그때 그림에 찍어놓은 '입술 자국'이 마술의 봉
인을 해제하는 '모험'이었기를 바라는 마음이 간절할수록 현재의 벽은
단단해 보인다. 호퍼의 사각형이 사랑에 빠진 이의 것이 아니라 "사랑
에 갇힌" 이의 것인 까닭은, 어릴 적 네모 그리는 마음의 무구함으로부
터 멀어져 온 거리가 순간순간 불거지기 때문이다. 벽은 지키며 가둔
다. 사랑의 역설이 근본적으로 거기에 있는 것인지 모른다.

혼자서는 느리거나 빠르다

둘이면 조금 빨라지고
셋이면 조금 더 빨라진다

사랑에 빠질 때도
사랑이 빠질 때도

둘의 박동은 심장을 건너뛰고
셋의 박동은 심장을 벗어나기도 한다

희망에 달려갈 때도
희망이 달아날 때도

셋이면 경쟁이 되고
넷이면 전쟁이 된다

여럿이 부르는 신음을
우리는 화음이라 한다
　　　　　—「합주」전문

　‘발란사’의 감각이, 좀더 정확히는 ‘발란사’의 어긋남을 예사로이 지
나치지 않는 감각이 어디서 연원하는지를 엿볼 수 있는 대목이 이 시
에 담겨 있다. "혼자서는 느리거나 빠르다", 혼자서는 스스로가 척도
이기 때문이다. "둘"이 되고 "셋"이 되면서 우리는 스스로 척도이기를
멈추고 삶에 척도를 들이기 시작한다. 그리고 척도가 은신에 실패하고
불거지면 관계는 요지경이 된다. "사랑에 빠질 때도/사랑이 빠질 때도"
"희망에 달려갈 때도/희망이 달아날 때도", 제 안의 리듬 대신 척도가
일러주는 속도에 이끌리게 되고 그때 "화음"은 불협화의 "신음"이 된
다. 이제 짐작할 수 있듯이 발란사는 바로 저 화음과 신음 사이에서 요
청된다. 그리고,

　　　가장 추운 추위와 가장 차가운 더위 사이에 위도가 있다 내 잠의
　　지적도다 사춘과 갱년 사이에 청춘이 있다 가팔랐던 꿈의 등고선

들이 **빽빽**하다 뺨은 덥고 손은 차다 입꼬리는 낮아지고 아래턱은
높아진다

시든 날은 날로 덥고 잠든 나는 아직 차고

더운 세계를 낳은 젠더의 새벽은 아직 춥다
　　　　　　　　　—「젠더의 온도」 부분

에서 볼 수 있듯, 발란사는 "사춘과 갱년 사이"에서 요청되고 "꿈의 등
고선들"의 간극 속에 산다. "가장 추운 추위와 가장 차가운 더위"는
"사춘과 갱년 사이"를 냉연하게 전시해 보이는 물리적 실증일 터인데,
그것은 "더운 세계를 낳은 젠더의 새벽은 아직 춥다"와 같은 표현에서
심리적 실재로 변환된다. 불현듯 물리적 실증과 심리적 실재가 공모하
며 확증하는 세계의 이물감은 "꿈의 등고선들"의 낙차가 낳는 실존적
사유로 연결된다.

　　이십 년 전 일이다 첫딸을 낳은 직후였고 강의를 마치고 강사실
에 들어갔을 때였다 독신의 선배가 독설을 날렸다

오랜만 시인!
엄마는 절망할 수 없다는데
절망 없는 시인의 시는 안녕할까?

〔……〕

둘째가 성년이 되는 날

천돌에 봉인해두었던 그 말을 꺼내들었다

나를 향해 있었다
눈부시게 벼려져 있었다
날을 향해 기꺼이 달려갔다

이제 두려워하지 않아도 돼 절망 따위
이제 그만 엄마여도 돼
—「가스 밸브를 열며」부분

스피노자의 말처럼 우리가 신체에 가해지는 변용에 쉴 새 없이 반응하고 적응하는 자동기계라면 단 하나의 자극도 무(無)가 될 수 없다. 어딘가에 기입된 자극은 때로는 몸의 변화로 돌출되며 때로는 원인불명의 정서로 돌발적으로 표출되기도 한다. 그리고 드물게는 심리적 폭탄으로 벼려지면서 무의식의 치차를 돌리기도 한다. "이제 그만 엄마여도 돼"라는 말이 "가스 밸브를 열며"라는 시의 제목과 어떻게 어울리는 것인지 굳이 설명할 필요가 없는 까닭이 그것이다. "절망 없는" 세월은 실은 절망을 몸의 무의식에 새겨온 시간들이 아닐 수 없는데 누구에게나 그 임계점이 있다. 이 시에서 가장 흥미로운 대목이 바로 여기일 것인데, 이 경우의 임계는 "천돌"에 "봉인"해둔 것이라는 게 사태를 새롭게 한다. 이 시집에서 가장 눈에 띄는 이미지 중 하나인 "천돌"은 지금껏 풀어온, 형태와 실존의 방정식에서 해를 구하게 하는 키가 된다. "천돌에 봉인해두었던"이라는 말이 넌지시 지시하는 바는 이 시집의 언어들이 무의식에 기입된 절망의 주머니를 하나씩 차고 있다는 것과 다르지 않다. 앞서 살펴본 것처럼, 형태가 정신의 어떤 움직임의 번역이라면 이 경우 정신의 주머니는 바로 천돌이 된다. 그리고 천돌이란……

　　목울대 밑 우묵한 곳 그곳이 천돌

　　쇄골과 쇄골 사이 뼈의 지적도에도 없는
　　물집에 싸인 심장이 노래하는 숨 자리
　　목줄이 기억하는 고백의 낭떠러지

　　〔……〕

　　인도코끼리 같은 오해의 구름,
　　그리고 지리멸렬에 묶인 지리한 기다림이
　　기억의 물통을 채울 때면 망각의 타종 소리가 맥박처럼 요동치
는 곳

　　뜻밖을 살게 한 천돌이라는 그곳
　　어떤 이름을 부르려 달싹이는 입술처럼
　　천 개의 숨이 가쁜 내 고통의 숨통
　　―「천돌이라는 곳」 부분

"물집에 싸인 심장이 노래하는 숨 자리"이자 "고통의 숨통"이다. 다시
말해 천돌은 차곡차곡 무의식에 기입된 어떤 꿈과 어떤 절망이 노래로
벼려지는 몸 어딘가의 공장이다. 즉 고통을 질료로 하는 노래들이 채
워진 주머니이자 그 노래가 평형감각의 언어로 솟게 하는 샘이다. 그
렇기 때문에 이 시의 이미지들은 정확히 다음과 같은 시에 나타난 이
미지들과 대응한다.

320

겨울 가습기를 치우고
말간 물을 가득 채운 수반에
참숯 세 개를 세워놓았더니 밤새

마른 목울대가 꿈틀
참숯 물 빨아들이는 소리

쩍 쩍 도끼날 받듯
밤의 아가미를 열어 눈물을 빨아들인다
맨 끝 맨 끝 잔별들까지 글썽이며
천수천안관세음을 불러댄다

쓰린 것들 쓰라린 것들
밤새 해갈하는 소리에

이웃한 관음죽 한 그루
연한 식은땀을 흘리며 때 이른
아기 잇 싹 같은 봄 꽃대를 내빼물고
──「관음(觀音)」전문

　　"참숯"과 "관음죽"은 천돌의 기능을 나누어 가진 기관이다. "눈물을
빨아들"이고 "아기 잇 싹 같은 봄 꽃대를" 내미는 일은 고통이 노래로
흐르게 되는 경로, 노래와 언어가 변환되는 기제와 관계 깊다. 이 시의
제목이 소재인 '관음죽'이 아니라 "관음"인 까닭도 그 때문일 것이다.
고통의 세계로부터 열락의 세계로의 길을 내보이는 것이 관음의 자비

라고들 하지 않는가.

4. 발란사의 춤

그러고 보면 이 시집의 첫 시와 마지막에 놓인 시가 「춤」과 「앗숨」
인 것도 충분히 이해가 가는 일이다. 이 두 시는 또 하나의 발란사를
이룬다.

> 벼락에 몸을 내준 밤나무가 비바람에 삭아내리듯
> 절로 터진 밤송이가 제 난 뿌리로 낙하하듯
>
> 남은 숨을 군불 삼아 피워올리겠습니다
> 매일 아침 첫 숨을 앗 숨으로!
> ─「앗숨」 부분

인용한 대목의 바로 앞에서 변주되는 "모른 듯 모든 걸 걸고" "모른
듯 모든 걸 놓고"가 의미론적 대립을 통해 비움과 채움의 발란사를 이
루며 삶의 한 태도를 드러내듯이, "예, 제가 여기 있습니다Ad Sum"라
는 말을 "매일 아침 첫 숨"으로 삼겠다는 것 역시 의지가 그 자체로 존
재증명이라는 태도를 드러낸다. 그리고 이런 태도는 시집 가장 앞머리
에 놓인 「춤」의 태도와 상통한다.

> 내 숨은
> 쉼이나 빔에 머뭅니다
> 섬과 둠에 낸 한 짬의 보름이고

가끔과 어쩜에 낸 한 짬의 그믐입니다

그래야 봄이고 첨이고 덤입니다

내 맘은
뺨이나 품에 머뭅니다
님과 남과 놈에 깃든 한 뼘의 감금이고
요람과 바람과 범람에 깃든 한 뼘의 채움입니다

그래야 점이고 섬이고 옴입니다

꿈만 같은 잠의
흠과 틈에 든 웃음이고
짐과 담과 금에서 멈춘 울음입니다

그러니까 내 말은
두 입술이 맞부딪쳐 머금는 숨이
땀이고 힘이고 참이고

춤만 같은 삶의
몸부림이나 안간힘이라는 겁니다
　　　　—「춤」 전문

　이 춤을 발란사의 춤이라고 명명해보자. 입 오므리는 소리를 가득
담고 있는 이 시에서 우선적으로 주목할 부분은 "그래야"와 "그러니
까"라는 시어이다. 당위와 인과가 'ㅁ' 소리를 경유하여 자연스럽게 몸

을 뒤바꾸고 있다. 요청과 기결(旣決)이 숨 들이마시고 내미는 리듬에 함께 놀고 있다. 춤이 "그래야"의 세계 즉 당위의 세계에서 봄과 첨과 덤을 요청하는 것이라면, 말은 "그러니까"의 세계 즉 자연스러운 인과와 이미 도래하여 태연한 기결(氣結)의 세계를 관장한다. 다시 한번 형태가 정신의 움직임의 번역임을, 형태 속의 정신이란 정신 속의 형태와 다르지 않다는 것을 상기해보자. 춤추기 위해 말하고 말하기 위해 춤춘다. 그러니까 그래야 하고 그래야 그건 거다. 정신과 형태, 당위와 인과, 요청과 기결, 갱년과 청년, 그림 그리는 아이와 절망을 미루는 엄마, 영원 속으로의 떠밀림과 이미 함께 다니는 영원, 천돌의 비밀과 관음의 환함이 천칭 언어에 모두 함께 걸려 뛰놀고 있다. 봄 사태다.

[2019]

불안의 우화

1. '차용'에 관하여

불안이 형식을 만드는가, 형식이 불안을 만드는가? 화면 가득 좁은 수직의 줄무늬 형태가 반복되면서 초록과 노랑 계열의 색상이 이웃한 수직선들과의 조합에 의해 미묘한 변주를 거듭하는 양상의 그림이 떠오른다. 그린버그 이후 모더니즘 회화가 형식 미학에 지나치게 경도되는 것을 비판적으로 사유하면서 회화에 언어적 요소의 회복을 도모한 로스 블레크너의 작품이 그것이다. 이 작품의 제목은 "숲The Forest"(1980)이다. 형식 미학을 비판하면서 언어적 요소를 도입했다고 말했지만 하나의 경향에 대한 반작용은 반발 이전의 경향을 단지 수복하는 방식으로 진행되지 않는다. 경과 그 자체가 이미 현재의 일부가 되기 때문이다. 로스 블레크너의「숲」역시 구상적 모티프를 환기하고 언어적 내용에 대한 유추를 가능하게 하지만 그 형식에 있어서는 옵아트를 '차용 appropriation'하고 있다. 문제는 차용이다. 차용은 창조나 모방의 이분법으로는 설명하기 어려운 어떤 중첩을 설명하는 개념이다. 경과를 무(無)로 돌릴 수 없다는 것이 예술의 운동 방식의 대전제라고 할 수 있다면 차용은 경과를 운동에 편입시키는 흥미로운 방식이 된다.

2020년대를 목전에 둔 젊은 시인들은 이미 10년도 더 지난 떠들썩

한 혁신을 반발이나 계승의 대상으로조차 여기고 있지 않은 것처럼 보이지만, 철 지난 미래는 반발이나 모방의 대상이 아니라 이제 차용의 대상이 됨으로써 비로소 역사 속으로 걸어가고 있다.

이를 확증하는 실례가 여기 있다. 심적이면서도 구상적인 화면을 능숙하게 펼쳐놓는 한 시인을 우리는 마주하고 있다.

2. 우화의 세 가지 형식

이설빈 시인의 첫 시집 『울타리의 노래』(문학과지성사, 2019)에서 우선적으로 눈에 띄는 것은 이 시집에 실린 상당수의 시가 우화적이라는 것이다. 용어와 관련된 오해를 먼저 차단하자면, 여기 실린 시들이 궁극적으로 어떤 메시지를 전달하는 것을 최우선의 목표로 삼고 있거나 명백히 드러난 알레고리를 목적으로 한다고 말하려는 게 아님을 밝혀둬야겠다. 그러나 틀림없이 이 시집의 많은 작품이 우화parable의 형식을 차용하고 있다. 이를 풀자면, 구상적인 동시에 심적인 장면들을 통해 일종의 환영적인 깊이를 만들어내는 작품이 다수 실려 있다는 말이다. 그리고 여기에는 세 가지 형식이 존재한다.

아이들은
펜스를 짚고 넘어가
좀더 큰 아이들은
펜스를 훌쩍 넘어가
어른들은 점잖게
펜스를 들추고 넘어가
마치 펜스라는 게

치마 속에 있다는 듯이

여기, 나는 펜스에 걸터앉아

모든 걸 넘겨봐

아직도 목초지는 멀고

노래는 혀까지 미치지 못하고

눈썹에 고인 땀방울이

잠깐, 빛을 받아 넘쳐서

먼 지평의 굵은 턱선을 강조하는 시간

아직도 목초지는 멀고

바람이 불 때만 의미를 품는

예민한 솜털처럼

성급한 땀방울 하나

내가 이룬 모든 걸 거꾸로

그늘 속에 드리우고 있어

있지, 목초지는 멀고

아직도 목초지는 멀어

　　　　—「울타리의 노래」 부분

　첫번째 형식은 세계를 우화로 만드는 것이다. 표제작인 「울타리의 노래」는 이 시집 전체에 걸쳐 중심이 되는 이미지 하나를 품고 있다. 이 시집에는 쉼 없이 울타리를 뛰어넘어야 하는 이의 운동과 관련된 이미지들이 빈번하게 눈에 뜬다. "담장을 넘지 못할 때마다 구두에 정강이를 찍혔고"(「리만의 악어구두」), "어떤 서늘한 발 하나, 내 뒤통수를 밟고 갑니다. 둘, 넷, 후드득…… 나를 건너, 갑니다"(「의자 밀어주던 사람」), "그땐 네가 우릴 건너뛴 게 아니라 우리가 널 눈감아준 거다"(「터널 끝의 소리굽쇠 1」) 같은 대목이 대표적이다. 시집 곳곳에 산재한 이 같은 구절들은 두 가지 효과를 발휘한다. 첫째, 경계를 넘는 것 자체가 삶의 근본 조건인 것처럼 여기는 독서로 독자를 이끈다. 둘째, 뛰어넘지 않으면 누군가 나를 뛰어넘고야 말 것 같은 불안을 시집의 지배적 정서로 여기게 만든다. 그리고 이런 양상은 「울타리의 노래」같은 작품에 단적으로 드러난다.

이 시의 배음(背音)을 이루는 것은 계속해서 반복되는 "아직도 목초지는 멀고"라는 구절이다. 이 구절을 "노래도 새들도 떠난 둥지에는/느긋한 노을 한 줌/내가 이루지 못한 모든 걸/금빛으로 물들이고 있어"라는 구절과 나란히 놓으면 건초지와 목초지가 심리적 지표들을 우화적으로 공간화하고 있음이 확연해진다. 그런 의미에서 '울타리'는 연락의 표지라기보다는 경계의 표지라고 할 수 있다. 이 시의 발화자 '나'는 거듭해서 펜스를 넘어가는 아이들과 대수롭지 않게 이를 개괄하는 어른들 사이에서 펜스에 걸터앉아 있다. 저 쉼 없는 월담에 동참하지도, 그렇다고 이 운동의 규칙을 제정하는 위치에서 이를 개괄하지도 않으면서 펜스에 걸터앉은 이 시적 주체를 눈여겨볼 필요가 있다.

> 나는
> 여기, 기다란 그림자 되어
> 펜스를 넘어서는데
> ──「울타리의 노래」 부분

울타리를 넘어가며 그림자가 길어지는 시간, 그것이 세계를 우화로 만드는 이의 시간이다. 따라서 이 시집에 실린 시들은 울타리의 노래이면서 동시에 그림자의 노래다. 울타리에 걸터앉아 운동을 보는

328

자……의 그림자가 길이를 변주하는 리듬……에 엮인 것이 바로 그림
자의 노래다.

　두번째 형식은 스스로의 삶을 우화로 만드는 것이다. 이것은 때로
일화anecdote의 형식을 취한다.

> (1)
> 머리맡의 텅 빈 책장이 말하길,
> 베개는 불능의 거푸집
> 새벽마다 손잡이 없는 대가리를 권한다
>
> 어제는 무딘 도끼날을 권했다
>
> 나는 비 오는 학교
> 넓은 나무둥치에서 돋아난 새싹
> 연둣빛 감도는 누런 떡잎이었다
> 곰곰 솜털 어린 이파리를 갸웃거리며
> 내 불능의 등고선 너머
> 운동장 흙탕물 줄기를
> 숨겨둔 발갈퀴 보듯
> 내려다보았다
>
> 그늘은 누워서 담장을 세우고
> 수척한 그림자 헛배가 불러가고
>
> 머뭇거리는 흰 그림자들 타일러 나는

담장에 발톱이 돋기 전에 나를
지나가 어서, 지나가……

차라리 담장인 것처럼 나는
뒷장 빼곡히 붙거진 이름들
깨져 나간 벽돌들 독촉하며 나를
넘겨봐, 어서 넘겨봐!
　　　　　—「베개는 불능의 거푸집」 부분 (pp. 64~65)

(2)
그래, 언제나 베개는 베개를 베개에……
참담해진 대가리가
마침내 녹슨 칼날을 빼물고
품 안의 불능과 입 맞추려 할 때

[……]

그러나 그러나 베개는 베개에 베개를……
베갯속을 내 불능의 씨앗들로 채워 넣어도
새벽은 또다시
내 머리를 허옇게 분갈이하고 떠났다
　　　　　—「베개는 불능의 거푸집」 부분 (pp. 138~39)

　　이 시집에는 "베개는 불능의 거푸집"이라는 제목의 시가 네 편 실려
있다. 이 작품들은 동명의 제목이 시사하는 하나의 테마를 변주한 것
으로 읽을 수 있으며, 또한 일화적 시 쓰기의 양상과 관계 깊다. 일화

란 본래 개인의 삶을 주제로 삼아 은폐와 누설의 양가적 속성으로 가공한 짧은 이야기이다. 공식적으로 기록되는 일대기와는 달리 공개되지 않은 내밀한 이야기들을 통해 인물의 개성을 드러내는 것이 바로 일화적 글쓰기이다. 그렇기 때문에 세상과의 불화와 출사의 욕망이 교차하는 흉중을 의미화하는 데 제격인 것이 곧 일화적 형식의 시 쓰기라고 할 수 있다. 일종의 간접화의 소산이기 때문이다. 이를테면, (1)의 바로 다음에 이어지는 대목에 적시된 양가적 태도, 즉 "세상과의 멱살잡이"와 "세상과의 악수"를 동시에 지시하는 흥미로운 방식이 일화적 글쓰기라는 것이다. 실제로 (1)과 (2)에서는 내밀함과 태연함이 교차하는 독백이 주를 이루고 있다. 우리는 (1)과 (2)를 읽으면서 매일 태어나는 불능과 더불어 일상을 살아가는 이의 외침과 속삭임을 동시에 들을 수 있다. "불능의 씨앗들"로 채워진 베개는 "연둣빛 감도는 누런 떡잎"과 같이 모든 가능성을 품고 있던 한 시절의 생기와 거기서 귀결을 알지 못하고 가늠하던 불능들, 그리고 모든 새벽에 다시 차오르는 한계들을 동시적으로 지시한다. "지나가 어서, 지나가……"와 "넘겨봐, 어서 넘겨봐!"는 불능이 환기하는 쌍생아적 욕망을 발화하는 것이 아닐 수 없다.

우화와 관련된 세번째 형식은 내면의 심리 상태를 우화적 공간으로 산출하는 것이다.

(1)
내 머리가 첨탑에 내걸린다. 날 선 시곗바늘이 내 눈을 깎아낸다. 밀어내며 무너지는 목소리. 당신은 피뢰침의 둥지, 폐허를 점지하는 알이었소. 더는 품어줄 수 없소. 굴뚝으로 가시오.

〔……〕

어림없지요. 그는 세차게 발을 구르며 말했다. 나는 당신이 딛고 있는 것의 천장을 딛고 있소. 아시겠소? 우리를 밝히려면, 당신이 흔들리지 않으려 쥐고 있는 것에 스스로 매달려야 할 거요. 아시겠소? 아시겠소? 그는 그의 커다란 귀를 나에게 뒤집어씌우고 캄캄하게 캄캄하게, 발을 구르기 시작했다.

댕강
댕강
댕강
—「만종」 부분

(2)
군상 안에서 누군가가 나를 알아차린다. 군상 밖으로 나를 끌어낸다. 아냐, 이렇게는 아냐! 나를 끌어내리고 의자를 부수기 시작한다. 그는 누구인가? 다른 군상들이 몰려들어 뜻밖의 공터를 열어준다. 그들은 어떻게 나를 알아보는가?
〔……〕
공터가 기울어진다. 나는 가까스로 손을 뻗어 그를 만류한다. 건너편에서 거대한 손이 솟아난다. 가로수들에서 새들이 떼로 날아오른다. 멈춰, 멈추라고! 그는 나의 멱살을 잡아 공중에 띄운다. 공중의 새 떼가 태양을 그러쥐고 저편으로 활강한다.
이편의 공터를 메우기 시작한다. 그는 나를 둘러업고 내달리기 시작한다. 흉상의 활시위가 팽팽히 당겨지기 시작한다. 군상들과 가로수들이 일제히 한 점을 향해 당겨지기 시작한다. 거대한 손가

락이 공터의 한 귀퉁이를 잡고 빠르게 넘기기 시작한다. 그의 앙상
한 다리가 내 두꺼운 그림자 위를 내달리는 속도로

밤은 적중한다.
　　—「의자 넘겨주는 사람」 부분

　인용한 두 작품은 공히 구상적이지만 실제적이라고 하기는 어렵다.
물론 모든 문학 작품은 저마다 고유한 내적 실재를 지니고 있다는 의
미에서 실재적이라고 할 수 있다. 들뢰즈의 용어를 사용해보자면 이른
바 객관적 실재에 대해 확신하기는 어렵지만 형식적 실재는 존재하기
마련이기 때문이다. 이런 방식으로 실재성이 시 속에 환기되는 양상은
'동화연산장치'라거나 엽편소설 형식의 시 쓰기라는 설명을 얻은바 윗
세대 시인들의 시에서 본격적으로 주목을 받은 바 있다. 바로 그런 의
미에서 이 글의 도입부에 설명한 '차용' 개념을 적극적으로 생각해볼
수 있다. 한 세대 앞선 시인들의 우화적 시 쓰기 양식이 감각에 의해
촉지된, 현실의 또 다른 부면을 그려내는 방향으로 정향되었다면 이설
빈 시인이 이 양식을 '차용'해 실재를 환기하는 양상은 내면의 심적 사
태에 정서적 맥락을 부여하는 쪽으로 변용되어 있다. 전자가 새로운
감각을 통해 기지의 세계를 새롭게 읽어내는 수용의 태도와 관계 깊다
면, 이설빈의 방식은, 특히 이 세번째 우화 양식은 표현의 문제와 관계
깊다. 명료한 인식 대상이 되지 않는 내적 상태를 표현에 의해, 그리고
표현됨으로써만 발화자 스스로 일람할 수 있게 된다는 의미에서 이것
은 재귀적 표현 양태라고 할 수 있을 것이다. 시를 보자.
　7연으로 구성된 「만종」에서 5연까지의 각 연의 첫머리만을 모아서
재구성하면 다음과 같다.

내 머리가 첨탑에 내걸린다.

내 코가 굴뚝을 막아선다.

내 혀는 비좁은 나선계단을 구르고 굴리다, 내려오던 천장과 부
딪힌다.

목소리는 내 입에 손전등을 물리고 나를 바닥 아래로 아래로, 가
라앉히기 시작했다.

내 탯줄은 도화선이오. 다시금 사방으로 타들어가며 중얼거리고
있지요.

이 재구성이 보여주는 바는 이 시의 모든 부면이 온전히 발화자 자
신을 표현하는 데 집중되어 있다는 사실이다. 그리고 이 발화의 비켜
선 청자인 '그'는 관계적으로 '나'의 정체성을 구성한다. 즉, 이 일화는
청자인 '그'를 통해서 '나'의 내면을 재구성하는 이야기라는 것이다. 종
탑의 곳곳을 '나'의 기관에 빗대어 전개된 일화가 종국에 전달하는 것
은 어떤 정황과 그로부터 비롯된 정동이다. 타자와의 관계 속에서 갱
신을 꿈꾸는 모든 열망의 싹들이 여지없이 잘려 나가는 결말은 불안의
페이지에 권태 대신 좌절의 내력을 기입한다.

(2)의 「의자 넘겨주는 사람」 역시 비슷한 방식으로 구성된 일화라고
할 수 있다. 이 시에서 "공터"의 기능은 (1)의 "종탑"의 기능과 같다.
심리적 현실을 극화하는 공간이라는 의미에서 그렇다. 두 가지 이미지
에 주목할 필요가 있는데 이와 관련하여 다음 시를 「의자 넘겨주는 사
람」의 메타시로 간주할 수 있다.

벨이 눌리고 문이 열리고 의자 앉기 게임이 시작되면

누가 앉을까 누굴 걸고넘어질까, 나보다 오래된

내 그림자를 앉혀드리자 배부른 엄마 그림자만큼 더 오래된

〔……〕

비참은 어디서 오는 걸까 〔……〕

— 내릴 곳을 지나

버스는 이미 반환점을 돌고 있는데, 나는

앉거나 서지도 자거나 깨지도 않고 기울어져

(어렵고 가렵고

두렵고 마렵고?)

〔……〕

나가떨어진 바닥에서 무겁고 무덥고 느리게

기어 바뀌는 소리 — 돌멩이와 흙과 피와 뼈와 똥으로 동굴벽화

새기는 소리

「상처 입은 들소」에 드리워진

보다 분명한 창槍의 그림자

보다 두터운 기억의 퇴적층에서

보다 깊은 악에 받친

— 「햄스터 철창 갉는 소리」 부분

「의자 넘겨주는 사람」과 나란히 읽을 수 있는 「햄스터 철창 갉는 소

리」에서 공통적으로 눈에 띄는 중심적 이미지는 "의자 앉기 게임"과 '기울기'이다. 벽화 속 들소에게 박힌 "창의 그림자", 태곳적부터 있어온 것처럼 느껴지는 이 오래된 불화의 연속이 "의자 앉기 게임"의 룰이다. 그러니까 「햄스터 철창 갉는 소리」가 정황의 스케치라면, 「의자 넘겨주는 사람」은 그 스케치가 내면에 현상할 때 비로소 드러나는 네거티브 필름이다. 그리고 무엇보다 흥미로운 것은 두 시에 공통적으로 나타는 '기욺'의 이미지이다. "공터가 기울어진다" "나는/앉거나 서지도 자거나 깨지도 않고 기울어져"라는 표현은 결국 모든 문제가 삶의 평형감각에 결부되어 있음을 단적으로 보여준다. "어렵고 가렵고/두렵고 마렵고?"는 앉거나 서거나 자거나 깨어 있는 상태의 심리적 운동을 표현한 말이되, 모두 기울기의 심리적 변인들이라고 할 수 있다. 이 시집의 중심 이미지는 결국 기울기다.

3. 불안의 기울기

그러고 보니 다음과 같은 표현들이 시집 곳곳에서 눈에 띈다.

> 우린 벼락 맞는 나무의/가장 위태로운 가지 같아
> —「기린의 문」 부분

> 더는 내 절망이 갈아탈 이름이 없다
> —「두번째 기도의 환승역」 부분

> 반전은 없다
> —「세번째 화분의 햇빛도둑」 부분

이리저리 끌려다녔지 결국/내 덜떨어진 생의 균형추는 이렇게/
나를 까부수고 있지
　　―「레킹 볼」 부분

추락하는 꿈의 헛된 발길질처럼/빛은 곧 사나워진다,
　　―「나무의 베개」 부분

　아마도 더 많은 예를 들 수 있겠지만 이 시집의 주된 정동이 불안에
가깝다는 것을 보여주기에는 이 정도로도 충분할 것이다. 다음 시는
그 양상을 단적으로 드러낸다.

처음으로
누군가 말했다

여길 봐, 우리가 무얼 딛고 서 있는지
커다란 바위가 있고 작은 돌들이 있어
커다란 바위 둘레를 맴돌면서
어떻게든, 옮길 생각을 하면서
우리는 죽을 때까지 함께일 수 있다
그러나 작은 돌들을 걷어차면서
어쨌든, 치워버릴 생각을 하면서
우리는 너 나 할 것 없이
두 손 다 썼다고 여기면 먼저 떠나는 거다
아마 죽을 때까지 어긋나겠지

〔……〕

처음으로부터

윙윙거리며 공명한다…… 벌 떼가 비상하는 꿈…… 낡은 선풍
기…… 말벌이 되는 꿈…… 라디에이터…… 벌 떼가 덮치는 말벌
이 되는 꿈…… 물이 새는 보일러…… 내 꿈이 너의 꿈에 침수되는
꿈…… 따뜻해……

힘껏 감아 던진 고무 동력기
힘줄 끊어지는 소리, 귀가 기울어진다
수평이 무너진다 내가 딛고 있던
매듭이 끊어진다
　　　　　　　　　　　　　　　—「불안의 탄생석」 부분

　　"불안의 탄생석"이라는 제목이 붙은 이 시는 여러 의미에서 이 시집
의 또 다른 표제작이 될 수 있는 작품이다. 우선, 인용한 부분에 "기울
어진다" "수평이 무너진다" 같은 표현이 다시 등장하고 있음을 확인해
두자. 수평이 무너지는 것, 기울어짐에 대한 예민한 감각은, 신체의 한
상태로부터 다른 상태로의 이행에 대한 지각과 그것의 관념으로서의
정동과 관계 깊다. 이렇게 말해볼 수 있을 것이다. 이 시집은 수평의
균형감각과 평정 상태가 무너지는 계기와 양상을 우화로서 펼쳐놓은,
즉 불안의 정동이 중심에 놓인 시집이다. 인용한 시에 그 전모가 잘 드
러나 있다. 이 시에는 굵은 활자로 표시된, 일종의 부제들이 제시되어
있다. 그 부제들은 다음과 같다. '처음으로' '첫번째' '처음에 덧붙이며'
'처음인 것처럼' '처음에는' '다시 처음에 덧붙이며' '언제나 처음인 것
처럼' '처음으로부터' '또다시 처음에 덧붙이며' '처음이 어려운 것이다'

338

'처음으로 올려본다.'

들뢰즈에 의하면 정동은 본래 비표상적 관념과 관계 깊다. 다시 말해 객관적 실재가 명료하게 주어지지 않은 상태에서 형성되는 감각의 잉여와 깊이 결부된다는 것이다. 이 시집이 우화의 형식을 띠고 있는 것은 그런 맥락과 동떨어진 것이 아니다. 우화란 본래 직접적으로 명료하게 지시하는 대신 그와 동등하게 교환될 만한para 대상을 환기시키기 위한 장치이기 때문이다. 앞서 살펴본 것처럼 이 시집에 실린 시들은 불안의 정동을 환기시키고 그 정황을 맥락화한다. 「불안의 탄생석」은 '처음'과 관련된 이미지들을 우화적으로 병치시키고 있다. 그렇게 구성된 이미지 서사 안에는, '처음'의 '따뜻한' 기억과 '처음'으로부터 멀어져 가는 불안과 '처음'을 회복하고 싶은 열망이 동시적으로 펼쳐져 있다고 할 수 있다. 불안과 쌍생아로 태어났다는 한 철학자의 말을 시의 제목과 더불어 떠올려보자면, 모든 불안은 처음의 불안이라고 고쳐 말할 수 있다. 처음의 탄생석이 '불안'이고 불안의 탄생석이 '처음'인 것이다. 그러니 이 시집은 집요하게 하나의 정동에 정향되어 있다.

그런데 바로 이 지점에 이설빈 시인의 개성이 자리 잡는다. 기울어짐에 대한 예민한 감각, 즉 불안을 직접적으로 토로하는 대신 정동적 정황을 통해 독자의 편에 인계함으로써, 공감에 호소하기보다는 독자로 하여금 각자 자신의 불안을 계량해보게 하는 것이다.

고개를 들면 밤의 해바라기밭, 검은 씨앗들의 방언이 빼곡하다 머리카락처럼 살아 있는 뿌리는 그보다 월등한 시체를 향하지 밤이 오면, 우리는 더욱 현명해지리라 밤 아닌 것들과 함께

번뜩이던 창문에는 얼마간 다른 빛이 깃들어 자신이 헤쳐 지나온 건초지, 불길에 사로잡히는 울타리를 바라본다 하나, 둘……

메시지가 닿을 즈음이면 그곳에도 사막의 사인이 젖어들겠지요
이곳에는 별들이 많아요 그리고 암흑보다도 짙습니다 여기서 우리
는, 씨앗보다는 흙을 기르는 존재에 가깝습니다
　　—「전조」 전문

　이 시는 전달하지 않고 씨를 놓는다. 시의 문맥을 참조해 다시 말하
면, 불안의 씨를 심는 게 아니고 불안의 양생을 양생한다. 불안의 전달
과 확산이 아니라 불안의 양생을 양생하는 것은 엄연히 존재하는 불
안을 부정하거나 낙관으로 쉽게 대체하는 정신 승리 대신 불안을 기
억하라는 것에 가깝다. 죽음을 예비하는 검은 씨앗들을 떠올리고 불길
에 사로잡힌 건초지 쪽으로 고개를 돌리게 하는 것이 불안의 전조라면,
씨앗이 아니라 흙을 양생하는 것은 전조에 대응하는 마음의 태세 전환
에 가깝다. 그리고 그것은 정확히 불안을 기억하라는 명제에 대응한다.
태세 전환이 양생하는 이 기억이, 거의 유일하게 이 시집의 지배적 정
동과 상반되는 쪽으로 정향된, 다음과 같은 시를 가능하게 한다. 이 역
설의 공간, 거기가 이 시인의 로두스다. 그곳의 울타리에서 뛰어라!

모닥불의 손바닥이 피워 올린 사랑이
우리를 벗어나 뉘우치는 불빛
가장 가까이 퍼덕일 때
나를 몰아세운 파도와
파도의 무수한 벼랑을
기꺼이 잊게 할 때
나는 너의 절망이 되고
너는 절망이 삼킨

나의 비겁이 되고
나의 비겁이 되고

우리를 비집고
터져 나오는 난폭한 중심을
우리가 심장보다 깊숙한 뒤에서
단단히 움켜쥘 때 나는
너라는 진앙을 끓어 넘쳐
우리를 안는다
—「끌어안는 손」 부분

[2019]

고요와 불안의 구도

1

주영중의 첫 시집 『결코 안녕인 세계』(민음사, 2015)가 회화적 성격을 띠고 있다는 것은 새삼 강조할 필요가 없을 듯하다. 소재적 측면은 말할 것도 없고 도드라지는 주제 의식과 그 주제 의식을 언어적으로 처리하는 기법에 이르기까지 이례적으로 집요함과 내밀함을 유지하고 있는 이 시집의 세계는 틀림없이 회화적이다. 이는 "누구나 한번쯤 정물이 되는 때가 있다"(「두 사람」)나 "검정 크레파스로 죽죽/한 대여섯 가닥이면 뒷모습이 완성된다/사내가 금방 되돌아볼 것만 같다"(「검은 사내」) 같은 감각적 표현에서 단적으로 드러나지만, 그의 시가 회화적이라고 한 것은 그 이상의 함의를 지닌다.

실상 한 시인의 시집이 회화적이라고 말하는 것은 언제나 부연을 필요로 한다. 유의미한 상관관계를 이루는 양쪽 항의 외연이 너무나 넓기 때문에 이 명제는 항상 구체적 실정성을 재차 요구하기 때문이다. 여기서 일반론이나 연역적 태도를 취하는 것은 어떤 실익도 없을 것이다. 대번 시를 보자. 다음 두 작품은 아마도 시인 자신의 관심이 시와 회화를 수렴시키는 것에 있음을 가장 일차적으로 보여주는 예가 될 것이다.

젊은 시절 내내 나는 저기 식탁보를
갓 내린 눈처럼 칠하고 싶었다—세잔

주름지고 부드럽고 조심스러운 손이 사과를 올려놓기 시작한다
둥근 사과들이 눈 같은 식탁보를 조금씩 녹이더니 자리를 잡는다
사과가 붉고 차가워서 이가 시리다

슬쩍 내미는 손 식탁보가 날아오고 사과들이 식탁 아래로 굴러
떨어진다 가루도 없이 환하게 터져 버린다 나는 부드럽게 구겨진
식탁보를 식탁 위에 활짝 펼친다

은회색 머리카락 한 올만을 남기고 식탁보는 나무 속으로 스민
다 그러더니 식탁이 비스듬히 기우는 것이다 어어 하는 사이 부엌
이 바닥이 기울고 내 몸도 한편으로 기우뚱 저기 매달린 칼만이 무
게중심을 찾아가고 있다 칼날이 성성하다
　　—「식탁보」 전문

　시의 형식이 말하고 있듯이 이 시는 세잔과의 대화를 시의 방법이자
주제로 삼고 있다. 본의 아니게, 그것도 사후에, 결과적으로 19세기와
20세기 회화의 비가역적 가교가 된 세잔이라는 이름은 항상 맥락 안에
서만 구체적으로 호출될 수 있는 것이다. 이 시의 앞머리에 인용된 말
이 여기서의 세잔을 푸는 열쇠가 될 것이다. 잘 알려져 있는, 식탁 위
에 사과가 있는 정물화들은 세잔 특유의 집요한 예술 정신을 고스란히
보여주는 작품들이다. "갓 내린 눈처럼"이라는 말은 언어적으로는 간
명한 비유의 차원에 속하지만, 다시 말하자면 아무리 거리를 좁혀놓아
도 이 표현은 언어적으로는 항상 비유의 이편과 저편을 양립시키게 되

지만 회화에서는 문제가 달라진다. 인상파의 화풍을 넘겨받아 그것을 20세기의 새로운 탐구에 인계하면서 세잔은 감각과 실재를 회화의 중심 문제로 두고 이 문제를 풀고자 온 힘을 다했다. 인용된 세잔의 말이 언어적으로는 범상한 것에 속하지만 회화적으로는 폭과 깊이를 헤아릴 수 없는, 자신도 모르는 사이에 두 세기의 예술을 어깨에 떠메게 될 예술가의 한숨과 고뇌를 담고 있다는 것을 기억할 필요가 있다. 메를로-퐁티는 「눈과 정신」에서 세잔의 이 고투가 세계를 경험한 대로 그리려는 시도에서 비롯된 것이라고 설명한 바 있다. 저 유명한 〈생트-빅투아르산〉 연작은 기존의 과학적 지식으로 길들여진 눈을 씻고 새롭게 풍경을 봄으로써 지식에 길들여진 시각의 베일을 뚫고 사물과 세계를 끄집어내는 작업이라고 그는 설명한다. "갓 내린 눈처럼 칠하고 싶었다"라는 말은 비유의 양안(兩岸)을 두고 씨름하는 차원의 문제가 아니라 색과 면의 계획과 실재의 문제 차원에 속하는 고뇌를 담백하게 전하는 것이다.

주영중의 『결코 안녕인 시계』가 회화적이라고 말할 때의 중심적 의미 역시 그런 것이다. 위에 인용한 작품을 이 시집에 실린 최상의 시라고 할 수는 없지만, 앞에 설명한 맥락에서 이 시집의 계획을 단적으로 보여주는 것이라고 할 수 있다. 만약 설명의 편의를 위해 해석자의 월권을 한번 행사할 수 있다면, 이 시의 제목을 월리스 스티븐스Wallace Stevens의 「항아리의 일화Anecdote of the Jar」를 차용하여 「식탁보의 일화」로 고쳐 써볼 수도 있을 것이다. 테네시 언덕에 놓인 항아리 하나가 대번 사물의 중심에 우뚝 서서 주변을 제압하듯 이 시에서도 식탁보 하나가 세계를 기울게 한다. 재현적 독법으로, 다시 말해 사과와 식탁보와 식탁을 바라보는 이의 시점에서 시를 읽자면 그저 소소한 하나의 사건을 다룬 것일 뿐이지만 기지(旣知)의 인식을 씻어낸 눈으로 사물에 즉한 태도로 탐구하자면, 그 단출한 사건은 미세한 위치 변화에

344

도 작용과 반작용을 거듭하며 중심을 수습하려는 사물들의 필사적 고투로 되읽힌다. 그러니 이 시는 "갓 내린 눈처럼"이라는 말이 메우지 못하는 비유의 양안을 새로운 시계(視界)에서 발원하는 언어로 수습하는 방식으로 세잔의 고투에 응답하는 '야심 찬' 답신이라고 할 수 있을 것이다.

> 녹색은 따스하고 배경은 심심하다
> 창은 검어 잠잠하고
> 지붕의 삼각형은 약간 비틀려 있다
> 냉정하다면 시선을 거둬야 한다
> 이따금씩은 이중의 흔들림
> 그때마다 그가 비참하고 슬프다
> 그는 멀고도 왜 가까운지
> 그의 출몰의 배경에는 그러니까
> 바닥을 뒹구는 의자와 기울어지는 화병
> 질기게 매달려 흔들리는 끈
> 몸 안에서 누군가 목매었으므로
> 나는 집이 되었던 거다
> ──「목매단 자의 집」 전문

이 시 역시 같은 맥락에서 읽을 수 있지만 여기서 주영중은 답신을 일단락하고 스스로의 활로를 찾는다. 이 시의 제목은 세잔의 초기작인 「목매단 자의 집La Maison du pendu」(1873)에서 취한 것이다. 그러니까 일종의 오마주라고 할 수 있을 이 시는 짧지만 내적으로는 세 번 펼쳐진다. 아니 정확히 말하자면 기지(旣知)를 씻은 하나의 눈이 세 겹으로 놓인 현상의 두께를 관통하고 있다고 할 수 있겠다. 이 눈이 처음

가닿은 것은 세잔의 그림 「목매단 자의 집」이다. 그림의 주조인 녹색, 근경의 음습한 분위기와 대비되는, 무심한 듯 제시된 원경, 그리고 구도와 주제의 중심에서 화면을 장악하는 검은 창을 재차 언어적으로 데생한 것이 이 시라고 하겠다.

그런데 시선은 그림의 표면에 머물지 않는다. 검은 창 안쪽에서 일어났을 일에 대한 상상적 재구성을 통해 시선은 그림 속 사건을 바로 지금의 일로 현재화한다. 이 시선은 세잔의 그림을 통해 발생했지만 바로 여기서부터 자신을 넘어선다. 선과 면과 색의 계획을 넘어 이 시선은 고집스럽게 사건에 가닿는다. 아니 엄밀히 말하자면 선과 면과 색의 계획의 내부에 하나의 사건을 기어이 생성시키고 만다. 그리고 그렇게 기지(既知)를 씻은 눈은 꿰뚫는 일 말고는 달리 아는 바를 모른다.

시의 후반부에서 이 시선은 급기야 치명적으로 선회한다. 바로 발신자의 내면마저 꿰뚫기 때문이다. "몸 안에서 누군가 목매었으므로/나는 집이 되었던 거다"라는 말에서 갑작스러운 '나'의 출현은 의미심장하다. 그것은 그림의 표면으로의 귀환이면서 동시에 그림을 보고 있는 이의 내면으로의 직진이기 때문이다. 이것은 집의 말이자 동시에 시에서 슬쩍 얼굴을 내미는 시선의 주인의 말이다. 회화에서 두 겹의 내밀성을 강조한 다니엘 아라스의 표현을 원용하자면, 이것은 회화의 표면에서 형성되는 내밀성이 아니라 그것을 통해 화가 자신의 내면을 드러내는 방식의 내밀성이라고 할 수 있겠다. 결핍과 결여가 내면에 집 하나씩을 짓는 법이다. 이 시의 내밀성은 바로 거기서 발원한다.

2

세잔의 그림 속에서 언뜻 얼굴을 내민 내밀한 내면의 핵심에는 몰락에 대한 예민한 감각이 자리 잡고 있다.

(1)
언젠가 코의 산을 헐어낸 적이 있다
작은 망치와 끌칼이 코를 허물고 있었다
코뼈가 쩍쩍 갈라지는 소리를
분명히 들었다, 무너지고 있었다

무너지던 것에 대한 거라면
나는 할 말이 없다, 그게
암석의 일부였는지 코뼈였는지
사랑이었는지 신념이었는지
　　　　　　　　　　　—「비중격 만곡증」 부분

(2)
몰락하는 방식으로 움직이는 것이 아름다움이라면
눈을 지우는 방식으로 침묵하는 것이 아름다움이라면
나는 몰락하는 방식으로만 아름다울 것
지워지는 방식으로만 아름다울 것이다
〔……〕

바깥이 안이 되고, 안이 바깥이 되어가는 이중의 경계에서
경계 너머로 무던히 피를 넘기면
붉은 꽃 한 송이 대지로 흘러들어 피어나겠지
　　　　　　　　　　　—「당신의 서판」 부분

(1)이 삶의 여러 부면에서 몰락의 신호를 검출해내는 이의 예민한 자의식을 드러낸 것이라면, (2)는 그것이 어떻게 이 시인의 예술적 자의식의 근저를 형성하게 되는지를 보여준다. (1)의 시상 전개에 대해서는 따로 부연이 필요 없을 것이다. 어느 날 몸에 발생한 이탈과 몰락의 기운, 다른 시의 표현을 빌리자면, "생활이 던져주는 각도에서 약 1도쯤 빗나간 채" "나는 망가진 기계처럼 떨어지고 있다"(「시계」)는 실감과 그것을 통해 돌아보는 삶의 내력과 소회가 간명하게 잘 제시되어 있다.

(2)는 조금 더 세심한 주의를 요한다. 만만찮은 문제의식이 담겨 있기 때문이다. 이 시의 전문을 살펴보는 것이 좋겠지만, 여기서는 시의 구성을 주관하는 형식적 내밀성보다는 표면을 구성하는 이의 속을 들여다보는 쪽을 택하자. 이 단면들이 이 시집에 실린 시들 중에서 가장 단적으로 시와 예술에 대한 사유를 드러내기 때문이다.

「당신의 서판」에서 인용한 부분의 전반부에는 세 가지 단면이 있다. 우선 아름다움에 대한 두 가지 특칭명제가 주어진다. 다시 말해 "몰락하는 방식으로 움직이는 것" "눈을 지우는 방식으로 침묵하는 것"이 아름다움의 실정성을 구성한다는 명제가 도출된다. 몰락이 아니라 "몰락하는 방식으로 움직이는 것"이라고 말하고 있음에 주목하자. 몰락은 결과지만, 몰락을 향해 가는 것은 과정과 의지의 문제이다. 즉, 이것은 패배로부터 교훈을 구한다는 상식적 역설이나 바닥에 떨어져야 튀어오를 수 있다는 역설적 상식이 아니라 감산의 방식으로 표현되는 전향적 의지의 일환이라는 것이다. 몰락을 기꺼이 감내한다는 비장한 의지가 아니라 몰락을 향해 가는 과정과 방법을 기꺼이 자초하겠다는 것인데, 두말할 것 없이 이는 그 안에서야 비로소 미적인 것이 고개를 들기 때문이다. 이것이 이 글의 서두에서 말한 바로서의 회화적 방법과 정확히 일치하고 있음은 아름다움에 대한 두번째 명제를 통해 더욱 잘 드러난다. "눈을 지우는 방식으로 침묵하는 것"이란 세계 일체를 보지 않겠다는 것이 아니라 언어를 기지와 인식의 베일 안에서 끄집어내겠다는 것을 뜻한다. 다시 아라스의 표현을 원용하자면, 이는 보는 것에 대한 아는 것의 우위를 중단하겠다는 태도라고 할 수 있다. 그렇기에 첫번째 명제와 달리 이것은 역설이다. 눈을 지우는 방식으로 침묵하면서 보는 것에 대한 아는 것의 우위를 중단하는 방식이 오히려 비로소 세계의 실재를 보는 것을 가능하게 하기 때문이다. 「목매단 자의 집」을 다시 상기하자면, 기지의 죽음이 미지의 집이 되고 시선의 공백이 아름다움의 그릇이 된다고 말할 수 있다. (2)에서, 두 가지 특칭명제에 이어지는 세번째 부면이 바로 그런 방식으로만 건사되는 미적인 것에 대한 지향을 드러내기까지는 이런 내막이 있는 법이다.

(2)의 후반부는 그런 미의식의 연장선상에 서 있는, 일종의 압축시론이라고 할 수 있다. 기지를 통한 관습화된 세계 인식을 버리고 묵시와 침묵을 통해 실재를 더듬는 작업은 숙명적으로 영구혁명의 성격을 띨 수밖에 없다. 김수영의 말마따나 배반을 배반하고 배반을 배반한 것을 다시 배반하는 작업을 중단 없이 해나가야 하기 때문이다. 필사적으로 더듬어 촉지된 "바깥"은 이내 "안"이 되기 마련이다. 이것을 몰락과 묵시와 침묵의 태도로 멀리하고 언어의 방향을 다시 바깥으로 돌려야 하는 작업에 단속은 불가능하다. 바깥은 곧 안이 되고 안은 다시 바깥을 생산한다. 이를 정확히 인지하고 있기 때문일 텐데, 인용한 부분에는 하나의 조건이 달려 있다. 바깥과 안이 이와 같은 방식으로 거듭 삼투할 때, 여기에 한계 조건을 부여할 수 있는 모멘트는 시간의 축이 아니라 의지의 축이다. "경계 너머로 무던히 피를 넘기면"이라는 조건에는 배반의 배반을 현재의 N극으로 삼아야 한다는 것과, 그것이 순조롭고 용이한 일이 아니라 몰락과 상처를 요구하는 것이라는 의미가 이미 담겨 있다. 오직 몰락과 묵시와 침묵의 의지로 피를 넘기면 그 피

가 흘러들어와 내부에서 "붉은 꽃 한 송이" 피울 것이라는 마지막 대목은 이 모든 설명조차 번거로운 일일 뿐임을 반증하는 명료하고 수일한 하나의 이미지를 배태하고 있다. 이것이 시의 꽃임을 덧붙이는 것이 필요할까?

3

몰락과 묵시와 침묵이 새로운 언어를 풀무질하는 예비 작업이 된다는 것을 살펴보았다. 그런데, 당연한 것이겠지만 이 시집에는 몰락이 부표로, 묵시와 침묵이 새로운 언어의 발견으로 변환되는 장면들이 눈에 띈다. 다음 시는 내면의 이런 운동을 단적으로 보여준다. 이 시는 독자들을 이 시집에 실린 시들로 안내하는 마지막 이정표가 될 만하다.

> 시간이 게워놓은 것들을
> 기꺼이 응대할 것
>
> 나는 결국 그들에게로 이르는 끊긴 다리일 뿐
> 물음은 안에서 오고 바깥에서 온다
>
> 가령, 고요와 불안이 교차하는 곳에서
> 혁명은 싹텄는지 모른다
>
> 사랑할 수 없는 날이 오면,
> 떠날 것
> 무언의 직물을 짜고 있는 구름처럼

물음은 떠남에 있지
그래도 떠남은 돌아오는 것

나는 지나간 것들을 모르고
너를 잊는 기술을 모르고

저기 버려져 비옥한 검은 흙들을 넘어
소음이 나를 몰아가는 곳으로
―「구름의 서쪽」 부분

이 시에서 우선 눈에 띄는 것은 이항대립이다. "안"과 "바깥", "무언"과 "소음", "떠남"과 '귀환' 등이 일차적으로 대립항을 이룬다. 여기에 시간의 자취와 망각의 기술, "혁명"과 "사랑", "고요"와 "불안"의 관계망이 포개어지면 이 시는 평면을 벗어난다. 그런데 이 기시감은 무엇일까? 혁명이 고요와 불안의 산물임을, 혁명이 사랑의 기술에서 비롯된 것임을, 그리고 그 기술이 눈을 떴다 감는 망각과 기억의 기술임을, 그리고 그 사랑은 복사씨와 살구씨의 단단한 고요함 속에 깃들어 있음을, 그리하여 언젠가 한번은 복사씨와 살구씨가 사랑에 미쳐 날뛸 날이 올 것임을 웅변한 시인을 우리는 알고 있다. 세잔으로부터 김수영에게라니! 선과 면과 색의 계획으로부터 다시 언어로의 귀환이라니! 패널에 세잔과 김수영을 세로줄로 엮고 다음 항을 비워두면서 주영중은 무엇을 도모하고 있는 것일까?

이 시에 집중된 에너지는 세 가지 긴장에서 배태된다. 지나간 것들을 모르고 그것을 잊는 기술조차 모르면서 시간이 부려놓고 간 것을 고스란히 수습하고 응대해야 하는 모순된 작업과, 비옥한 검은 땅을 버리고 소음의 몰이를 따라, 무언의 직물을 짜는 구름처럼 바람을 거슬러 소용돌이의 뒤쪽을 향해 가는 운동과, 고요와 불안이 혁명의 트리거가 되는 사건이 만드는 긴장이 그것이다. 세잔에게서 선과 면과 색은 실재를 소환하는 소명에 충실한 계획을 따른다. 다시 메를로-퐁티의 표현을 빌리자면, 그는 일상적이고 친밀하고 관습적으로 보는 시각계의 표면을 뚫고 사물과 세계를 신선하게 끄집어내는 일을 감행한다. 언어는 여기에 사랑을 더한다. 실재를 끄집어내는 일을 사랑에 인계하는 것이 김수영의 미필적 숙명이었다. 그리고 전사(前事)는 이제 상식이 되었다. 그렇기에 하나의 조건과 하나의 방법을 주영중은 이 시 안에 찔러 넣어두었다. "사랑할 수 없는 날이 오면 떠날 것", 조건은 언제나 사랑이다. 이 모든 사태의 유통기한은 사랑이다. 방법은 침묵이다. "무언의 직물을 짜고 있는 구름처럼" 단단하게 떠 있는 것, 떠서 무(無)로 언어의 그물을 짜는 것, 그것이 시인의 숙명이다. 눈앞의 비옥한 흙을 배반하고 몰락의 중력을 배반하고 시간의 미련을 배반하고 망각을 배반하고 떠남과 귀환의 사필귀정을 배반하고 급기야 무언을 배반할 생래적 모순을 품은 언어, 바로 거기, 고요와 불안이 교차하는 곳에서 혁명은 싹트는지 모른다. 이 시인의 붓끝을 보라.

[2015]

구석으로부터의 타전

1. 모놀로그 드라마

총 3부로 구성된 김선재 시인의 두번째 시집 『목성에서의 하루』(문학과지성사, 2018)는 응축과 확산을 전개하며 자신의 자취를 조정하는 내밀한 방에 비견되며 변화무쌍한 자취를 조율하는 시어는 바로 그 내밀한 방의 자취를 그리는 위상기하학에 비견된다. 안과 바깥, 위와 아래라는 물적·심적 '방위사(方位辭)'들이 시집 곳곳에서 반복적으로 사용되면서 공간의 규모를 수시로 조절하고 있음은 물론이고 "지평선" "해안선" "테두리" "가장자리" "모퉁이" "구석"과 같이 경계를 지시하는 시어들이 빈번하게 등장하여 일종의 언어적 프론티어로서 심리적 변경의 수축과 확장을 주관하고 있기 때문이다.

같은 맥락에서 김선재 시인의 『목성에서의 하루』는 일종의 모놀로그 드라마를 연상시킨다고 할 수 있다. 서정시란 말을 거는 척하면서 살짝 등을 돌리는, 일종의 '엿듣는 발화'(노스럽 프라이)라는 정의에 비추어서 그렇다는 것이다. 아마도 노스럽 프라이의 이런 정의에 이 시집만큼 부합하는 경우도 오히려 드물 것이다. 시집에 실린 작품 거의 전편이 바로 이런 방식의 독백, 아니 정확히 말하자면 방백(傍白, aside)으로 발화된다. 그런 의미에서 시집 도입부에 놓인 다음 구절과 해당

시의 제목은 주제나 형식에서 공히 살짝 비껴 선aside 이의 말 건넴이 개시됨을 알리는 프롤로그라고 할 수 있다.

> 일어선 다음에는 어떻게 해야 할지 몰라서
> 제자리 뛰기를 했다
>
> 습관처럼 창문은 높고
> 바닥은
> 끝 간 데 없었다
> ――「백(白)」 부분

'백(白)'은 아마도 이 시집 전반부에서 주요한 시간적 배경으로 성립하는 여름과 관계된 것이겠지만, 한편으로는 앞서 언급한 것처럼 이 시집의 핵심 주제가 심리 자취의 위상기하학임을 공시[白]하는 것이 아닐 수 없다. 앞에 인용한 시는 자신의 자취를 구하는 이의 독백이 아니고 무엇이겠는가. 이런 양상은 다음과 같은 예들을 통해 더욱 확연해진다.

> 밖은 길고 안은 어두웠다
> ――「부정사」 부분
>
> 안과 밖에서
> 걸핏하면 열이 끓었다
> ――「그날 이후」 부분
>
> 가끔 안을 도려내고 바깥이 되기도 했다

—「눈사람」부분

창문이 정지하고 안은 쏟아진다 쏟아지는 안을 닫을 길이 없다
그곳에 닿을 길이 없다
　　—「한낮에 한낮이」부분

맴돌다 보면 어깨가 생기고
위와 아래가 생겼다
　　—「하지」부분

갈 곳이 없을 때마다 위와 아래를 바꿨지만 여전히 위와 아래는
자랐다 누군가 빠져나가면 누군가 들어오고 고개를 흔들수록 선명
해지는 그늘
　　—「철봉」부분

　인용한 부분들 외에도 유사한 예를 곳곳에서 찾아볼 수 있다. 물론
이와 같은 발췌로는 아직은 자취를 구하는 그 대상의 위상과 모양이
어떤 것일지를 가늠하고 그 의미를 자세히 헤아려볼 수 없다. 그러나
분명하게도 안과 밖, 위와 아래로 가두리가 새겨지는 무엇이 존재함을,
그리고 이 언어가 그것의 위상과 자취를 더듬는 언어임을 확인할 수는
있다. 앞서 언급했듯이 "지평선" "테두리" "가장자리" "모퉁이"와 같
은 시어들이 시집에서 반복적으로 전경화되고 있다는 것 역시 이와 무
관하지 않다. 이 시어들은 마음의 자취를 새기는 위상기하학의 일환이
라고 할 수 있을 것이다. 그리고 아마도 이런 방식으로 우리 앞에 적
시된 이 사태를 보다 명료하게 전시해 보이는 것은, 전체 3부 구성 계
획이 뚜렷해 보이는 '플롯'의 고유한 '형식 의지'를 반영하듯 시집 가장

앞머리에 놓인 다음 시일 것이다.

> 가도 가도 여름이었죠. 흩어지려 할 때마다 구름은 몸을 바꾸고 풀들은 바라는 쪽으로 자라요. 누군가 길을 묻는다면 한꺼번에 쏟아질 수도 있겠죠. 쉼표를 흘려도 순서는 바뀌지 않으니까. 곁에는 꿈이니까 괜찮은 사람들. 괄호 속에서 깨어나는 사람들. 지킬 것이 없는 개들은 제 테두리를 핥고 햇빛은 바닥을 핥아요. 나는 뜬눈으로 가라앉고요. 돌 속에는 수많은 입들이 있고, 눈을 가린 당신이 있어요. 빗소리는 단번에 떨어져 수만 번 솟구치고요, 앞도 뒤도 없이 일제히 튀어 오르는 능선들. 갈 데까지 가고서야 공이 되는 법을 알았죠. 잎사귀처럼 바닥을 굴러 몸을 만들면, 바람을 숨긴 새처럼 마디를 꺾으면, 안은 분명할까요. 뼛속을 다 비우면, 바깥은 안이 될까요. 아직 가도 가도 어둠이에요. 하루가 가도 하루가 남는, 손을 뒤집어도 손이 되는. 그러니 당신, 쓴 것을 뒤집어요. 다시 습지가 될 차례예요.
>
> ―「열대야」 전문

이 시는 우리 앞에 놓인 한 심리적 움직임의 자취를 구하는 데 필요한 일종의 전제들 혹은 공리들을 제공한다. 틀림없이 '엿듣는 발화'의 형식으로 발화되는 이 시를 통해 우리는 이제 막 운동을 개시할 준비를 갖춘 하나의 마음이 어떤 출발 조건 속에 놓여 있는지를 헤아려볼 수 있다.

이 시에는 시집에서 중요하게 전개되는 이미지들이 자신의 정확한 위치에 자리 잡고 있다. "가도 가도 여름이었죠"라는 말은 자연스럽게 앞서 살펴본 '백(白)'과, 그리고 "흰 계절의 감옥"(「거리의 탄생」)과 같은 이미지와 연결된다. 이 시에서 두드러지는 구문론적 특징, "가도 가도""쉼표를 흘려도""손을 뒤집어도" 등의 양보 구절이 드러내는 의미 구조, 즉 어떤 한계 상황 속에서의 모색—이것은 본래 수사적으로 아이러니에 대응하는 것이다—과 결합해 '여름'은 백일하에서 힘겨운 모색을 거듭하는 시간으로 제시된다. 그리고 이 시집의 중심 이미지를 구성하는 두 벡터, 즉 위와 아래로의 '쏟아짐'과 '튀어 오름' 그리고 안과 밖으로의 몰입과 탈주가 다시 연동하여 운동 그 자체의 이미지를 우리 눈앞에 내밀어놓는다. 들뢰즈의 선례가 있어서 개념의 엄밀함이라는 척도에 비추어 보아야 할 처지에 있긴 하지만, 여기에 하나의 '운동 이미지' 그 자체가 적확하면서도 수일한 심리적 방위의 이미지들과 함께 적시되어 있다고 할 수 있다. 그에 따라 이 시는 추후 세 가지 국면이 구체적으로 탐색되어야 함을 일러주고 있다.

"개들은 제 테두리를 핥고 햇빛은 바닥을 핥아요"와 같은 구절에 제시된 테두리와 바닥 인근의 정황, "갈 데까지 가고서야 공이 되는 법을 알았죠"에서의 심리 운동 양상, "바람을 숨긴 새처럼 마디를 겪으면, 안은 분명할까요. 뼛속을 다 비우면, 바깥은 안이 될까요"에서의 변경 확장과 전환의 논리 등이 그것이다. 이 세 가지 국면은 이 시집에 그려진 '편력'의 뼈대를 이룬다. 이를 살펴보기 위해 우선 하나의 방 이미지를 들여다보자.

2. 내밀성과 확산의 임계

의자 위에는 읽다 만 책이 놓여 있다. 새가 날아오를 때마다 숲은 자욱해진다. 꽃이 떨어질 때마다 하늘은 멀어진다. 멀고 깊고 어두운 마음이 있다. 서랍에서 낡아가는 말이 있다. 할 수 없는 말이 있다. 슬픈 잠에 빠진 말이 있다. 밖에서 안을 찾아 헤매던 날들은 멀어졌다. 서로의 얼굴을 더듬던 날들을 기억한다. 단지 한 방울의 물을 떨어뜨렸을 뿐인데 우리는 끝없이 가장자리로 밀려간다.

〔……〕

시작도 없이 끝도 없이,

방을 끌고,
밤을 밀며.
　　　—「방의 미래」 부분

　　앞서 살펴본 「열대야」에 형상화된 공간이 거의 같은 맥락에서 이 시에서는 하나의 방 이미지로 구체화된다. "멀고 깊고 어두운 마음"이 "밖에서 안을 찾아 헤매던 날들"이 있다. 이와 같은 내밀성에의 탐사가 오히려 "가장자리"에 대한 예민한 인식으로 거듭나기만 하는 공간이 바로 방이다. 하나의 심리 자취가 내밀성과 자기 확장의 모순된 의지 속에서 궁그는 양상이 바로 이 방 이미지로 구체화된다. 그러니 어쩌면 『목성에서의 하루』는 다음과 같이 '방'과 '구석'의 시집일지 모른다.

　　무한의 방 그 방의 구석, 구석의 한가운데 앉아 있다. 주위에는 무수한 창. 창은 풍경을 되비추지 않는다. 다만 어떤 예감이 되어 지나갈 뿐. 흰 물방울이 흐를 뿐. 버려진 공처럼 구를 뿐. 그러니 점이 되기로 한다. 잠잠히 점이 되기로 하자. 어제 지운 상처와 내일의 상처 사이에서.

　　때로 사람의 기록과 사랑의 기록 사이에 갇힌다. 기억은 종종 기억을 버리고 기록이 되는 쪽을 택한다. 나는 기록을 지우는 사람.

지워지는 사람. 서쪽의 구름처럼 모여드는 이름을 되뇌는 사람. 어떤 겨울의 겹은 계단처럼 희다. 셀 수 없이 부풀어 오른다. 부드럽고 고소하게, 고소하고 따뜻하게.

슬픈 얼굴은 아름다운 그림자를 드리우고 이곳은 흑백의 첫 칸, 혹은 마지막 칸. 나는 계단의 구석, 구석의 가장 낮은 곳에 앉아 있다. 희고 차고 어두운 방으로 떨어지는 물방울이 되어. 똑똑, 풍경을 떠난 기억이 지나간다. 기척 없는 하루는 하루를 지우고 다시 하루가 된다. 흔적없이, 내색 없이.

마지막 계단에서 처음의 계단을 향해
기록되지 않은 사실에서
기록을 버린 기억 쪽으로

기적 없이 나는 잘 살고 있다.
　―「희고 차고 어두운 것」 전문

우리는 이 시에서 방이 무한이 되는, 구석이 지평이 되는 임계의 변환술을 읽을 수 있다. 첫번째 운동, 방이 공이 되고 공이 점이 되는 변환이 있다. 방은 한정된 공간이지만 공에 대해서는 넉넉한 공간이 되고 점에 대해서는 거의 무한이 된다. 그리고 이 변환 속에서 내밀함과 활달함의 교환이 발생한다. 그런데 흥미롭게도 "어제 지운 상처와 내일의 상처 사이에서" 내밀해지면서 무한을 얻는 법을 설파하는 것은 바로 "구석"이다. 아니, 뒤에 다시 살펴보겠지만, 좀더 정확히 말하자면 구석을 밀고 가는 의지이다.

2연은 방과 무한, 구석과 지평의 변환이 확보하는 심적 공간의 양상이 기술된다. 어제와 오늘이 상처만을 통로로 지닐 때 누구에게도 넓고 따뜻한 방은 없다. 그러나 상처와 상처 사이가 무한이 되는 변환 속에는 "겨움의 겹"을 "부드럽고 고소하게, 고소하고 따뜻하게" 발효시키는 효소가 함유되어 있다. "계단의 구석" "구석의 가장 낮은 곳"이 "기억"과 "기록"을, 사태의 심리적 가공과 사실관계를 뒤섞는 조제실이며 태세 변환과 언어적 준비를 갖춘 마음이 새로운 태연함을 얻는 기저가 된다. "기적 없이 나는 잘 살고 있다"라는 진술이 여러 겹의 마음을 압축한 시적 발화가 되는 까닭은 그 때문이다.

3. 낭만적 비전과 심리적 변경 확장의 논리

그러니 이 공간의 위상기하학은 시적 언어를 매개로 할 수밖에 없다. 시 언어의 특징이 무엇일까? 낭만주의자들이 바랐던 것처럼 그것은 안으로부터 밖으로 자라나 다시 밖이 안이 되는 유기적 운동이다. 그런 점에서 볼 때, "가능하면 먼 곳으로"(「바람이 우리를」) 자신을 밀어 가는 것 역시 낭만적 비전에 가깝다. "방"이 영토를 확장하여 "거리"로 탄생하는 것은 이런 비전에 힘입은 것이다.

> 난간 너머로 새가 날아간다
> 달려오는 생을 온몸으로 막으며
> ―「서쪽으로 난 창이 있는 집」 부분

> 가장자리를 물고 개가 뛰어간다

> 가고, 간다

가능하면 먼 곳으로
—「바람이 우리를」부분

"새"가 "난간 너머"로 날아가는 것이 "달려오는 생"을 "온몸"으로 막기 위한 것일 수 있는 까닭은, 그것이 상처와 상처 사이를 무한으로 확장하여 상처를 막아내는 운동의 일환이기 때문이다. 후자가 사이에서 바닥을 깊이 파는 굴착이라면 전자는 경계를 밀고 감으로써 경계를 튼튼히 하는 '자주국방'이다. 이때 난간 너머로 날아가는 "새"는 "가장자리를 물고" "가능하면 먼 곳으로" 뛰어가는 "개"의 이미지와 자재롭게 변환될 수 있다. 그리고 이런 방식의 확장 의지는 이 시집의 중요한 표지석들을 다시 세우고 있다.

구름이 이동한다
구릉 너머
구름의 영토 쪽으로

거리는 무한히 확장되고 변주된다
사라졌다 떠오르기를 반복하는
소문처럼
입에서 귀로 전해지는
비밀처럼

오늘 우리는 무슨 얘기를 할까

터진 꽃들이 지기 전에 말해줄래?

유머가 된 사랑이나
추억이 된 혁명 같은 거

세계 뒤에서, 더 뒤에서
기억 밑에서, 저 밑에서
지각은 조금씩 밀려온다

내일은 우리에게 어떤 얘기가 남을까

흰 계절의 감옥을 지난 후에는 말해줄게
점을 치는 새의 슬픔이나
새를 치는 노인의 미래 같은 거

겨우 속삭이면서
겨우 어긋나면서

사람들은 이동한다
어깨 너머
사양(斜陽)의 영토 쪽으로

누구도 모르게 모르는 사이가 되어
다시는 되돌아오지 않을
지상의 영토 끝까지
　　　　　　　　　——「거리의 탄생」 전문

이 시는 "지평선을 안고 걸으면 구름이 몰려온다"(「남은 것과 남을 것」), "어제를 밀어내며 나는 걷고 있다"(「적선동」) 같은 구절들과 함께 읽혀야 한다. 또한, 다음과 같은 대목을 실마리로 삼아야 한다.

> 재채기를 할 때마다
> 여기가 여기라는 생각
> 머리를 감싸 쥘 때마다
> 여기도 거기는 아니라는 생각
> ─「십일월」 부분

변경을 밀어내며 걷고자 하는 '영토 확장'의 꿈이 어디에서 태동하는지 알 수 있다. "여기도 거기는 아니라는 생각"이 정주(定住)하고자 하는 삶에 이물감을 얹어놓는다. 방이 거리로 탄생되는 비전이 필요한 까닭이 바로 그것이다. 이제 상처와 상처 사이의 무한을 얻은 이에게 "거리는 무한히 확장되고 변주된다". "유머가 된 사랑"이나 "추억이 된 혁명" 같은 소문과 비밀 들이 영토 확장에 따라 하강과 상승을 거듭하는 세계들의 기저에 기입되고 그것은 이따금 일상적 지각에 기별을 전해온다. 마음의 모양을 결정하던 사람과 사실과 사태와 사랑이 모두 "사양의 영토 쪽으로", 해가 기우는 쪽 어딘가로 옮겨지고 이제 그것은 변경을 밀고 가는 이에게는 무한이 될 "지상의 영토 끝까지" 동행한다. 덤덤하고 수일하며 수일하고 덤덤한데 어쩌면 이리도 처연하랴……

4. 머나먼 구석으로부터의 타전

이 글 서두에서 이 시집이 일종의 플롯을 지니고 있음을 언급한 바 있다. 이를테면 다음 시에 담긴 드라마를 눈여겨보자.

빛이 흐른다. 새벽에서 아침으로. 계단에서 계단으로. 가지에서 허공으로. 나에게서 너에게로. 이런 날에는 전날을 생각하지 말자. 다가오는 모퉁이들을 상상하지 말자. 눈앞에는 멀어지는 등들. 수평선을 흔들며 달려가는 붉고 푸르고 검은 깃발들. 어리고 외롭고 쓸쓸한 그림자들.

　　다가오며 멀어지는 것
　　멀어지며 다가오는 것

　　〔……〕
　　우는 동안은 모퉁이들을 상상하지 말자.
　　　　　　―「전날의 산책」 부분

　담긴 방과 거리의 위상기하학이 품고 있는 급소가 바로 모퉁이다. 다가오며 멀어지고 멀어지며 다가오는 지평의 치부가 바로 저 모퉁이들이다. 이런 내력은 이미 그 자체로 인식의 플롯을 구성한다. 그런데, 더욱 극적인 반전은 다음과 같은 시에 제시되어 있다.

　　구석이 구석을 끌어당기는 저녁입니다
　　말이 말을 밀어내고
　　책상이 의자를 밀어내는 나날이고요

　　차고 어스름한 나는
　　벽처럼 얇아집니다

구름이 떨어지고 빈집이 따라가는
그사이

흐르고 번지고 증발하는 말들
낮고 흐린 대기 속을 떠다니는 물들

종을 친 아이들이 지나갑니다
흔들리는 것은 종의 일이고
흔드는 대로 흔들리는 것이 우리의 일

지나간 바람의 행방을 알 수는 없지만
지나갈 바람의 경로를 알 수는 있지만

예고 없는 바람이 문을 여닫는 계절입니다 들판이 들판을 지우
고 나무가 나무를 지울 때 사물과 사물의 거리에서 빛은 점멸하고
우리는 손바닥을 감춘 채 어제를 돌려세웁니다 이곳이 저곳이 될
때까지, 저곳이 안 보일 때까지

빈 벽이 햇빛을 쏟아내리고
풍경이 어둠을 끌어 내리는 시간입니다

한 장의 종이가 하나의 세계를 펼쳐놓듯
구석이 모든 구석을 끌어안는 한때입니다

흔들리는 소매가 말라가는
──「구석의 세계」 전문

구석으로부터의 타전   365

급소와 치부가 운동기관이 되는 반전이 이 시에 담겨 있다. 그리고 그것은 "갈 데까지 다 가고 나서야"(「주말의 영화」) 가능한 반전이다. 바다를 본 이가 그 바다를 다시 심연으로 밀어놓을 때에야 가능한데, 이것은 서두에서 살펴본 「열대야」에서는 불가능한 반전이다. 모퉁이들이 확장의 급소이자 치부였던 것과는 상반되는 방식으로 이제 "구석이 모든 구석을 끌어안는 한때"가 허락된다. 그리고 그것은 '잘못된 열대야의 그릇된 모퉁이'는 아닐 것이다.

이 시에는 방정식이 하나 담겨 있다, "지나간 바람의 행방을 알 수는 없지만/지나갈 바람의 경로를 알 수는 있"게 되는 까닭은 지금까지 살펴본 것처럼 이 말의 발화자가 시어를 통해 운동들의 자취를 열심히 구해왔기 때문이다. "여기도 거기는 아니라는 생각"(「십일월」)이 들끓기를 멈추고 "이곳이 저곳이 될 때까지" 어제를 돌려세울 수 있는 사색에 이를 수 있는 것은 "구석이 모든 구석을 끌어안는 한때"에 도달했기 때문이다. 아니, 그런 한때를 불러들였기 때문이다.

> 사랑하지 않지만 사랑했던 날을 기억한다. 희고 차고 어두운 허공을, 희고 차고 어두운 그 무한의 방을. 나는 하나의 음정을 무한히 반복했다. 드물게 분명했던 어느 날. 공원의 의자와 잔디는 얼어붙고 핵심은 내내 침묵하던 어떤 날.

> 떨어진 사과를 바라보던 나날들
> 사과처럼 둘이 되는 나날들

> 무릎을 꿇은 건 실수가 아니었다. 말을 찾을 시간이 필요했을 뿐. 혀를 놀리는 법을 알지 못했다. 웃지 않기 위해, 울지 않기 위해. 과

장을 버리기 위해 내가 버린 진심들. 말이 될 수 없는 계단, 그 계단을 지난 적이 있다. 날아오르듯 떨어지고 떨어지는 심정으로 날아올랐다. 한순간의 고요 속에서 솟아오르는 감정들. 기억은 내부가 되고 나는 바깥이 된다.

미안해요.
나는 나의 주름을 드러내며 말한다.
그러니 미안해요.

사과는 중력을 증명했고
중력은 시간을 증명했다

오래된 의자처럼 앉아 있다. 길어지는 문장을 자르며 숲에서 나온 새가 허공을 가른다. 낮고 무거운 눈이 온다. 길고 어두운 눈이올 것이다. 끝없이 갈라지는 손가락을 따라간다. 그날의 의자와 잔디가 지워진 건 오래전의 일. 사랑했지만 끝내 사랑하지 못했던 날들을 기억한다.

떨어진 사과를 바라본다
굴러가는 사과를 따라간다
―「어떤 날의 사과」 전문

지금까지 이 글을 읽어온 이들은 이 시에 왜 과거 시제와 현재 시제가 섞여 있는지를 이해할 수 있다. "희고 차고 어두운 그 무한의 방"이 왜 회고조로 상기되는지 알 수 있다. "기억은 내부가 되고 나는 바깥이 된다"라는 문장이 바로 직전까지의 과거 시제로부터 왜 갑자기 현재 시제로의 전환을 이루게 되는지 이해하고 공감할 수 있다. 이 시제 전환은 "사과는 중력을 증명했고/중력은 시간을 증명했다"라는 태도에서 드러나는 관조적 성찰과 부합한다. 기억이 바깥이 되고 '내가' 그 내부가 되는 대신 기억은 관장되고 '나'는 바깥을 지향할 때 '모퉁이'와 '구석'은 가두리가 아니라 프런티어가 된다. 전황이 이렇게 역전되기까지의 편력이 그려질 것도 같다. 이것을 '머나먼 구석으로부터의 전령'이라고 말해볼 수 있을까? 플롯의 대단원과 같은 수일한 대목을 옮겨놓음으로써 다만 지금껏 구해온 자취의 해를 가늠하고자 할 뿐이다.

> 젖은 바깥이 안이 되는
> 거기에는
> 내가 있고 내 뒤에는
> 바닥없는 당신이 있어서
> 기척 없는 기적은 일어나지 않아도
> 내일은
>
> 사람이 되어요
> 다시없는,
> 사람들이 되어요
> ──「머리 위의 바람」 부분

[2018]

5부
모티폴로지 2020

토템과 화석, 그리고 낭만적 밤

우리가 문학에 대해서 가지고 있는 편견의 근원인 낭만주의에 대해 계속해서 재해석될 필요가 충분하다. 낭만주의는 많은 논자들에게 거듭 재발견의 계기를 제공해왔다. 그것은 낭만주의가 특정한 문학적 경향을 지시하는 것이기도 하지만 동시에 어느 시대에나 나타날 수 있는 일정한 정신의 운동과 결부되기 때문이다. 한 논자는 이를 요령 있게 다음과 같이 정리하고 있다. 조금 길지만 일독에 값한다.

> 우리는 낭만주의를 '역사화'하는 것에 만족하지 못하고 그것이 우리를 위해 더 많은 것을 해주기를, 우리 자신의 시대를 소생시키고 쇄신해주기를 바라고 있는 것만 같다. 낭만주의는 상실된 세계, 잔해, 의고주의, 유년기, 이상주의적인 감정과 상상력 개념에 사로잡혀 있기 때문에, 뿐만 아니라 낭만주의 자체가 그것이 비판하고자 했던 현대성의 홍수에 휩쓸려 버린 잃어버린 세계이기 때문에, 문화의 역사에 있어서 하나의 화석 형성물이라 할 수 있지 않겠는가? 따라서 낭만주의는 〔……〕 자신을 '낭만주의자'라고 생각하는 누구든 일반적으로 가지고 있는 감정구조를 표현해주는 형상이므로, 하나의 토템 대상이라 할 수 있지 않겠는가?[1]

영문학자이자 미술사가인 W. J. T. 미첼은 대단히 흥미롭게도 낭만주의와 관련된 정신의 운동을 '토템'과 '화석'이라는 이미지로 표상한다. 이 표상이 대단히 즉물적인 까닭은 토템과 화석 자체가 낭만주의 시대의 산물이기 때문이다. 미첼에 의하면, 화석과 토템은 1790년대에 유럽에 당도한 두 물질적 사물인 매머드 화석과 비버 문신으로부터 유래한다고 한다. 이 매머드는 조르주 퀴비에Georges Cuvier가 화석에 대한 새로운 이론을 제시하기 위해 1795년에 파리에서 재구성한 것으로, 학계뿐 아니라 대중적으로 대단한 화제가 되었다고 한다. 한편 1790년에 영국인으로 캐나다에서 모피상을 하던 존 롱John Long이 영국에 돌아오면서 가슴에 새기고 온 비버 문신을 지칭하는 이름이 바로 '토템'이었는데 이 말은 오지브와족 말에서 온 것으로 "그 사람은 내 친척이다"라고 번역될 수 있다.[2] 그러니 토템과 화석은 실제로 18세기 후반에 기록된 인상적인 '사물의 출현'으로 간주될 수 있는데, 미첼은 이런 맥락에서 토템과 화석을 인간이 시원의 시간과 꿈의 시간, 인류의 유년기와 지구의 초기 단계를 들여다보는 창을 표상하는 이미지로 기능할 수 있다고 설명한다.[3]

그렇다면 토템과 화석은 어떤 정신의 운동을 표상하는 것일까? 윌리엄 워즈워스의 수선화, 새뮤얼 테일러 콜리지의 알바트로스, 퍼시 B. 셸리의 수호정령들은 자연과 친밀한 교감을 바라는 낭만주의적 욕망이 표상된 토테미즘의 한 형태라고 미첼은 설명한다.[4] 미첼의 설명을 원용해보자면, 이런 맥락에서 토테미즘은 우리의 통상적 용례를 벗

1   W. J. T. 미첼, 「낭만주의와 사물의 삶」, 『그림은 무엇을 원하는가──이미지의 삶과 사랑』, 김전유경 옮김, 그린비, 2010, p. 285.

2   같은 글, pp. 268~72 참조.

3   같은 글, p. 274 참조.

4   같은 글, pp. 281~83 참조.

어나 동경의 증좌로서의 사물에의 지향성으로 확장될 수 있다. 그리고 그것은 낭만주의가 정신의 구조 속에서 통시성을 회득하는 한 형식이 된다.

각별히 토템이— 결국은 좌절에 도달할 수밖에 없는— 동경과 관계 깊다면 화석 이미지는 동일성을 추구하는 욕망의 피할 수 없는 좌절과 관계 깊다. 미첼은 이를 "토테미즘이 자연과의 재통합에 대한 낭만주의의 갈망을 예시한다면, 화석학은 현대성과 혁명에 대한 아이러니하고도 파국적인 의식을 표현한다"[5]라고 설명한다. 왜냐하면 화석이란 바로 "상실된 생명형식의 석화된 흔적"[6]으로서, 기호에 대한 퍼스의 3분법을 빌려 말하자면, 도상icon인 동시에 지표index인 이미지이기 때문이다. 즉, 그것은 기원처럼 까마득한 옛날에 살다 죽은 동물에 대한 도상인 동시에 생명의 석화와 같은 파국적 의식에 대한 지표가 되기 때문이다. 낭만주의는 마치 존 롱의 가슴에 문신으로 새겨진 비버처럼 사물을 몸에 가까이 끌어당기려는 동경과, 펄펄 산 것이 석화되는 것을 지켜보는 이의 파국적 의식 모두와 결부된 정신의 한 형식으로서 공시적이며 통시적인 구조가 된다. 불나비처럼 펄펄 끓던 사랑이 새 마을의 화석이 되어가는 것을 지켜보는 이 겨울의 시들은 지나간 시간이 가장 참혹한 방식으로 귀환하는 것을 목도해야 하는 현실을 환기하듯 그렇게 '낭만적'이다.

> 슬픔이 새였다는 사실을 바람이 알려주고 가면, 가을
> 새들은 모두 죽었다,
> *사실은 흙 속을 날아가는 것*

---

5   같은 글, p. 282.

6   같은 곳.

태양이라는 페인트공은 손을 놓았네

그 환한 붓을 눕혀

빈 나뭇가지나 건드리는데,

그때에는 마냥 가을이라는 말과 슬픔이라는 말이 꼭 같은 말처럼 들려서

새들이 낙엽처럼 우수수 떨어지네

사실은…… 이라고

다른 이유를 대고 싶지만,

낙엽이 새였다는 사실을 바람이 알려주고 가는 가을이라서

날아오르는 것과 떨어져내리는 것이 꼭 같은 모습으로 보여서, 슬픔에도 빨간 페인트가 튀는데

나뭇가지라는, 생각에 붓을 기대놓고

페인트공은 잠시 바라보네

그러고도 한참을 나는 다리 위에 앉아 있다 이 무렵, 다리를 건너는 것은 박쥐들뿐……

단풍의 잎들은 어둠속으로 떨어지고 단풍의 빛깔은 태양 속으로 빨려든다,

마치 태양에 환풍기를 달아놓은 것처럼

나는 지키고 있다, 나의 몸으로부터

붉은빛이 빠져나와 태양 속으로 빨려들어가는 것을,

나의 몸이 어둠속으로 떨어지는 것과 함께

그래서 박쥐들은 검구나, 슬픔과 몸이 하나일 수 있다는 것

모든 퍼포먼스가 끝나고 빨간 페인트통 뚜껑을 닫고 태양마저 사라지면

나는 혼자서 터덜터덜 다리를 건너며, 오늘도 잠이 오지 않으면

무엇을 세어야 하나, 하나부터⋯⋯

생각하다가, 하늘을 뒤덮은 박쥐떼를 보며 문자를 보낸다

여기는새들이참많습니다가을만큼많아요

— 신영목, 「가을과 슬픔과 새—All the faint signs」 전문[7]

어쩌면 이렇게도 절절한 동경이고 슬픔일까? 이 시는 영락(零落)의 도상이자 지표로서의 화석의 시이다. 이 시는 시간의 방향에 있어 역진적이고 높이에 있어 중심을 한참 아래에 두고 있는, 떨어져 오래 마른 것들이 "흙 속을 날아가는" 생을 지닌다는 말을 품은 역설의 시이다. 이렇게 절절한 슬픔은 영락 직전의 동경을 연료로 삼지 않고는 불가능하다. 연료 없이 슬픔이 어찌 연소될 수 있겠는가? 화석은 토템의 이면이다. "새가" "슬픔"인 것은, "슬픔이 새였다는 사실은" 토템이 화석이 되었다는 보고와 다름없다. 슬픔 이전에 새가 무엇인지를 아무리 헤아리려도 알 수 없는 이만이 토템과 화석을 교환할 수 있다. 그 교환이 바로 동경을 연료 삼는 슬픔의 생산양식이다.

그런데 인상적인 것은, 이 시의 테마적 중심은 이미 시의 첫대목에 대번 드러나 있지만 회화적 중심은 중후반부에 가서야 선명한 이미지로 제시되어 있다는 점이다. 이 시의 회화적 중심은 "나는 지키고 있다, 나의 몸으로부터/붉은빛이 빠져나와 태양 속으로 빨려들어가는 것을,/나의 몸이 어둠속으로 떨어지는 것과 함께"라는 구절에 있다. 그것이 무엇을 의미하는지는, 이 시의 다른 부분에서도 주로 사태를 해석과 진술로 풀 것을 지시하는 방식으로 일종의 지표index로 사용된 이탤릭체 구절에 대번 드러나 있다. 그러니까, 이 시에서 이탤릭체로 씌어진 문장 기능은 도상적으로iconic 제시된 이미지들의 지표가 되어주는 것이다.

7　신용목, 「가을과 슬픔과 새—All the faint signs」, 『21세기문학』 2013년 겨울호.

이 시를 형상적으로 풀자면 우리는 어느 늦가을 해질 무렵, 바람에 낙엽이 쓸리고 새들이 솟다 꺼지기를 되풀이하는 장면을 다리 위에서 보고 있는 누군가를 그려낼 수 있을 것이다. 그리고 이 시의 회화적 중심을 이루는 대목에서는 그 관찰자를 비추던 석양이 가장 붉게 비쳤다가 이내 비껴가는 경과를 기록할 수 있을 것이다. 그것을 두고 "나의 몸으로부터/붉은빛이 빠져나와 태양 속으로 빨려들어가는 것"이라고 표현한 것은 대단히 감각적이다. 그리고 이는 뒤에 "그래서 박쥐들은 검구나, 슬픔과 몸이 하나일 수 있다는 것"이라는 지표와 연접하여 동경과 슬픔의 간극을 극대화시킨다. 박쥐는 새가 슬픔과 결합하여 화석이 된 새다.

그러니 문자 전송의 형식으로 붙여 쓴 마지막 문장은 만추를 만조로, 때늦음을 완연함으로 바꾸는 것이다. 완연한 가을이 가득한 슬픔이 되는 기제가 그런 것이다.

1
그것은 거기에 있었다

2
반짝이는 것들, 생명이어서 금방
따르고 차오르는 것들 되었네
움직이는 소리를 듣고
울고 싶어지는 검고 흐릿한 사물
그러니 문득, 모두 거기에 있고,
외마디만큼 멈춰 있었네
오지 않고 있는 누군가처럼
낯선 어휘처럼, 지쳐버린 외국인처럼

낱낱이 밝혀진 힘없는 음모처럼
무서워라 그 시절, 보고 있네
아득아득 깎여 나가는 몇 날의 밤과
잠 위로 날아드는 새 떼의 풍경
그 깃털을 덮고 잠이 들었네

3

나타난 별들에 흑막을 매달고,
우리 꿈속으로 스며든 밤의 動搖
가야지 이제 몸은 우리의 것이 아니니
눈 속에 밝혀 둔 불빛들 춤추고,
은빛 식기들 노래 부르는 동안은
어떤 請도 거절할 수 없는 법
허무와 욕망을 추종하는 추적자
파랗게 물든 유령의 뒤를 쫓아서
그것을 희망이라고 부를 수 있다면
발바닥 다 지워지도록 따라가도 좋겠네
나타나라 그리고 사라져 버려라
지팡이를 들고 땅을 세 번 내려칠 동안
은빛 물줄기가 솟아올라 공중에 흩날리는 동안
아직은 아무도 눈 뜰 수 없는

4

어느 좁은 길목에 서 있었을 때,
길고 긴 한숨의 실을 뽑아내었을 때,

물 위로 떠오른 손을 건졌네

배를 타고 사라졌던 사내들 돌아오는 소리,

그 음악, 그 발구름들 아주 멀리까지 갔다가

돌아와 소리에 묶이게 되었을 때

우리가 키웠던 것들 어두운 잎을 날려

우리의 머리를 만졌네 가능한 일이지

무엇이든, 소란의 곁으로 다가갔을 때,

우리는 우리가 얼마나

어두워졌는지 알게 되었지

그때 들었던 거야 사라질 듯 다가오는

색과 빛의 세계 말하지 않았지만

5

그의 얼굴을 본 적이 있니, 라고 우리는 묻지 않았지 그의 얼굴
은 비밀이었으니

그가 주머니에 감추어 둔 것도,

언젠가 그가 날려버렸던 푸른 저녁도

우리는 묻지 않았네 거기

생이 재잘대는 소리를 듣자고

손을 펼쳤을 때, 보이던 들판과 구름들

흘러가고 여린 풀잎들 발돋움하던

그러나 여전히 그것도 아니었지

6

기억의 들판이 불러오는 회한이여

회한의 돌풍이여 날아드는 마른 가지여

가지가 내어놓는 마른 불꽃이여

불의 혀가 삼켜, 천천히 가라앉는

당신이여 당신이 말하는 사랑이여

어디에도 없는 사랑이여 사막 같은

슬픔이여 나는 울다 버려졌으니,

7

이제 밤이 다 가고 늙어 버린

아침이 백색의 천을 이끌고 오고 있다

모든 것을 다 뒤지고도 끝내 찾지 못한

인간이 걸어오고 있다 패배했지만

패배하지 않았다 푸른 종이에 쓰일,

난독의 감정이 지구를 조금 끌어올린다

이곳은 생활이 생활로 이어지는 소리

생계가 생계를 당기는 냄새로 가득하다

백색의 천이 조금씩 검붉어질 때,

인간은 서 있다 인간은 날아가지 않는다

벗어난 것은 어디에도 없다 살아간다

8

노파는 낡은 손가락으로 빈 새장을 흔든다

―유희경, 「우리에게 잠시, 신이었던 것들―bluebird」 전문[8]

　지나치게 긴 시를 인용하는 것은 계간평의 금기겠지만 이 시를 어떻게 부분 인용할 수 있겠는가? 선자에게 슬픔을 단속할 재주나 권한은 없다. 이 시는 시종일관 '낭만적'이다. 꿈과 시원의 시간에 대한 동경과 환기 그리고 동경하는 자신과 절망하는 자신 사이의 거리를 계속해서 상기시키는 낭만적 아이러니 특유의 거리감이 전면에 드러나 있다. 슐레겔의 말마따나 절대적인 것과 상대적인 것의 해결될 수 없는 모순을 쉴 새 없이 감지하는 것이야말로 낭만적 정신 고유의 특징이다. 본래 낭만적 정신에게 있어 주체는 근원으로부터 분리된 존재이며 최초의 조화와 다시 결합할 수 있기를 열망하는 간통일적 존재이다. 그러므로 최초의 통일성과 그것을 지향하는 의식 사이에서 낭만적 정신은 그에게 상처를 입히는 실제 세계와 이상적 세계 사이의 분열을 산다. 알베르 베갱이 "거친 현실에 의해 손상을 입은 자아가 활짝 피어날 수 있는 자의적인 세계를 창조하는 것, 그것은 낭만적 영혼의 첫 움직임이다"[9]라고 설명한 것은 낭만주의에 대한 정확한 포착인바 낭만적 정신은 자신의 내부에서 본원적 충일감을 회복하고자 하는 욕망을 끊임없이 북돋는다. 그 구체적 노동의 증거가 바로 시원을 몸에 가까이 붙이고자 하는 열망의 반영으로서 토템과 그것의 좌절을 지시하는 화석을 동시에 지닌 시 작품이다.

"그것은 거기에 있었다"로 시작해서 "노파는 낡은 손가락으로 빈 새장을 흔든다"로 끝나는 이 시 역시 충일한 시원의 시간과 그것을 대신할 토템, 그리고 분리와 좌절의 화석을 모두 지니고 있는 낭만적 드라마로 볼 수 있다. 부제인 "파랑새"는 워즈워스의 수선화, 콜리지의 알바트로스, 셸리의 「서풍부」에서의 수호정령들과 동궤에 놓이는 토템이 아니고 무엇이겠는가? 그러니까 파랑새는 "반짝이는 것들, 생명이어서 금방/따르고 차오르는 것들"을 '지금 여기'로 끌어오는 토템이다. 그런데 이 낭만적 드라마에서 토템은 곧 화석이 된다. 구체적으로 지시되

8   유희경, 「우리에게 잠시, 신이었던 것들──bluebird」, 『세계의문학』 2013년 겨울호.

9   알베르 베갱, 『낭만적 영혼과 꿈』, 이상해 옮김, 문학동네, 2001, p. 84.

지 않으나 기억의 어딘가를 차지하고 있는 충일했던 생을 좇는 정서의 너울은 5연에서 한 번 일단락된다.

열망이 화석이 되고, 그렇기에 여전히 열망을 지시하기를 멈추지 않음을, 단도직입적으로 말해 거리를 쉴 새 없이 발견하는 자의 덤덤한 회한을 슐레겔 이후 우리는 '낭만적 아이러니'라고 불러왔다. 그러나 낭만적 아이러니의 핵심은 좌절이 아니라 좌절과 동경을 반복하는 자신의 발견이다. 있던 것은 이미 없던 것이 될 수 없다. 가장 담담한 어조로 흐르지만 7연이 낭만적 아이러니의 가장 높은 파고를 이루는 것은 바로 그 때문이다. 낭만주의자들이 가장 애를 쓴 것 중 하나는 바로 근원을 잃고 안절부절못하는 인간의 자리를 지시하는 것이 아니었던가. 한 손엔 토템을, 그리고 한 손엔 화석을, 그것이 바로 낭만적 인간의 자리이다. 다시 미첼의 말을 원용하자면, "우리는 결코 근대인이었던 적이 없다"[10]라는 말은 "우리가 늘 낭만주의자였다는 의미"[11]를 지닌다. "인간은 서 있다 인간은 날아가지 않는다/벗어난 것은 어디에도 없다 살아간다"라는 구절은 우리가 늘 낭만주의자라는 것과 다르지 않다. 노파의 빈 새장은 자취로 흔들린다.

> 물은 중얼거림이고, 얼음은 침묵이다.
> 단어는 얼음이고, 말은 물이다.
>
> 당신의 말이 몸에 와 부딪친다.
> 피부에 나타났다 사라지는 파문
> 물마루로 솟아올랐다 꺼지는 엉덩이 젖가슴

---

10   브뤼노 라투르, 『우리는 결코 근대인이었던 적이 없다』, 홍철기 옮김, 갈무리, 2009.

11   W. J. T. 미첼, 같은 글, p. 285.

말은 몸의 심연으로 가라앉고 물결은 사라진다.

흐려졌다 다시 투명해지는 몸은
천 개의 눈을 떴다 감는다.
내려지는 눈까풀이 떨리고 날개 치는
눈까풀에서 꽃분처럼 말들이 날아오른다.

나비가 날아가는 오후의 공기 속으로
말들은 사라진다. 말들의 무늬는
몸에서는 찾을 수 없다. 나비 날개의
무늬로 하늘로 가로질러 갔다.

햇빛이 반짝거리는 어떤 순간에
말의 돛들이 반짝이며 공기의
파도를 헤쳐 나가는 것을 어렴풋하게 본다.
아, 그것은 나타났다 사라지는
잃어버린 희미한 선율이었던가?

머리에서 나온 보이지 않는 손가락들이
짧은 순간에 말들을 기록했다고 생각한다.
말은 몸속에 잠겨 있다.
말은 숨 쉬지 못하고 아가미를 벌렁거린다.
몸속에 숨어 있는 눈까풀 없는 말의 눈과
내 눈이 마주친다. 그때 나는 당신의
눈동자 속에 있다. 그러나 몸을 온통 파헤쳐도
당신의 말은 찾을 수가 없다.

하늘에 별이 반짝인다. 켜져 있는
전구가 아니라 신호처럼 꺼졌다 켜진다.
깜박인다. 목소리가 들린다. 들리지 않는다.
밤의 귀—들판의 어둠도 숲의 어둠도
흐르지 않는 공기의 어둠도 나의 어둠도
모두 당신 목소리를 듣기 위한 귀.
밤의 오케스트라 말-별, 눈가에 철썩이고
입가에 진동한다. 몸의 스크린에 반짝이며
점멸하는 꽃다발, 말-별!
— 채호기, 「말-별— 얼음 9」 전문[12]

　이 시의 핵심은 '말-화석'인가, '별-토템'인가? 명백히 좌절과 실패의
기록인, 따라서 언어의 화석화를 안타깝게 지켜보는 이에게 말은 토템
이 됨으로써 화석의 운명을 갱신한다. 엄밀히 말하자면 이 시는 말-화
석을 별-토템으로 견디는 이의 '낭만적' 관견기라고 할 수 있을 것이다.
　어쩌면 상징주의자들보다도 더 지독하고 집요하게 말과 사물의 거
리를 계량하고 있는 채호기 시인에게 '낭만적'이라는 형용사를 부과하
는 것은 고개를 갸우뚱하게 할지 모른다. 그러나 베갱의 말마따나 상
징주의자들은 낭만주의의 반역도이자 승계자들이 아닌가. 말하자면 토
템과 화석을 든 손의 위치를 바꾸어본 것이 상징주의자들이 아닌가.
　낭만주의자들과 상징주의자들의 접면이 바로 말이 몸에 남긴 "파문"
이다. 낭만주의자들은 근원과 파문을 남겼고 상징주의자들은 파문을
받아 근원을 거리로 대체하고, 시간을 높이로 세웠다. 그러니 이 시는

12　채호기, 「말-별—얼음 9」, 『시작』 2013년 겨울호.

한사코 "파문"에 관한 시이다. "당신의 말"이 남긴 "파문"이 화석이 되지 않고 토템이 되는 9회 말 대역전극에 대한 관전기이다.

'당신의 말'은 실재에 가닿지 못한다. 이것은 숙명이다. 그러니 '당신의 말'이 닿은 표면은 부동항이 될 수도 있다. 그러나 이 시에서 말과 실재의 거리는 "파문"과 "말-별"의 거리라는 새로운 축도로 몸을 바꾼다. 말은 근원에 가닿지 못한다. 그것이 낭만적 숙명이다. 그러나 말과 실재의 거리는 시 안에서 "당신의 말"의 작용이 낳은 "파문"과 그것에 조응하며 반짝이는 "말-별"의 거리로 계량될 수 있다. 저 "말-별"로 인해, 실재의 속살은 몰라도 실재와의 거리는 어림잡힌다. 상징주의적 역전이 이와 같은 경우가 또 있었던가? 2013년 겨울을 지낸 우리 시는, 공적인 말과 약속들이 '무난히' 파기되는 이 겨울에 다행히 이렇게 "말-별" 토템을 한국어의 역사에 등재한다. 난데없는 새마을에 낭만적 밤이 깊다.

[『한국문학』, 2014]

그럼에도 불구하고……

1

계간평을 쓰면서, 시를 주제로 묶는 어리석음을 범하지 말자고 마음을 먹었고 그것을 굳이 밝히기도 했다. 한 계절의 시들이 하나의 주제에 수렴된다는 가정을 글쓰기의 전제로 삼는 것의 무모함을 알고 있기 때문이다. 또한 시를, 시인이 애써 공들인 과정을 전부 삭제한 채 다시 그 전언으로 환원하는 일의 무용함과 공력 낭비를 잘 알고 있기 때문이다. 그런데, 어떤 계절에는 그런 약속들이 모두 무위가 되는 법도 있는 것이다. 역시 전칭명제를 사용할 수는 없겠지만, 2014년 여름에 발표된 시들은 마치 '이래도 손가락만 볼 테냐'라고 쏘아붙이는 양 하나의 지표에 집중되고 있었다. 고통.

타인의 고통은 실재계에 속한다. 그것은 상징적 기표를 통해서 환기되기만 할 뿐 온전히 자신을 개방하지 않는다. 사랑에 대해서 그렇듯 타인의 고통에 대해서 우리는 최선의 경우에도 결국 이방인일 따름이다. 그리고 바로 그렇기 때문에, 그것은 의미화 작용을 부추긴다. 상징의 맞수는 오직 상징일 뿐이다. 물론 애초에 불가능한 성화(聖化)를 전제로 하기 때문에 이 놀음은 항상 참가자를 모두 패퇴시킨다. 그럼에도 불구하고 패배를 고지하는 말들은 논다. 놀 수밖에 없기 때문이다.

오늘도 우체국에 가지 않았다.

하루는 눈이 내렸고 하루는 아팠다. 하루는 늦잠에서 깨어 우체국이 너무 멀다는 생각을 했다.

우체국 대신 철물점에 가서 파이프를 샀다. 하루에 하나씩, 하루는 파이프로 피리를 불었고 하루는 파이프를 이어 좀더 긴 피리를 만들었다. 하루는 이러다가 파이프로 오르간을 만들 수 있겠다는 생각을 했다.

봉투에 적는 주소가 하루마다 길어졌다. 한 글자 더/한 줄 더/번호가 더/주소가 길어져서 봉투를 더 주문했다.

내가 있는 곳에서 터널을 통과하고 내리막길을 내려가 우체국까지 투명한 길을 그었다. 어제 우체국이 있던 자리에

오늘 우체국이 있어야 하는데 그곳에는 우체국이 없다. 또 하루가 지났기 때문에 우체국은 내게서 더 먼 쪽으로, 하루만큼 더 먼 쪽으로. 내가 하루에 걷는 길의 길이만큼 더.

우체국은 멀어졌다. 또 파이프를 사게 되었다. 이렇게 길고 기이한 피리를 불어도 될까. 부르튼 입술로 피리를 불어도 될까. 바람이 파이프 속으로 들어가 긴 바람이 되어 나올 수 있을까. 피노키오의 코는 부러지지 않던데.

　　——이성미, 「우체국에 가려면」 전문[1]

아마 그는 우체국에 도달할 수 없을 것이다. 스스로 우체국을 밀고 가기 때문이다. 철물점을 끌어당겨 우체국을 밀고 가는 마음이 감당할 수 있는 거리는 하루치의 말들로만 답지될 수 있다. 모든 우편은 하루치의 말에 대한 유통기한조차 엄수할 수 없다. 철물점과 우체국의 사이, 파이프로 부풀어진 말과 또박또박 적혀 고지될 말 사이에서 왕복하는 일이 실재에 대해 상징으로 더듬은 이들의 하루치 업무일 뿐이다. "오늘 우체국이 있어야 하는데 그곳에는 우체국이 없다"라는 말이 마음에 얹히는 것은 그것이 도로(徒勞)를 알고도 언제나 성급하게만 타전된 말들의 운명이기 때문이다. 말은 배달되는 것이 아니라 부는 것이라는 피노키오식 항변도 번거롭다. 자명하게 존재하는 것에 가닿을 수 없는 운명을 감내하기로 계약한 자만이 말의 운명과 산다. 물론 그도 그저 살 뿐이다.

고통은 유리의 마음속에 있다 보았기 때문에 유리는 아프다 아프기 때문에 유리는 보았다 유리에게 차고 슬픈 것이 어려 있다

그것은 지난밤의 일 전봇대가 달리던 자동차와 부딪혔다 형채는 선명과 입을 맞췄고 정수는 밤새도록 건물 옥상에 서 있었다

그때에도 유리는 슬프지 않았다 그것은 매일 밤 다신 없을 일처럼 일어나고 아무렇게나 반복되는 것 유리는 슬프지 않았다

유리야, 유리야, 난 네가 제일 예뻐, 어느 눈 오는 아침 민아가 말할 때에도 유리는 슬프지 않았는데…… 슬픔은 언제 어디서 찾

1   이성미, 「우체국에 가려면」, 『시로여는세상』 2014년 여름호.

아왔을까

　자신이 녹는다는 것을 알아버린 눈이 전력을 다해 서서히 녹아
내릴 때, 유리는 생각을 했다 다 녹고도 남아 있는 눈의 흰빛을 받
으며 생각을 했다

　유리가 보는 것은 유리에 비친 것들에 대한 생각이고
　유리의 마음속에는 고통이 있다

　유리는 알 것 같다 이 차고 슬픈 것 알아버리는 순간은 와버리는
것 같다 그렇게 생각이 만들어질 때, 달리던 자동차와 추락하는 눈
들이 부딪혔다

　떨어진 눈은 살아 있다
　유리는 깨지고 있다
　　　── 황인찬, 「무정」 전문[2]

　고통은 대상과 사건과 수용체의 상태가 결부된 일종의 운동이다. 대
상 없이 그저 무람하게 발생하는 고통이 있다면 그것은 결벽에 가깝
고 결벽은 실은 종종 오만과 가장 가깝다. 구체적 사건이 없이도 대상
으로부터 거듭 환기되는 고통이 있다면 그것은 연민에, 그리고 집착에
가깝다. 고통은 대상과 연루된 사건으로부터 발생하되 그 사건이 전달
하는 운동을 같은 형태로 수용할 수 있는 수용체를 지닌 마음 안에서
만 발생하는 파동이다. 세상의 그 어떤 참혹한 일도, 어떤 비참한 대상

2　황인찬, 「무정」, 『문학동네』 2014년 여름호.

도 수용성이 없는 마음엔 파노라마처럼 펼쳐지기만 할 뿐이다. 파노라마는 유리창 밖에서 기승전결을 지닌 채 완결된 사건의 자급자족이다. 아마도 이 시에서 '고통'이라는 시어를 다루기 위해 '유리'를 등장시킨 까닭은 이런 사정들과 관계 깊을 것이다. 유리의 능력은 보는 것에 있고 특권은 되비추는 것에 있다. 무정물일 뿐인 대상과 사건이 일체로 틈입하는 것을 차단할 충분한 기량을 유리는 보유하고 있다. 설령, 정지용의 경우에서처럼, 차고 슬픈 것이 어린다 해도 유리는 되비추면 그뿐이다. 시의 제목이 구태여 "무정"인 까닭은 거기에 있으리라. 그러나 어떤 사태들은 무정을 본분으로 삼는 마음의 표면에 금을 낳고야 만다. 살아 있는 김수영의 눈에 비견된 그와 같은 사태들은 내란을 획책한다. 유리 안에 이미 수용체가 살고 있음을 기어이 환기시킴으로써 성립되는 이 '내란 음모'는 무정의 편에서는 결코 없던 일이 될 수 없는 사고가 되고야 만다. 애써 제목을 '무정'으로 다시 확정해도 이미 늦은 일이다. 무엇이 무정을 문패로 내건 마음에 내란을 획책했을까?

간다, 패배하러 간다, 결론부터 말하는 버릇은 나의 용기
무덤에서 나와 손을 흔들고 있는 아버지를 뒤로 두고
쫓기듯, 깨지기 위해, 망하기 위해, 버스를 타고 세상으로 돌아
간다
버스가 집이었던 적도 있었다, 길들이 나를 데리고 다니며 못된
것만 가르쳐주었다
생로병사가 빌어먹을 복지정책에 달려 있는 게 아니라면
타고난 팔자에 달려 있나니

안 올 거지
왜 와야 하나요

그럼에도 불구하고……   389

우리는 지는 사람, 싸우기도 전에, 적을 알기도 전에
슬며시 무릎을 꿇고 패배를 위해 무얼 변명할 것인가를 생각한다
도가니탕을 좋아하는 아버지, 도가니가 닳도록 꿇어앉은 아버지
족발을 좋아하는 나, 발이 손이 되도록 비는 나
웃으면서 사과를 받아내는 사람들
웃으면서, 농담하면서, 때리는 사람들
감옥에 넣지 않지만 무덤에는 넣는 사람들

닥치고 주무세요
다신 기다리지 마세요

아버지는 패배를 좋아하고
나 또한 패배를 잘 견딘다, 이를테면 매를 잘 맞는 아이처럼

가냐
네, 갑니다, 가고말고요, 엎드려 빌기 위해 또 가야 한단 말입
니다!
　　　　─ 최금진, 「패배하는 습관」 전문[3]

　세상에 패한 것이 아니라 세상 같은 건 더러워 버리는 것이라던 시
인이 있었다. 혹자는 거기에 '도도한 패배주의'라는 말을 붙여보기도
했다. 그러나 패배주의 같은 데 도도한 것이 있을 까닭이 있는가? 울지
않기 위해 눈물을 한바탕 쏟아내는 것, 잠이 들지 않기 위해 한잠 길게

3　　최금진, 「패배하는 습관」, 『한국문학』 2014년 여름호.

자고 오는 것 따위에 도도함이 있는가 말이다. 그러나 그것이 습관이라면 문제는 달라진다. 패배하는 습관은 곧 한사코 승자의 편에 서지 않는 습관이기 때문이다. 여기에는 이 또한 지나가리라는 순응도, 세상 같은 것은 더러워 버리는 것이라는 체념의 합리화도 없다. 어쩌면 이 시의 근저에 놓인 것은 순응이나 체념도, 그렇다고 역설적 의지도 아니고 그저 태연함인지 모른다. 순응이나 체념에는 바깥이 없지만 태연함은 이미 바깥에 있는 자의 것이다. 그것이 패배를 습관 삼는 이의 역설이다. 패배를 드라마틱하게 받아들이지 않고 습관으로 받아들인다는 것은, "패배를 좋아하고" "패배를 잘 견딘다"는 것은 물론, 패배에 치명상을 입지 않기 위해 마음을 전용(轉用)하는 것으로부터 비롯되었을 터인데, 이 용도 변경은 매번 패배를 굳이 초청하는 이에게만 긴급한 일이다. 패배할 줄 알면서도 굳이 패배하는 것, 패배에 대한 반성과 패배로부터의 전향이 없이 다시 패배 쪽으로 발걸음을 떼어놓는 것, 그것은 어쩌면 가장 완강한 방식의 의사 표현이 아닐까? 그러니 겉으로 무척 곤혹스러운 말들로 이루어졌을지언정 이 패배는 충분히 승산이 있다.

2

　　며칠 전 회사에서 퇴근을 한 후, 몇 편의 연극과 영화에서 불구적인 욕망에 침잠하다가 마침내 파괴되는 문제적인 현대인의 캐릭터를 연기했던 배우 K와 대학로 카페에서 만나지 않았다. 그 대신 나는 종각역까지 걸어가 독자들과 심각하게 불화하고 있는 소설가 P를 만나 그가 꿈꾸는 노스텔지어가 무엇인지 묻지 않았다. 몇 분의 시간이 흐른 뒤, 나는 지하의 중고서점에 들어가 셰이머스 히니의 시집 126쪽에 밑줄 긋지 않았다. 대신 나는 붉은 옷을 입은 아홉 명의 승객이 타고 있던 273번 버스를 타고 가다가 불현듯 생각난 것처럼 버스기사에게 노르웨이로 가 달라고 말하지 않았다. 나는 아현동 정류장에서 내려 횡단보도 한가운데에서 매우 짧은 스커트를 입은 아름다운 여자가 헬프 미를 외치며 주저앉아 우는 것을 보지 못했다. 나는 신촌역 지하도에서 만난, 역무원에게 당신에게로 나가는 출구를 묻지 않았다. 나는 중앙정부청사의 거대한 건물을 지키는 경비원에게 다가가 노동부장관을 만나게 해달라고 말하지 않았다. 나는 그날 밤 잠자리에 들기 전, 탕진되는 잉여의 시간을 애도하지 않았고, 남은 생애의 안녕을 바라는 기도도 올리지 않았다. 다음 날, 서울 강남 지역에 시간당 60밀리미터의 폭우가 쏟아지지 않았고 잠수교도 잠기지 않았다. 그리고 나는 심지어 죽지도 않았다.

　　── 김도언, 「부정사가 오늘의 날씨에 미치는 영향에 대한 고찰」
전문[4]

"부정사가 오늘의 날씨에 미치는 영향에 대한 고찰"이라는 제목은 제법 의뭉스러운 것이지만 충실히 그 뜻을 따라 읽자면 이 시는 '~않았다'는 부정사의 작용으로 인해 폭우와 홍수의 발생을 억제했다는 말을 길게 풀어놓은 것이라고 할 수 있다. 이 무슨 주술적 발상이란 말인가? 이처럼 독특하게 발견된 부정사의 작용은 상당히 흥미로운 문제를 제기한다. 예컨대, 가장 먼저 드는 생각이 저 '가능세계론'이다. 여러 주름들이 동시에 펼쳐지는 세계를 논리적으로 상정하는 한 철학자의 입론을 담고 있는 이 가능세계론에 따르면 '가지 않은 길'이 있는 것이 아

4　김도언, 「부정사가 오늘의 날씨에 미치는 영향에 대한 고찰」, 『현대시』 2014년 8월호.

니라 논리적으로 가능한 동시 병발의 세계가 다른 방식으로 존재한다고 할 수 있다. 논리적으로 가능한 모든 것은 어딘가에서 기어코 한 생씩을 살고 있다. 우리가 촉지하는 세계는 우리 시공 논리가 허용하는 범위 내에서 발생한다. 그런데 때로 우리의 시공 바깥의 논리가 그 자체로 실존이 되려 그야말로 논리적으로 고집하는 날이 있다. 이 시에서 부정사에 의해 한정된 사건들은 논리적으로 가능하나 현실로 발생하지 않은 또 하나의 세계를 구성한다. 그런 맥락에서 보자면, 우리 눈앞에 펼쳐져가는 세계는 논리와 실존의 교환 관계를 통해 성립된다고 할 수 있다. 부정사가 오늘의 날씨에 미치는 영향은 바로 그런 것들이다. '누대의 공덕이 오늘을 보이도다'라는 결과론을 일거에 흔드는, 가능세계에서 차출된 이 부정사들이야말로 오늘을 다시 보게 만드는 데 혁혁한 공을 세운다. 가벼운 농담처럼 던져진 이 시가 결코 예사롭게 보이지 않는 까닭은 그 때문이다.

3

편안한 밤은 없다

늘 음모였으며 더러운 말들만 자욱했다

주변엔 쓸 수 없는 모자들뿐이다

지하철의 아침은 사내의 숙취와

여자들의 향수 냄새로 가득했다

누구나 자신을 옥죄다가 결국 냄새를 풍긴다

까맣게 반짝이는 매듭이고 싶었다

이를테면 작은 구멍들의 세계

아무도 기억하지 않는 경험의 규모이지만

그들에겐 공장도 있고 사장도 있고

유통도 있고 수선도 있고 판매도 있으며

더욱 놀랍게도 철학도 있는 세계

규칙적으로 타인의 목을 조르고

가슴을 가리고 속옷을 가렸다

저 바깥으로부터 가장 완고하고 은밀하게

당신을 가릴 수 있었다

히틀러도 니체도 프로이트도 모두

작은 구멍을 잊을까 노심초사했다

단지 작은 구멍들의 세계

옷 색깔에 적당히 맞춰

고고하게 숨 쉬는 존재

자리를 잘못 잡으면 버려지기도 하는 존재

우리 어머니께서 아끼시던 존재

오늘도 당신의 가장 은밀한 곳에서

당신을 지키는 충실한 존재

이리저리 매달고 다니는 빛나는 세계가

발밑으로 툭 떨어진다

　　　　—이재훈, 「단추의 세계」 전문[5]

　여기 또 하나의 수일한 이미지-사건이 있다. 시인의 중요한 일 중 하나는 이미지에 사건을 부여하고 사건에 이미지를 부여하는 일이라고 할 때, 그 두 방향이 문갑처럼 들어맞는 순간이 바로 이미지-사건이 발생하는 순간일 것이다. 턱 밑에서 가슴팍에서 손목에서 혹은 그

5　이재훈, 「단추의 세계」, 『시로 여는 세상』 2014년 여름호.

도 아니면 몸피 어딘가에서 안팎을 완벽하게 차단하고 제어하던 단추 하나가 "툭 떨어진다". 어떤 시인은 빨간 외바퀴 손수레에 천하 대사가 걸려 있다고 쓴 바 있거니와, 툭 떨어져 눈앞에 돌출한 저 단추 하나에도 세계의 음모와 긴장이, 초조함과 단단한 내면이, 사유의 단속과 태도의 개방이 모두 걸려 있는 모양이다. 그런가 하면 또 어떤 시인은 누군가에게 직업인 일이 다른 이에겐 취미가 되어도 좋은가 하고 물었거니와, 붉거진 이미지-사건으로서 떨어져 구르는 단추에는 생계에 대한 노심초사와 자기표현의 마무리가 모두 걸려 있다. 스스로 작은 구멍들의 세계로서 구멍과 교섭하는 것이야말로 단추의 본능인바, 단추에 '세계'를 붙이는 일이야말로 이 계절에 눈에 선뜻 들어온 사건이었다.

[『한국문학』, 2014]

다시 타인의 고통에 대하여

1

 지난 계절(2014년 가을호)에도 비슷한 얘기로 운을 뗀 적이 있지만, 예외적으로, 시가 하나의 주제로 수렴되는 계절이 있다. 물론 여러 지면에서 다른 해석적 요청을 해오는 작품들이 없는 것은 아니지만 시인들이 이렇게 하나로 앓고 있는 계절에 다른 즐거움을 논하는 것이 마땅해 보이지 않는다. 평자로서, 계간평의 형식적 요건 때문에 접할 수 있는 모든 계간지에 실린 작품을 읽어야 하는데 이번 계절처럼 그것이 곤혹스러웠던 적은 없었던 것 같다. 계간평을 쓰는 필자에게 가장 곤혹스러운 것이라면 이 지면에서 논할 만한 작품들이 그다지 눈에 띄지 않는 경우가 될 것이나 이번에는 오히려 '차라리 그런 경우라면……' 하는 생각을 여러 번 해보기도 한다. 여러모로 곤혹스러운, 여러모로 참담한 겨울의 초입이다.

 '타인의 고통'이라는 말을 써도 되는지조차 다시 한번 망설이게 된다. 이름을 따로 거론할 것도 없이, 근대의 많은 철학자들은 타인의 고통조차 이성의 테두리 내에서 이해 가능……해야 한다고 마음을 가까스로 다잡았다. 저 높은 곳의 이치라는 관점에서 내려다보면 파국은 그저 자명한 자연현상의 일부일 뿐이라거나 이성의 지도 앞에서 연민은 무용지물이라든가, 이성의 계획 안에 사는 사람에게는 고통조차 계획의 일부라든가 하는, 지극히 이성적인 '자기 위안'이 실상 고통 앞에서 어쩔 줄 모르는, 요동치는 마음의 굳게 닫힌 철문처럼 표정을 내걸고 신념을 강화하는 이들의 변설이라는 것을 이해할 수는 있다. 그러나 리스본의 지진은 이신론(理神論, deism)적 표정으로 간신히 진정시킬 수 있는 사태지만 아이들은 어쩌랴?

> 기다리래. 6835톤 배가 뒤집히는 동안, 뒤집힌 배가 선수 일부분만 남기고 가라앉는 동안, 기다리라는 방송만 되풀이 하고 선장과 선원들이 빠져나가는 동안, 움직이면 위험하니까 꼼짝 말고 기다리래. 해경은 침몰하는 배 주위를 빙빙 돌기만 하고 급히 구조하러 온 UDT 대원들과 민간 잠수사들을 막고 있지만, 텔레비전은 열심히 구조하고 있으니까 안심하고 기다리래. 오지 않는 구조대를 기다리다 지친 컴컴한 바닷물이 먼저 밀려들어 울음과 비명을 틀어막고 발버둥을 옥죄어도, 벗겨지는 손톱과 부러지는 손가락들이 닥치는 대로 아무거나 잡아당겨도, 질문하지 말고 가만히 앉아서 기다리래. 바닷물이 카카오톡을 삼키고, 기다리래를 삼키고, 기다리래를 친 손가락을 삼켜도, 아직 사망이 확인되지 않았으니까 걱정하지 말고 기다리래. 엄마 아빠가 발 동동 구르며 울부짖어도, 구조된 교감 선생님이 터지는 가슴에다 목을 매어도, 유언비어에 절대로 속지 말고 안내 방송에만 귀 기울이며 기다리래. 죽음이 퉁퉁 불어 옷을 찢고 터져 나와도, 얼굴이 부풀어 흐물흐물해져도, 학생증엔 앳된 얼굴이 고스란히 남아 있으니 손아귀에 그 얼굴을 꼭 쥐고서 기다리래. 동해물과 백두산이 마르고 닳도록 맹골수도 물속에서 기다리래.
> ─ 김기택, 「기다리래」 전문[1]

김기택 시인이야말로, 말하자면, '사물의 이신론'을 전파하는 시인이라고 할 수 있다. 사물이 마땅히 그렇게 자리를 잡고 운동하게 되어 있는 이치를 투명하게 들여다볼 수 있게 시적 언어를 통해 전달하고, 이를 통해 궁극적으로는 물리적 이치 너머의 문제에 대해서도 늘 사유의 단서를 제공해왔기 때문이다. 그러나 그 역시 이번에는 그런 엄정함을 유지하기 어려웠을 것이다. 사물의 운동, 물리적 이치, 심리적 연루보다도 살아 있는 이들의 연대 책임의 문제가 불거지기 때문이다. 이 시는 사태에 대한 이러저러한 설명 없이도 간명하게 현장을 재현하고 있다. 사설이 아닌 극화의 힘은 생생함에 있는데 그 생생함이 이처럼 마음에 무겁게 현상되는 것은 심리적인 방식뿐만 아니라 물리적으로도 도덕적으로도 우리가 저렇게 간명하게 재구성된 현장에 이미 깊이 결부되어 있기 때문이다. 어쩌면 묘사와 사실 기술로만 이루어진 이 시에서 "죽음이 퉁퉁 불어 옷을 찢고 터져 나와도"라는 대목을 지나다가 마음이 내려앉는 까닭은 그 때문일 것이다. 이 문장 역시 김기택 시인 특유의, 사태의 물리적, 심리적 부면을 동시에 사유하게 하는 문장이지만 이 시에서라면 이례적으로 이 구절은 미세하게 흔들리고 있다고 하겠다. 아마도 그 까닭은 적시하지 않아도 될 듯하다.

> 거대한 관이 인양되는 먼 시간에도
> 수선공장 재봉틀은 계속 돌아가고
> 그림자들이 폐수처럼 흘러간다
> 한집 건너 한집, 돌아오지 않는 아이들
> 덜거덕거리는 찬장 위 그릇들이 말을 하기 시작한다

---

1   김기택, 「기다리래」, 『포지션』 2014년 가을호.

오직 수천년 동안 부르튼 입과 입들을 틀어막기 위해
누군가 하늘이라는 단어를 만들었나
그 많은 귓속에 못을 박기 위해 열쇠를 훔쳤나
눈 속에서 해바라기를 빼가기 위해 해를 숨겼나

봉인된 탈출구
서류를 감춘 바람
절대시계의 시간 속으로 사라진 아이들
수십억 눈 속으로 배는 아직도 침몰 중이다

죽음을 담지 못하는 관은 가장 멀리 있는 진실
아이들의 아직 태어나지 않은 먼 아이들과 함께 실종 중이다

우산을 거꾸로 쓴 박쥐들이 빨간 구름을 모으는 저녁
별들도 두려워 눈을 질끈 감는다
아이들의 젖은 그림자를 훔쳐간 사월이 가지 않는다
　　　　— 이설야, 「대지와 바다의 열쇠를 훔쳐간 사월(死月)」 전문[2]

　　이 시 역시 같은 사태를 지시하는데, 각별한 것은 이 사태와 관련된
여러 정황을 '시간의 열쇠'라는 이미지를 통해 지시하고 있다는 점이다.
물론 이 지면에서만큼은 이미지의 수일성을 논할 여유가 없다. 그러나
여기에서 "시간"과 "열쇠"를 겹쳐놓은 것은 적실하다는 말은 해두어야
겠다. 1연에 명시되어 있듯이 필사적인 시간에 미처 풀리지 않은 말들
은 가라앉아 소멸되는 것이 아니라 동시에 진행되는 구체적 일상 속으

2　이설야, 「대지와 바다의 열쇠를 훔쳐간 사월(死月)」, 『시사사』 2014년 9~10월호.

로 스며든다. 이것이 시적 통찰의 힘일 것인데, "거대한 관이 인양되는 먼 시간"의 말들이 "수선공장 재봉틀"이 돌아가고 "찬장 위 그릇들"이 덜거덕거리는 지척의 일상 속에 배태된다는 것은 아마도 물리적 사실에 가까울지도 모른다. 왜냐하면 틀림없이 그 시간에 발생한 무언가를 우리가 일상에서 건네받았기 때문이다. 다만 이것을 동정과 연민 등의 심리적 보상이라는 말로 풀지는 말자. 또한 "하늘"의 변설로도 풀지 말자. 이 사태로 하여 우리에게 말이 조금씩 생겨난 것은 "절대시계의 시간 속으로 사라진 아이들"의 말, "아이들의 아직 태어나지 않은 먼 아이들"의 말이 구체적 일상 하나하나에 입을 달아준 것일 터인데, 이제 이 말들은 연민으로 면죄되지 않는, 모두가 책임지고 감당해야 할 지척의 시간에 속하게 되었기 때문이다.

2

근대의 철학자들이 눈 질끈 감고 돌파해보려던 마음의 난경에 대해, 그것이 잘못 자리 잡은 마음으로부터 비롯된 미로라고 수전 손택은 적실하게 지적한 바 있다. 그는 타인의 고통에 대한 연민이 실은 연대 책임을 적은 심리적 보상으로 무화시키려는 간계에 불과하다고 일갈했다. 물론 이 역시 항상 사태의 전말보다 먼저 도착하면서 '무장무장' 일어나는 연민을 타일러 돌려보내기 위한 것인지 모른다. 그러나 리스본의 지진과 달리 대체 큰 죄 있을 리 만무한 아이들의 죽음에 대해서는 손택이 옳다. 재난과 구조 과정에 대한 구체적 규명과 단죄가 필요한 것과는 별개로 우선 책임은 우리에게 있다. 비록 타인의 고통 그 자체는 언제나 상징과 해석만을 용인하는 실재계에 속한 것일지언정, 책임은 엄연히 우리에게 있다.

400

결국 여기에서 피어난다
우리의 형벌을 짊어지고 떠난 자들

망각에 깨물린 저들의 울음에 점령된다
몸이 찢어지자 필라멘트처럼 어제가 재연된다
그들은 스스로를 처단하여 구원을 실현했다

입 벌어져 있는
꽃들 학살 후의 시체들

누구인가 왜 이 어둠과 싸우고 있는가
한밤의 폭포처럼 찢어진 공간을 깁고 있는
검은 육체들 우리가 매장한 꽃

고통받는 자 앞에서 우는 자의 무릎 아래에서
부끄러움도 후회도 모르고 피어나는 꽃처럼
나는 왜 아플까 이곳은 어디일까

오늘 다시 어두워지고
더 아파진다고 해도 나는 돌아설 수도
울 수도 주저앉을 수도 없다
저 깊은 곳의 붉은 울음 다시 내걸린다

하지의 태양이 내려온다
그들의 시신이 버려져 있다

사랑이 끝난 후에 세계는 패망한다
신념의 꽃 육체라는 거품

다시 시작하지 않겠다
꽃잎이 젖고 있다 그들은 곧 돌아올 것이다
바람 속에 그들의 얼굴이 가득하다
　　　　　—장석원, 「검은 꽃」 전문[3]

　　이 시는 죄를 연민과 교환하는 방식과는 한결 다른 마음의 운동을
보여주고 있다. 에두르고 싶기에 대번 육박하고, 맞닥뜨려야 하기에 에
두르는 운동이 그것인데, 그저 한 계절에 무너져 내린 '검은 꽃'에 대한
이야기일 뿐인 이 시가 마음을 오래 잡아두는 이유는 자꾸만 비유의
체계 바깥으로 나가려는 시선을 한사코 그 내부에 붙드는 말들이 더
치명적이기 때문이다. "우리의 형벌을 짊어지고 떠난 자들"이라는 말
이 대번 그렇다. 꽃이 지는 것은, 칸트식으로 말하자면, '물리적 악Übel'
은 될지언정 '도덕적 악Böse'일 수는 없다. 그것은 지식의 부면과 관련
된 사태일지언정, 죄의식의 처소가 되는 사태일 수는 없다. 그러나 둘
을 포개어놓음으로써, 이 시는 어쩔 수 없이 환기되는 저 물리적 사건
이 도덕적 책임과 별개의 것이 아닐 수 있음을, 특히 그 '도덕적 악'이
그 누구도 아닌 우리 스스로의 죄로부터 연원한 것임을, 그야말로 반
(反)종교적 방식으로 환기시킨다. "우리의 형벌을 짊어지고 떠난 자들"
"스스로를 처단하여 구원을 실현했다" "우리가 매장한 꽃"이라는 구절
은 고스란히 물리적 악을 도덕적 악에 인계한다. 이 무거운 죄 앞에서
연민은 끼어들 틈이 없다. 더욱이 이 자리는 종교적 대속(代贖)을 위한

3　　장석원, 「검은 꽃」, 『시작』 2014년 가을호.

자리가 결코 아니다. 또한 '적폐'를 청산하고 다시 시작하기 위한 반성의 자리조차 아니다. "다시 시작하지 않겠다"라는 말은 정확히 '사태를 청산과 반성의 계기로 삼겠다'고 말하고 돌아앉는 행동에 반하는 것이다. 죄에 연루된 이는 청산을 말할 수 없다. 그리고 바로 그런 의미에서의 청산의 대척점에 놓여 있는 것은 다시 한번 '반(反)종교적인' 사랑이다. "사랑이 끝난 후에 세계는 패망한다"라는 말이 의미하는 바는 정확히 이것이다. 우리의 죄는 사랑을 포기한 것이며 그 죄의 대가는 타인의 고통에 그치는 것이 아니라 스스로를 포함한 세계의 "패망"이다. 어떤 사태는 이처럼 엄중하다.

> 왕위에 올랐을 때, 그는
> 이미 홀몸이었다고 한다
> 이혼이니 사별이니 하는 논란이 있었으나
> 평생 결혼한 적 없다는 설도 전해진다
>
> 용안을 보았다는 이는 거의 없었고
> 당연히 거처조차 알려진 바 없다
> 한때 이미 은밀한 권력승계가 이뤄졌다는 악의적인 소문도
> 유포되었으나, 오래가지 못했다
> 지병인 우울증이 점점 심해져가고 있다는 소문만 정설처럼
> 온 나라에 퍼져 있었다
> 왕의 명령을 집행하는 사자들조차
> 좀처럼 정체를 드러내는 법이 없었다
>
> 왕은 다만 고통과 불안이라는 이데올로기와
> 독선, 독주, 독단이라는 삼독의 정치로 왕국을 지배한다

소통이나 화합 따윈 그의 사전에 없었다

흉흉한 억측과 괴담은 왕의 권위와 위엄에다 공포까지 더해주었다

스스로 구원을 도모하여 문파를 일으켰던 한 사이비 지도자는

뜻밖에, 의혹투성이의 변사체로 발견되기도 했다

왕의 통치는 남산이나 남영동 같은 특정 장소가 아니라

도처에서, 개별적으로, 은밀하게 이루어진다

고통이란 본디 내성적인 것이어서

유대나 연대는 참으로 어려운 법이었다

'하필이면 왜 내게 이런 불행이!' 라고 자신에게 분노하거나

'다행히 난 아직 괜찮아!' 라고 안도하기도 하면서

고통은 오롯이 제각각의 몫이 되곤 하는 것이었다

하지만 왕국의 백성들은 이제 알고 있다

살아가는 누구나 예외 없이 고통스럽다는 것을

비록 어렵고 힘들고, 더욱 아프고 괴로울지라도

고통의 왕국에서는 결국, 고통의 궁구를 통해

고통의 유대와, 고통의 연대를 이루어가는 것만이

살아가야 할 유일한 출구라는 것을

── 엄원태, 「고통의 제왕」 전문[4]

이성의 지도에 따라 연민을 버리거나 타인의 고통이 우리 스스로의 책임임을 깨닫고 이 책임에 대한 무관심이 결국 우리를 포함한 세계를

---

4   엄원태, 「고통의 제왕」, 『문학동네』 2014년 가을호.

"패망"에 이르게도 할 수 있다는 것을 인정하는 것과는 별개로, 태연하게도, '너희들의 죄업의 축적이 결국 오늘을 보이도다'라는 '종교적' 관찰자의 시선을 건사하는, 어떤 고통 없는 영혼에 대한 고발과 치죄는 가장 엄정하게 이루어져야 한다. 이 영혼의 죄는 고통을 모르는 것이 아니라 그 고통에 대한 연루와 책임을 모른다는 것이다. 책임을 무화시키는 데 역량의 대부분을 발휘하는 어떤 영혼은 사태가 마음의 일환을 이루게 되는 것을 미리 차단하고 고통을 정산하면서 왕국에 거한다. 그러니 이 시의 전반부가 저 왕국의 사정을 헤아리는 것으로 이루어진 것은 충분이 이해 가능하다. '고통의 유일한 출구는 고통의 연대'라는 말이 성립되기 위해서는 먼저, 정산하는 자동기계들의 왕좌가 무엇으로 이루어졌는가를 살펴야 하기 때문이다. "독선, 독주, 독단이라는 삼독의 정치"는 "살아가는 누구나 예외 없이 고통스럽다는 것"을 전제로 하지 않는다. 설령 알아도 그것은 자동적으로 해석과 정산의 대상으로 전환될 뿐이다. 그러나 그것을 모르는 동안, 그 정치가 궁극적으로는 "고통의 궁구를 통해" "고통의 유대"와 "고통의 연대"를 통해 스스로를 정산하게 되리라는 것조차 모른다. 고통을 못 느끼는 '페인리스 painless'가 타인의 고통을 적폐와 청산의 방식으로만 관리할 때 맞게 되는 파국은, 이미 낯선 기미로 스스로의 몸에 자리 잡기 시작한 고통조차 알지 못한다는 바로 그 사실로부터 비롯된다. 타자의 고통을 알지 못하는 이는 자신의 오만에 알을 낳은 파국도 알지 못한다. 바로 그것을 이 계절의 시는 말한다.

[『한국문학』, 2014]

세 개의 죄의식

2014년 가을, 이번 계절의 소설에서 유독 눈에 띄는 것은 다음 소설들에 나타난 세 개의 죄의식이다. 우선 가장 전형적인 형태부터 눈여겨보자.

1. 망아(忘我)의 죄의식
─정용준, 「이면의 독백」[1]

이렇게도 직접적으로 정신분석을 권하는 작품이 또 있을까? 살부 충동, 쌍둥이 테마, 죄의식, 환청과 대상으로서의 목소리, 기이한 실재계에의 환기 등 분석자로 이 소설을 읽으면서 차곡차곡 정신분석 용어들을 기입해나가는 것은 그리 어려운 일이 아니다. 아니, 어쩌면 노골적이다 싶을 만큼 '외설적'으로 이 소설은 자꾸만 정신분석을 권장한다. 자신의 행동을 묘사하는 목소리의 환청을 듣기 시작하면서 사건의 전개가 이루어지는 이 소설의 설정을 차용해서 말하자면, 작품을 읽고 있는 동안 "너는 소설을 읽으면서 정신분석을 시도한다"라는 목소리

---

1   정용준, 「이면의 독백」, 『창작과비평』 2014년 가을호.

가 귀에 들려오는 듯하다. 그러니 소설을 읽으면서, 예상해보는 일 가운데 가장 싱거운 일은 앞서 언급한 정신분석의 용어들이 소설의 마지막 부분에 가서 마치 누빔점point de capiton을 수습하듯 일거에 사후적으로 정리되며 "금기가 너의 욕망의 척도이다"라거나 "외상의 장소가 충동의 장소이다"라는 명제를 산출해내는 것이 될 것이다. 물론, 일이 그렇게 정리되는 것이 아니기 때문에 이 소설은 두 번 읽히게 된다.

어느 날 '나'의 모든 행위를 2인칭으로 서술하는 목소리가 들리기 시작한다. 환청이 들리기 시작한 것은 아버지가 병으로 쓰러진 뒤부터이다. 처음에 '나'는 그 목소리를 무시하거나 적대감을 드러내기도 하지만 이내 목소리를 "일상의 한 부분"으로 받아들이고 그것과 더불어 사는 데 익숙해진다. 더욱이 이 목소리는 언제나 확신에 차 있으며 때로 '나'의 감정의 이면까지 설명해주기도 하므로 '나'는 더 이상 목소리에 대해 민감하게 반응하지 않게 된다.

이것이 이 소설의 기본 상황이다. 환청이 아버지의 쇠락과 더불어 시작된다는 것은 욕망의 환유적 운동을 관장해온 존재의 목소리가 약해짐으로써 새로운 목소리가 대상 자체로 전화된다는 것을 의미하는 바, 이 역시 전형적인 정신분석적 상황임은 틀림없다.

'나'는 해변이 보이는 펜션을 운영하며 아버지와 함께 살게 되는데 이 펜션에 금방이라도 자살을 감행할 것처럼 보이는 한 여자가 투숙하게 되고, '나'는 그녀와 깊은 대화 없이 몸을 섞으며 평온한 일상을 유지한다. 그러나 예상대로 평온은 오래가지 않는다. 저 목소리가 금기를 환기시켰기 때문이다.

> 너는 아버지를 바라보고 있다. 망가진 그의 모습을 감상하고 있다. 그리고 이 모습이 아주 오래전부터 보고 싶었던 장면이었음을 깨달았다.

그리고 바로 이 지점에서부터 소설은 독자와 일종의 사고 게임을 시작한다. 무엇보다도 '나'가 스스로 이런 분석을 제시하고 있기 때문이다.

> 대체 귓가에 속삭여대는 목소리는 누구인가. 목소리가 무의식이라는 것을 의심했다. 그는 내 욕망을 잘못 이해하고 있다.

목소리가 자신의 무의식의 일환이며 그렇기 때문에 '나'의 욕망을 공시하는 것임을 '나'는 알고 있다. 다시 말해, '나'는 이미 분석자와 피분석자를 겸하고 있는 것이다. 그런 후에야 다시 목소리가 무의식의 일환임을 부정하고 있지만 그 부정까지도 어쩌면 정신분석의 전형적 도식을 가장 대표적으로 드러내고 있다는 것은 명확하다. "내가 원했던 것은 벽의 무너짐이 아니라 내가 벽을 무너뜨리는 것이었다"라는 말이 의미하는 것은 '나'의 욕망이 정확히 살부 충동과 결부되어 있다는 것이기 때문이다.

이 소설은 이렇게 목소리가 사실을 기술하고 '나'의 행동의 정서적 배경을 설명하는 단계에서 무의식의 기저를 '기입'—환기가 아니다—하기 시작하면서 급박하게 전개된다. '나'에게 쌍둥이 여동생이 있었다는 것, 아버지가 여동생을 편애하고 '나'를 학대했다는 것, 어머니는 처음에는 아버지로부터 '나'를 보호하고자 애썼으나 이내 방관자가 되었다는 것 등이 밝혀진다. 설명이 도식이 될 만큼 전형적인 정신분석적 상황이 '나'의 사실적 과거였음이 밝혀지는 속도에 비례해서 목소리는 이제 빠른 속도로, 사실의 기술에서 욕망의 사후 기입과 고지의 단계로 넘어간다. 무의식으로서의 욕망은 기입되었다가 계기를 통해 드러나는 것인데, 여기서의 욕망은 드러내야 할 것을 사전에 기입하는 방식으로 운동한다.

너는 어떤 충동을 애써 참고 있다. 하지만 그것은 곧 지나갈 단순한 감정이라는 것을 잘 알고 있다.

사전 계시된 욕망은 거스를 수 없다. 목소리는 '나'를 기술하는 것을 넘어서 '나'의 기억과 행동을 모두 정당화하는 국면으로 접어든다. 그리고 목소리가 사실 기술의 단계에서 욕망을 정당화하는 단계를 지나 금기 자체를 명령하는 단계로 접어들면서, '나'가 쌍둥이 여동생을 달리는 기차에서 떠밀어 살해한 사실이 드러나고, 그 목소리가 바로 죽은 쌍둥이 여동생의 목소리라는 것이 작품 말미에서 밝혀진다. 그리고 목소리는 마지막으로 다시 금기와 충동의 원점을 상기시킨다. 여동생의 모습이 투사된 여인을 살해하려는 '나'에게 금지를 명하는 것이 작품에 나타난 목소리의 마지막 모습이다.

그러니까 목소리는 사실의 기술, 욕망의 기입과 정당화, 금기와 욕망의 지시 혹은 명령에서 최종적으로 다시 금지를 지정하는 것으로 전화한다. 만약 이 소설을 죄의식과 속죄의 모티프로 읽는다면 "나는 천천히 집이 있는 방향으로 걸어가기 시작했다"라는 말로 끝을 맺고 있는 결말부는 분석을 통한 죄의식과 비정상성의 해소로 해석될 수 있다. 그런데 트릭이 하나 있다. 이 목소리가 쌍둥이 여동생의 목소리가 아니라 여동생의 목소리를 무의식적으로 흉내 내는 '나'의 목소리라는 것이다. 아버지의 자리를 차지한 '거울 속의 나'가 의미하는 바는, 죄의식의 처소가 욕망의 처소라는 것이 아니라 욕망의 나르시시즘이 죄의식의 또 다른 근원이 된다는 것이다. 그리고 이 죄의식은 즉자적 상태에서만 발현되므로 영원히 스스로를 알지 못한다. 참으로 섬뜩한 소설이다 있다.

2. 죄의식이라는 반물질
— 조현, 「새드엔딩에 안녕을— 클라투행성통신 2」[2]

척도를 손에 쥔 채 태어난 삶이 있다. 나는 왜 다른 아이들과 다른가를 알게 될 때쯤부터 재는 일을 가장 중요한 일과로 삼아야 하는 아이에게 항상 제 안에서만 불거지는 척도, 어쩌면 평생을 담고 가야 할 그 척도를 쥐고 태어난 삶이 있다. 조현의 「새드엔딩에 안녕을— 클라투행성통신 2」가 우선적으로 문제적인 대목은 바로 그 척도를 이 소설이 알고 있다는 것이다.

한 아이가 있다. 체육 시간에 운동장으로 나가는 대신 빈 교실을 지켜도 되고 산수 시간에 교단에 올라가 분필로 문제를 푸는 것도 면제받는 아이가 어른들의 후의를 통해 발견하게 되는 것은 '나는 왜 다른가?'이다. 소아마비를 지니고 태어난 이 아이에게 세상은 "얇은 막 너머"에 존재한다.

> 난 호기심과 동정심이 뒤섞인 눈빛에 질려버려서 학교 도서실에서 빌린 재미없는 책을 반납하듯 텔레파시를 없애려 애썼다. 노력은 점점 진화해 열두 살에는 가위로 종이테이프를 자르듯이 그런대로 다른 사람의 눈빛에 초연하게 되었다.
>
> 하지만 그와 비례해서 세상과 나 사이에는 얇은 막이 생기고 그 막은 음악실의 간유리 창문처럼 뿌옇고 단단해져갔다. 일단 막이 생기자 선생님이나 급우들은 내게 다른 세계의 존재가 되었다. 물론 그들도 나를 무해한 무생물로 여길 터이다. 그건 교실에 놓인 꽃병

2   조현, 「새드엔딩에 안녕을— 클라투행성통신 2」, 『문학동네』 2014년 가을호.

과 아이들의 관계와 같다. 꽃병과 아이들은 서로가 서로를 조심해야 하는 관계이다. 아이들은 인간의 세계에 속해 있고, 꽃병 역시 그들만의 세계가 있는 것이다. 그 둘의 우주는 서로 겹치지 않는다. 그러던 어느 체육 시간, 고요하던 나의 태양계로 다른 천체가 겹쳐왔다.

척도를 지니고 태어난 아이에게 연민과 동정, 과잉 친절보다 잔인한 것은 없다는 사실은 충분히 미뤄 짐작할 수 있는 일이다. 왜냐하면 그것은 적은 심리적 보상으로 고스란히 경계를 부과하는 일이기 때문이다. 소설에 사용된 표현을 그대로 사용하자면 그것은 두 세계에 "막"을 드리우는 것이다. 조현은 바로 이런 정황과 관련하여 자신만의 특기를 유감없이 발휘한다. 흔히 'SF 소설'이라고 불리는 장르가 허용하는 상상력에 동시대 사람들의 삶과 사유의 핵심을 적실하게 얹어놓는 데 자주 성공을 거두는 이 소설가는, "고요하던 나의 태양계로 다른 천체가 겹쳐왔다"라는 문장을 통해 'SF 리얼리즘'의 내피와 외피를 뒤집어놓는 데 다시 성공한다. 이 말이 이 소설에서 효과적인 이유는 막의 비유가 천체라는 현실과 역전된 관계로 적실하게 부과되었기 때문이다. '거꾸로 제대로 선 리얼리즘 SF'라고나 할까?

이 소설에서 중요한 사건은 소녀 '에스더'와의 만남과 교회 사모인 에스더 어머니의 자살이다. 에스더와의 만남은 관계가 발전됨에 따라 의미를 달리하게 되는데, 처음에는 막 너머의 세계가 틈입하는 충격으로 표현되었다가 우연한 계기를 통해 에스더 역시 비밀을 지닌—사모인 어머니가 생모가 아님을 짐작하고 있다는—존재라는 것이 인식된 후에는, 막 저편의 세계에 속한 것이 아니라 이쪽에서 막 너머의 세계를 바라보는, '나'와 유사한 "존재의 질감"을 지닌 '천체'로 표상된다. 척도를 지니고 태어났던 열두 살의 아이에게 여전히 막의 경계가 유지된다는 것은, 그리고 새로운 천체의 출현과 근접이 만유인력이 아니라 중력의 계기에서 현상한다는 것은 상당히 세밀하고 자연스러운 심리적 사실관계가 아닐 수 없다.

아마도 이 소설에서 가장 중심적 사건은 사모인 에스더 어머니의 자살일 것인데, 그 현장을 직접 목격한 '나'에게 이 사건은 두 가지 중요한 의미를 지닌다. 첫째는 세계의 막은 척도를 지니고 태어난 아이에게만 있는 것이 아니라는 사실에 대한 깨달음을 주었다는 것이고, 둘째는 척도를 지닌 아이가 언제고 물어야 할 질문에 대해 중요한 시사를 주는 계기가 되었다는 것이다. 첫번째 의미를 길게 설명할 필요는 없을 것 같다. 사모의 자살이, 부족함이 없어 보였던 에스더 가족에게도 말 못 할 내력은 어김없이 있는 것이어서 막 이쪽에서 자신을 친절과 연민 속에 유폐시키던 세계를 투명하게 바라보던 '나'의 시계를 흐려지게 하는 사건이었기 때문이다. 누구나 막을 하나씩 지니고 사는 것일지 모른다는 어렴풋한 깨달음, '존재의 질감'은 척도를 지닌 이에게만 유별난 것이 아니라 제각각에게 고유한 것일지 모른다는 생각의 기미가 저 사건에 대한 열두 살 아이의 묘사 속에 이미 들어 있다. 그런데, 더 중요한 것은 두번째 의미이다.

> 누가 나에게 돌을 던지랴. 나는 내게 필요한 글자를 사차원에서 끌어오리라. 그때 난 에스더에게 함께 유언에 대해 전해준 것에 신께 감사한다고 기도했다. 그때 내 기도는 마치 고대의 현자가, 녹인 밀랍에 금속반지의 인장을 찍어 편지를 봉인한 다음 다른 도시의 수신인에게 비밀스러운 의견을 전하듯이 하나님께 항의하는 것이었는지도 모른다. 누군가 나에게 초월자의 못 자국을 보여다오. 난 그 구멍에 손가락을 집어넣고서도 의심을 버리지 않을 테다.

항상 다른 아이들과 비교하여 자신의 다름을 확인해야 하는 방식의 척도를 지니고 태어난 아이가 한번은 풀어야 할 것은 '사랑의 하느님, 이 세상에 왜 악이 존재합니까?' 하는 질문이다. 물론 이때의 악은 칸트의 표현을 빌리자면, 윤리적 악이 아니라 물리적 악이다. 그런데 사모의 자살 현장을 목격한 일을 계기로 이 두 가지 악은 포개어진다. 좀더 정확히 말하자면 사모의 죽음이 자살이 아니라 사고였다는, 그리고 사모의 마지막 말이 에스더를 사랑한다는 것을 확인시켜주는 것이었다는 거짓 증언을 계기로 이 두 가지 악은 포개어진다. 이것이 의미하는 바는 이제 '나'에게 두 개의 '항변'이 하나로 겹쳐서 발생한다는 것이다. 다시 말해, 이 '항변' 속에서 '결손'에 대한 척도의 자의식과 거짓말에 대한 죄의식은 상호적 반물질로 작용한다. 이 소설의 마지막 대목이 다시 심리적 SF로 발돋움할 수 있게 된 것은 죄의식이라는 반물질의 공이다.

나는 수십 년의 시간을 이격하여 음악 공책에 내가 생각해낸 첫 문장을 쓰려고 한다. 그러나 그전에 밤하늘을 올려다보며 진심을 다해 속삭인다. 내가 진심이라는 건 지금 이 순간 내가 울고 있다는 것이 증명한다. '안녕 캄파넬라! 고마워요, 미야자와 겐지!'

3. 죄의식의 자동기계로서의 삶
── 정소현, 「어제의 일들」[3]

죄의식에게도 분업이 있을까? 정소현의 「어제의 일들」은 하나의 사건에 연루된 이들이 각자 죄의식의 지분을 나눠 갖지만 후일 죄의식의

---

3   정소현, 「어제의 일들」, 『한국문학』 2014년 가을호.

지분을 뒤늦게 수합해도 항상 원사건에는 잉여의 몫이 있다는 엄연한 심리적 사실관계를 다루고 있다. 지분의 죄의식은 기억의 재구성과 밀접한 관련이 있기 때문이다.

정소현의 「어제의 일들」역시 '나'를 화자로 삼고 있다— 아마도 지금까지 다루고 있는 세 소설이 모두 '나'를 화자로 하고 있다는 것은 죄의식이라는 주제 의식과 결코 무관하지 않을 것이다. 이 소설에서 '나'는 빌딩들 사이의 작은 공터에 있는 주차장 부스를 관리하는 장애인이다. 장애인 학대 신고가 들어왔다며 경찰들이 이 소설의 부스를 두드리는 첫 장면은 얼핏 보면 전체 소설의 구도상 가볍게 보아 넘길 수 있는 에피소드지만 사실은 이 소설의 주제 의식과 밀접한 관련이 있다. 이에 대해서는 뒤에서 다루기로 하고 소설의 전개를 간략하게 살펴보자.

이 소설의 서사는 장애인 부스를 차례로 방문하는 이들이 학창 시절의 '결정적 사건' 이후 이전의 기억을 상실한 '나'에게 각자가 지닌 죄의식을 토로함으로써 '나'의 기억이 재구성되어가는 과정을 중심으로 전개되고 있다. 그런 의미에서 볼 때, 온전히 형식적인 측면에서만 보자면 이 소설은 추리소설이나 혹은 추리 기법을 활용한 「메멘토」같은 영화를 떠올리게 한다. 그때그때 주어진 정보에 의해서만 과거가 재구성되기 때문이다.

소설에서 경찰의 방문 이후 가장 먼저 부스를 방문한 것은 학창 시절의 친구—라고 거듭 자신에 대한 기억을 환기시키는—'율희'인데, 그는 소설 속 사건을 본격적으로 촉발시키는 일종의 트리거로서의 인물이라고 할 수 있다. 소설 속에서 부스를 방문하게 되는 이들이 연루된 공통의 사건으로부터 가장 적은 지분의 죄의식을 불하받았다고 스스로 간주하고 있는, 그리고 '나'로 하여금 잊고 있던 과거의 외상적 사건의 일단을 떠올리게 하고 기억을 재구성하고자 하는 욕망과 의지를 부추기는 이 인물은 플롯의 측면에서도 주제의 측면에서도 상당히 기능적으로 활용되고 있다. 말하자면 율희는 이 소설에서 주요 서사의 내러티브를 진행시키는 작인이며 동시에 '나'의 심리적 변화를 유발하는 동기가 된다고 할 수 있다.

예컨대 율희라는 작인이 '나'의 내면에 작용하는 방식은 이런 것이다.

> (1)
>
> "넌 어렸을 때부터 그랬어. 남의 호의를 쉽게 거절하고, 밀어내고 사람을 참 비참하게 만들었어. 그러니까 친구가 없었던 거야. 너는 기억을 못 하겠지만, 상처받을까 봐 말 안 하려고 했는데, 너 따돌림 좀 당했어."

> (2)
>
> "이런 미안, 의절당했다고 했지."
>
> 율희는 뒤늦게 생각났다는 듯 말했다. 그 말을 듣고 나니 콘센트에서 플러그가 빠져 있는 것을 뒤늦게 발견한 듯한 기분이 들었다.

서사가 진행되면서 율희는 학창 시절, '나'와 미술 선생님의 관계에 대한 좋지 않은 소문을 확대 재생산하는 데 상당한 책임이 있는 인물로 밝혀지지만, 작품 내에서 그가 스스로 이 사건에 대해 느끼고 있는 죄의식의 지분은 크지 않다. 현재 시점에서 '나'에게 외상을 떠올리게 하는 또 다른 지분을 차지하면서도 율희는 애써 자신의 죄의식을 외면하고 작품에서 퇴장하며 후속 서사를 끌어들이는 기능을 담당한다. 내면도 성격도 명료하지 않지만 작품에서 차지하는 기능은 중요한 인물이 율희라고 할 수 있다.

율희 다음으로 죄의식의 지분과 관련하여 부스에 등장하는 것이 율희와 '나'의 중학교 동창들이다. 이들은 각자의 방식으로 '나'의 자살

미수 사건과 관련된 죄의식의 지분을 떨궈내려 하지만 그들이 떨군 지분은 고스란히 '나'에게로 인계된다. 이들에 의해 사건의 전모가 드러나고 '나'의 할머니가 그 사건 직후 '나'로 인해 돌아가셨다는 사실이 드러나기 때문이다. 이 장면은 소설에서 중요한 대목인데, 왜냐하면 이로써 '나'와 미술 선생님 사이의 좋지 않은 소문에서 비롯된 '나'의 자살 미수 사건과 그로 인한 '내' 가정의 풍비박산이라는 일련의 사태에 연루되었다고 느끼는 이들의 죄의식이 몇십 년이 지난 현재에 와서 총량 그대로 고스란히 '나'에게로 인계되기 때문이다. 물론 이로 인해 율희와 친구들의 죄의식이 사라지는 것인지는 별개의 문제이다. 다만 중요한 것은 재구성된 기억을 통해 '나'에게 친구들이 나눠 가졌던 죄의식의 지분이 전체로 이양된다는 사실이다. 그런데 죄의식의 지분은 항상 잉여를 남기기 마련이다. 지분을 나눠 가진 이는 또 있다.

> "미안하다. 언젠가는 꼭 이 말을 하고 싶었어. 소문이 무서워 너를 외면하지만 않았어도, 네가 그렇게 되지는 않았을 텐데. 모든 게 내 탓인 것 같아서 무슨 벌이든 받으려고 했는데 그렇게도 안 됐다. 평생 사죄하는 마음으로 살게."
> 나는 그가 무엇을 미안하다고 하는 건지 알 수 없었다. 오랜만에 만나면 미안하다고 하는 것이 유행인지 약속인지, 보는 사람마다 미안하다고, 다 자기 때문에 내가 이 지경이 되었다고 하는데, 그 흔하디흔한 말이 별로 감동적이지 않았다.

만나는 이마다 미안함을 토로하는 것이 이해되지 않는 것은 그들의 죄의식이 사과와 더불어 해소되는지 여부와는 별개로 그 죄의식의 지분이 모두 '나'에게로 인계되었다는 엄연한 사태만이 확연해지기 때문이다. 이 소설이 반짝이는 대목이 바로 여기다. 그 옛날 할아버지, 할

머니, 고모와 더불어 살던 집을 방문한 '나'는 현관문 앞에 다음과 같은
메모를 남긴다.

> "저는 그런 사람이 아니었어요. 그렇지만 정말 죄송합니다. 모두
> 가 그립습니다. 내내 건강하세요— 상현"

이것이 의미하는 바는 죄가 물리적 사건이라면 죄의식은 그 구체적
사건과는 다른 방식으로 작동하는 심리적 교환 관계에 의해 성립된다
는 것이다. 그리고 그것이 교환이라면 보상과 해소 역시 심리의 상대
적 가치 체계 안에서의 구체적 교환 관계에 의해 성립한다는 것이다.
다만 그것이 교환의 일반적 속성과 다른 것은 항상 잉여를 남기는 죄
의식의 지분은 인계되는 회전 속도에 반비례한다는 것이다. 그렇기 때
문에 이 작품 안에서 마음이 머무는 곳이 있다면 친구들과 선생님의
지분과 그 잉여 모두를 절대적 가치 체계 안에서 부려놓은 '나'의 이 메
모 앞에서임이 틀림없다.

첫 장면에서 경찰이 장애인 신고 접수를 받아 '나'의 부스를 방문하
는 것으로 시작되는 이 소설은, 처음에는 간병인이었던 지금의 어머니
에게 '나'가 독백하는 것으로 마무리된다. 아무런 죄도 없는 이의 죄를
의심하는 장면으로 시작된 이 소설은 "살아 있어 다행이다. 다행이라
말할 수 있어 다행이다"라는 말로 끝난다. 없는 죄를 의심받는 죄 없는
이, 죄의식을 덜기 위해 또 다른 지분의 죄의식을 불하받는 이, 죄의식
의 해소를 위해 타인의 외상을 재구성하는 죄를 새로 짓는 이, 잉여의
죄의식마저 모두 떠안고도 다행이라고 말할 수 있게 된 이들이 '나'의
기억과 소설의 서사를 재구성한다. 죄다 죄의식 천지다. 어쩌면 죄의식
의 자동기계가 삶인지도……

[『21세기문학』, 2014]

파국 이후 상상의 구조

흔히 말하길, 현실에서 발생하는 어떤 파국에 대한 대응에 있어 시는 신속한 반면, 소설은 아무래도 여러 가지로 시간이 좀더 걸리는 장르라고 한다. 대체로 그렇다. 2014년 가을과 겨울에 여러 문학잡지에 실린 시와 소설을 읽으면서 가장 눈에 띄는 것은, 두 계절 동안 여러 계간지에 발표된 시 작품들이 상처와 파국에서 기인한 정동(情動)을 때론 기민하게 때론 심도 있게 전하면서 대체로 모노톤으로 읽히는 반면, 소설은 그런 방식으로는 하나의 흐름으로 묶이지 않는다는 것이다. 가치 평가의 문제를 거론하자는 것은 아니다. 창작의 과정이나 장르적 특징에 대해 상식적 얘기들을 다시 꺼내려는 것도 아니다. 그러나 두 계절의 작품들에서 이런 점들은 확연히 드러난다. 파국에 대해서라면, 시가 정동에 호소하는 속도와 힘을 지니는 반면 소설은 파국과 폭넓게 관련된 동시대의 상상력의 구조를 보여준다고 할 수 있을 듯하다. 각별히 소설의 경우, "우리의 상상하는 방식 속에 정치하는 방식의 조건이 놓여 있다"(조르주 디디-위베르만)라는 말이 구체적 사건과의 관련 속에서 모노톤으로만 드러나는 게 아니라는 것은 언급할 필요가 있겠다. 모노톤이 파국과 상처에서 비롯된 정동을 넓은 면에서 전면적으로 전달한다면, 파국과 상처 이전에 놓인 기미와 계기마저 구조로 짜놓는 것이 소설임을 확인할 수 있었다. 예컨대, 창간 20주년을 맞는 한 잡지에서 파격적으로 마련한 단편 '앤솔러지'에 담긴, 독서의 한 세대를 구획하는 작가들의 단편소설들은 개별적으로는 이미 익히 알려지고 향수되고 있는 작가 고유의 문체와 낱낱의 주제 의식을 개성적으로 보여주고 있지만, 모노톤과는 다른 방식으로 오늘의 정동의 구조가 서사의 조건이 되고 있다는 것을 증언하고 있다. 우선 그중 한 작품을 살펴보자.

1. 기억이 가담하는 세계의 기울기
— 김연수, 「다만 한 사람을 기억하네」[1]

일방향인가 쌍방향인가, 재생인가 구성인가 하는 번잡한 문제들과는 별개로 기억이 우주의 밀도와 경사에 조금이라도 영향력을 행사할 수 있을까? 여기 이례적인 사건과 보편적인 정서를 특정한 파국 위에 포개어놓은 소설이 있다. 예외와 보편과 파국이 하나의 중심을 지닐 때 마음에는 무슨 일이 생겨나는가?

김연수의 「다만 한 사람을 기억하네」는 인디 가수 '희진'이 전 남자친구에게 보낸 메일을 소개하고 이에 대해 남자친구가 자신의 기억을 술회하는 형식으로 전개된다. 문제가 되는 상황은 단순하다. 일본 K-Culture 진흥회의 후쿠다 준 의원은 수소문 끝에 한국의 인디 가수인 조희진을 일본 한류 팬클럽의 공연에 초대한다. 희진은 이에 응해 공연을 하고 난 뒤 후쿠다 의원을 만난다. 그리고 후쿠다의 말을 통해 10년 전 그들의 일상에서 스쳐 갔던 예외적 인연에 대해 떠올리게 된다.

이것이 표면적 서사의 전부이다. 자신도 모르는 사이에 누군가에게 열렬한 기억의 대상이 된다는 것은 어떤 의미일까? 후쿠다가 희진을

---

1   김연수, 「다만 한 사람을 기억하네」, 『문학동네』 2014년 겨울호.

기억하고 한류 팬클럽의 공연에 초대한 것은 10년 전, 즉 2004년 4월 어느 날의 일 때문이다. 45세의 나이에 돌이킬 수 없을 정도라고 판단되는 좌절을 겪고 자살을 감행하고자 고향 마을을 찾은 후쿠다에게 다시 삶의 의욕을 북돋운 것은 한 카페에서 흘러나온, 중학교 시절 그가 즐겨 듣던 노래 「하얀 무덤」이었다.

> 그런데, 그 노래는, 「하얀 무덤」만은 이렇게 중학교 시절의 나를 기억하고 있구나 하는 생각이 들었어요.

이 소설에서 후쿠다와 희진, 그리고 희진의 남자친구의 각기 다른 기억을 통해 구성되는 이례적 사건은 바로 이 노래 「하얀 무덤」과 관계된 것이다. 후쿠다의 기억에 의하면 이 노래는 방명록에 HJ라는 이니셜을 남긴 한국의 한 인디 가수가 카페 측에 CD를 건네며 신청한 것인데, 자살을 결심했던 후쿠다에게는 그 방명록의 사인이 "유일한 생명줄"이자 "부적"이 되었다. 말하자면, 후쿠다는 HJ라는 이니셜을 남긴 한국의 한 인디 가수가 신청한 노래를 통해 청소년기의 기억을 떠올리고 이를 통해, 소설 속 표현을 그대로 인용하자면 "완전히 다시 태어난 것"이다. 앞에 인용한 문장에 명료하게 제시되어 있듯이, 기억이 존재해야 삶이 부양된다는 것은 이 작품의 주제 의식의 일단을 보여준다. 그런데 이것이 이례적인 까닭은 이때의 기억이 희진과 그의 남자친구에게는 '사랑의 종말기' 같은 것이기 때문이다. 그러니까 누군가에게는 새로운 삶의 기원이 되는 현장의 사건이 누군가에게는 사랑의 종말에 대한 기억의 근원이 된다는 것이다. 더군다나 희진은 그 음악을 신청한 기억조차 떠올리지 못한다. 사랑의 종말이라는 한 일단락이 시작되는 즈음의 사소한 사건이 누군가에게는 '새로운 탄생'의 계기가 되었다.
이처럼 소설에서는 기억이 교차하는 하나의 공간을 배경으로 특정한 음악이 계기가 되어 사랑과 삶의 운명이 교차한다는, 낯설지만은 않은 모티프가 포개어진다. 이야기가 여기서 끝이라면 이 작품은— 예컨대, 오래전 왕가위 감독이 「중경삼림」이라는 영화에서 인상적으로 포착한—우리의 일상에서 매 순간 발생하는 삶과 삶의 교차 지점을 재기 있게 파악하고 묘사한 소설로 기억될 것이다. 그런데 '자살'이라는 이례적 사건과 '사랑'이라는 보편적 정서 위에 2014년 동시대의 한국인에게 각인된 파국의 정동이 다음과 같이 포개어진다.

> 그러다가 나는 후쿠다 준이라는 사람이 이 세상에 살고 있어서, "날개를 주세요"라고 말할 필요도 없을 정도로 유복하게 살기도 하고, 고향에서 가장 행복했던 시절을 떠올리며 자살하려고 하기도 하면서도 살아남으려고 안간힘을 쓰다가 어느 시점부터인가 줄곧 나를, 한 번도 만나본 일도 없고 얼굴도 모르는 나를 기억하게 된 일에 대해서 생각했어. 나는 그런 사람이 이 세상에 살고 있다는 것조차 모르고 있는 동안에도 말이야. 그렇다면, 그 기억은 나에게, 내 인생에, 내가 사는 이 세상에, 조금이라도 영향을 끼칠 수 있을까? 우리가 누군가를 기억하려고 애쓸 때, 이 우주는 조금이라도 바뀔 수 있을까?

이 소설을 다루는 부분의 첫머리에서 던졌던 질문을 되풀이한다. 일방향인가 쌍방향인가, 재생인가 구성인가 하는 번잡한 문제들과는 별개로 기억이 우주의 밀도와 경사에 조금이라도 영향력을 행사할 수 있을까? 희진이 그 카페에 남겼던 메모 아래에 아마도 남자친구일 것으로 짐작되는 이가 "우리에게는 아직도 지켜볼 꽃잎이 많이 남아 있다"라는 말과 함께 적어 넣은 날짜는 2014년 4월 16일이었다. 기괴하지만, 이 우연은 후쿠다와 희진의 것처럼 예외적이지 않고 오히려 통례적이다. 그리고 희진이 세월호 참사가 있기 얼마 전에 제주도를 향하는 배에서 10년 전 남자친구와의 그 일본 여행에서 보았던 마크 로스코의 「시그램 벽화」의 빛을 떠올렸던 것도 우연이 아니다. 기하학적 구도가 아니라 정서의 원형적 표현에 가까운 로스코의 빛을 떠올렸다는 것은 바다 위에서 희진이 불현듯 어떤 정서에 전면적으로 노출되었음을 의미하기 때문이다. 그리고 그런 맥락에서 그 빛이 무의식적, 혹은 무의지적 기억으로부터 비롯된 것임은 자명하다. 현실의 인과관계가 아니라 기억이 기울이는 경사 안에서 과거와 현재 그리고 미래는 상호 참조와 생성을 거듭하기 마련이다. 사건과 기억과 정서를 인과관계로 풀자면, 물론 풀린다. 그러나 그것을 기억의 비선형적 논리 차원에서 풀자면, 강도(强度)로 현상할 따름이다. 파국에서 기억이 하는 일이란 그런 것이다. 단테는 『신곡』의 「연옥편」에서, 신을 알지 못하거나 알고도 믿음을 가질 새가 없이 저 세계로 돌아간 아이들이 연옥을 면하는 것은 기억을 통해서라고 했다. "우리가 누군가를 기억하려고 애쓸 때, 이 우주는 조금이라도 바뀔 수 있을까?"

2. 타인의 유토피아와 공동체의 민낯
― 박민정, 「아내들의 학교」[2]

직접적으로 구체적 사안을 지시하진 않지만 파국과 관련된 상상력의 또 한 축을 담당하는 것이 공동체의 민낯을 들여다보는 것이다. 가족을 소재로 하는 소설들은 어느 해 어느 계절에나 많지만, 공동체의 (불)가능성과 그 조건을 타진해보는 근본적 물음을 전제로 하는 소설

---

2   박민정, 「아내들의 학교」, 『문예중앙』 2014년 겨울호.

들이 눈에 띄는 것은 홍미롭다.

이론적으로 가장 쉽게 동의를 얻지만 생활의 세계에서 쉽게 실감하기 어려운 문제 중 하나가 이항대립적 위계 전복에 관한 것이다. 하위나 주변부에 놓였던 것으로 간주된 가치가 이항대립을 이루며 위계상의 상위를 점하던 가치를 전복시키거나 혹은 그와 동등한 자격을 획득하는 것만으로는 차별과 배제를 불식시킬 수 없다는 것, 이항대립 자체를 무화시키거나 새로운 가치의 체계를 수립하는 것만이 궁극적으로 이항대립에 의한 차별과 배제의 시간을 극복하는 것이라는 논리는 대체로 수긍이 가능하다. 그러나 때로 삶에서는 그간 하위에 있거나 배제되어온 가치들이 방법적으로라도 조금 더 큰 목소리를 낼 수밖에 없다는 것도 사실이다. 주인과 노예의 변증법이 전복에 따른 또 다른 위계의 성립으로 귀결되는 것을 논리적으로 두려워하며 현실에서 부당한 위계 관계를 용인하는 것도 일종의 '정신승리'에 불과하기 때문이다. 배제에 대해서도 마찬가지다. 면역학적 비정상 상태에 배치된 가치나 현상이 포괄적으로 승인되면서 '내지'에 귀속되는 것이 결국은 마음과 가치의 '식민지'를 승인받으면서 자치구를 불하받는 것에 불과하다고 논리적으로 비판할 수는 있지만, 생활과 가치의 문제에서 중심과 주변의 논리를 승인하는 것을 두려워하여 배제를 영속시키고 앉아 있을 수만도 없는 것이다. 왜냐하면 여기에는 논리의 삶뿐만이 아니라 생활의 논리가 우선적으로 작동하기 때문이다. 그리고 새롭게 불거지는 문제들도 바로 그 생활 안에서만 다시 풀어갈 수 있을 따름이다. 전복이니 재서열화니, 역차별이니 독립이니 타협이니 하는 것들 이전에 불거지는 선택지들이 곧 소위 '해방'의 노선도이기도 한 법이다.

박민정의 소설 「아내들의 학교」는 바로 그런 문제들을 다룬다. 이 소설은 동성 연인의 법적 부부 관계가 가능해지고 아이 입양도 가능해진 사회에서 여성끼리 가정을 이루고 아이를 입양해 살고 있는 '선'과

'설혜'라는 인물을 주인공으로 삼고 있다. 우선 이 소설에서 가장 먼저 눈에 띄는 것은 동성 결혼 합법화가 문제의 해결점이자 결말이 아니라 출발점으로 전제된다는 것이다. 이 소설이 아직 현실의 한국 사회에서 합법화되지 않은 동성 간의 결혼이 이미 법적으로 가능해지고, 이에 따라 입양까지 가능해진 사회를 배경으로 한다는 것은 아마도 그런 의미에서 다분히 의도적이었을 것이다. 다시 말해, 여러 가지 사회적 편견과 제도적 장벽 때문에 고통을 받던 동성의 연인에게 동성 결혼을 법적으로 승인하는 것은, 물론 이전에 비해서는 제도적 불편과 번거로움을 상당히 더는 일임은 틀림없으나 문제의 해결이자 그 자체로 행복한 삶을 보장하는 것이 아니라, 통상의 연인들이 법적으로 하나의 가정을 이루기 시작하면서 맞게 되는 삶의 자연스러운 한 국면일 뿐이라는 것을 이 소설은 전제하고 있다.

이런 설정에는 이미 이 소설이 동성애에 대한 차별과 배제의 시선에 대한 '투쟁'을 주요 관심사로 삼지 않는다는 함의가 깔려 있다. 물론 소설의 곳곳에서 여전히 이것이 중요한 문제로 남아 있음을 알 수 있지만, 그것이 소설의 주요 서사를 구성하지는 않는다. 그것은 동성 부부의 아이 입양과 관련된 논란을 의식하면서 다루고는 있지만 이를 소설의 핵심 문제로 부각시키지 않는 것과 맥락이 같다. 즉, 이 소설의 관심사는 동성 결혼을 합법화해야 하느냐 마느냐, 동성 부부의 아이 입양을 승인해야 하느냐 마느냐 하는 것이 아니다. 이 소설은 현재 한국 사회에서 논쟁거리가 되는 어젠다들을 모두 촉박하게 해결되어야 하는 특별한 문제가 아니라 살면서 풀어야 할 생활의 문제로 돌려놓는다. 그럼으로써 이 소설에서 중요하게 부각되는 것은, 예컨대 다음과 같은 장면에 담긴 어떤 문제의식이다.

> 우린 너 같은 애 필요 없어. 굳이 페미니스트까지 겸업할 필요는

없잖아. 야, 너는 애인 있잖아. 애인도 있고 등록금 내주다가 때 되면 집 사줄 부모도 있고, 그런데 네가 약자냐? 우리가 약자야. 애인도 없고 물려줄 건 빚밖에 없는 부모 밑에서 뼈 빠지게 고생하는 우리가.

이것은 설혜가 대학 시절, 선배의 호의를 좇아 가입했던 여학생회에서 들은 독설이다. 페미니즘과 동성애는 이 소설에서 조금 복잡한 관계를 형성한다. 설혜의 회상에 따르면, 여학생회에서 만난 학생들은 "모름지기 깔끔하고 단정해야 한다는 생각에 맞서 싸우듯 지저분하고" 무질서하며 "저항하듯 거친 말투를 썼고 욕지거리를 남발"하는 것으로 자신들의 아이덴티티를 드러내려 했다. 설혜의 눈에 비친 이들의 페미니즘은, 이를테면 이항대립에서 그간 우위를 점하던 타자의 논리와 습성을 자신의 것으로 전유함으로써 최소한의 평등을 꾀하는 '마초적 페미니즘'이라고도 할 수 있다. 생물학적 성과 사회적 성이 같은 함의를 담고 있지 않다고 했을 때, 동성애자인 설혜에게 이들의 행동과 논리는 오히려 더 폭력적으로 다가올 수 있다. 그것은 생물학적 성과 사회적 성, 이성애와 동성애, 정상성과 비정상성의 범주만으로 재단될 수 없는 폭력이라고 할 수 있다. 그렇기 때문에 여학생회의 선배들이 설혜를 성소수자의 권리 주장의 일환으로 케이블방송에 출연시키려고 하는 것 역시 설혜에게는 불가항력적 폭력의 하나로 마음에 새겨진다.

부끄러운 일 아니잖아. 너는 네가 부끄럽니?
〔……〕
졸업생 선배가 기획한 다큐멘터리의 제목은 「그녀의 선택」이었다. 설혜는 성소수자 권리를 위한 여학생 행동에 참여해서 인터뷰를 한다. 설혜는 카메라 앞에 선 자신을 부감하지 못한다. 언니들이 우우 소리를 지르고 스물한 살 설혜는 쭈뼛거리며 대오의 가장 앞에 선다.

이항대립의 위계상 하위에 있던 것을 적어도 대등한 위치에 놓기 위해 방법적으로 두 배의 힘을 기울이는 것이 언제나 정당성을 확보할 수 있는 것은 아니다. 구성원인 한 개인에 대해 반감을 가지고 있는 집단이 반대 가치 쪽으로 기울어진 경기장을 확보하기 위해, 그 개인을 집단의 가치를 대표하는 자리에 공개적으로 내모는 것은 어떤 생물학적 여성에게도 온당한 일이 되지 못한다. 그러니 어쩌면 10년쯤 전이라면 불필요한 오해와 비난을 자초했을 이런 '불온한' 주장이 가능해진 것도 참으로 역설적이게도 여성 대통령 시대를 한두 해 살아본 '소중한' 경험 때문일지 모른다.

다시 돌아오자면, 이 소설의 중심 갈등 역시 이런 맥락과 관계된다고 하겠다. 동성 부부의 삶을 배경으로 하고 있는 이 소설에서 중심적 갈등이 되는 것은, 이를테면 편견과 차별과 소외의 문제라기보다는 어쩌면 태연해 보이기까지 하는 가족과 생활의 문제이다. 설혜와 함께 사는 선의 직업이 모델이며 선이 현재 방송에서 주관하는 모델들의 서바이벌 프로그램에 참여 중이라는 것 역시 앞서 살펴본 소설의 맥락에서 볼 때 대단히 자연스러우면서 인상적인 설정이라고 할 수 있다. 여성 모델로서 경쟁력을 보여야 생존할 수 있는 구조에서 결국 최종 관문에까지 도달한 선과, 그의 가족인 설혜와 아이의 삶은 별스러운 것이 아니다. 그러나 생활은 언제나 별스러운 것이다. 설혜는 대학 때 경험했던 것과 똑같은 선택지 앞에 다시 놓이게 된다. 선이 경쟁에서 살아남는 방편으로 설혜와 아이를 서바이벌 프로그램에 출연시키고자 하고 설혜가 이를 망설이는 것이 소설의 주요 갈등이기 때문이다. 형식으로서 그것은 설혜가 대학 때 제안을 받은 방송 출연과 똑같이 전시 효과를 노리는 일종의 '퍼포먼스'라는 공통점을 갖는다. 설혜는 이번에도 동성애를 전시하는 무대에 서야 한다. 설혜가 대학 시절 겪었던 일을 떠올리는 것은 자연스럽다. 그런데 "이제 와 생각하면 속아 넘어갈 건덕지도 없는 그따위 말들에 고개를 끄덕인 자신이 아직도 원망스럽다"라고 그 시절을 회상하는 설혜의 결심을 부추긴 것은 아이러니하게도 그 시절로부터 온 하나의 메일이었다. 대학 여학생회 시절의 한 선배가 보낸 메일에 있는 다음과 같은 말이 이 소설의 마지막 부분에서 주제 의식을 집약하는 질문으로 정식화된다는 것을 기억할 필요가 있겠다.

> 세상이 정말 많이 좋아졌구나. [……] 그래, 이렇게 좋아진 세상에서 너희들이 더 당당하게 살 수 있으리라고도 생각해. 꼭 결혼해라. 네가 원했던 유토피아가 왔으니까.

폭력으로부터 위로로 전화한 이 과잉 친절은 설혜의 결심을 돕는다. 소설의 마지막 부분에서 ENG 카메라 앞에 선 아이를 보면서 던지는 독백은 모든 상황을 압축한다. 그리고 바로 그렇기 때문에 이 독백은 여러 겹으로 곱씹힌다. "잊지 마, 이것이 내가 원한 유토피아였다는 걸."

3. 충분한 애도는 없다
— 김애란, 「입동」[3]

어떤 파국을 지시하거나 반영하는 것과는 다른 방식으로 파국이 낳는 상상력 그 자체를 주목해보기 위해서, 우리는 그것이 사람들 사이의 거리와 태도를 어떤 양상으로 조절하게 되는가를 살펴볼 필요가 있

---

3   김애란, 「입동」, 『창작과비평』 2014년 겨울호.

다. 김애란의 소설 「입동」이 그 대표적인 예이다. 이 소설은 처음부터 끝까지 애도에 관한 것인데, 익숙한 정신분석의 지침대로 우리가 알고 있는 바의 그 애도가 말해주지 않은 것을 적시한다. 애도를 종결짓지 못한 주체가 멜랑콜리의 상태에서 놓여나지 못하게 된다는 것이나 애도를 종결지어야 새로운 대상에게로 리비도가 향하게 할 수 있다는 설명은 이미 상식적으로도 낯설지 않은 것인데, 이런 분석과 설명이 미처 헤아리지 못하는 것이 파국 이후 사람들 사이에서 확장과 수축의 폭을 달리하게 된 거리와 태도의 문제이다. 이 소설이 직시하고 있는 지점이 바로 거기이다.

소설의 서두는 상징적인 장면으로 시작된다. 집안 살림을 도와주러 온 '어머니'가 실수로 원통형 병 안에 압축되어 있던 복분자액 뚜껑을 잘못 열어 부엌 곳곳에 붉은 자국이 튀고, 특히 올리브색 벽지 위에 시뻘건 얼룩들이 남게 되는 장면이 그것이다. 이 장면은 문제적 상황을 단적으로 제시하기 위해 의도된 것으로 보인다. 왜냐하면 이 공간이, 특히 환한 올리브색 벽지가 붙어 있는 벽면이 단란했던 한 가족의 삶을 의미하는 일종의 상징이었기 때문이다. 앞부분의 줄거리를 잠시 간추려보자.

'나'와 아내는 오랜 고민 끝에 집값의 반 이상을 대출 받아 서울 인근에 집을 사고, 난임 치료 끝에 어렵게 얻은 아들 영우와 함께 그 집으로 이사한다. 잦은 이사 끝에 장만한 아파트였기 때문에 집에 대한 아내의 애착은 각별했다. 아내는 집 꾸미기에 몰두하는데, 특히 공을 들인 곳은 거실과 부엌이다. 그중에서도 부엌 벽면은 아내가 정성을 들여 꾸민 곳으로 이 집에서 가장 '포인트'가 되는 곳이고, 식탁은 세 식구의 '사소하고 시시한' 일상이 이루어지면서 함께 시간을 나누는 상징적인 사물이며, 부엌은 가족에게 일종의 단란한 삶의 상징적 공간으로 여겨진다. 그렇게 세 식구는 소박하나 단란한 삶을 이어간다. 그러나 그 봄에 후진하던 어린이집 차에 영우를 잃게 된다.

그런 까닭에 부엌의 벽면에 복분자액이 튀어 얼룩을 남긴 것은 명료한 상징이 될 수밖에 없다. 아내가 이를 두고 "다 엉망이 돼버렸잖아" 하고 '서글픈 비명'을 지를 수밖에 없는 까닭도 그 때문일 것이다. 더욱이 이 복분자는 영우가 다니던 유치원에서 사고로 인해 추락한 평판을 만회해보려는 일환으로 학부모들에게 보낸 추석 선물이었으니, 참으로 '부주의하게' 배달된 이 선물이 집 안에서 가장 환했던 벽면을 얼룩으로 물들게 만드는 것은 어쩌면 다소 작위적으로 보이기까지 할 정도로 의도된 상징적 사건이 아닐 수 없다. 이처럼 파국은 거리를 다시 보게 하고 상호 간의 태도를 새로운 영점에서 조정한다. 누군가의 작은 부주의에 그칠 일이 파국 직후에는 거리와 태도 조정의 영점이 된다. 그것이 결국 확인시켜주는 것은 파국 이후 확장된 사람과 사람 사이의 간극과 감산적으로만 영점을 거듭 조정하는 태도이다.

> 우리는 알고 있었다. 처음에는 탄식과 안타까움을 표했던 사람들이 우리를 어떻게 대하기 시작했는지. 그들은 마치 거대한 불행에 감염되기라도 할까 우리를 피하고 수군댔다. 그래서 흰 꽃이 무더기로 그려진 벽지 아래 쭈그려 앉은 아내를 보고 있자니, 아내가 동네 사람들로부터 '꽃매'를 맞고 있는 것처럼 느껴졌다. 많은 이들이 '내가 이만큼 울어줬으니 너는 이제 그만 울라'며 줄기 긴 꽃으로 아내를 채찍질하는 것처럼 보였다.

애도의 종결은 시간이 주관하는 일임은 틀림없지만, 종결의 양태는 파국 이후 수없이 폭을 조정하며 스스로 움직이는 거리와 태도 자체의 문제이다. 벽지를 정리하고 도배를 서두르며 마음을 다잡던 와중에 부엌의 벽지에서 발견된 영우의 글씨가 애도의 종결을 서두르던 이 부부에게 사후적으로 각인시킨 것은, 애도의 종결이 떠나간 아이와 이들 부부만의 문제가 아니라는 것이다. 애써 도배를 서두르고 일부러 보험금의 용처를 화제에 올리면서 시도하던 애도의 종결 작업이 다시 맞닥뜨린 벽은 '잊을 수가 없어'가 아니라 "다른 사람들은 몰라"라는 말로 표현된다. 소설의 마지막 부분에서 부부가 함께 되뇌는 말이 바로 이것이다.

애도가 상징적 작업인 것과 마찬가지로 애도의 종결은 사회적 작업이다. 그리고 어떤 방식으로도 사회는 애도의 종결을 부추길 수 없다. 사회적인 방식으로만 매번 깊이와 폭을 재조정하는 사람 사이의 거리와 태도는 파국의 국면에서 적절한 방식으로 조정되어야 하는 애도의 최소 조건이지 충분조건이 아니다. 애도에 있어 사회는 조건은 될지언정 주체가 될 수는 없다. 충분한 애도란 본래 없는 것이다.

[『21세기문학』, 2015]